LORI NELSON SPIELMAN

Lori Nelson Spielman est enseignante et vit à East Lansing, dans le Michigan. *Demain est un autre jour* (cherche midi, 2013) est son premier roman. Les droits d'adaptation cinématographique ont été achetés par la Fox. Elle a ensuite publié *Un doux pardon* (2015), *Tout ce qui nous répare* (2018) et *L'Infini des possibles* (2020) chez le même éditeur.

Retrouvez toute l'actualité de l'auteur sur :
www.lorinelsonspielman.com

W0390696

L'INFINI DES POSSIBLES

ÉGALEMENT CHEZ POCKET

DEMAIN EST UN AUTRE JOUR

UN DOUX PARDON

TOUT CE QUI NOUS RÉPARE

L'INFINI DES POSSIBLES

LORI NELSON SPIELMAN

L'INFINI DES POSSIBLES

Traduit de l'anglais (États-Unis)
par Elisa Guenon

cherche midi

Titre original :
THE STAR-CROSSED SISTERS OF TUSCANY

MIXTE
Papier issu de sources responsables
FSC® C003309

L'éditeur de cet ouvrage s'engage dans une démarche de certification FSC® qui contribue à la préservation des forêts pour les générations futures.

Pour en savoir plus :
www.editis.com/engagement-rse/

Le Code de la propriété intellectuelle n'autorisant, aux termes de l'article L. 122-5, 2° et 3° a, d'une part, que les « copies ou reproductions strictement réservées à l'usage privé du copiste et non destinées à une utilisation collective » et, d'autre part, que les analyses et les courtes citations dans un but d'exemple et d'illustration, « toute représentation ou reproduction intégrale ou partielle faite sans le consentement de l'auteur ou de ses ayants droit ou ayants cause est illicite » (art. L. 122-4).
Cette représentation ou reproduction, par quelque procédé que ce soit, constituerait donc une contrefaçon, sanctionnée par les articles L. 335-2 et suivants du Code de la propriété intellectuelle.

Éditeur original : Berkeley
Ouvrage publié par l'intermédiaire de Marotte et Compagnie agence littéraire, Paris, représentant The Bent Agency, New York.
© Lori Nelson Spielman, 2019
© le cherche midi, 2020, pour la traduction française
ISBN 978-2-266-31556-2
Dépôt légal : mai 2021

Itinéraire de tante Poppy

Dimanche 14 octobre – vol de JFK (New York) à VCE (Venise)

Lundi 15 octobre – 1er jour, Venise

Mardi 16 octobre – 2e jour, Venise

Mercredi 17 octobre – 3e jour, Venise

Jeudi 18 octobre – 4e jour, départ de Venise, arrivée en Toscane

Vendredi 19 octobre – 5e jour, Toscane

Samedi 20 octobre – 6e jour, Toscane

Dimanche 21 octobre – 7e jour, départ de Toscane, arrivée sur la côte amalfitaine

Lundi 22 octobre – 8e jour, côte amalfitaine, 80e anniversaire de tante Poppy

Mardi 23 octobre – vol de NAP (Naples) à JFK (New York)

Prologue

Il y a bien longtemps, dans la petite ville italienne de Trespiano, une certaine Filomena Fontana, femme quelconque et aigrie dont la sœur cadette avait reçu de la nature le don de la beauté, condamna toutes les deuxièmes filles Fontana à une vie sans amour. Dès le premier instant où elle avait posé les yeux sur le bébé délicatement blotti dans les bras de sa mère, Filomena avait été jalouse de sa sœur Maria.

Sa jalousie d'enfant ne fit qu'empirer quand les sœurs devinrent adolescentes. L'amoureux de Filomena, Hugo, garçon volage, s'entiche de la jeune Maria. Celle-ci avait beau repousser ses avances, Hugo ne désarmait pas. Filomena avertit donc Maria : « Si tu me prends Hugo, tu seras maudite à jamais, et avec toi toutes les deuxièmes filles de la famille ! »

Peu de temps après, lors d'un pique-nique en compagnie de la famille Fontana, Hugo attira Maria au bord de la rivière, pensant que personne ne les verrait là. Il l'attrapa et l'embrassa de force. Avant que Maria ne parvienne à le repousser, Filomena survint. Elle ne vit que le baiser et, furieuse, ramassa une pierre qu'elle jeta sur sa sœur. La pierre frappa Maria à l'œil. Elle perdit la vue et son œil se ferma pour toujours. La beauté de Maria était envolée et jamais elle ne devait se marier.

Certains disent que c'est une simple coïncidence. D'autres soutiennent que c'est une prophétie auto-réalisatrice. Mais personne ne peut nier ce fait : depuis ce jour où Filomena jeta le sort, il y a plus de deux siècles, aucune deuxième fille Fontana ne connut d'amour durable.

1

Emilia – Aujourd'hui
Brooklyn

Devant moi refroidissent sur une plaque de cuisson soixante-douze coquilles de *cannoli*. J'égoutte des cerises au marasquin coupées en dés avant de les incorporer délicatement à un mélange de crème, de sucre et de ricotta. Je scrute la boutique depuis la cuisine à travers la fenêtre rectangulaire embuée. Lucchesi Bakery and Delicatessen est calme ce matin, comme souvent le mardi. Ma grand-mère, ma *nonna*, Rosa Fontana Lucchesi, se tient derrière le comptoir traiteur. Elle arrange les olives, les poivrons marinés et la feta dans leurs bacs en inox. Mon père pousse la porte à double battant en tenant un plateau où s'entassent des tranches de prosciutto. Il les transfère à l'aide d'une pince dans le compartiment réfrigéré des viandes, ajoutant une pile entre la pancetta et la coppa.

Daria, ma sœur aînée, est debout derrière la caisse à l'entrée de la boutique. Adossée à la vitrine des bonbons, elle pianote sur son portable. Elle est sûrement en train d'écrire à une de ses copines, probablement pour se plaindre de Donnie ou des filles. Les haut-parleurs crachent une chanson de Dean Martin, « That's Amore », dernier rappel de feu mon grand-père qui soutenait que la musique italienne donnait une aura d'authenticité à son enseigne de boulanger-traiteur – il s'agit en fait d'une chanson américaine chantée par un Américain, mais passons… Je n'ai rien contre les goûts musicaux de mon grand-père, si ce n'est que tout notre répertoire de musique italienne se résume à trente-trois titres. Trente-trois chansons que je peux chanter – et chante parfois – mot pour mot durant mon sommeil.

Mon attention revient aux *cannoli*. Je fourre la crème dans les six douzaines de coquilles. Bientôt, la musique s'éloigne, l'odeur des pâtisseries disparaît. Je suis très loin, dans le Somerset, en Angleterre, perdue dans mon histoire…

Elle attend sur la jetée de Clevedon, contemplant la mer où le soleil couchant scintille sur les eaux ridées. Une voix l'appelle. Elle fait volte-face, espérant trouver son amant. Mais là, tapi dans l'obscurité, son ex…

Je sursaute quand sonne le carillon fixé au mur près de moi. Je chausse mes lunettes et regarde par la fenêtre.

C'est Mme Fortino, un bouquet de marguerites orange et jaunes à la main. Ses cheveux gris sont tirés en un chignon lisse et brillant, son pantalon beige souligne sa minceur. Derrière le comptoir des viandes, mon père se redresse pour déployer son mètre soixante-dix-sept et rentre le ventre qui tend son tablier. Nonna regarde la scène, le visage aussi crispé que si elle venait d'avaler un verre de vinaigre.

« *Buongiorno*, Rosa », dit gaiement Mme Fortino en passant devant le comptoir traiteur.

Nonna détourne le regard en murmurant : « *Puttana.* »

Comme d'habitude, Mme Fortino avance vers le miroir avant de s'approcher du comptoir des viandes de mon père. C'est une glace sans tain, ce qui signifie que sans le savoir, elle regarde la lucarne par laquelle j'observe la boutique. Je recule quand elle arrange ses cheveux et vérifie son rouge à lèvres, de la même nuance de rose que son chemisier. Satisfaite, elle virevolte vers le comptoir où se tient mon père.

« C'est pour toi, Leo », fait-elle, souriante, en lui tendant les fleurs.

Tssss, fait ma grand-mère, comme une oie mauvaise qui siffle sur quiconque ose jeter un regard sur son oison. Peu importe si l'oison en question est un gendre de soixante-six ans, veuf depuis près de trente ans.

Mon père au crâne dégarni prend les marguerites et rougit. Il remercie Mme Fortino, comme chaque semaine, et jette discrètement un coup d'œil à Nonna. Celle-ci mélange les champignons marinés en faisant mine de ne pas s'intéresser le moins du monde à la scène.

« Bonne journée, Leo, dit Mme Fortino en lui faisant joliment au revoir de la main.

— Toi de même, Virginia. »

Les mains de mon père cherchent un vase sous le comptoir, mais ses yeux suivent Mme Fortino qui s'en va dans l'allée. Mon cœur se serre pour eux deux.

Le carillon retentit de nouveau et un grand homme entre tranquillement dans le magasin. C'est le type qui est venu la semaine dernière acheter une douzaine de *cannoli*, l'inconnu élégant qui semble venir de Beverly Hills plutôt que de Brooklyn. Il parle avec mon père et Nonna. Je m'approche de la porte pour saisir des bribes de leur conversation.

« Sans conteste les meilleurs *cannoli* de New York. »

Je laisse échapper un petit rire joyeux et presse l'oreille contre le mur.

« J'en ai pris une douzaine la semaine dernière. Mon équipe les a dévorés. Je suis devenu le chargé de grands comptes le plus populaire de chez Morgan Stanley.

— Voilà qui fait plaisir à entendre, dit mon père. Lucchesi Bakery and Delicatessen existe depuis 1959. Tout est fait maison.

— Vraiment ? Vous croyez que je pourrais remercier le pâtissier de vive voix ? »

Je me redresse. A-t-il bien dit ce que j'ai entendu ? Je suis le genre de fille à rester en coulisses, la créatrice sans nom et sans visage des fameuses pâtisseries Lucchesi. Ces dix dernières années, personne n'a jamais demandé à me rencontrer, encore moins à me remercier.

« Rosa, dit mon père à Nonna, vous pouvez aller chercher Emilia, s'il vous plaît ?

— Oh, mon Dieu », je murmure.

J'arrache le filet qui retient mes cheveux, libérant une épaisse queue de cheval brune que je regrette aussitôt de ne pas avoir lavée ce matin. Mes mains dénouent maladroitement mon tablier et redressent mes lunettes. Mécaniquement, je pose un doigt sur ma lèvre inférieure.

Cela fait près de vingt ans, et la cicatrice, pas plus épaisse qu'un fil, est devenue lisse et a pris une teinte bleu pâle. Mais elle est là, juste en dessous de ma lèvre. Je sais qu'elle est là.

Les doubles battants de la porte en inox s'ouvrent, laissant apparaître nonna Rosa, son corps trapu intimidant et autoritaire.

« Une boîte de *cannoli*. *Presto*, ordonne-t-elle entre ses lèvres serrées.

— *Sì*, Nonna. Bonne idée. »

Je prends trois *cannoli* tout juste terminés pour les glisser dans une boîte. Mais alors que je me dirige vers la porte, elle me la prend des mains.

« Remets-toi au travail. Tu as des commandes à préparer.

— Mais, Nonna, il…

— C'est un homme très occupé. Inutile de lui faire perdre son temps », lance-t-elle avant de sortir de la cuisine.

Je reste là, bouche bée, à regarder les deux battants qui s'immobilisent lentement.

« Je suis désolée, la pâtissière est partie tôt ce matin. »

Je me raidis. Qu'est-ce qu'elle raconte ? Je ne m'attendais pas à une histoire d'amour, je ne suis pas naïve à ce point. Je voulais simplement entendre quelqu'un s'extasier sur mes pâtisseries. Comment Nonna ose-t-elle me priver de ce plaisir ?

À travers la vitre de la cuisine, je regarde l'homme bavarder avec Daria en payant sa bouteille de soda Bravazzi. Il glisse son portefeuille dans sa poche arrière, cale la bouteille sous son bras et prend la petite boîte blanche que je… ou plutôt Nonna lui a donnée. Il la brandit comme un trophée, et j'ai l'impression qu'il fait de nouveau l'éloge de mes *cannoli*.

C'en est trop ! Je me fiche de ce qu'en dira Nonna ou de paraître narcissique. Je sors !

Alors que j'enlève mon tablier, ma sœur se tourne vers la vitre. Elle ne peut pas me voir mais elle sait que je regarde, j'en suis certaine. Nos yeux se croisent. Lentement, presque imperceptiblement, elle fait non de la tête.

Je recule, le souffle coupé. Je m'adosse au mur et ferme les yeux. Elle essaie seulement de m'épargner la colère de Nonna. Je suis la deuxième fille. Pourquoi Nonna laisserait-elle ce respectable amateur de *cannoli* perdre son temps avec moi, une femme qui, chacun le sait dans ma famille, est vouée à ne jamais trouver l'amour ?

2

Emilia

Il y a quatre pâtés de maisons entre notre commerce de la 20e Avenue et mon minuscule appartement, que j'ai baptisé « Emville », au troisième étage de notre maison de la 72e Rue. Comme d'habitude, j'ai un sac de pâtisseries à la main. Le soleil de la fin août est plus doux et la brise apporte avec elle les premiers signes de l'automne.

Situé à son extrémité sud, Bensonhurst est un peu l'enfant délaissé de Brooklyn – un quartier modeste coincé entre les quartiers embourgeoisés de Coney Island et Bay Ridge. Enfant, je rêvais de partir vers un lieu plus glamour que ce banal quartier italien. Mais je suis chez moi à Bensonhurst, dans cet endroit où mes grands-parents, comme des milliers d'autres Italiens, se sont installés au XXe siècle. On l'a longtemps appelé « la petite Italie de Brooklyn ». Le film *Saturday Night Fever* a été tourné sur nos trottoirs. Depuis, le quartier a changé. À chaque pizzeria ou magasin italien est venu s'ajouter une boulangerie russe, un traiteur juif ou un restaurant chinois – des ajouts que ma nonna qualifie d'*invadente*, invasifs.

J'aperçois notre vieille maison mitoyenne en brique – la seule que j'aie jamais connue. Dans les années quatre-vingt, alors que mes parents étaient en voyage de noces aux chutes du Niagara, ma nonna Rosa et mon nonno Alberto ont déménagé toutes leurs affaires au rez-de-chaussée pour laisser les jeunes mariés fonder leur foyer au premier. Mon père y vit encore. Je me demande parfois ce que mon père, qui avait une dizaine d'années de plus que ma mère, pensait de cet arrangement avec ses beaux-parents. A-t-il seulement eu le choix ? Ma mère avait-elle autant de caractère que ma nonna Rosa ?

Je n'ai que de vagues souvenirs de Josephina Fontana Lucchesi Antonelli. Je la revois devant la gazinière, souriante, me racontant des histoires pendant qu'elle touille une marmite fleurant bon la pomme et la cannelle. Mais Daria dit que c'est mon imagination et elle a probablement raison. Daria avait quatre ans et moi seulement deux quand notre mère est morte d'une leucémie aiguë myéloblastique – la plus grave forme de la maladie, comme je l'apprendrais plus tard. Mon souvenir est sans doute plutôt celui de sa mère, ma nonna Rosa, aux fourneaux. Mais cette conteuse souriante ne concorde pas avec la réalité de ma nonna revêche qui, d'aussi loin que je m'en souvienne, a toujours semblé agacée par ma présence. Comment aurait-elle pu ne pas l'être ? La maladie de sa fille s'est déclarée au moment précis où elle m'attendait.

« Bonjour, Emmie ! » M. Copetti, vêtu de son uniforme bleu et gris, s'arrête devant moi sur le trottoir.

« Vous voulez votre courrier ou je le dépose dans la boîte ? »

Je trotte jusqu'à lui.

« Je prends tout ce qui vient des éditeurs. Vous pouvez garder les factures. »

Il glousse et fouille dans sa besace en toile.

« Voici ! »

Il me tend une liasse qui ressemble à un gros taco, avec un prospectus en papier glacé en guise de tortilla.

« Exactement ce que j'espérais, dis-je en y jetant un coup d'œil. Des papiers de la banque et des coupons de supermarché que je ne penserai jamais à utiliser. »

Il sourit et lève une main.

« Bonne journée, Emmie.

— À vous aussi, monsieur Copetti. »

J'avance jusqu'à la porte de l'immeuble suivant, peint en blanc, et pénètre dans le hall d'entrée. Patrizia Chiti chante à tue-tête un aria de *La Traviata*. Je jette un œil à travers la porte vitrée. Malgré l'opéra tonitruant qui sort de son lecteur CD des années quatre-vingt-dix – l'objet le plus récent de son salon –, oncle Dolphie dort comme une souche dans l'un de ses fauteuils de barbier. Bizarrement, c'est toujours le carillon de la porte qui le réveille. Je tire la poignée et, comme prévu, il se ranime, essuyant la bave sur son menton et redressant ses lunettes.

« Emilia ! » s'écrie-t-il.

Son enthousiasme est tel qu'on jurerait qu'il ne m'a pas vue depuis des semaines. Mon oncle est plus charmant que beau, avec sa tête tout en boucles blanches et vaporeuses et ses joues aussi rebondies que celles d'un gamin à qui on vient d'arracher les dents de sagesse.

Il porte sa sempiternelle blouse de coiffeur, noire avec trois boutons-pression sur l'épaule droite et son nom, *Dolphie*, brodé sur la poche.

« Salut, oncle Dolphie ! » Je crie pour me faire entendre au-dessus de la musique.

Le frère cadet de Nonna Rosa, Dolphie, est techniquement mon grand-oncle. Mais les Fontana ne se soucient pas de ce genre de subtilités.

Je lui tends le sac.

« Aujourd'hui, c'est *pistachio biscotti* et une part de *panforte*.

— Merci. »

Il chancelle en attrapant le sac. Je me retiens de l'aider. À soixante-dix-huit ans, mon oncle a encore sa fierté.

« Je vais chercher un couteau ? » demande-t-il.

Je lui fais ma réponse habituelle : « Tout est pour toi, merci. »

Il marche vers son lecteur CD perché sur le rebord d'un miroir. D'une main semée de taches de vieillesse, il baisse le volume. L'opéra se fait plus discret. Je laisse tomber mon courrier sur un fauteuil et me dirige vers un vieux chariot en métal où s'entassent magazines et brochures publicitaires pour me servir une tasse de café au lait.

Nous sommes assis côte à côte dans les fauteuils de barbier. Ses lunettes rectangulaires en métal, semblables aux miennes mais deux fois plus grandes, glissent sur son nez pendant qu'il se régale avec ses douceurs.

« Grosse journée ? je demande.

— *Sì*, très grosse journée », répond-il, bien que le minuscule salon soit comme toujours désert.

Quand j'étais petite, il y avait toujours trois hommes qui attendaient pour une coupe, plus un pour un rasage et deux autres encore qui buvaient de la grappa en jouant à la scopa dans l'arrière-boutique. Dolphie's Barbershop était un haut lieu du quartier, un incontournable pour les amateurs d'opéra, de ragots et de débats enflammés. Mais le salon est aujourd'hui aussi vide qu'une cabine téléphonique. Je peux comprendre que personne n'ait envie de laisser un vieil homme tremblotant poser un rasoir sur son cou.

« Ta cousine Luciana a pris rendez-vous pour une coupe aujourd'hui. Je lui ai promis de la caser dans mon emploi du temps. » Il jette un œil à sa montre. « Elle est en retard, comme d'habitude.

— Elle est très prise, tu sais », dis-je en regrettant immédiatement le choix de mes mots.

Lucy, ma fougueuse cousine – cousine issue de germain, pour être précise – ne cache rien de sa vie « amoureuse » très active. Il est tout à fait possible qu'elle soit prise, en ce moment même, littéralement.

« Et comment va tante Ethel ? » dis-je pour changer de sujet.

Oncle Dolphie hausse les sourcils.

« Elle a vu sa sœur hier soir. Elle est toujours contente quand elle voit Adriana. » Il glousse et s'essuie la bouche avec sa serviette. « Si seulement je pouvais la pousser à venir plus souvent. »

Tante Ethel et oncle Dolphie vivent au-dessus du salon de coiffure, dans un deux pièces que ma tante a toujours cru hanté. La douce Ethel prétend voir les fantômes de sa famille restée au pays et je soupçonne que c'est l'une des raisons pour lesquelles mon oncle continue d'ouvrir son salon vide à des horaires réguliers. Tout le monde a besoin d'une échappatoire, j'imagine. Je demandais souvent à ma tante si elle voyait ma mère, quand j'étais plus jeune. Elle a toujours répondu non. Il y a quelques années, j'ai fini par arrêter de demander.

Oncle Dolphie engouffre une dernière bouchée et enlève les miettes de ses mains.

« *Delizioso* », fait-il en avançant d'un pas traînant vers le meuble de l'accueil.

Il en revient avec les pages que je lui ai données la veille.

« J'aime cette histoire, *mia nipote di talento.* »

Je me mords la lèvre pour dissimuler ma joie.

« *Grazie.*

— Tu fais monter la tension. On sent le conflit arriver.

— Tu as raison », dis-je en me remémorant l'intrigue que j'ai imaginée aujourd'hui au travail. Je sors de ma sacoche les pages de la nuit dernière et les lui tends. « Je t'apporterai le prochain épisode jeudi. »

Il fronce les sourcils. « Rien demain ? »

Je ne peux m'empêcher de sourire. C'est notre secret, ma petite passion pour l'écriture. « Ne minimise jamais l'ébauche d'un rêve », a-t-il coutume de me dire. Mon oncle Dolphie m'a un jour confié qu'il rêvait d'écrire un opéra quand il était jeune. Malheureusement, il refuse de me montrer ses notes et même d'évoquer ses idées. « Des sottises », dit-il toujours en rougissant jusqu'aux oreilles. Mais j'adore l'idée qu'il ait un jour nourri ce rêve. Je regrette seulement qu'il l'ait mésestimé.

« Désolée, mais je n'aurai pas le temps d'écrire ce soir. Daria m'a invitée à son cercle de lecture, dis-je d'un ton nonchalant, comme s'il était habituel que ma sœur m'invite à passer du temps avec ses amis. Elle m'a demandé d'apporter une *pizza dolce.* »

Je jette un coup d'œil à l'horloge – trois heures et demie – et me dirige vers le lavabo.

« Dar dit que la première vocation du cercle de lecture est de bien manger, les autres étant de boire et de bavarder. S'il reste du temps, ils discutent du livre », dis-je en rinçant ma tasse.

Ses yeux noirs pétillent. « C'est formidable que ta sœur t'invite à son cercle. Je me rappelle l'époque où ous étiez inséparables toutes les deux. »

Je m'étrangle. Perturbée, j'ouvre un placard et fais mblant de chercher une serviette.

« Bon, je ne suis pas encore un membre permanent, s-je en battant des paupières comme une forcenée, ais j'espère qu'elle me proposera de rejoindre le cercle ses amis m'apprécient, ou du moins s'ils aiment ma *izza di crema.*

— *Pizza di crema* ? » Oncle Dolphie me jette un regard en coin. « Ne la laisse pas profiter de toi.

— Ce n'est pas si compliqué. Et puis ça me fait plaisir de l'aider. »

Il hausse les sourcils d'un air sceptique que je fais mine de ne pas remarquer.

« J'ai lu le livre deux fois. J'aurai des choses à dire. Si on en parle, bien sûr. »

Il regarde sa montre et se renfrogne.

« Luciana a promis d'être là à deux heures. Et toujours rien. Même pas un mot d'excuse. Elle ne va plus passer les portes, si ça continue. »

Je ne peux m'empêcher d'imaginer ma cousine avec ses rondeurs taille 44 coincées dans des pantalons taille 38 et je me demande si son grand-père parle au propre ou au figuré.

« Ce n'est qu'une gamine, elle s'en sortira. »

Il grogne. « Une gamine ? Depuis quand on est une gamine à vingt et un ans ? » Il baisse la voix, comme si le salon vide pouvait l'entendre. « Au fait, on t'a dit ? Luciana a un nouveau copain. Elle l'a rencontré à son travail. Ethel pense que ça pourrait bien être le bon, ajoute-t-il en remuant ses sourcils broussailleux d'un air malicieux.

— Mouais. Il me semble que tante Ethel avait
la même chose de Derek et du batteur, Nick, et au
de l'autre type, c'était quoi son nom, déjà ? Tu sa
celui avec le tatouage de cobra. » Je hausse les épaule
« Lucy est jeune. Elle a toute la vie devant elle. Rie
ne presse. »

Il me regarde, me rappelant silencieusement que Lucy est la deuxième fille de sa famille, comme moi.

« Petit copain ou pas, dis-je en essuyant le lavabo, Luce a l'air d'aimer son nouveau boulot.

— Serveuse chez Rudy's, avec cet accoutrement moulant ? » Il hoche la tête. « Tu comprends, toi, qu'une fille intelligente comme Luciana choisisse de travailler dans un bar pareil ?

— C'est Rulli's. C'est le bar le plus tendance du quartier.

— Et pourquoi pas Homestretch ? Irene et Martina y ont travaillé des années. Et soit dit en passant, elles portaient des chemisiers respectables et des chaussures pratiques, elles. »

Mon grand-oncle, qui a émigré d'Italie un an après ma nonna et tante Poppy, est un traditionaliste. The Homestretch avait déjà deux décennies quand Dolphie est arrivé à Bensonhurst à l'âge de vingt et un ans. Cinquante-sept ans plus tard, il est toujours fidèle au vieux pub.

« Tu sais, oncle Dolphie, parfois la nouveauté a du bon. »

Il lève le menton.

« Les fromages nouveaux ? Non. Le vin nouveau ? Non. Le nouvel art ? Non. » Il prend mon visage entre ses deux mains. « *Dolce nipotina mia*, la nouveauté n'a rien de bon, c'est l'ancien qui est bon. S'il y en a une qui peut comprendre ça, c'est bien toi. » Il soulève mon épaisse queue-de-cheval. « Pourquoi avons-nous gardé la même coupe, mademoiselle ? Cela fait quoi, vingt ans ? Et ces lunettes, tu les portais déjà sur ta photo de terminale, *sì* ?

— Si seulement. J'ai changé trois fois de correction depuis. » J'enlève mes petites lunettes cerclées de métal et tire leurs branches en arrière. « Par chance, cette monture est quasiment indestructible. L'opticien n'avait pas menti.

— Tu as raison, *cara mia*. Pourquoi changer les pneus s'ils roulent encore, *sì* ?

— Exactement. » Je chausse mes lunettes et l'embrasse sur la joue. « À demain pour une nouvelle livraison de pâtisseries.

— *Grazie*, dit-il en se dirigeant vers son fauteuil. N'oublie pas *la posta*. »

Quand il prend mon courrier, une enveloppe violette que je n'avais pas remarquée s'échappe de la liasse. Il l'immobilise sous sa Hush Puppies en daim.

« Qu'est-ce que c'est ? je demande.

— Une lettre, une vraie », répond-il, le regard rivé dessus.

Je ris.

« Je sais reconnaître une lettre. Mais qui peut bien m'écrire ? »

Je m'accroupis pour récupérer la mystérieuse enveloppe, mais le pied de mon oncle ne bouge pas. Il se penche pour mieux l'examiner. Ses yeux se plissent. Puis s'écarquillent. Et se troublent. Il porte la main à sa bouche.

L'enveloppe manuscrite nous regarde fixement d'en bas. Le cachet de la poste indique Philadelphie, Pennsylvanie. Mon sourire s'évanouit et je me fige. Dans une écriture extravagante, son nom et son adresse se déploient en haut à gauche. Poppy Fontana. Paolina, la sœur de Nonna et d'oncle Dolphie, avec qui ils sont brouillés depuis des années. La grand-tante énigmatique qui m'a toujours fascinée. La curieuse femme que Nonna considère comme *un problema*, une nuisance. Le seul membre de la famille qu'on m'ait interdit de voir.

3

Emilia

Je serre ma besace d'un geste protecteur, comme si elle cachait une arme au lieu d'une simple lettre, et me force à ralentir le pas quand j'arrive devant la maison. Nonna Rosa est debout derrière sa fenêtre, jetant un œil inquisiteur entre les lourds rideaux damassés. Elle a de petits yeux, mais une vue parfaite, ce qui est pratique pour une femme qui, j'en suis convaincue, est un peu voyante sur les bords. Je la salue d'un signe de main qui se veut désinvolte. Elle prend son air agacé habituel et se détourne. C'est horrible à dire, mais il m'arrive souvent de souhaiter que ce soit elle qui vive sous les combles. Ou même dans l'appartement de mon père au premier étage. Ainsi, elle ne m'entendrait pas chaque fois que je traverse le porche, ne pourrait pas me surveiller depuis sa fenêtre ni tenir à l'œil l'adulte de vingt-neuf ans que je suis. Mais c'est la sous-estimer : ma nonna trouverait forcément une autre fenêtre depuis laquelle m'espionner.

En franchissant la porte aux vitres biseautées, je suis assaillie par une chaleur étouffante, le seul luxe que se permet ma nonna, qui ne s'est jamais faite aux hivers new-yorkais. Je jette un coup d'œil dans ma besace. Évidemment, la lettre est encore là. Un frisson me parcourt l'échine.

Je monte au pas de course l'escalier en noyer et ouvre toute grande la porte non verrouillée de mon appartement. La lumière de l'après-midi éclabousse ma minuscule cuisine – qui se résume pour l'essentiel à trois placards et un petit réfrigérateur couvert de photographies de mes nièces. Je déverse le contenu de ma besace sur le plan de travail et attrape la lettre de tante Poppy.

Savourant le suspense, j'examine l'enveloppe violette en tentant de deviner le motif de la lettre. Ce n'est pas mon anniversaire. Noël est dans quatre mois. Ma grand-tante Poppy – que je n'ai rencontrée qu'une fois mais qui ne manque jamais aucune fête – doit commencer à perdre la tête. Elle se fait vieille.

Claws, mon chat *tuxedo* à poils longs, s'approche. Je l'attrape et embrasse son adorable tête bougonne.

« On regarde le message de tante Poppy ? Promets-moi de ne rien dire à Nonna. »

Je le pose sur mon épaule et décachette l'enveloppe d'un doigt. Mon cœur bat la chamade quand je sors l'épaisse feuille de papier artisanal couleur de citron vert. Je souris en voyant l'encre violette de Poppy et les dessins fantaisistes esquissés dans la marge – une petite fille faisant un vœu devant une étoile, un bouquet de marguerites, un plan de l'Italie.

Ma chère Emilia,

Je t'écris pour te demander une faveur. Enfin, pas exactement une faveur. En fait, c'est plutôt moi qui voudrais te faire une faveur. Car ce que je te propose va changer ta vie.

Je me laisse choir sur une chaise de la cuisine et caresse les oreilles de Claws en poursuivant ma lecture.

Cet automne, je retourne dans mon Italie natale pour fêter mes quatre-vingts ans. Je veux que tu m'accompagnes.

J'en ai le souffle coupé. En Italie ? Moi ? Avec une grand-tante que je connais à peine ? Mais des images de vignobles et de champs de tournesol envahissent mon esprit.

Comme nous nous amuserons ! Tu aimes t'amuser, n'est-ce pas ? Je soupçonne qu'il n'y a pas assez de joie dans ta vie. Non, vraiment, je ne peux pas imaginer que ce soit drôle de travailler dans cette boutique lugubre avec ma sœur et ton père...

Je suis vexée. Ma vie est très bien et très amusante. Je travaille avec ma famille et vis ici, à Bensonhurst, dans le quartier où j'ai grandi. Bien que ce soit à moins d'une heure de train de Manhattan, on a l'impression d'être dans un village. On étend toujours le linge dehors, on connaît nos voisins. Et puis j'ai Matt, mon fidèle ami d'enfance, que je vois presque tous les jours. Qui peut en dire autant ? Paolina Fontana déraille.

Nous partirons à la mi-octobre, dans six semaines à peine. Je suppose que tu as gardé ton passeport italien. Nous arriverons à Venise, traverserons le pays en train jusqu'à Florence et finirons notre voyage sur la côte amalfitaine, car je dois me trouver sur les marches de la cathédrale de Ravello le jour de mon quatre-vingtième anniversaire.

La cathédrale de Ravello ? Qu'a-t-elle donc en tête ?

Appelle-moi, s'il te plaît, que nous puissions régler les derniers détails. D'ici là, je te souhaite des bouquets de trèfles à quatre feuilles et des doubles arcs-en-ciel.
Bien affectueusement,
Tante Poppy

Mon estomac fait des bonds, mais je me ressaisis. Je ne peux pas me permettre un voyage en Italie. Pas avec mon maigre salaire. Et même si je le pouvais, Nonna me l'interdirait. Je pose la tête contre le dossier de chêne et pousse un grognement. Tante Poppy devra trouver un autre compagnon de voyage, peut-être un autre membre de la famille.

Mais non, tante Poppy n'a de relation avec personne dans la famille.

Elle voyagera donc avec des amis. Elle doit bien avoir des amis.

Enfin, je ne sais pas.

Je suis prise d'un accès de tendresse inattendu pour cette tante que je n'ai jamais eu le droit de connaître. Comme elle me paraît seule d'un coup, cette vieille dame qui ne manque jamais de m'envoyer une carte pour mon anniversaire et à l'occasion de toutes les fêtes possibles et imaginables, y compris le Jour du drapeau.

Fut un temps, quand j'avais neuf ou dix ans je crois, où Poppy et moi échangions des lettres. J'étais toujours excitée quand j'ouvrais la boîte et y trouvais une missive de ma grand-tante. Elle voulait savoir lequel de mes amis me faisait le plus rire, à quelle saison je « fleurissais », si je préférais les lacets ou les Velcro, les cornichons ou les sucreries... Aucun adulte n'avait jamais montré un tel intérêt pour moi. Cela avait duré jusqu'à ce samedi après-midi où Nonna m'avait surprise en train de faire les cent pas dans l'entrée.

« Qu'est-ce que tu fais, à perdre ton temps alors que tu devrais être en train de ranger ta chambre ?

— J'attends le facteur, avais-je répondu, bouillonnante d'impatience. J'ai une amie de plume ! »

Tante Poppy avait utilisé cette expression dans l'une de ses lettres, et j'adorais sa sonorité dans ma bouche.

Nonna avait froncé les sourcils.

« Une amie de plume ? Qu'est-ce que c'est que ça ?

— C'est ta sœur, tante Poppy ! » avais-je répondu en souriant de toutes mes dents.

Sans un mot, elle s'était retirée dans son appartement. Dix minutes plus tard, à l'instant même où le nouveau facteur, M. Copetti, entrait dans le hall, elle avait reparu, tendant la main pour prendre le courrier.

« Tenez », avait-il dit à Nonna. Il m'avait fait un clin d'œil. « On dirait que c'est une carte aujourd'hui. »

J'avais souri en regardant par-dessus l'épaule de Nonna. Mais alors que M. Copetti se tournait pour partir, Nonna avait levé la main.

« Attendez ! avait-elle lancé en inspectant rapidement le courrier jusqu'à trouver l'enveloppe couleur mandarine.

— C'est pour moi ! » avais-je dit en tendant la main.

Elle avait tiré un stylo de derrière son oreille pour barrer l'adresse d'un trait rouge et écrire *Retour à l'expéditeur*.

« Nonna, qu'est-ce que tu fais ? »

Elle avait fourré la lettre dans les mains de M. Copetti.

« Allez-vous-en. »

Le facteur la regardait comme une chiffe molle tentant vainement de rassembler son courage. Nonna avait fait un pas en avant en montrant la porte du doigt.

« Partez ! Maintenant ! »

Il était parti en courant presque et j'avais été privée de sortie pendant une semaine. Tout échange « frivole » avec tante Poppy m'était définitivement interdit.

J'avais attendu dix jours avant d'écrire secrètement une lettre à ma grand-tante. Je l'avais cachée dans mon livre de maths, prévoyant de la glisser dans la boîte aux lettres en allant à l'école. À la table du petit déjeuner, mon cœur battait la chamade. Je gardais précautionneusement la main sur le livre en mangeant.

Nonna m'observait d'un œil suspicieux. J'avais cru m'évanouir quand elle était passée à côté de moi en jetant sur le livre un œil scrutateur. Je continuais de siroter mon chocolat chaud, la main fermement posée sur la couverture, priant la Sainte Mère pour ne pas être démasquée. Mais quand je m'étais levée pour partir, mon pull s'était accroché au dossier de ma chaise. Le livre avait voltigé et, au ralenti, la lettre s'était échappée des pages comme un avion dans le ciel, planant avec grâce jusqu'à la pointe des pantoufles orthopédiques de Nonna.

Inutile de préciser que Nonna n'avait montré aucune pitié. Hormis les vœux de convenance, les mots de remerciement tièdes et les cartes d'anniversaire bâclées, je n'avais plus jamais eu l'occasion de communiquer avec ma grand-tante.

Je me tourne vers la fenêtre et frotte distraitement ma cicatrice sous la lèvre. Qu'avait-elle ressenti quand mes lettres avaient cessé d'arriver ? Avait-elle été blessée ? Déçue ? Avait-elle compris que c'était la décision de Nonna, pas la mienne ? Mais n'était-ce pas aussi la mienne ? Pourquoi n'avais-je pas plaidé ma cause, persuadé mon père de me laisser poursuivre nos échanges amicaux ? La réponse est évidente. Mon père n'aurait jamais osé braver sa belle-mère. Il est bien trop timoré. Et la triste vérité est que je ne suis pas si différente de lui. Face à Nonna Rosa, la féroce petite bonne femme qui signe nos paies et possède les appartements que nous louons, nous sommes tous deux des lâches.

Mon estomac se noue et je laisse tomber ma tête entre mes mains, tentant de réduire au silence la question qui me taraude. *Maintenant que près de vingt ans ont passé, as-tu le courage de te racheter ?*

4

Emilia

Je mets mon tablier, bien résolue à ne plus penser à l'Italie ni à la pauvre tante Poppy. Mon bien le plus précieux – le vieux livre de recettes de ma mère – ouvert devant moi, je me mets au travail dans ma minuscule cuisine.

En Italie, là où Nonna, oncle Dolphie et tante Poppy ont grandi, les gâteaux sont appelés *dolce pizza*. Je suis debout devant mon plan de travail en Formica, mélangeant une petite cuiller de levure au sucre et à la farine pendant que Claws dessine des huit autour de mes chevilles. Ma grande sœur, qui n'a jamais appris à cuisiner (pourquoi se serait-elle donné ce mal alors qu'elle a sa cadette pour le faire à sa place ?), n'imagine pas que cette *dolce pizza* fourrée à la crème de zestes d'orange et de cerises Amarena demande une préparation plus longue que la soirée que nous passerons ensemble pour le cercle de lecture.

Mon portable sonne. Je vois s'afficher le prénom de ma sœur en décrochant. « Salut, Daria, dis-je en pressant le haut-parleur pour continuer de mélanger en parlant. Je suis en train de préparer la *pizza di crema*.

— Ah, super. Écoute, Emmie, je viens de voir une offre Groupon de cinquante pour cent sur l'hôtel-casino Tropicana d'Atlantic City. Ça nous ferait du bien, à Donnie et moi. Si je prends une chambre, tu pourras me garder les filles un week-end, cet automne ? »

Je verse la pâte dans le moule sans prendre la peine de racler le saladier.

« Heu, oui, bien sûr.

— Génial. T'es la meilleure, Emmie. »

Je souris.

« Non, c'est toi la meilleure. »

Au lieu de poursuivre notre rituel d'enfance en répliquant que je suis la « meilleure des meilleures », elle change de sujet.

« Au fait, le cercle de lecture ne commence pas avant sept heures, mais il faudrait que tu viennes le plus tôt possible. » Elle pousse un soupir. « Bien sûr, Donnie a choisi la première semaine de la rentrée pour commencer un chantier en dehors de la ville. Natalie croule sous les devoirs. Et Mimi est censée apporter des cupcakes à l'école demain. » Elle hausse la voix. « Et évidemment, *mademoiselle* a oublié de me prévenir. »

Pauvre Mimi. Elle est tête en l'air, comme moi à sept ans.

« Écoute, je suis en train de mettre le gâteau au four. Je viens dès qu'il est cuit.

— Fantastique. »

Je lui annonce la nouvelle alors qu'elle est sur le point de raccrocher.

« Au fait, j'ai reçu une lettre aujourd'hui. De notre grand-tante Poppy.

— Oh, mon Dieu. Qu'est-ce qu'elle veut ? »

Je tourne la spatule dans le saladier et l'enfonce dans ma bouche, ravie de ne pas être en appel vidéo.

« Elle veut m'emmener en vacances. » Je suis prise d'une sensation inhabituelle et un sourire envahit mon visage. Je me prépare une nouvelle lippée de pâte. « En Italie.

— Oh, mais c'est impossible. Nonna ne sera jamais d'accord. Il faudra que Poppy trouve une autre nièce. Carmella, peut-être. Sûrement pas Lucy. » Elle rit. « Il faudrait être fou pour lâcher cette fille dans un pays étranger. »

Je lèche la spatule.

« C'est à Poppy de choisir, pas à Nonna.

— Nonna déteste Poppy, tu le sais bien, lance Daria sans tenir compte de ce que je viens de dire.

— Mais pourquoi ? Poppy est quand même sa sœur.

— Elle a ses raisons. On doit les respecter.

— Je vais parler à Nonna.

— Ne fais pas ça !

— J'ai l'occasion d'aller en Italie, Dar. Je ne vais pas la laisser passer à cause des problèmes de Nonna.

— Des problèmes ? » La voix de ma sœur monte dans les aigus. Je me prépare en sachant très bien ce qui va suivre. « Nonna n'est peut-être pas parfaite, mais elle s'est sacrifiée pour nous, Emmie. Elle a été comme une mère pour toi. »

C'est son joker, l'argument qui m'arrête net. Je sens soudain un poids s'abattre sur moi. Je raccroche. Je frotte la cicatrice sous ma lèvre en regardant par la fenêtre. Ma sœur l'a confirmé. Je ne peux pas aller en Italie. Ce serait manquer au devoir de loyauté envers la femme qui m'a élevée. Poppy devra trouver une autre compagne de voyage, peut-être quelqu'un du côté de sa belle-famille. Mais à nouveau il me revient que ma grand-tante n'a pas d'autre famille. Elle n'en a jamais eu. Elle n'en aura jamais. Comme moi, c'est une célibataire, une deuxième fille.

J'avais sept ans la première fois où j'ai eu vent du sort jeté sur les deuxièmes filles Fontana. Nous devions dessiner nos arbres généalogiques à l'école, et j'avais choisi la branche maternelle, celle des Fontana. Après avoir examiné mon ascendance pendant à peine trois secondes, mon institutrice, sœur Regina, avait souligné un détail que je n'avais pas vu – ou peut-être pas voulu voir.

Regarde toutes les femmes de ta famille qui ne se sont jamais mariées, avait-elle dit en fronçant les sourcils. *C'est étrange, ce sont toujours les cadettes.*

J'avais remonté mes lunettes pour examiner les branches dessinées au feutre où j'avais soigneusement écrit les noms de mes ancêtres. J'avais toujours su que la tante de Nonna, Blanca, était restée célibataire. C'était à cause d'elle que mes arrière-grands-parents n'avaient pas pu venir en Amérique. Et je savais que la sœur de ma nonna, ma grand-tante Poppy, ne s'était pas mariée non plus – c'était une vieille fille, comme disait Nonna Rosa. Mais en remontant les branches du bout du doigt, je découvrais que les cousines de Nonna, Apollonia et Silvia, Evangelina, Martina et Livia étaient elles aussi célibataires… et toutes étaient les deuxièmes filles.

Mes yeux avaient dérivé vers le bas, comme des feuilles d'automne, jusqu'à ma propre branche. Et c'est là que la réalité m'avait sauté aux yeux, aussi claire que le carton blanc sur lequel elle était dessinée.

Sous ma mère, Josephina Fontana Lucchesi Antonelli, et mon père, Leonardo Phillip Antonelli, se trouvait le nom de ma sœur, Daria. J'avais posé mon doigt dessus, puis l'avais glissé vers la droite pour trouver mon nom, Emilia Josephina Fontana Lucchesi Antonelli. La seconde fille.

5

Emilia

Serrant la boîte entre mes mains, je marche d'un pas alerte vers la 67e Rue. Mon bref accès de mélancolie déjà remplacé par l'excitation, je nous imagine, Daria et moi, en train de nous affairer en cuisine et de bavarder tout en disposant les collations et les boissons sur la table. Je traverse Bay Ridge Avenue, prenant garde à ne pas trop remuer la boîte quand je descends le trottoir. La *pizza di crema* est un chef-d'œuvre, si je puis dire.

Pitié, faites que Daria l'aime, je scande silencieusement. Un instant plus tard, je me rends compte que ma prière s'est changée en : *Pitié, faites que Daria m'aime.*

Un klaxon retentit et mon cœur s'emballe. Je me précipite vers le trottoir d'en face. Puis je remarque un fourgon noir et brillant où les mots CUSUMANO ELECTRIC s'affichent sur la portière latérale. Le véhicule ralentit et la vitre s'abaisse. Matteo Cusumano relève ses lunettes noires d'aviateur.

« Salut, beauté. Je te dépose quelque part ? »

Je souris à mon meilleur ami. Avec précaution, à cause du gâteau, je me penche vers l'intérieur de la cabine.

« Ah, ça, c'est ce qui s'appelle savoir chouchouter les filles ! Se pointer alors qu'elle est à deux pâtés de maisons de sa destination !

— Eh oui, moi, je suis un mec bien, répond Matt en riant. Monte. On va boire une bière.

— Tu n'as pas un circuit électrique à refaire ? Des câbles à raccorder ? »

Il affiche un grand sourire.

« Je viens de finir ma dernière mission de la journée. Un boulot épuisant, changer l'ampoule dans la cuisine de Mme Fata.

— Waouh ! Ça valait le coup de passer un diplôme d'électricien.

— Petite maligne. »

Je monte dans la cabine en tenant fermement la boîte tandis que j'attache ma ceinture.

« Tu as quand même compris que Mme Fata espère que tu t'occupes d'autre chose que de ses ampoules, non ?

— Oui. Les soixantenaires m'adorent. »

Je veux bien le croire. Matteo est mince et dégingandé, avec une magnifique tignasse de boucles brunes, des incisives qui se chevauchent légèrement et un rire communicatif qui vous illumine une journée grise. Il me pousse du coude.

« C'est sur les filles de vingt-neuf ans que je me casse les dents. »

Je réprime un grognement et me tourne vers la fenêtre. Je vois une jeune mère qui descend la rue avec un enfant en poussette. Bien que Matt soit de dix mois mon aîné, j'ai toujours eu l'impression qu'il était mon petit frère. C'est le garçon qui était avec moi à Saint-Athanasius pour mon premier jour d'école maternelle, celui qui a fait saigner le nez de Joey Bonofiglio quand il m'a traitée de « bouche de poisson », le petit génie qui m'a laissée recopier ses devoirs de chimie pendant toute notre année de seconde, le chevalier servant qui m'a accompagnée au bal de promo à la fin du lycée, puis au mariage de Daria et à tous les autres événements qui nécessitaient un cavalier. Matteo Silvano Cusumano est mon copain de toujours. On ne peut pas rêver meilleur ami. Et c'est précisément comme ça que je veux le garder.

« Tu peux me déposer chez Daria, s'il te plaît ?

— T'as pas le temps de boire une bière ?

— C'est le cercle de lecture ce soir, t'as oublié ?

— Raison de plus. Un peu d'alcool ne te fera pas de mal. »

Je lui lance un regard noir. Matt n'aime pas Daria. « Une garce et une cinglée », avait-il un jour résumé avant que je le remette à sa place. Personne n'a le droit de parler de ma sœur comme ça.

Le fourgon ralentit et s'arrête devant sa maison.

« Merci pour la course, MC.

— À quelle heure se termine la teuf ? Je passerai te chercher.

— C'est bon, je réponds en ouvrant la porte, je peux rentrer à pied.

— Allez ! Ce sera le temps fort de ma soirée. »

Ses yeux sont aussi tendres que ceux d'un amoureux. J'ai envie de rentrer sous terre. Je déteste ces moments embarrassants qui s'insinuent de plus en plus souvent dans nos conversations. Notre relation a changé en mai, quand Matt s'est séparé de la fille avec qui il sortait depuis huit mois. C'est toujours plus facile quand Matt a quelqu'un. Notre amitié a atteint un point critique le mois dernier, lors du mariage de son meilleur ami. À la fin de la soirée, alors que nous marchions sur le parking, riant encore des tentatives du père du marié de danser le moonwalk, Matt avait saisi ma main. Naturellement, j'avais ri, lui avais donné un coup de coude et avais fourré ma main dans la poche de mon manteau. Matt et moi pouvons nous serrer dans les bras ; parfois, je l'embrasse sur la joue ; nous faisons des checks. Mais jamais, au grand jamais, nous ne nous donnons la main. Quoi qu'il en soit, je l'avais blessé. Je me sens mal mais je ne peux pas lui demander pardon sans évoquer cet événement atrocement gênant – ou pire encore, parler de « nous ». Donc, je fais comme s'il ne s'était rien passé.

Je sors du fourgon.

« T'es ridicule, Cusumano. Mais merci. Vraiment. »

Je lui fais au revoir devant le numéro 1940, la maison mitoyenne que Donnie et Daria ont achetée à la mort du beau-père. Donnie, le mari de Daria, qui est maçon et prétend en « connaître un rayon » dans le domaine de la construction, était censé rénover l'intérieur défraîchi. Mais deux ans plus tard, hormis une couche de peinture fraîche et une nouvelle moquette dans la chambre des filles, l'endroit a toujours l'air d'un décor de série des années cinquante. C'est rétro-cool, comme je dis à Daria. Un classique.

Un rire jaillit du jardin. Je contourne le bâtiment pour enjamber la clôture grillagée du rectangle d'herbe pas plus grand qu'un réfrigérateur couché sur le côté où mes nièces font de la gymnastique. Elles sont déjà si différentes, Natalie et Mimi, la première fille et la seconde. Non que je croie au vieux mythe, mais tout se passe exactement comme l'avait prédit mon arrière-arrière-grand-tante Filomena en jetant un sort aux deuxièmes filles Fontana.

Je regarde Natalie, neuf ans, réaliser un flip-flap parfait. Elle lève les bras d'un air triomphant, puis dégage son visage angélique en ramenant ses mèches brunes et brillantes en arrière. Aujourd'hui, ma sœur lui a fait une natte africaine en y insérant un joli ruban rouge. Son legging turquoise dessine ses jambes fines et musclées. Elle porte un T-shirt qui dit *Future President*, ce qui pourrait bien être vrai.

« Voilà comment on fait un flip-flap », lance-t-elle à Mimi.

Pas de doute, cette fille est aussi sûre d'elle et autoritaire qu'une jeune Hillary Clinton.

Mimi, sept ans, admire sa grande sœur d'un air émerveillé. Comme d'habitude, elle est un peu négligée. Elle porte une vieille robe froissée qui flotte autour de son corps osseux. Ses longues jambes sont maculées de terre et elle n'a pas de vernis à ongles aux pieds, contrairement à sa grande sœur qui les a peints en violet. Ses cheveux bruns sont coupés court, ce qui évite vingt minutes de bataille chaque matin, selon ma sœur.

« Tata Em ! » s'écrie Mimi en m'apercevant.

Elle s'élance vers moi, bras tendus. Je pose le gâteau sur la pelouse et m'accroupis pour la serrer dans mes bras.

« Mon chou ! »

Je ferme les yeux et inspire son odeur légèrement aigre.

« Comment vont mes petites chéries ? »

Je me relève et ouvre les bras vers Natalie.

« Joli flip-flap, ma grande.

— Merci, dit-elle après une rapide étreinte.

— Fais-moi tourner ! » réclame Mimi.

Je souris en ébouriffant ses cheveux.

« Une seule fois. Je dois aider ta maman à préparer la soirée. »

Je prends ses mains et tourne rapidement sur moi-même. Mimi crie en riant. Je ris aussi. Derrière nous, une porte s'ouvre.

« Em ? Qu'est-ce que tu fabriques ? »

Je ralentis, puis m'arrête, étourdie.

« Salut, Dar. » Je lâche les mains de Mimi en tentant de reprendre pied alors que le jardinet tourne encore autour de moi. « J'arrive.

— Où est le gâteau ? »

Je ris et titube en arrière, enfonçant maladroitement un doigt dans ma joue pour redresser mes lunettes.

« T'inquiète. Je l'ai.

— Tata Em ! Attention ! » crie Mimi.

Mes talons touchent quelque chose de dur. J'essaie de l'éviter, mais j'ai encore le tournis. Je trébuche.

« Emmie ! » s'écrie Daria alors que je tombe à la renverse.

Ma hanche percute le sol avec violence. J'entends la porte claquer. L'instant d'après, Daria est à mes côtés.

« Ça va, je la rassure en me frottant la hanche.

— Bon sang ! peste-t-elle en récupérant la boîte écrasée sous mon pied. Le gâteau est foutu ! »

Elle se précipite vers la maison. Je me redresse sur les coudes, mon excitation soudain réduite à néant.

« Je suis vraiment désolée, je lui crie.

— Tu vas avoir des ennuis, commente Natalie.

— Je sais. »

Je me relève tant bien que mal et les embrasse rapidement sur les joues.

« Je ferais mieux de voir si je peux sauver le gâteau avant que Nonna devienne dingue. »

Ce n'est qu'en voyant leurs mines perplexes que je prends conscience du lapsus.

Vingt minutes plus tard, j'ai réussi à redonner forme au gâteau à l'aide de cure-dents et d'une seconde couche de glaçage.

« Tada ! » je claironne en brandissant mon travail en direction de Daria.

Elle me tourne le dos, debout sur un tabouret, occupée à sortir des verres à vin de son placard de cuisine chromé. Elle porte une jolie robe d'été fleurie qui met en valeur ses longues jambes bronzées.

Je glisse le gâteau sur la table de la cuisine déjà couverte de fromages, de crackers et de minuscules sandwichs.

« Ils n'y verront que du feu », dis-je en tirant mon stick correcteur de ma poche.

Elle se retourne enfin et observe le gâteau avec attention. J'attends, retenant mon souffle.

« Joli travail, Emmie. »

Je pousse un soupir de soulagement.

« Super. Je suis vraiment désolée, Dar. »

Quand elle saute du tabouret, je sens l'effluve de son parfum floral. Ses cheveux bruns aux mèches dorées, parfaitement lissés, retombent délicatement sur ses épaules.

« Tu es magnifique, dis-je en tamponnant le stick couleur chair sur ma cicatrice.

— Merci. Mais où est Natalie ? Elle a besoin d'aide pour ses devoirs, tu te rappelles ?

— Ah oui, dis-je en regardant ma montre, je vais la chercher. » Je m'arrête avant de passer la porte. Déjà presque sept heures. Un sentiment désagréable m'envahit. « Et les cupcakes que Mimi doit apporter à l'école ?

— Merci de m'y faire penser. » Elle me montre d'un signe de tête une boîte de préparation pour gâteau posée sur le plan de travail. « Je te revaudrai ça, Emmie. »

#

Je remplis l'évier, regardant par la fenêtre rayée de pluie le jardin de ma sœur maintenant plongé dans l'obscurité. Au salon, Daria prend congé de la dernière invitée.

« Dis à ta sœur que son gâteau était extraordinaire, demande la femme. Invite-la chez moi pour le cercle du mois prochain. Mais préviens-la que j'ai choisi un essai. C'est peut-être un peu costaud pour elle. »

Je fronce les sourcils. Que veut-elle dire par là ? Je me sèche rapidement les mains, prête à me défendre, mais les mots de Daria me clouent sur place.

« Emmie a une licence en littérature. Elle a le niveau, crois-moi. »

Le tranchant de sa voix ne trompe pas. Je souris. Même si cela fait des années qu'elle ne me l'a pas dit, ma grande sœur est encore fière de moi.

Dix minutes plus tard, je dépose le dernier verre à pied dans le placard et glisse le torchon plié sur la poignée du four. Après avoir inspecté une dernière fois la cuisine impeccable, je prends l'assiette du gâteau et éteins la lumière.

« J'y vais ! » je crie dans l'entrée.

Daria sort de sa chambre, déjà vêtue de sa chemise de nuit bleu ciel. Les souvenirs affluent. Ma grande sœur en pyjama, assise en tailleur sur le lit en train de polir ses ongles. Nous deux en chemises de nuit assorties en train de chanter dans nos brosses à cheveux la chanson « Wannabe » des Spice Girls. Sa main qui me frotte le dos alors que je viens de faire un cauchemar.

« Merci, Emmie.

— Merci à toi. J'ai entendu ce que tu as dit à ton amie, celle qui craint qu'un essai soit trop compliqué pour moi. »

Elle hausse les épaules.

« Je dirais n'importe quoi pour faire taire Lauren. Qu'est-ce que cette femme peut être désagréable !

— Merci quand même. »

Un silence gêné s'installe. Je redresse mes lunettes.

« Au fait, les cupcakes de Mimi sont sur le plan de travail.

— Super. »

Elle s'avance, s'arrête à quelques pas de moi. « Et la discussion sur le livre, c'était comment ? »

Elle détourne le regard.

« Ça a été, enfin, ennuyeux. T'as rien raté.

— Ah bon ? J'ai eu l'impression que vous vous amusiez bien. »

Elle soupire.

« Je suis désolée, Emmie. Je ne pensais pas que les devoirs de Natalie prendraient si longtemps. »

Que nous est-il arrivé ? Je brûle d'envie de lui poser la question. Mon cœur martèle ma cage thoracique. Rassemblant tout mon courage, je demande : « Qu'est-ce que j'ai fait de mal, Dar ? »

Elle croise les bras et se tortille, visiblement gênée, avant de laisser échapper un rire nerveux.

« T'aurais dû la laisser utiliser sa calculette. Tant pis pour la consigne, ça t'aurait fait gagner du temps. »

Elle esquive la question, comme toujours, nous le savons toutes deux. Je renonce.

« Bon, J'y vais.

— OK. Rentre bien. »

Je regarde fixement l'assiette dans ma main. Je veux lui dire quelque chose… n'importe quoi. Finalement, je lance :

« Au fait, le gâteau que tu m'avais demandé de préparer ? » J'entends la méchanceté dans ma voix, mais je ne peux pas m'empêcher. Je suis trop blessée. « Il était comment, tu ne m'as pas dit ? »

Elle se frappe le front.

« Une tuerie, ta *pizza di crema* ! Un énorme succès ! Personne ne s'est douté qu'il était en miettes une heure plus tôt. Sincèrement, Emmie, tu devrais ouvrir ta propre pâtisserie. » Elle lève la tête et je suis soudain enveloppée du rire chantant et profond de ma sœur, un son magique que je croyais entendre toute ma vie, jadis. « Qu'est-ce que je ferais sans toi ! » ajoute-t-elle.

Et il suffit de ces mots pour que tout soit pardonné.

6

Emilia

Je ne suis qu'à un pâté de maisons de chez Daria, mais mes cheveux sont déjà trempés. Le vent s'est levé et la température a baissé d'au moins cinq degrés depuis cet après-midi. Je presse le pas, me maudissant de ne pas avoir pris mon imperméable. Un homme marche tranquillement dans ma direction, disparaissant sous son gigantesque parapluie de golf. Les phares des voitures qui le croisent illuminent son visage souriant. Une bouffée de gratitude m'envahit.

« MC !

— Salut, dit Matt en m'accueillant sous son parapluie et en me tendant son sweat à capuche Nike. Tu m'avais dit que tu préférais marcher, mais vu qu'il pleut…

— Merci », dis-je en enfilant son sweat.

Il remonte la capuche sur ma tête.

« Ce sweat n'a jamais été aussi bien porté. »

J'ignore le compliment et nous nous remettons en route.

« Comment ça s'est passé ?

— Bien, dis-je en me concentrant sur le reflet des lampadaires dans la pluie.

— Ah oui ? »

L'air s'emplit de silence, celui d'un ami qui me connaît par cœur et qui sait quand je mens.

« Je voulais t'en parler tout à l'heure, dis-je en changeant de sujet, ma grand-tante Poppy m'a invitée en Italie.

— Quoi ? Mais c'est génial ! Enfin l'aventure dont tu rêves ! »

Matt est l'une des rares personnes à qui j'ai parlé des magazines de voyage que j'emprunte à la bibliothèque et du tableau des rêves que j'ai réalisé au lycée après avoir vu une émission d'Oprah Winfrey, croyant bêtement que regarder des images de cités lointaines pourrait faire de mes désirs une réalité. Mon regard se pose sur le trottoir mouillé.

« Ouais.

— Tante Poppy… C'est celle à qui personne ne parle, c'est ça ?

— Oui. Je me demande bien pourquoi c'est moi qu'elle a choisie pour l'accompagner.

— Elle est intelligente, c'est tout. Quand est-ce que vous partez ?

— Oh, je ne pars pas. Nonna ferait une attaque si j'acceptais. Elle déteste Poppy.

— Quel rapport avec le voyage ?

— Devenir amie avec Poppy serait la trahison suprême. Daria a été la première à me le faire remarquer. »

La pluie pilonne le parapluie. Nous longeons en silence un pâté de maisons avant que Matt se remette à parler.

« Pourquoi tu te laisses faire ? »

Je l'observe. Il hoche la tête, la mâchoire contractée. Je laisse échapper un soupir.

« Écoute, je sais ce que tu penses. Mais c'est autre chose, Matt. C'est une question de loyauté et…

— N'importe quoi. » Il lève une main pour parer à mes objections. « Merde, Em, tu sais parfaitement te faire entendre quand tu veux. Pas plus tard que la semaine dernière, quand on faisait la queue à la pizzeria et que tu as incendié le vendeur qui ignorait le couple d'Arabes ? Et le 4 juillet, quand il faisait trente-cinq degrés et que tu as vu le colley enfermé dans une voiture ? Tu es restée une demi-heure à attendre le propriétaire pour lui tomber dessus ! » Il me décoche un sourire en coin et sa voix s'adoucit. « C'est une des choses que j'adore chez toi. Mais j'aimerais bien comprendre pourquoi tu te laisses maltraiter comme ça par ta nonna, et aussi par ta sœur. »

Je hoche la tête. Matt n'a jamais rien compris à ma famille. Lui et ses trois frères sont les meilleurs amis du monde. Personne dans la famille Cusumano ne raccroche sans avoir dit « Je t'aime ».

« Ma famille n'exprime pas son amour comme la tienne, je réponds, fatiguée d'avance par cette conversation rebattue. Mais ça ne veut pas dire qu'ils s'en fichent. Tu te rappelles quand mon oncle Vinnie nous a fait une frayeur avec son cœur, il y a huit ans ? »

Il lève les yeux au ciel.

« Oui. Toute ta famille a rappliqué.

— Exact. Ils sont tous venus le voir. Ne me fais pas ces yeux, Matt. Tous les soirs, Nonna apportait un repas à tante Carol. Mon père et moi avons gardé

Carmella et Lucy pendant un mois. Et ils ont déjà été là pour moi aussi, surtout Nonna. Elle s'est sacrifiée pour nous élever, Dar et moi. Et elle n'a jamais rien demandé en retour.

— Rien, sauf ta soumission totale et absolue », murmure-t-il.

J'ignore son sarcasme.

« Et après l'accident, quand j'étais à la fac. Nonna a fermé la boutique pendant trois jours pour qu'ils puissent rester à mes côtés. Ça, tu vois, c'est la famille. Donc, s'il te plaît, ne fais pas comme s'ils n'avaient pas de cœur. Ils sont gentils.

— Avec tout le monde, sauf avec toi et ta tante Poppy. »

Par chance, nous arrivons devant chez moi.

« Merci pour le parapluie et la veste. »

Il se tourne vers moi.

« Tu sais, ça vient de me sauter à la gueule. Je crois que j'ai enfin compris pourquoi tu supportais leurs mauvais traitements. » Il se mord la lèvre en m'examinant d'un air songeur. « Tu as peur. »

Je ris.

« Peur, moi ? Ouais, c'est ça ! » Je fais un pas sous la pluie. « J'aurai deux mots à te dire demain. »

Il attrape la manche de ma veste, ou plutôt de la sienne.

« Allez, Ems. Réfléchis un peu. Tu es bien placée pour savoir ce qui arrive aux personnes de ta famille qui ne se conforment pas à ce qu'on attend d'elles. »

La pluie éclabousse mes lunettes et ruisselle sur mon nez.

« De quoi parles-tu ?

— Je parle de Poppy. Et du fait que vous êtes toutes les deux traitées comme de la merde, comme si vous valiez moins que les autres, tout ça à cause de ce mensonge imbécile. »

Mon cœur tressaille. Il parle du sort.

« Ça n'est pas normal, la façon dont ta nonna a coupé les ponts avec sa sœur. J'ai toujours pensé que c'était bizarre. Et toi, tu marches sur des œufs avec elle et Daria, tu leur cèdes tout. Tu es prête à te priver de ce voyage en Italie alors que je sais très bien que tu meurs d'envie de partir. Tout ça pour qu'elles t'aiment. Parce que tu as trop peur de finir seule et abandonnée comme ta tante Poppy. »

Je veux répliquer, mais j'ai peur que ma voix me trahisse. D'une main, je couvre mon menton. Les yeux de Matt s'attendrissent.

« Hé, je ne voulais pas te faire de la peine. »

Il se penche soudain vers moi pour déposer un baiser sur ma joue. J'ai un mouvement de recul. Puis, comme s'il avait besoin d'une humiliation supplémentaire, j'essuie l'endroit que ses lèvres ont touché. Même dans la pénombre, je vois que ça le heurte.

« Je suis désolée, MC. Je ne voulais pas… »

Il lève une main pour me faire taire. Pendant un moment, il me regarde sans un mot en hochant la tête.

« Tu ne vois pas que c'est la chance de ta vie ? Et tu es sur le point de la laisser passer. Tu es prête à faire une croix dessus, tout ça parce que tu as trop peur d'avancer. » Son débit s'accélère, comme toujours quand il s'énerve. « Tu as vingt-neuf ans, Em. T'es plus une gamine. Arrête de faire mine de ne pas voir ce qui est l'évidence. Tu as une occasion, saisis-la. Parce qu'un jour, crois-moi, tu regretteras d'avoir perdu la plus belle chose qui te soit jamais arrivée. »

Soudain, ma bouche est sèche. Ma gorge se serre. Il ne fait aucun doute que cette conversation n'a rien à voir avec l'Italie.

Il pose une main sur ma joue mouillée. Cette fois, je veille à ne pas reculer.

« Tu comprends où je veux en venir ?

— Oui », je murmure, le cœur battant.

C'est un moment crucial. Il attend que je poursuive, que je lui dise quelque chose qui lui donne de l'espoir. Mon ami de toujours, mon allié, l'homme pour qui je me tiendrais debout devant un train en marche, attend de moi davantage que mon amitié. Je ferme les yeux, ivre de terreur, d'envie de rébellion et de culpabilité.

« Je sais précisément où tu veux en venir, et tu as raison. » Je souris et cogne son bras. « Je VEUX aller en Italie. »

Je lui fais au revoir de la main et me dirige vers la porte. Mon Dieu, je suis devenue aussi douée pour l'esquive que ma sœur.

Je pousse la porte avec une lenteur extrême, l'esprit tourbillonnant. Matt se trompe sur toute la ligne. Jamais ma famille ne romprait les liens avec moi comme elle l'a fait avec ma grand-tante. Je verrouille la porte derrière moi dans un petit claquement sec et traverse l'entrée plongée dans l'obscurité. J'ai presque atteint l'escalier quand je trébuche sur une paire de chaussures.

« Eh merde ! » Je porte aussitôt ma main à la bouche, mais il est trop tard. La lumière de l'entrée s'allume. Du haut de son mètre quarante-cinq, ma nonna Rosa apparaît sur le seuil de son appartement, situé au rez-de-chaussée, sa vieille robe verte zippée jusqu'au cou.

« *Silenzio !* Tu vas réveiller ton père ! » siffle-t-elle, les poings plantés sur ses larges hanches.

Elle parle avec un fort accent, dans un anglais approximatif ponctué de mots italiens. Après cinquante-huit ans passés aux États-Unis, ma grand-mère, dont le petit monde est largement composé d'immigrants italiens, ne maîtrise toujours pas l'anglais. Elle préfère rester chez elle, à l'écart, tout en se plaignant de ne pas être intégrée.

Je me penche. Une paire de chaussures orthopédiques traîne dans l'entrée.

« Tes chaussures, Nonna », dis-je en les lui tendant.

Elle me les arrache des mains avec agacement. Mais je la connais. Elle a fait exprès de les laisser traîner pour m'entendre rentrer.

« *Mi dispiace.* » Et me voilà à m'excuser, alors que j'ai failli me casser le cou.

Je me dirige vers l'escalier pour aller me réfugier à Emville.

« Tu as reçu une lettre ? »

Je ferme les yeux. Pourquoi faut-il que Daria raconte toujours tout à Nonna ?

Elle croise les bras, les pose sur son ventre rond comme s'il s'agissait d'un comptoir.

« Comment ma sœur a-t-elle pu penser que tu l'accompagnerais en Italie ? Dis-moi, Emilia Josephina, vous vous êtes écrit, toutes les deux ?

— Seulement pour les fêtes, Nonna. Elle m'envoie encore des cartes. Je n'ai pas vu Poppy depuis dix ans, à l'enterrement d'oncle Bruno. Je te jure. Nous sommes amies sur Facebook, mais elle ne poste quasiment rien. »

Nonna agite une main et s'offusque.

« Facebook. Mais pour qui elle se prend, celle-là ? Je vais te dire une chose, Emilia, cette femme est *indecente*. Tu dois garder tes distances avec elle. *Capisci ?* Ne t'approche pas d'elle ! »

J'observe le visage rond de ma grand-mère, ridé et rabougri comme un raisin sec. Si elle avait encore des dents, je suis sûre qu'elles grinceraient. Elle me lance un regard noir, attendant que j'acquiesce. Cela me demande tout mon courage, mais ce soir je refuse d'acquiescer, même d'un simple clignement des paupières. Elle incline la tête en plissant ses petits yeux noirs.

« Demain matin, tu me donneras la lettre. C'est moi qui répondrai. Je dirai à ma sœur que tu ne veux plus entendre parler d'elle et de ses manigances. »

Je serre les mâchoires. Les mots de Matt résonnent en moi tandis que je monte l'escalier. *Tu as peur. Tu marches sur des œufs avec elle...* Je suis presque arrivée au premier palier quand je m'arrête. Je baisse les yeux vers ma grand-mère qui rentre d'un pas traînant dans son appartement, ses chaussures tenues dans une main se balançant contre ses jambes.

« Nonna ? »

Elle se retourne et lève les yeux vers moi, le front plissé. Mon cœur s'emballe.

« C'est moi qui répondrai à Poppy. »

Elle cligne des yeux plusieurs fois.

« Tu lui diras que tu ne souhaites pas partir avec elle en Italie ? »

Ce serait un mensonge. Je veux aller en Italie. *Indecente* ou pas, je veux connaître Paolina Fontana, la grand-tante énigmatique qui émaille ses lettres de petits dessins bébêtes, la vieille dame audacieuse prête à partir en voyage à l'autre bout du monde.

« Tu le feras, Emilia ? » insiste Nonna avec un regard perçant.

Je me détourne et continue de monter l'escalier en sachant que, demain, la petite-fille obéissante que je suis se soumettra à ses désirs. Nonna sera satisfaite. Daria, soulagée. Mais ce soir, j'éprouve un malin plaisir à ne pas obtempérer.

#

Souvent, les petites filles rêvent de robe blanche et d'anneau au doigt. Je suppose que j'ai aussi nourri ce rêve quand j'étais plus jeune. Mais c'est de l'histoire ancienne. J'ai appris à accepter mon célibat – et même à l'apprécier. Contrairement à la plupart des femmes approchant la trentaine, je savoure les soirées entre amis sans m'inquiéter de savoir si je rencontrerai « le bon ». Hormis mon stick correcteur, j'économise une fortune en maquillage et en soins du visage. Je choisis des chaussures pratiques et des lunettes confortables. Je m'épargne les premiers rendez-vous embarrassants et les chagrins d'amour qui suivent inévitablement. Je ne prends pas la peine d'aller à la salle de sport pour rencontrer d'autres « célibataires dynamiques ». Je fais mon jogging dehors, vêtue d'un vieux survêtement, et je suis des cours de yoga en ligne dans mon salon, parfois en pyjama. Quand je rencontre un mec intéressé, je n'ai pas le cœur qui bat la chamade. Je n'imagine pas des ribambelles d'enfants avec son nez et mes yeux. Je n'essaye pas de faire étalage de mon esprit. Je suis simplement moi-même – ce qui a généralement pour effet de briser les élans des soupirants potentiels.

C'est un lundi après-midi radieux, mon jour de congé, et je cours dans le parc Petrosino en écoutant la nouvelle chanson de Lord Huron quand mon portable sonne. Je ralentis pour jeter un coup d'œil au texto.

Salut, Ems. Netflix ce soir ?

En ce moment, Matt et moi passons des soirées entières devant les rediffusions de *The Office*, l'excuse parfaite pour rester des heures à glander en s'empiffrant de pop-corn au fromage. Je souris, heureuse de voir mon vieux surnom. Peut-être les ondes bizarres qui brouillaient notre amitié sont-elles en train de disparaître. Je réponds par un pouce levé. Il répond immédiatement par un cœur.

Un cœur ? Sérieusement ? Je fourre mon portable dans ma poche et pars dans un sprint. Une minute plus tard, je reçois un appel. Je mets mes AirPods sur pause.

« Quoi de neuf, Cusumano ?

— Euh, bonjour, Emilia ! »

Je m'arrête en faisant crisser mes chaussures et sors mon téléphone de ma poche. Une jolie femme à la peau mate me sourit sur l'écran. Qui peut bien m'appeler en FaceTime sans prévenir ? Je me recule et enlève les clips solaires de mes lunettes.

« Tante Poppy ? »

7

Emilia

Une écharpe bleu cobalt s'enroule autour de la tête de tante Poppy, rassemblant sa masse de boucles grisonnantes. Je m'essuie le front avec ma manche.

« Tante Poppy ? C'est toi ?

— Aux dernières nouvelles, oui », répond-elle avec un rire qui dessine un délicat dédale de rides au coin de ses yeux sombres. « Quel joli sourire ! dit-elle en scrutant l'écran d'un œil attentif. Tu as enfin perdu tes dents de lait ! »

Je ris.

« En effet, oui, dis-je en posant un doigt sur la cicatrice en dessous de ma lèvre.

— Et tu portes toujours tes lunettes vintage.

— Oh, elles ne sont pas vintage.

— Elles pourraient passer pour. Mais parlons plutôt de notre voyage. »

Je me penche, pose mes mains sur mes cuisses pour essayer de reprendre mon souffle… et mes esprits. Cela fait pratiquement une semaine que j'ai reçu l'invitation de ma tante. Comme Nonna me l'a ordonné, j'ai répondu le lendemain par un petit mot refusant poliment sa proposition. L'a-t-elle reçu ?

« Désolée, tante Poppy, mais je ne peux pas partir en Italie avec toi. »

Elle tapote un ongle peint sur son menton.

« S'il te plaît, ma chérie, évite de dire non trop vite. Tu verras que la vie est bien plus intéressante quand on apprend à dire "C'est possible". »

J'entends qu'on sonne à sa porte.

« Écoute, tu es occupée. Nous en parlerons une autre fois, je lance, ravie d'avoir une excuse pour raccrocher.

— Ne dis pas de sottises. Nous avons un voyage à préparer. »

Elle traverse à la hâte un salon bleu pervenche tout en continuant de parler. La danse de l'écran me donne le tournis. J'aperçois un intérieur encombré de bibelots et d'objets en tous genres – une vieille horloge en forme de station-service au-dessus de la cheminée, des coussins dépareillés de toutes les formes et couleurs imaginables, un fauteuil à imprimé zèbre sur une moquette pourpre. Dans un coin, un fauteuil en osier en forme d'œuf est suspendu au plafond par une chaîne. Serait-ce un singe en bois que je vois se balancer dessus ?

Soudain, une porte s'ouvre et la lumière du soleil fait irruption sur l'écran.

« Brody ! »

Poppy dirige son portable vers un homme d'une soixantaine d'années, grand, les cheveux blonds en broussailles, vêtu d'un jean et d'une chemise en flanelle.

« Brody, je te présente Emilia. Emilia, Brody. »

J'ai un petit rire embarrassé.

« Ah, euh, enchantée.
— Moi de même, répond-il d'une voix profonde qui s'accorde avec son allure robuste. Ta tante est tout excitée par le voyage. »

Je ne sais plus où me mettre. Elle raconte donc que je pars en Italie ? J'écoute l'homme informer ma tante qu'il en a terminé pour aujourd'hui. Le portable vacille, puis j'aperçois une main ridée.

« Pour te porter chance, fait Poppy en plaçant une pièce brillante dans la main de l'homme. Au revoir, mon cher ami. »

L'écran s'agite quand elle lui fait au revoir de la main.

« Bonne journée, Brody ! Mets du soleil autour de toi ! »

Elle retourne enfin le portable sur son visage.

« Cet homme est une bénédiction ! dit-elle en refermant la porte derrière elle. Il a perdu une jambe au Viêtnam mais il est devenu mon bras droit. Il vient tous les jours m'aider à m'occuper de Higgins. C'est un hongre, il a vingt ans. »

Je suis encore en train d'essayer de digérer le fait que ma tante a un cheval quand elle ajoute : « Le père de Brody était mon compagnon.
— Comment ça, ton compagnon ? Tu veux dire…
— Oui, Emilia, mon amant. Mais c'est du passé. Paix à son âme. »

#

Si Nonna représente la vieille Italie, lourde, sombre et crispée, Poppy incarne l'Amérique cosmopolite, légère, frivole et enjouée. Elle a gardé juste ce qu'il faut d'accent italien pour paraître européenne et exotique.

Elle entre dans sa cuisine encombrée et j'ai presque l'impression d'être avec elle, à Devon, en Pennsylvanie. Quand Poppy annonce que c'est l'heure du thé, je suppose naturellement qu'elle va se préparer un Earl Grey ou un Oolong. Au lieu de quoi elle sort une bouteille de gin Bombay Sapphire d'un placard bleu canard, un large sourire aux lèvres.

« Tu préfères ton cocktail sec ou avec des glaçons ?

— Sec et avec une olive, je réponds en jouant le jeu, ce qui fait rire Poppy.

— Oh, comme j'aimerais que nous soyons vraiment ensemble maintenant, perdues dans nos beuveries éveillées. »

Je m'assieds sur un banc du parc et le soleil réchauffe mes épaules pendant que je regarde ma tante se préparer un cocktail. Elle a posé son portable contre une bouteille de vin, mais il ne laisse voir que la portion gauche de son corps. L'essentiel de l'écran est dirigé vers un réfrigérateur couvert de photographies de bébés, d'enfants et d'adultes aux couleurs de peau et aux physionomies variées. Une foule de femmes coiffées de casquettes roses qui brandissent des pancartes lors d'un rassemblement. Poppy en tenue de cavalière sur un magnifique cheval noir – sans doute Higgins. Ma tante les pieds dans l'océan, bras dessus bras dessous avec un essaim de gens qui paraissent la moitié de son âge.

Elle jette un œil au réfrigérateur derrière elle. Mes joues s'échauffent, comme si j'avais été surprise en train de fouiner. Ses yeux pétillent.

« La vie est plus belle quand on compte les amis plutôt que les années, tu ne trouves pas ? »

Sans attendre ma réponse, elle saisit son verre et le shaker. L'écran devient noir. J'imagine qu'elle a calé le téléphone sous son bras. Un instant plus tard, elle est debout sur une terrasse ombragée.

« Mon petit paradis », commente-t-elle en m'offrant un lent panoramique des lieux.

Des plantes biscornues et des grimpantes indisciplinées, un hibiscus rose et des pavots orange vif se mélangent anarchiquement dans des pots en terre posés sur un sol jonché de fées en céramique, de nains colorés, d'un alligator grandeur nature, d'un symbole de la paix en bois et d'un arc-en-ciel en étain.

« Regarde un peu mon dernier projet, dit-elle en se penchant vers un bassin à poissons. Viens par ici, Nemo, appelle-t-elle en ridant la surface de l'eau. Par ici, Dory ! »

J'éclate de rire.

« C'est génial, chez toi. »

Je suis sincère. Sa maison est intriguante, étourdissante et bizarrement attrayante, comme dans un roman de fantasy où le héros serait, au choix, fantasque et jeune d'esprit… ou complètement marteau.

« Je sais, je suis siphonnée, lance Poppy en interrompant mes pensées.

— Quoi ? »

Elle se redresse.

« C'est à ça que tu pensais, n'est-ce pas ?

— Non ! » Je pousse un petit rire nerveux. « Je, euh… »

Elle rit et s'installe dans un siège en osier aux coussins dépareillés.

« Ce n'est pas grave, Emilia. Tu sais, j'adore les fous. Ceux qui explorent, qui rient, qui créent comme des fous. Ceux qui n'ont pas peur des os cassés ni des cœurs brisés, qui prennent des risques et se réjouissent des surprises. Je soupçonne que tu en fais partie.

— Mmm. »

J'ai marmonné en espérant que cela passe pour un oui.

Elle cale son portable sur la table devant elle. Cette fois, il est braqué dans la bonne direction, si bien que je peux enfin étudier ma tante. Elle est mince, avec une jolie peau mate et une grande bouche aux lèvres pleines peintes en rouge vif. Elle porte une robe d'été en lin blanc, avec un gros collier orange et une ceinture fuchsia.

« À Emilia ! »

Elle lève son verre et une dizaine de bracelets colorés cliquettent contre son poignet délicat. Sur mon banc, à cent soixante kilomètres de là, je fais mine de trinquer quand elle ajoute :

« À ma pareille, une deuxième fille Fontana. »

Je m'étrangle avec mon cocktail imaginaire en repensant à Filomena, Hugo et la pauvre Maria.

« À la tienne ! Mais je ne crois pas au sort, tu sais.

— J'espère bien ! répond-elle en hochant la tête. L'injustice de cette histoire m'a toujours hérissée.

— Moi aussi. Une femme se fait agresser et, résultat, elle se prend une pierre en pleine figure et une malédiction à vie. À n'y rien comprendre !

— Une honte. Filomena et Maria auraient dû rester soudées et donner à ce crapaud lubrique un bon coup de pied dans les couilles. »

J'éclate de rire.

« Amen ! » Je me sens soudain liée à cette femme, malgré les deux générations qui nous séparent.

Elle replie ses jambes près de ses fesses, exposant ses pieds nus et bronzés aux ongles mandarine.

« Parle-moi de toi, Emilia. Qu'est-ce que tu as de beau à me raconter ? »

Je change de position sur mon banc et fais de mon mieux pour parler avec intérêt de Daria et Matt, mon chat, mon travail, mes nièces et même mon petit appartement.

« C'est à peu près tout, ma vie n'est pas passionnante. »

Elle hausse les épaules.

« Peu importe. Ce sera bientôt de l'histoire ancienne. Tu vas embarquer pour un voyage tous frais payés en Italie ! »

Tous frais payés ? Aux dernières nouvelles, Poppy était prof – d'histoire de l'art, je crois. Comment peut-elle se permettre de payer un voyage pour deux en Europe, en plus de sa maison magnifique, de son cheval et de son employé ? Toutes ses économies vont-elles être englouties dans ce voyage ?

Je me lève et me remets à marcher sur l'allée pavée du parc.

« C'est vraiment généreux de ta part, mais ils ont besoin de moi, au magasin. Je suis désolée.

— Ah oui, préparer des *cannoli* est certainement plus important qu'un voyage en Europe. » Avant que je puisse me défendre, elle enchaîne. « Tu es jeune, Emilia. Si tu ne peux pas voyager et voir du pays, autant sauter dans la boîte dès aujourd'hui. »

Je suppose que par boîte, elle veut dire cercueil. Si je comprends bien, une vie comme la mienne n'est pas très différente de la mort ?

« Mon père a besoin de moi. Nonna et ma sœur aussi.

— Peut-être, mais, toi, de quoi as-tu besoin ? »

J'ouvre la bouche pour dire quelque chose – je ne sais pas encore précisément quoi – quand un cycliste manque de me faucher.

« Attention ! crie-t-il.

— Désolée ! je lance en détalant vers mon banc.

— Emilia, mon enfant, dit tante Poppy, fais-moi plaisir, s'il te plaît. Arrête de dire que tu es désolée quand tu ne l'es pas. »

Je fronce les sourcils. « Quoi ?

— Revenons à nos moutons. J'ai planifié tout notre itinéraire. Huit jours en Italie, plus une journée d'avion à l'aller et une autre au retour. Nous allons d'abord faire un peu de tourisme, mais nous devons impérativement finir notre périple à Ravello. C'est une magnifique ville à flanc de coteau sur la côte amalfitaine. Il faut que j'y sois le 22 octobre, ajoute-t-elle en souriant à son téléphone. Le jour de mes quatre-vingts ans.

— Mais, tante Poppy…

— Nous partons dans six semaines. Je me disais que tu pourrais venir me chercher en voiture à Devon. J'habite à vingt minutes de l'aéroport de Philadelphie.

— Je n'ai pas mon permis.

— Ah, ces New-Yorkais ! Dans ce cas, nous nous retrouverons à JFK. Ça va être formidable ! Nous commencerons par Venezia, et puis… »

Je masse distraitement ma cicatrice.

« Tante Poppy, s'il te plaît ! Je ne peux pas aller en Italie. C'est imp…

— C'est possible. » Elle me fixe avec une telle intensité que je suis soulagée de ne pas l'avoir pour de vrai en face de moi. « Tu pourras dire tout ce que tu veux, je sais que tu meurs d'envie d'y aller. Sinon, pourquoi m'aurais-tu donné ton numéro dans ta lettre ? »

Je pousse un soupir.

« D'accord. Peut-être que j'aimerais bien y aller. Mais Nonna ne veut pas que je parte. Elle comptait répondre elle-même, mais j'ai insisté. Je tenais à ce que ce soit moi qui te le dise. »

Poppy m'adresse un large sourire.

« Voyez-vous ça ! Tu as quand même du cran, Emilia. Ça doit rendre Rosa folle. Ta mère était douce comme le miel. Je suis ravie de constater que tu es différente. »

Mon cœur s'emballe. Toute ma vie, j'ai rêvé d'en savoir plus sur ma mère. J'ai cessé de poser des questions à mon père il y a des années, quand Nonna m'a accusée de « gratter la croûte pour rouvrir les vieilles plaies », des mots insoutenables pour mes jeunes oreilles. Je sais à quoi elle ressemblait grâce aux photographies, mais mon père ne m'a appris que trois choses sur ma mère. Elle aimait danser. Sa couleur préférée était le bleu. Elle détestait les araignées. Cela m'attriste de penser que, peut-être, c'était là tout ce qu'il savait de sa jeune épouse.

« Tu la connaissais bien ?

— Je la voyais à Noël et à Pâques. Quand j'arrivais, elle sautait du perron pour courir à ma rencontre. »

J'imagine ma mère et sa tante, qui la faisait tournoyer dans les airs et rire aux éclats, comme Mimi et moi quand nous nous retrouvons.

« Rosa n'a jamais accepté notre relation. Elle était très autoritaire, comme tu le sais, et la douce Josie ne voulait pas la contrarier. »

Je serre la main sur mon portable.

« Raconte-moi encore. Est-ce qu'elle aimait lire ? Est-ce qu'elle était curieuse ? Gentille ? S'il te plaît, tante Poppy, dis-moi tout ce que tu sais d'elle. »

8

Poppy – 1959
Trespiano, Italie

Dans les années cinquante, toute l'Italie était en plein essor, surtout dans le « triangle industriel » formé par Milan, Turin et Gênes. Le plan Marshall injectait des milliards de dollars dans le pays. Mais notre petit village toscan de Trespiano, juste à côté de Florence, restait plus ou moins inchangé. Mon père travaillait dur à la ferme. Il n'a pas senti le vent tourner.

Mon frère aîné, Bruno, travaillait aux champs avec Papà et le beau fiancé de Rosa, Alberto. Chaque semaine, ils portaient leur récolte au marché et en revenaient avec à peine assez d'argent pour couvrir le loyer et les dépenses courantes. Mon père trimait dans les champs depuis des années mais louait encore ses terres. C'est le riche propriétaire terrien qui se remplissait les poches.

Le fiancé de Rosa a été le premier à exprimer sa frustration. Dans quelques années, Dolphie serait assez grand pour les rejoindre aux champs. Alberto se demandait comment la ferme pourrait faire vivre quatre hommes et leurs familles, alors qu'elle ne rapportait pas assez pour trois.

Tout en binant et labourant la terre, Alberto semait des graines – au propre comme au figuré. Lui et mon frère, Bruno, tous deux âgés de vingt-quatre ans à l'époque, voulaient quitter ce pays où leurs efforts n'étaient pas justement récompensés. Ils iraient en Amérique, le pays de Cocagne.

Un oncle d'Alberto avait émigré aux États-Unis trois ans plus tôt. Dans une lettre, cet oncle, Ignacio, avait parlé à Alberto de l'endroit où il vivait, New York, ainsi que du réfrigérateur dans sa cuisine et de la machine qui lavait son linge. Ignacio avait ouvert un petit commerce, Lucchesi's, dans un quartier de Brooklyn appelé Bensonhurst où s'étaient installés de nombreux immigrants italiens. Il avait besoin d'aide pour couper les viandes et cuisiner. Si Alberto et son ami Bruno venaient en Amérique, ils pourraient gagner en un mois plus d'argent que ce que leur rapportait une année entière de marchés.

Mon frère, Bruno, pensait que c'était une excellente idée. Lui et Alberto ont donc commencé à mettre de l'argent de côté. Alberto épouserait Rosa avant de partir. Elle le rejoindrait une fois qu'il serait installé en Amérique, et une nouvelle vie débuterait alors pour eux. Dolphie ne tarderait pas à les suivre, lui non plus.

« Vous et Paolina serez les bienvenus », disait Alberto à mes parents.

J'étais électrisée par l'Amérique et ses idées modernes, sa liberté et son beau candidat aux présidentielles, le sénateur John Fitzgerald Kennedy. Mais ce n'était pas le cas de ma douce sœur, Rosa. La nuit, sous l'avant-toit de notre minuscule chambre, elle me faisait part de ses peurs. Bien qu'elle fût de deux ans mon aînée et qu'elle eût la langue bien pendue, Rosa était peureuse, voire lâche par moments. Elle avait besoin de sécurité et de certitudes. Elle aurait préféré rester à Trespiano toute sa vie, entourée de ses parents, d'Alberto et d'une ribambelle d'enfants.

Alberto et mon père en parlaient tous les soirs à la table du dîner. Bruno et Alberto partiraient. Ils n'auraient aucun mal à obtenir des visas. L'oncle Ignacio soutiendrait leur demande en assurant le gouvernement américain qu'ils auraient un emploi dès leur arrivée.

Dans son dos, Rosa se moquait de son fiancé, affirmant qu'il était un doux rêveur et qu'ils ne quitteraient jamais Trespiano ni Mamma et Papà. Mais je savais que son destin était scellé. Elle serait bientôt l'épouse d'Alberto. Dans notre famille, les femmes n'ont jamais eu voix au chapitre. Une fois son mari en Amérique, elle serait bien obligée de le rejoindre. Alberto voulait une femme forte et travailleuse, une femme qui lui donnerait de nombreux enfants dans sa nouvelle patrie. Si Rosa refusait de partir en Amérique, des tas de filles au village seraient prêtes à prendre sa place.

Alberto Lucchesi était bon danseur et quand il riait, on ne pouvait s'empêcher d'en faire autant. Il mesurait plus d'un mètre quatre-vingts, avait une belle tignasse de cheveux noirs et un regard pétillant qui vous hypnotisait. Je l'ai vu charmer plusieurs de mes amies. Mais je n'en ai jamais rien dit à ma sœur. Elle manquait de confiance en elle. Et Papà ne l'aidait pas. Il félicitait sa fille aînée d'avoir trouvé un tel fiancé, plaisantant sur sa bonne fortune.

« Toi, ma chère fille, tu n'es qu'un petit filet de pêche. Je me demande bien comment tu as réussi à attraper le plus gros poisson de la mer. »

Rosa semblait se ratatiner à chaque fois que Papà faisait ce genre de remarque. Et quand Alberto lisait des livres et des journaux, ou quand il employait des mots que Rosa aurait été incapable de prononcer, encore moins d'expliquer, son manque d'assurance s'aggravait un peu plus.

« Alberto va vite se lasser de moi.

— De la plus gentille fille d'Italie ? me récriais-je. De la meilleure cuisinière de Trespiano ? De celle qui sera une femme parfaite pour lui ? Ne dis pas de bêtises !

— Et aussi une mère. Alberto veut beaucoup d'enfants, ajoutait-elle.

— Bien sûr que tu seras la meilleure des mères. »

Rosa n'a rien dit quand Alberto s'est mis à économiser pour payer la traversée vers l'Amérique. Elle ne voulait pas penser à ce qui l'attendait – un périple en solitaire à travers l'océan Atlantique. Souvent, tirée de son sommeil par un cauchemar, elle se cramponnait à moi en me racontant son mauvais rêve : des eaux déchaînées et, elle, enfermée dans une minuscule cabine dont elle ne pouvait s'échapper.

Un jour, au dîner, Rosa a déclaré qu'elle avait une merveilleuse nouvelle à annoncer. Mon père a continué d'enrouler ses pâtes autour de sa fourchette, visiblement peu intéressé par les idées ineptes de sa fille, mais moi, je me suis redressée, curieuse.

« Alberto a écrit à son oncle Ignacio », a dit Rosa.

Mon père a levé les yeux vers elle.

« Ignacio est d'accord pour épouser Paolina. »

Je me suis étranglée avec mon pain.

« Ils se marieront dès que Paolina et moi arriverons à Brooklyn. »

Le visage de mon père s'est éclairé. Il a levé son verre de chianti.

« À Ignacio et Paolina ! Je n'aurais jamais cru que ça arriverait ! »

Pour ma famille, j'étais casée. J'irais à New York épouser Ignacio, un homme colérique de quarante et un ans qui avait besoin d'une jeune femme pour cuisiner et laver ses vêtements crasseux. J'ai frémi.

« Jamais !

— S'il te plaît, Paolina, a dit Rosa, les mains jointes en prière contre sa poitrine. Tu dois accepter sa proposition. Tu obtiendras facilement ton visa avec un fiancé en Amérique. Et puis nous ferons le voyage ensemble !

— Hors de question que j'épouse cet homme. Il est trop vieux. Je ne le connais même pas, ai-je répondu en frappant ma fourchette contre mon assiette.

— Chut, a dit ma mère. Tu es la seconde fille. C'est une chance inespérée qu'un homme veuille bien de toi. Pense à toutes tes cousines. Elles sauteraient sur l'occasion. »

J'ai jeté ma serviette sur la table.

« Je ne crois pas à cette malédiction. Je n'y ai jamais cru ! »

Mais en prononçant ces mots, mes pensées allaient à ma grand-tante Isabella, à ma tante Blanca, à mes cousines Apollonia et Silvia, Evangelina, Martina et

Livia. Toutes des deuxièmes filles Fontana. Toutes célibataires.

« Et les enfants ? Voilà enfin ta chance d'en avoir. »

J'ai presque renversé ma chaise en me levant.

« Je n'ai plus faim. »

J'étais au milieu de l'escalier quand Rosa m'a rattrapée par le bras.

« Excuse-moi, Paolina. Je croyais que tu serais contente de partir avec moi en Amérique. »

Je me sentais piégée. Bien sûr que je voulais aider ma sœur. Et je mourrais d'envie de partir en Amérique. Je rêvais de liberté et d'opportunités. Peut-être pourrais-je même aller à l'université ? Mais il était hors de question que j'épouse un homme que je n'aimais pas.

« Je n'ai pas besoin d'un mari. Peu m'importe de rester célibataire toute ma vie.

— Tu ne comprends pas que c'est le meilleur moyen d'obtenir ton visa ? » Elle m'a attirée à elle pour chuchoter : « Qui pourra te forcer à l'épouser, une fois en Amérique ? »

J'ai plongé mon regard dans ses yeux espiègles. Elle avait raison. Rosa et moi arriverions en Amérique au moins un an avant mes parents. L'Amérique était le pays de la liberté. Là-bas, les femmes avaient vraiment voix au chapitre. Elles fumaient et conduisaient des automobiles. Elles prenaient même des pilules contre les douleurs menstruelles dont on disait qu'elles empêchaient de tomber enceinte. Une fois là-bas, je pourrais faire ce que je voulais, être qui je voulais. L'idée m'a laissée sans voix… et pleine d'espoir. J'ai pris Rosa dans mes bras.

« Grande sœur futée, je t'aime ! »

À la fin du mois de septembre, Rosa et Alberto se sont unis lors d'une cérémonie sobre, qui parut totalement dénuée de passion à mon jeune cœur. Mais Rosa était folle de joie.

« Je l'ai enfin ! m'a-t-elle dit. L'homme de mes rêves est à moi, et personne ne pourra me le prendre. »

Deux jours plus tard, elle et moi demandions nos visas pour l'Amérique, Rosa en tant que jeune épouse dont le mari partait vivre et travailler aux États-Unis, moi en tant que fiancée d'un Italo-Américain ayant déjà obtenu la citoyenneté américaine. On nous a informées que l'obtention des visas prendrait plusieurs mois, voire plus d'un an. D'ici là, il nous faudrait travailler et économiser pour payer la traversée, car le billet coûtait cher.

J'avais presque vingt ans et tout m'attirait, les langues, l'histoire, les sciences… Mais je n'avais ni compétence ni formation. J'ai trouvé un emploi de blanchisseuse, un travail atroce, quatre jours par semaine à laver le linge dans le sous-sol d'un hôtel de la ville voisine de Fiesole. Quand je n'étais pas à l'hôtel, j'aidais Mamma à préparer les énormes repas, à faire le ménage et s'occuper des poules. Elle m'a appris à raccommoder les chaussettes et à repriser les habits pour que je l'assiste dans les travaux de couture qui lui permettaient de mettre un peu de beurre dans les épinards.

Mais la couture était pour moi une corvée. J'étais une lamentable cuisinière. Et que dire du ménage ? Qui a envie de passer ses journées à quatre pattes la tête dans un seau ? La vie domestique m'énervait tellement que je préférais me perdre dans mes songeries. Je rêvais d'aller à l'université en Amérique, un jour pour devenir architecte, le lendemain, physicienne, ou encore professeure. *La mia sognatrice*, « ma rêveuse », me surnommait ma mère.

Rosa, jeune femme mariée de vingt-deux ans, avait plus d'opportunités que moi. Alberto avait un cousin qui avait un ami qui travaillait à la gallerie des Offices, à Florence. Si Rosa réussissait l'examen, elle serait engagée comme guide dans le célèbre palais.

J'étais tellement envieuse ! La galerie des Offices héberge l'une des plus belles collections d'art de la Renaissance au monde. Cette veinarde de Rosa aurait un emploi prestigieux en ville, un travail stimulant et passionnant. Mais elle devait d'abord réussir l'examen, ce qui n'était pas une mince affaire. Ses yeux devenaient vitreux à chaque fois qu'elle essayait d'étudier le manuel de soixante pages que le conservateur du musée lui avait remis. La pauvre Rosa n'était pas très curieuse et l'art ne l'intéressait absolument pas.

Chaque nuit, après ma longue journée de travail, elle et moi nous asseyions sur le petit lit du grenier que nous avions partagé jusqu'à ce que Papà installe une cloison pour offrir aux jeunes mariés un espace séparé. Je lui posais des questions sur *L'Annonciation* de Léonard de Vinci et le *Tondo Doni* de Michel-Ange, l'interrogeais sur les dates et l'histoire de toutes les œuvres majeures du musée. Mais Rosa semblait ne jamais pouvoir se rappeler quoi que ce soit. Son esprit était accaparé par les soucis. Elle s'inquiétait du départ imminent d'Alberto et me bombardait de questions auxquelles je ne pouvais donner aucune réponse vraiment satisfaisante. Son mari l'oublierait-elle après avoir quitté Trespiano ? Et si notre bateau coulait ? Et si Alberto n'était pas là pour nous accueillir à notre arrivée ?

La veille de l'examen, c'est moi qui avais l'estomac noué. Ma sœur ne savait rien. Elle confondait les dates et ne distinguait pas les sculpteurs des peintres. J'ai jeté le livre sur le lit et pris Rosa dans les bras.

« Tu ne comprends donc pas à quel point c'est important ? Tu dois décrocher ce boulot, Rosa, si tu veux mettre de l'argent de côté pour retrouver Alberto.

— *Mia sorella ostinata.* » C'était le surnom qu'elle me donnait, sa petite sœur entêtée. Elle s'est laissé tomber sur le lit. « Je ne peux pas, Paolina ! Qui pourrait retenir des trucs aussi barbants ?

— Barbants ? Ces artistes sont fascinants. D'ailleurs, j'ai tout retenu, moi. »

Elle s'est redressée. Je la voyais réfléchir à toute vitesse.

« Toi, a-t-elle lancé en me pointant du doigt, tu passes l'examen. Tu prends le boulot de guide. Je te remplacerai à la blanchisserie et j'aiderai Mamma pour les tâches ménagères. »

Je n'y croyais pas. Elle préférait travailler dans une blanchisserie étouffante qu'être guide dans le célèbre palais ? Comment était-ce possible ?

« Je préfère rester près de la maison, a-t-elle ajouté, répondant à ma question informulée. Ici, je peux écouter les ragots et surveiller les allées et venues d'Alberto. »

Que répondre à un esprit aussi angoissé ? J'avais de la peine pour elle.

« Mais, Rosa, je ne suis pas inscrite. C'est toi qui dois te présenter aux Offices. »

Elle s'est tournée vers moi et m'a regardée droit dans les yeux.

« Tu te feras passer pour moi. »

Il n'y avait nulle trace de malaise ou de culpabilité dans son regard.

J'ai frotté mes avant-bras envahis par la chair de poule.

« Non, Rosa. On ne peut pas… »

Ma voix s'est perdue. Malgré la peur, je trépignais d'excitation. Pourrions-nous nous tirer impunément d'une telle imposture ?

9

Emilia

Sur l'écran de mon iPhone, Poppy secoue la tête comme si elle sortait d'une transe. Je regarde et j'attends, espérant qu'elle poursuive. Mais elle tend la main vers son shaker.

« Quelle histoire fascinante ! Vous étiez proches, alors, toi et Nonna ?

— On s'adorait.

— Je n'ai jamais connu mon nonno Alberto. Je ne savais pas que c'était un don Juan et que Rosa était jalouse.

— Ma sœur était possessive en amour, lâche Poppy en secouant les dernières gouttes de gin dans son verre. L'amour, pour moi, c'est plutôt un emprunt à la bibliothèque. Pour ne pas le perdre, il faut le renouveler sans cesse. Sinon, on le paye cher. »

Je souris.

« Jolie métaphore. A-t-elle fini par faire confiance à Alberto ?

— Les choses se sont améliorées quand ils sont arrivés en Amérique. Le fait de devenir parents les a soudés, un classique. »

Je décolle une écaille de peinture verte sur le banc du parc.

« Sincèrement, tante Poppy, tu n'as jamais cru au mauvais sort, même quand tu étais jeune ? »

Elle rit.

« Jamais. Et toi ?

— Non. » Je préfère changer de sujet. « Mais tu n'as pas encore parlé de ma mère.

— Chaque chose en son temps, chérie. » Elle sirote son cocktail et se laisse aller en arrière dans son siège. « Bon, j'achète nos billets cette semaine. »

Un désir secret s'éveille en moi, s'élève peu à peu, comme la brume au-dessus d'un fleuve. Que fera Nonna ? Que dira Daria ? Mes tempes palpitent et les paroles de Matt résonnent dans ma tête. *Tu marches sur des œufs avec elle et Daria, tu leur cèdes tout... Tout ça pour qu'elles t'aiment. Parce que tu as trop peur de finir seule et abandonnée comme ta tante Poppy.*

Si l'idée d'être rejetée m'a un jour fait peur – je ne dis pas que c'est le cas –, toutes mes craintes sont désormais balayées. En l'espace d'une heure, j'ai fait connaissance avec ma tante Poppy, celle que ma famille a mise au rebut comme un vulgaire déchet. J'ai eu un aperçu de sa vie riche et bien remplie. J'ai vu des photos de ses amis et j'ai même parlé au fils de son amant. Aujourd'hui, l'idée d'être la rebelle de la famille ne m'effraie pas. Elle me stimule.

« Tu as bien ton passeport italien ? poursuit Poppy. Ta mère y aurait tenu. »

Comme ma mère est née en Italie, j'ai la double nationalité, et, apparemment, c'était important pour elle.

« Ah bon ? Que sais-tu d'autre sur ma mère ?

— Elle adorait cette ferme. Elle y est allée avec moi l'été de ses dix-huit ans. »

Pendant un instant, je me demande si c'est un mensonge ou du délire pur et simple. Nonna n'aurait jamais permis cela.

« Bien sûr, Rosa était furieuse. Elle lui a ordonné de rentrer, et Josie a fini par obéir, ajoute-t-elle.

— Je ne savais pas. Quoi d'autre ? »

Elle regarde fixement son verre.

« Si tu viens avec moi en Italie, je te dirai tout ce que je sais de ta mère. Absolument tout. »

Je frissonne. C'est la chance de ma vie, l'occasion inespérée de m'échapper, de partir en Italie, avec cette grand-tante à l'esprit si libre, et d'apprendre enfin des choses sur ma mère. Mon cœur bat à tout rompre. Alors, à cet instant précis, sur un banc du parc Petrosino, je prends ma décision.

« Tante Poppy ? » Je respire un grand coup. « C'est possible. » Mes yeux s'embuent sous le coup de l'émotion – liberté, excitation, affranchissement, peur. « Je pars avec toi en Italie.

— Formidable ! » Son visage rayonne. « Emilia, ma chère fille, tu as hérité du gène Fontana de la force d'âme. Tu l'avais gardé caché, mais le voilà qui surgit, brillant comme une baie de *Pollia condensata*.

— Une quoi ?

— Une baie de *Pollia condensata.* C'est la matière naturelle la plus brillante du monde. »

Je ris, touchée par un sentiment de fierté inhabituel.

« Ah, merci.

— Maintenant que tu es des nôtres, je peux inviter Luciana.

— Lucy ? » Je réprime un rire nerveux. « Tu veux dire Carmella ? La sœur aînée de Lucy, ma cousine la plus… posée.

— Non, je parle bien de Luciana, celle qui a vingt et un ans. »

Mon sourire s'évanouit. Je me sens prise au piège. Cadettes toutes les deux, Lucy et moi sommes unies par un lien tacite, et le fait que nous soyons toutes deux dans la vingtaine nous rapproche un peu plus. Mais je ne peux pas imaginer compagnes de voyage plus improbables que Lucy et moi.

« Je… je ne savais pas qu'elle venait avec nous.

— Elle ne le sait pas non plus. Veux-tu qu'on l'appelle maintenant ? Tu peux la mettre sur haut-parleur. Demande-lui ce qu'elle dirait d'un plan à trois. »

J'imagine d'ici la réponse salace de ma cousine à une telle proposition.

« Euh, non. Lucy n'est pas le genre de fille qu'on peut mettre sur haut-parleur. »

Elle applaudit.

« Je l'aime déjà !

— Tante Poppy, Lucy a un nouveau boulot. Et elle a aussi un nouveau copain. Elle ne voudra pas partir maintenant, crois-moi. »

Poppy fronce les sourcils.

« Elle a peur de perdre son nouveau copain si elle s'en va ?

— Exactement.

— C'est terrifiant de donner autant de pouvoir à quelqu'un.

— Lucy est une deuxième fille, comme nous. »

Elle me jette un regard oblique.

« Tu crois donc à cette histoire.

— Moi ? Mais non, je te l'ai dit. Pas du tout. »

Elle me regarde fixement. Mon cœur s'arrête de battre et je me rappelle ce jour dans la classe de sœur Regina, quand mon jeune esprit de sept ans avait lentement assimilé le fait qu'une curieuse coïncidence liait les deuxièmes filles Fontana – jadis. Il se passa encore trois ans avant que Nonna fasse irruption dans la chambre que je partageais avec Daria pour annoncer que les deuxièmes filles Fontana étaient maudites – encore aujourd'hui. Elle nous avait raconté l'histoire de Filomena et Maria le jour où elle m'avait donné ma première brassière. Comment une fille de dix ans avec des seins pas plus gros qu'un bouton de moustique aurait-elle pu discuter d'un sort jeté il y a plus d'un siècle ?

Mais Daria, qui avait alors douze ans et qui était mon plus grand soutien, avait éclaté de rire à la minute où Nonna avait quitté la pièce.

« C'est n'importe quoi, Emmie. N'y crois pas. Tu n'es pas maudite. Je te jure. » Elle m'avait pris le sous-vêtement des mains. « OK, tu dois te contenter de mes vieux vêtements, avait-elle dit en fourrant sa brassière grisâtre et boulochée dans mon tiroir, mais tu ne dois jamais croire à cette histoire ridicule. »

Ce jour-là – et, pour être totalement honnête, jusqu'à dix-sept ans environ –, j'ai fait confiance à ma sœur. Quelle petite fille n'espère pas une vie conventionnelle avec mari et enfants ? Mais en grandissant, il m'est apparu que Filomena et toutes les deuxièmes filles Fontana avant moi m'avaient fait un cadeau. Elle m'avait offert un laissez-passer, l'excuse idéale pour ne pas m'embarquer dans cette recherche déprimante d'un fiancé. Même si je n'ai jamais cru une seconde à cette ridicule histoire de sort, j'en éprouve malgré tout de la gratitude.

Je souris à ma tante.

« Bien sûr que je n'y crois pas. C'est une histoire de bonnes femmes, une légende du Vieux Continent. Mais Lucy y croit. Et elle est décidée à le briser.

— Déesse du ciel ! Tu diras à Luciana que si elle vient en Italie, on pulvérisera une bonne fois pour toutes ce mythe ridicule des deuxièmes filles Fontana. »

Je me frotte la nuque.

« Tu ne peux pas faire une telle promesse. Lucy prend cette histoire très au sérieux. Tu l'exposes à une grande déception.

— Bien sûr que si, je peux. Si vous venez avec moi en Italie, toi et Luciana rentrerez libérées du sort. Je le jure sur ma tête. »

Les poils de mes bras se hérissent.

« C'est im…

— C'est possible », conclut-elle à ma place.

10

Emilia

Il y a environ dix ans, quand j'ai parlé à Matt de cette histoire de sort qui frapperait les deuxièmes filles Fontana, j'ai utilisé l'image d'une équipe de base-ball qui accumulerait les défaites. Les supporters ne savent pas quand la période de déveine finira, ni même si elle finira. Mais, fidèles, ils continuent de regarder les matchs avec passion.

C'est la même chose avec cette malédiction. Certains dans la famille, comme tante Carol, veulent s'y attaquer de front. D'autres, comme Nonna, semblent l'accepter. D'autres encore, comme moi, assurent que tout ça n'est qu'une coïncidence bizarre. Mais toutes dans notre famille, de Nonna à ma sœur en passant par tante Carol, sont intriguées par cette histoire. Chaque nouvelle génération se demande si elle sera celle qui verra enfin une deuxième fille se marier. Et laquelle d'entre toutes ? Certaines ont frôlé la victoire, comme cette cousine éloignée de Nonna, chez qui la petite vérole s'est déclarée trois jours avant son mariage. Ou la pauvre Livia, dont le fiancé s'est avéré être un pasteur père de six enfants. C'est au tour de ma génération de briser le sort. Pour l'instant, Lucy est la grande favorite du public.

Le soleil couchant jette des ombres sur le salon de coiffure d'oncle Dolphie. Je contourne le bâtiment et grimpe les marches familières du perron à l'arrière. Bien que je passe au salon tous les après-midi, cela fait des semaines que je ne suis pas entrée dans l'appartement attenant où son fils, mon oncle Vinnie, vit avec sa famille. Je frappe à la porte grillagée, espérant que quelqu'un puisse m'entendre par-dessus la musique, une ballade d'Ed Sheeran.

« Lucy ? Tante Carol ? Carmella ? »

Je m'apprête à sonner quand Lucy apparaît, ajustant la bretelle de son soutien-gorge. Ses longs cheveux, dont la couleur est différente à chaque fois que je la vois, sont ce soir blond platine. Elle arbore un sourire en coin qu'on peut qualifier de sensuel mais, quand elle me voit, son visage se décompose.

« Emmie ? Qu'est-ce que tu fais là ? » Elle tend le cou pour regarder vers la rue. « Carmella n'est pas là. Maman est sortie faire des livraisons. Repasse demain. »

Ma tante Carol, qui vend des produits Avon, estime qu'il n'est pas professionnel de déposer les commandes sur le pas de la porte. Qu'il s'agisse d'une panoplie complète de soins du visage ou d'un seul flacon de vernis à ongles, ma tante tient à les remettre en main propre, ce qui mène inévitablement à une part de gâteau ou une tasse de café. Depuis qu'elle est devenue conseillère Avon, elle a pris douze kilos et connaît tous les cancans qui circulent de Coney Island à Bay Ridge.

« C’est toi que je voulais voir, Lucy. Tu as du temps ? »

Elle consulte son portable.

« Hum, oui, une minute, je pense. » Elle m’ouvre la porte. Alors que j’entre, elle scrute encore une fois la rue dans les deux directions. « J’attends quelqu’un pour dîner. »

Je ravale un sourire. Accoutrée d’une combinaison en lycra rouge, les yeux charbonneux soulignés d’un trait épais d’eye-liner, ma cousine semble effectivement attendre quelqu’un. Mais elle espère sans doute davantage qu’un dîner.

Le minuscule salon, qui sert depuis des années à la famille de lieu de rassemblement pour les baptêmes, les premières communions et les célébrations du baccalauréat, est comme toujours impeccable. Tante Carol prétend que la seule chose pire qu’un intérieur en désordre est une femme sans rouge à lèvres. Une appétissante odeur de poulet rôti embaume l’appartement et me fait saliver. Dans la salle à manger adjacente, je remarque une table dressée pour deux. Un bouquet d’hortensias trône au centre entre deux bougies allumées.

« Arrête de me regarder avec des yeux de merlan frit, Emmie. Accouche. Tu vois pas que je suis pressée ? »

Je souris. Il fut un temps où j’étais intimidée par la langue acérée de ma cousine, qui a pourtant huit ans de moins que moi. Mais je sais désormais qu’elle adresse ses piques à ceux qu’elle aime le plus.

« Je te promets que je m’éclipserai dès que ton copain arrivera. Mais j’ai une proposition à te faire. » Je respire profondément. « Un voyage en Italie tous frais payés, ça te dit ? »

Elle me regarde d'un air étonné.

« En Italie ? Avec toi ?

— Et tante Poppy. »

Elle a un petit rire.

« Ça promet d'être mortel. » Elle fait un tour sur elle-même. « Qu'est-ce que t'en penses ? » Elle porte la main à ses cheveux. « Blond Marilyn.

— Joli. »

J'espère ne pas être foudroyée sur-le-champ pour ce mensonge.

Son choix de camoufler le brun riche et profond de ses cheveux me dépasse.

« Le départ est prévu pour la mi-octobre. »

Je décris brièvement notre tante et sa jeunesse à Trespiano. Lucy fait semblant de ronfler.

« Tu crois vraiment que je serais prête à partir en Italie avec une vieille toupie qui a déjà un pied dans la tombe ? »

Je suis surprise de ressentir soudain le besoin de la protéger.

« Vieille toupie est bien le dernier mot que j'emploierais pour décrire Poppy.

— Je ne parlais pas de tante Poppy. »

Je hoche la tête.

« Très drôle, Luce. Allez. C'est l'aventure. Et tu vas adorer Poppy. Elle a l'air… extraordinaire. Vraiment.

— Extraordinairement cinglée, oui. » Elle regarde encore une fois son portable. « Nonna est d'accord ? »

Je frotte ma cicatrice.

« Elle le sera, dis-je en priant pour que ce soit vrai. Lucy, on parle d'un voyage en Europe ! C'est quand même génial, non ? »

Elle pousse un petit soupir.

« Ce n'est pas précisément Las Vegas. » Évidemment, ma cousine préfère la roulette à la statue du David. Elle jette de nouveau un regard à son portable avant de s'affaler dans le canapé. « Vas-y. Assieds-toi. »

Je m'installe sur un sofa marron décoré d'une couverture au crochet de tante Carol – celle-ci dans des tons orange et jaune – et lui rapporte ma conversation avec tante Poppy.

« Elle tient à ce que nous soyons toutes les deux avec elle pour fêter ses quatre-vingts ans. Elle n'a personne d'autre. Tante Poppy est une deuxième fille. »

Lucy tressaille. Le sort est toujours sous-entendu chez les Fontana, mais il est rare qu'on le mentionne tout haut. « C'est à cause d'elle qu'on se coltine encore ce sort. Et c'est pas toi qui vas pouvoir m'aider à le briser ! » Elle fronce les sourcils et pointe l'index sur mon pull. « Laisse-moi deviner. Les soldes pour liquidation de Coldwater Creek ? Ou tu as encore fait une rafle dans l'armoire de Nonna ? » Elle entonne une interprétation personnelle du vieux tube de Right Said Fred, « I'm too Sexy » : « Je suis trop sexy pour mon cardigan, trop sexy pour les cardigans, trop sexy pour le cardigan de Nonna. »

Je ris.

« Ça va, j'ai compris. Tu n'aimes pas ce pull. »

Elle regarde son portable pour la douzième fois.

« Sérieusement, dis à Poppy que je la remercie, mais que ce n'est pas du tout le moment. J'ai quelqu'un.

— Oui. Je sais. C'est génial. »

Elle pianote sur l'écran, l'air énervée. Je promène mon regard sur la table joliment dressée. La cire a coulé au pied des bougies et mes narines captent une légère odeur de viande brûlée. Le copain de Lucy est en retard. Très. J'ai de la peine pour elle. Je me lève et lui adresse un sourire qui se veut rassurant.

« On pourra en parler plus tard. Je ne t'embête pas plus longtemps. »

Elle saisit mon bras en enfonçant ses ongles violets dans ma peau.

« Ne fais pas ça, Em.

— Quoi ?

— J'ai l'air pitoyable, quand tu parles comme ça ! »

Je me rassieds sans trop savoir quoi faire ni quoi dire.

« Je suis désolée.

— Il vient de m'envoyer un texto. Il est en retard. Mais il viendra.

— Je te crois, Luce. Mais je te conseille d'éteindre le four. »

Les derniers rayons de soleil disparaissent et j'allume une lampe. Lucy ouvre une bouteille de Budweiser. Puis une autre.

« Il arrive, répète-t-elle en ouvrant la troisième bière.

— Je sais.

— On est sortis cinq fois ensemble, ou plutôt quatre. La première fois, on a juste baisé. » Elle me lance un regard appuyé. « Ça te pose un problème ?

— Non, dis-je avec sincérité. Je m'en fiche. »

Elle décolle l'étiquette de sa bouteille de bière.

« D'après Carmella, je suis une salope qui sort avec des porcs. »

J'écarquille les yeux. « Ta sœur a vraiment dit ça ?

— C'est comme si elle l'avait dit, répond Lucy avec un haussement d'épaules. Maman pense que je suis une fille perdue. Elle prie pour que je rencontre un gentil gars, qu'on se marie et qu'on ait des enfants. Papa n'est pas mieux. Tous les deux ont peur que je reste célibataire toute ma vie. »

Je fronce les sourcils.

« Pourquoi ça leur fait peur ? »

Elle me jette un regard entendu.

« Pas de petits-enfants.

— Ah, dans ma famille, c'est tout le contraire. Ils n'attendent plus rien de moi. Et ça me va très bien comme ça.

— Ouais, répond Lucy, t'as de la chance. » Elle baisse les yeux et examine son décolleté. « Moi, avec mon allure, ils se disent que j'ai peut-être une chance. »

Je revois l'adorable petite Lucy, avec ses grands yeux curieux et ses petites jambes potelées couvertes d'égratignures et de bleus. Pauvre Luce. Ma tante Carol, jolie femme dont je n'ai jamais vu le visage sans un épais fond de teint, ne supportait pas ses airs de garçon manqué. Elle avait inscrit Lucy à la danse et à tous les concours de princesse de Brooklyn. Mais Lucy n'aimait pas la danse, et les filles joufflues ne gagnent jamais les concours de beauté.

Les choses avaient changé à la puberté. Sa graisse de bébé s'était changée en courbes voluptueuses et son assurance semblait augmenter proportionnellement à son tour de poitrine. Je l'observe et ne peux m'empêcher de penser que ma cousine avait l'air plus naturelle dans ses shorts baggy et ses T-shirts tachés de glaces à l'eau que dans cette ridicule combinaison de Spider Woman.

« Parle-moi de lui, ton copain, le type avec qui tu sors. J'ai oublié son prénom. »

Elle pousse un soupir.

« Jack. Comme le haricot magique, si tu vois ce que je veux dire. » Elle sourit. « Il est superbe, même ma vieille en pince pour lui. Et il m'aime bien, tu sais. Il m'a dit qu'il n'avait jamais rencontré quelqu'un comme moi. » Elle regarde l'heure encore une fois.

« Lucy, viens en Italie avec Poppy et moi, dis-je, profitant de sa légère ivresse. Sors un peu de Bensonhurst. »

Elle se ronge l'ongle du pouce.

« Je ne peux pas. C'est trop récent. Tu penses que Jack va m'attendre tranquillement si je pars ? Faut pas rêver. »

Le type doit être un beau connard pour poser des lapins comme ça. Mais elle s'accroche quand même. Deuxième fille, peut-être, mais déterminée, je dois l'admettre.

Elle ne s'arrête plus de parler de Jack, et les pensées tourbillonnent dans ma tête. Je pourrais m'en aller tout de suite, appeler Poppy ce soir et lui dire que Lucy refuse sa proposition. Poppy trouverait d'autres compagnons de voyage, Lucy ne serait pas déçue et Nonna ne saurait jamais que j'ai nourri l'idée de partir en Italie.

Je sursaute quand Lucy jette brutalement son portable sur la table.

« Regarde tes messages, trou du cul ! » Elle renverse sa tête contre le canapé et fixe le plafond. « Et voilà, ça recommence ! Je ne l'intéresse plus. C'est toujours la même chose.

— Oh, Luce, je suis vraiment désolée.

— Une semaine qu'on ne s'est pas vus, et cette raclure me pose un lapin ! »

L'envie me prend de serrer dans mes bras cette fille seule et désespérée, mais je refrène mes ardeurs.

« Tu ne mérites pas ça.

— Toi non plus. Mais on est toutes les deux dans le même bateau, pas vrai ? »

Elle fait allusion au sort. Dois-je lui parler de la promesse de Poppy ? Non. Puisqu'elle est assez crédule pour avaler cette histoire, elle risque de croire aussi que Poppy pourra y mettre fin. Et bien sûr, c'est…

Les mots de Poppy s'imposent à moi : *C'est possible.*

Avec une appréhension lancinante, précautionneusement, je commence. « Luce, je dois te dire quelque chose. » Je me tourne vers elle. Le nœud dans mon estomac se resserre. « C'est ridicule, mais Poppy s'est mis en tête que si nous partons avec elle en Italie… » Je marque un temps d'arrêt en caressant ma cicatrice. Et si Lucy croyait notre hurluberlue de tante ? Si elle acceptait de partir en Italie dans l'espoir de s'en retourner libérée de la malédiction séculaire ? Elle pourrait ne jamais se remettre de sa déception. J'imagine Lucy âgée, amère, pleine de colère et de frustration, comme toutes les cadettes sur les vieilles photos de la famille. « Elle m'a assuré que le sort des deuxièmes filles sera levé.

— Quoi ?

— Je sais. C'est des conneries. Je veux dire, premièrement, il n'y a pas de sort. Deuxièmement, le fait que Poppy connaîtrait le moyen de le briser… »

Ma voix se perd et je ris, comme si cette idée était absolument grotesque.

Lucy me regarde fixement. Soudain, ses yeux s'éclairent.

« Peut-être que je pourrais y aller. Enfin, si c'est vraiment important pour Poppy.

— D'accord. » J'articule lentement, méfiante. « Mais c'est juste un voyage en Italie, hein ? Rien de plus ? Par pitié, Luce, ne te mets pas à croire aux promesses idiotes de Poppy.

— Ça va ! Tu me crois désespérée à ce point ? »

Pour ménager sa dignité, je m'abstiens de répondre. J'ai une boule dans l'estomac. Tante Poppy est en train de lui préparer la plus grande déception de sa vie.

Et je suis sa complice.

11

Emilia

Tous les dimanches après la messe à Saint-Athanasius, notre famille se retrouve pour déjeuner chez Nonna. Nous nous réunissons autour de sa table en noyer fabriquée sur mesure, longue de cinq mètres et couverte de trois nappes antédiluviennes plus maculées de vin que le tablier d'un vigneron. Deux douzaines d'accoudoirs se carambolent, tout autant que nos conversations. La plupart du temps, la table est pleine, sauf quand oncle Vinnie doit travailler aux docks ou quand Donnie, le mari de Daria, souffre de l'un de ses rhumes du cerveau dominicaux.

Aujourd'hui nous sommes quatorze, dont Matt, venu pour me soutenir moralement. Daria et les filles arrivent avec deux miches de pain et un pot d'olives à l'ail. Elles ont réussi à traîner Donnie. Il est dans le salon en train de regarder le match des Mets avec Matt pendant qu'oncle Dolphie fulmine contre la nouvelle construction sur la 42e Rue.

« Six étages. Moi, je dis que c'est trop. Ça détonne dans ce vieux quartier. »

Je vais de pièce en pièce, d'une conversation à une autre, écoutant d'une oreille distraite, soucieuse.

« Le petit ami de Lucy est sublime, chuchote tante Carol à tante Ethel pendant qu'elles prennent place à table. Je crois que ça pourrait bien être le bon. »

Mon cœur se serre. Ce pauvre type qui a posé un lapin à Lucy. Les chances que ce soit « le bon » sont aussi grandes que celles de voir oncle Dolphie renoncer à l'opéra pour Eminem.

« *Eccelente !* s'écrie tante Ethel avant de se pencher vers tante Carol et de baisser la voix. Le fantôme m'a dit : *Un matrimonio presto.* »

Tante Carol rit.

« Le fantôme a raison, il pourrait bien y avoir un mariage sous peu… Mais ça doit rester secret. Attends que Lucy te parle de son petit ami elle-même.

— Moi, j'adore les secrets ! » s'exclame ma nièce Mimi en levant les yeux de l'iPad sur lequel elle est en train de jouer.

À deux heures, oncle Dolphie appelle tout le monde à table.

« *Mangiamo !* » lance-t-il en frappant dans ses mains.

Matt s'assied près de ma cousine Carmella, vingt-quatre ans, la sœur de Lucy. Elle est particulièrement mignonne aujourd'hui avec ses Converse noires et son rouge à lèvres vermillon. Elle a perdu son travail à la banque le mois dernier et régale Matt de ses histoires d'entretiens d'embauche cauchemardesques.

J'aide Nonna à apporter les entrées, *antipasti*, rapidement suivies de raviolis fumants. Mon père sert le vin – une petite goutte pour les enfants. Les voix s'entremêlent et les fourchettes cliquettent. Nous trinquons, nous rompons le pain, nous plongeons les croûtons dans l'huile et les herbes aromatiques. Pour ma part, j'ai du mal à avaler quoi que ce soit.

« *Buona pasta*, Rosa.

— *Il migliore !* » renchérit oncle Vinnie.

Je sors de table à la première occasion, pour débarrasser les assiettes. Je croise mon père qui apporte le plat suivant, un carré d'agneau.

« Ça va, Emilia ? Je te trouve pâlichonne.

— Ça va, oui », je mens.

L'agneau est délicieux, mais il a du mal à passer. J'attends que le gâteau au chocolat-amaretti et la grappa soient servis. Les voix baissent de volume, les mouvements ralentissent, les corps s'affaissent avec la satisfaction repue des bien nourris.

Lucy cherche mon regard et tapote sa montre du doigt. Comme moi, elle veut en finir. Mon cœur cogne avec un bruit sourd dans ma poitrine. Je me penche vers la table et éclaircis ma voix.

« J'ai une nouvelle à vous annoncer », dis-je en veillant à ne pas regarder Nonna.

Face à moi, Daria fait taire les filles.

« On dirait que tante Emmie nous a caché quelque chose…

— Tu as un amoureux ? » demande Mimi en ouvrant des yeux grands comme des soucoupes.

Tout le monde rit, sauf Matt. Il lève un sourcil, je détourne le regard.

« Non ! » dis-je en agitant une main faussement menaçante en direction de Mimi. Je respire un grand coup. « Je pars en Italie. »

Le visage de Daria se décompose. La tablée se tait. Du coin de l'œil, je vois Nonna se signer.

« Exact, poursuit Matt en jetant un regard circulaire à l'assistance. Elle part le mois prochain. Huit jours en Italie. Sympa, non ? »

Des têtes se tournent. Des regards interrogateurs s'échangent. Lentement, ma famille retrouve sa voix.

« Pourquoi part-elle en Italie ?

— Ce n'est pas trop dangereux ?

— Ah si, surtout pour une jeune femme !

— Les criminels pullulent en Europe ces temps-ci.

— Oui, des terroristes, renchérit tante Carol.

— Et des romanichels. Ils sont capables de nous voler le sang des veines, si on les laisse faire. »

Matt se frotte le front et me vole un regard. Je m'efforce de sourire dans l'espoir d'alléger l'atmosphère.

« Allons, c'est l'Italie, notre pays d'origine.

— Tu ne vas quand même pas voyager seule, Emmie ? »

Lucy ferme les yeux, comme pour se préparer à recevoir un coup. Tous les regards se braquent sur moi.

« Non, dis-je en baissant les yeux vers la table, je pars avec Lucy.

— Lucy ? » Tante Carol se tourne brusquement vers sa fille. « Tu ne vas pas partir en Italie, *sì* ? »

Le projecteur est maintenant braqué sur ma cousine. Je pourrais la laisser éluder les questions, mais à quoi bon ? De toute façon, ils ne tarderont pas à l'apprendre. Je tortille la serviette posée sur mes genoux.

« Nous partons avec tante Poppy. »

Le silence se fait, si profond qu'on pourrait entendre la poussière voler. Je passe un doigt sur ma cicatrice.

Finalement, la chaise de Nonna racle le parquet. Elle se lève sans un mot, prend sa tasse de café et part vers le salon comme si elle n'avait rien entendu de ce que je venais de dire.

Alors que mon père et oncle Vinnie vont s'accroupir près du fauteuil de Nonna pour la réconforter et que ma tante Carol assaille Lucy de questions, je m'occupe en débarrassant la table et j'essaie de ne pas écouter les conversations.

« Quelle idée, Luciana, quitter ton nouveau chéri pour partir en voyage. Tu vas gâcher ta chance. »

Le ton monte tandis que j'empile les assiettes. Lucy s'échauffe. Finalement, le nez à quelques centimètres de celui de sa mère, elle murmure entre ses dents serrées : « Ce fichu sort sera levé. En Italie. Tante Poppy l'a promis. »

Tante Carol écarquille les yeux. Elle se penche en avant en portant les mains à la poitrine.

« Le sort sera levé ? »

Mon cœur se serre. Je laisse tomber ma tête en me maudissant, en maudissant Lucy… et aussi tante Poppy.

Pendant que je rince les verres dans l'évier de la cuisine, tout mon corps tremble de frustration. Une personne, juste une, sans arrière-pensée. Je n'en demandais pas plus. Juste un membre de ma famille qui se serait réjoui pour Lucy et moi, qui serait heureux de nous voir partir à l'aventure et nous aurait souhaité bon voyage. Mais non, jamais ils n'oseraient nous soutenir ouvertement, jamais ils n'oseraient contrarier Nonna. Elle nous domine tous… moi y compris. Du moins jusqu'à aujourd'hui.

Mon père s'approche de moi et dépose son assiette sur le plan de travail.

« Huit jours. Ça fera long sans toi en cuisine.

— Oui. » Je m'empare de son assiette sur laquelle j'envoie une giclée de liquide vaisselle. « Et ça fait même dix jours en comptant le trajet. »

Il jette un coup d'œil autour de nous et se penche vers mon oreille. « Je serais heureux de m'occuper de Claws pendant ton absence. »

Je me tourne vers mon père et vois ses yeux qui pétillent. J'en reste bouche bée. J'ai envie de l'embrasser, de le serrer dans mes bras, de le remercier et de lui dire que je l'aime. Mais ce serait trop embarrassant. Je me contente de sourire.

« Merci, papa. Je pensais proposer à Carmella de rester chez moi, ce serait plus simple pour Claws. »

Je ne mentionne pas le fait que ma cousine célibataire, qui vit encore chez tante Carol et oncle Vinnie, serait probablement prête à tuer pour avoir un espace à elle seule, ne serait-ce que pendant dix jours.

« Bien sûr, répond-il avant de s'écarter.

— Papa ? »

Il se retourne pour me regarder.

« Merci. »

Il me presse l'épaule et disparaît.

Je suis en train de remplir l'évier quand Matt fait irruption dans la cuisine.

« Tu as été géniale ! »

Il se penche sans crier gare et m'embrasse sur la joue. Je me détourne avec gêne.

« Merci. Mais retourne là-bas, s'il te plaît. J'ai besoin de savoir ce qu'ils racontent sur moi. »

Avant qu'il se retourne, j'ai le temps de lire la déception dans son regard. « Merde », dis-je dans un murmure. Je plonge les mains dans l'eau savonneuse et entreprends de récurer une poêle en fonte. Soudain, une main froide empoigne mon épaule. Je sursaute, aspergeant le plan de travail de fines bulles de savon. À travers les verres embués de mes lunettes, je vois Nonna, les poings sur les hanches, les traits tirés.

« Tu n'as pas tenu compte de ce que je t'avais dit. Tu as pris cette décision sans m'en parler. »

Euh, en effet. Peut-être parce que j'ai vingt-neuf ans et que j'ai déjà attendu bien trop longtemps avant de commencer à penser par moi-même ? Mais je ravale mes mots.

« Je pensais que tu ne me laisserais pas partir, dis-je sans chercher à mentir, en me séchant les mains.

— C'est vrai. Je ne l'aurais pas permis. Pas maintenant. Ni plus tard. »

Elle se détourne et se couvre le visage, sa façon de montrer ses émotions sans verser une larme.

« Je ne fais pas ça pour te blesser, Nonna. »

Je pose une main sur son épaule. Elle tressaille.

« Tu m'as blessée, Emilia. Tu m'as terriblement blessée.

— Je suis désolée. Mais je ne comprends pas. »

Elle détourne le regard et essuie ses yeux secs avec une serviette de table.

« Non, tu ne peux pas comprendre. Tu ne sais rien de cette histoire. »

Elle se penche si près de moi que je sens l'espresso dans son haleine.

« Ma sœur est *il diavolo*.

— Le diable ? je répète en riant. Non, Nonna. Elle est vraiment gentille maintenant. Tu devrais l'appeler, lui parler.

— Ne sois pas stupide ! »

Je vois enfler une veine sur son front. Je commence à craindre qu'elle ne se trouve mal.

« Paolina a essayé de me voler ma fille, ma Josephina. Elle a essayé de me prendre mon bébé. »

La cuisine se glace.

« Tan… tante Poppy a essayé de kidnapper ma mère ?

— *Sì*, répond-elle en opinant du chef.

— Mais comment ? Pourquoi ? »

Je secoue la tête sans comprendre.

Elle se frappe la poitrine au niveau du cœur, produisant un bruit lourd et sourd.

« Je ne peux pas en parler.

— C'était il y a si longtemps, dis-je, m'efforçant d'afficher une assurance que je n'ai pas. Je suis sûre que tu pourrais lui donner une deuxième chance. C'est ta sœur.

— Écoute-moi bien, Emilia Josephina. » Ses yeux se rétrécissent et elle pointe un doigt arthritique sur ma poitrine. « Je ne veux plus entendre parler de ce voyage en Italie. Pas avec cette femme. Je te l'interdis. »

J'essaie de me perdre dans le nettoyage, les conversations et le chianti mais, à la fin de l'après-midi, les paroles de Nonna ont produit leur effet : je suis perdue dans le brouillard et le doute. Poppy a essayé de voler ma mère à Nonna. Pas étonnant qu'elle lui en veuille tant. Qui est donc cette femme avec qui j'ai accepté de partir de l'autre côté de l'océan ?

Le soleil de cinq heures projette des ombres sur le petit carré de gazon devant la maison. J'échoue sur le porche où oncle Dolphie est assis à fumer le cigare en regardant les voitures passer.

« Oncle Dolphie, dis-je en me perchant à côté de lui, est-ce que ta sœur est diabolique ? »

Il tapote son cigare et secoue la tête.

« Nan, voyons, pas diabolique. Juste mauvaise. »

Je ris.

« Non, pas Rosa. Je parlais de Poppy.

— Paolina ? » Il pousse un profond soupir. « Celle-là m'a brisé le cœur. C'était notre rayon de soleil, ma sœur préférée, la plus belle lumière de Toscane, comme disaient ses amis. Elle adorait me jouer des tours. Elle trouvait toujours des porte-bonheur. Et une imagination… » Il lève une main. « Débordante ! Elle m'emmenait dans les champs et on jouait à être des orphelins qui devaient échapper à un terrible monstre. Je pense que le monstre, c'était notre Papà. Il était dur avec Paolina, tu sais.

— Il était dur avec Nonna aussi ?

— Oui. C'était dans sa nature. Mais tout le monde savait qu'il préférait Rosa, sa fille aînée. Elle était jolie avant d'arriver ici et elle avait bon cœur. C'est comme si l'Amérique l'avait vidée de sa bonté.

— Tu disais que tante Poppy, Paolina, t'avait brisé le cœur. Qu'est-ce qui s'est passé ? »

Il grogne, comme si un poids venait de s'abattre sur ses épaules.

« Quand Paolina est arrivée en Amérique, elle a perdu la tête. Moi, j'étais en Italie, je vivais encore à Trespiano avec Mamma et Papà. Rosa et Bruno envoyaient des lettres. C'était très dur pour mes parents d'apprendre que leur fille allait si mal.

— C'est à cette époque-là qu'elle a enlevé le bébé de Rosa et Alberto ? »

Il redresse brusquement la tête, étonné.

« Tu es au courant ?

— Nonna me l'a dit. Pourquoi tante Poppy aurait-elle fait une chose pareille ? »

Il tire une bouffée sur son cigare et plonge son regard dans le lointain.

« Elle a beaucoup souffert quand son bébé est mort. »

J'en ai le souffle coupé.

« Tante Poppy a eu un bébé ?

— Elle était enceinte, *sì*. Mais c'était la seconde fille. Elle aurait dû se douter que ça finirait mal. »

Je frissonne. Dolphie hoche la tête.

« Pauvre Paolina… elle n'a plus jamais été la même après cette histoire. Quand Rosa a accouché, c'était trop pour elle. Elle a craqué. Elle s'est attachée à la petite Josephina, beaucoup trop.

— Et elle a pris le bébé. Mais elle s'est rendu compte que c'était mal et elle a rendu Josephina ? »

Il fait oui de la tête.

« Et deux jours plus tard, elle a définitivement quitté Bensonhurst. Elle n'avait le droit de revenir que pour les fêtes. » Il éteint son cigare et le fourre tête en haut dans la poche de sa veste de sport. « C'était sans doute mieux. Voir Josephina était un supplice pour Paolina. Rosa et Alberto ne lui faisaient plus confiance. D'ailleurs, ta nonna reste persuadée que Paolina est *pericolosa*. »

J'ai mal en pensant à ma tante jeune. A-t-elle jamais pu s'en remettre ? Elle semble aller plutôt bien aujourd'hui.

« Et toi ? Tu penses qu'elle est dangereuse ?

— Dangereuse comme un chaton, oui, répond-il avec un sourire. Paolina a le cœur sur la main, je peux te l'assurer. » Il me tapote le genou. « À mon avis, ce voyage en Italie pourrait être une bonne chose. Mes sœurs se font vieilles. Je ne dis pas que ça arrivera, mais si tu t'entends bien avec Paolina, tu pourrais peut-être la convaincre de demander encore une fois pardon à Nonna, avant qu'il soit trop tard. »

Mon cœur tambourine. Serais-je capable d'aider Nonna et Poppy à se réconcilier, après plus d'un demi-siècle de brouille ? Pourrais-je les aider à retrouver la paix, enfin ?

« Donc, je devrais aller en Italie ? C'est ce que tu penses ? »

Il incline la tête et m'examine pendant dix bonnes secondes.

« Dis-moi, Emilia. Pourquoi cherches-tu l'approbation alors que ta décision est déjà prise ? »

12

Emilia

Trente-deux jours ont passé, et j'ai été tellement obsédée par le voyage que j'ai réussi à éviter une nouvelle conversation sérieuse avec Matt. Maintenant que notre taxi descend en flèche Belt Parkway et que Lucy est occupée à peindre ses ongles, je sors mon portable pour lui envoyer un texto. Je veux lui dire au revoir, lui dire que je l'aime et qu'il me manquera. Mais tout est devenu tellement compliqué. Ce qui aurait été un message complètement naturel il y a quelque temps semble à présent déloyal. Je ne veux pas lui donner de faux espoirs. Notre amitié est merveilleuse. Je veux la conserver intacte.

En route pour JFK. On se revoit dans dix jours. Prends bien soin de toi, MC.

Comme toujours, sa réponse surgit instantanément. Je suis fier de toi, Ems. Je suis là si tu as besoin de quoi que ce soit. Au fait, tu n'aurais pas vu mon sweat à capuche ?

Son sweat Nike, qu'il m'avait prêté en rentrant du cercle de lecture de Daria. Désolée. Il est sur mon portemanteau. Carmella dort chez moi pendant mon voyage. Pense à frapper pour ne pas lui faire peur.

Avant que j'aie le temps d'éteindre mon portable, il répond. On pourra parler quand tu rentreras ? S'il te plaît.

Mon estomac se noue. Je respire un grand coup. Bien sûr.

Je jette mon portable dans mon sac à main. Alors que je m'apprête à le refermer, quelque chose au fond attire mon attention. Je me fige. Non. Ce n'est pas possible.

Je prends l'objet de bronze, lourd et frais dans ma main. Il fait à peu près la taille d'un dollar. Sur son pourtour, on lit *Saint Christophe, Protège-nous*. La médaille qui appartenait à ma mère.

Daria garde cette médaille comme son bien le plus précieux depuis des années. Mon père la lui a donnée pour sa première communion. « C'est le saint patron des voyageurs, ta mère aurait voulu que tu l'aies. »

Et maintenant, Dar veut que je l'aie à mon tour. Elle a dû la glisser dans mon sac, trop gênée pour me la donner en main propre.

Un petit gémissement m'échappe avant que je puisse le réprimer. Je serre la médaille contre ma poitrine, réconfortée par la protection de saint Christophe… le souvenir de ma mère… l'amour de ma sœur.

Lucy arrête de souffler sur ses ongles pour me jeter un regard interrogateur.

« Putain, Em. T'es en train de jouir, ou quoi ? »

Comme promis, tante Poppy nous attend devant le guichet de la Lufthansa. Même si je ne l'ai pas vue en chair et en os depuis des années, je la reconnais immédiatement. À vrai dire, on peut difficilement la manquer avec son pantalon vert pomme, son blazer bariolé et ses grosses lunettes rondes qui mangent son minuscule visage.

« Une vraie Elton Johnette », marmonne Lucy.

Poppy nous fait signe des deux mains. À ses pieds sont posées deux valises à roulettes blanches éclaboussées de violet, de rouge et de jaune, comme si quelqu'un – Poppy ? – avait trempé un pinceau dans des pots de peinture pour asperger des bagages flambant neufs.

« Mon rayon de soleil ! » s'écrie-t-elle en trottant vers nous.

Ses ongles sont d'un corail flamboyant assorti à ses lèvres et à son fard à joues.

« Tu es encore plus ravissante en vrai ! »

J'ai envie d'être en colère contre cette femme qui a essayé de voler ma mère. Mais quand elle me prend dans ses bras, je me sens immédiatement apaisée. Criminelle ou pas, ma tante me fait me sentir aimée, et c'est un sentiment que je commence à apprécier. Mais aussitôt, la culpabilité jaillit. J'ai vécu toute ma vie avec Nonna, et je suis en train de la trahir pour une tante que je connais à peine.

« Mon cœur danse ! dit-elle en plantant un dernier baiser sur ma joue avant de se tourner vers Lucy. Et toi ! »

Elle s'avance pour étreindre sa nièce, mais Lucy se raidit, les bras le long du corps.

« C'est merveilleux de te voir, Luciana, dit finalement tante Poppy avant d'ajouter, un sourire amusé aux lèvres : Même si j'aurais préféré en voir un peu moins.

— Qu'est-ce que tu veux dire par là ? »

Je détourne le regard, gênée pour ma pauvre cousine. Que pouvais-je faire quand j'ai vu Lucy descendre les marches du perron d'un pas chancelant, dans une robe cocktail blanche moulante et des bottines noires à bout ouvert ? Qui, hormis ma cousine, peut penser que les bottines laissant voir les orteils sont une belle trouvaille ? Le compteur du taxi affichait déjà une fortune et nous devions partir. À quoi bon commencer le voyage par une dispute ?

Poppy lui donne une petite tape sur la joue.

« Cette vieille malédiction ridicule nous a toutes rendues un peu bêtes. Et celle-là, fait-elle en me montrant du doigt, qui se pointe en ayant l'air d'une vieille godasse. »

J'en ai le souffle coupé.

« Moi ? »

Lucy éclate de rire.

« C'est clair ! Et donc, tu vas le briser, ce sort, oui ou non ?

— Le jour de mon quatre-vingtième anniversaire, l'amour de ma vie sera sur les marches de la cathédrale de Ravello », déclare Poppy en relevant le menton.

La mâchoire de Lucy se décroche.

« C'est ça, ton plan pour lever le sort ? »

Une joie enfantine illumine le visage de Poppy. Elle opine. Lucy l'attrape par les épaules.

« Non. Non ! Non ! Non ! Tu n'es pas sérieuse ! Tu crois vraiment que tu vas trouver l'amour de ta vie à quatre-vingts ans, alors que je ne le trouve pas à vingt et un ?

— Ce que Lucy veut dire, j'ajoute, gênée, c'est que les chances de rencontrer quelqu'un à ton… euh… à ce stade de la vie… sont… euh… »

Lucy avance d'un pas en avant.

« Navrée de te l'apprendre, Pops, mais il n'y a pas beaucoup d'hommes qui aiment les seins en gants de toilette et les fesses ridées. »

Je grimace et prie pour que notre tante ait des problèmes d'audition.

« Dites-moi, demande Poppy en nous regardant tour à tour, Lucy et moi, depuis quand avez-vous cessé de croire en la magie ? »

Sa question me prend au dépourvu. Je suis tentée de lui dire la vérité, que j'avais cessé d'y croire vers le CM1, en voyant qu'après tant d'années de prières et de vœux je n'avais toujours pas de mère.

« Si je suis là, dit Lucy, c'est seulement parce que tu as promis de nous sortir de là. Ma mère est déjà en train de m'inonder de textos pour savoir quand je serai libérée. Pitié, dis-moi que tu as un plan B. »

Poppy se détourne et saisit les poignées de ses valises.

« Oublie un peu le sort, Luciana. Nous partons pour l'Italie ! »

J'évite de regarder Lucy, mais je sens que ses yeux me lancent des éclairs. Je voudrais pouvoir lui assurer que s'il y a un sort (ce qui n'est pas le cas, bien sûr), Poppy saura le conjurer. Qu'elle tiendra sa promesse. Mais je ne peux pas. Peut-être ma grand-tante est-elle simplement la plus grande manipulatrice après la lady Grantham de *Downton Abbey*.

J'emboîte le pas à Poppy vers les contrôles de sécurité. À l'inverse de mon passeport parfaitement vierge, celui de ma tante est couvert de tampons de pays étrangers. Je la regarde, curieuse, le ranger dans son sac à main orange.

« Combien de pays as-tu visités ?

— Trente-quatre, et ce n'est pas fini. Mais l'Italie, c'est particulier. J'y retourne tous les ans.

— Tu vas tous les ans en Italie pour trouver l'amour ?

— Bien sûr que non ! Seulement cette année. Je n'ai pas mis les pieds à Ravello depuis 1961. Je me suis réservé cette ville pour la semaine prochaine. »

Nous sommes devant la porte d'embarquement, assises en rang d'oignons sur des sièges relax en similicuir. Lucy nous tourne le dos, pianotant comme une forcenée sur son téléphone. Poppy semble ailleurs. Elle se tient droite comme une reine, souriant et saluant de la tête les voyageurs qui défilent devant elle.

« C'est amusant, les aéroports. Tu ne trouves pas, Luciana ?

— Presque autant qu'une épilation à la cire », répond Lucy, les yeux rivés à son portable.

Poppy éclate de rire.

« Tu es très maligne, Luciana, pour quelqu'un qui choisit des talons aiguilles pour voyager.

— C'est toujours mieux que les chaussures de bigote d'Emmie, rétorque Lucy en jetant un œil par-dessus son épaule.

— C'est quoi, le problème, avec mes chaussures ? Ces Clarks sont super confortables. »

Poppy pose sa main sur la mienne. « Quand tu commences à t'habiller en ne pensant qu'au confort, c'est le début de la fin, ma chérie. Es-tu déjà entrée dans une maison de retraite ? Il n'y a plus que des élastiques et du Velcro. »

Eh bien, une minute de bavardage inoffensif, et elle a réussi à nous casser toutes les deux.

Tandis que Lucy pianote sur son portable, Poppy me parle de son amour pour les chevaux. « Je me suis offert Higgins pour mes soixante ans. » De la musique qu'elle écoute. « Je viens de découvrir un nouveau groupe indé génial. Chastity Belt, tu connais ? » Des cours de yoga grâce auxquels elle garde sa souplesse. « Savais-tu que soixante-dix pour cent des adultes ne peuvent pas se relever du sol sans utiliser les mains ? C'est fou ! »

Pendant qu'elle parle, j'observe sa façon de souligner ses propos avec les mains, d'arquer les sourcils, de se pencher en arrière et de rire. Elle est ridée, c'est sûr, mais elle n'a pas les traits chiffonnés comme Nonna. Et ses yeux ! Ils ont le même ovale que ceux de Nonna, le même brun profond. Mais je parierais tout ce que j'ai que les rides qui les entourent ont été dessinées par le rire et non par l'animosité.

Je sursaute en me rendant compte que Poppy a arrêté de parler.

« Désolée. Continue, je t'écoute. »

Elle se penche vers moi.

« Tu me regardes comme si c'était la première fois que tu me voyais, ma chérie. »

Je souris et sens le feu me monter aux joues.

« Je crois que je n'avais jamais réalisé que tu étais si belle.

— Oh, je n'étais qu'une gamine. Mais tu vois, une fois plantée dans la bonne terre, on s'épanouit comme une fleur. Ça t'arrivera aussi, quand tu auras trouvé l'endroit où tu te sentiras vraiment à ta place.

— C'est à Bensonhurst.

— En es-tu si sûre ? » Elle me dévisage. « Et si, au bout de près de trente ans, tu découvrais que tu n'as pas été plantée au bon endroit ? »

Un frisson inexplicable me parcourt l'échine. Brusquement, je pense à la médaille dans mon sac à main.

« Excuse-moi, je dois passer un coup de fil. »

Je compose le numéro de ma sœur en marchant vers la fenêtre. Elle répond à la troisième sonnerie.

« Merci pour la médaille de saint Christophe, Dar. Je viens de la trouver.

— C'est seulement un prêt. Ne la perds pas.

— Promis. Je suis à l'aéroport. »

Un sourire prend possession de mon visage et j'ai presque l'impression de léviter.

« Je n'arrive pas à croire que tu pars vraiment. Nonna est dans tous ses états.

— Elle s'en remettra, dis-je, en regrettant de ne pas en être convaincue.

— Donc, tu seras de retour vendredi ?

— Vendredi ? Ce vendredi ? Pas du tout ! Nous rentrons mercredi en huit, le 24. Huit jours en Italie, tu te rappelles ? »

Daria pousse une exclamation indignée.

« Mais c'est le week-end où on part à Atlantic City ! »

Je me tape le front. Et zut ! L'offre Groupon. J'avais accepté de garder les filles. Mais c'était il y a des semaines, pourquoi ne me l'a-t-elle pas rappelé plus tôt ? Veut-elle que je me sente coupable ? Je ferme les yeux en essayant de chasser cette pensée mesquine.

« Je suis vraiment désolée. Qu'est-ce que je peux faire ? Je vais appeler Carmella. Elle pourra peut-être s'occuper des filles.

— C'est ça, tu crois qu'elle me les gardera gratis simplement parce qu'on est cousines ? Oublie. Ça me coûterait une fortune.

— Je peux payer…

— Laisse tomber, Emmie. De toute évidence, faire plaisir à Poppy compte plus que nous. Une femme qui a brisé le cœur de Nonna… »

Je passe l'index sur le petit relief au-dessous de ma lèvre.

« Je suis désolée, Dar. On est sur le point de partir. Je ne peux pas l'abandonner maintenant.

— Tu ne peux pas ou tu ne veux pas ? »

Je jette un coup d'œil à ma tante. Elle joue à faire coucou à un bébé de l'autre côté de l'allée. Cette femme singulière s'apprête à partir pour une nouvelle aventure, une aventure qui pourra se terminer dans l'allégresse… ou dans d'amères déconvenues. Et quelque chose me dit que si j'ai assez de courage pour partir avec elle, j'aurai peut-être moi aussi droit à mon aventure.

Ma voix est douce quand je réponds enfin.

« S'il te plaît, comprends-moi…

— Non, Emmie, je ne te comprends pas. Ça ne te ressemble pas. Nonna a raison. Poppy t'a fait un lavage de cerveau.

— Daria, s'il te plaît…

— Je dois y aller, me coupe-t-elle, amuse-toi bien. »

Son sarcasme est ponctué d'un clic qui met fin à l'appel.

Je me précipite aux toilettes, balance mes lunettes sur le rebord du lavabo et m'essuie les yeux avec une serviette en papier. Daria est furieuse, Nonna hors d'elle, Lucy exaspérée. Mon père est probablement effondré.

Y a-t-il quelqu'un que je n'aie pas déçu ? Et tout ça pour quoi ? Pour le fantasme d'une vieille femme qui espère trouver l'amour ? Pour conjurer un sort auquel je ne crois pas ? Pour apprendre sur ma mère des choses dont la véracité ne sera jamais assurée ?

Poppy déboule dans les toilettes et s'arrête en dérapage contrôlé en voyant mon reflet dans le miroir.

« Oh, bonne mère ! » Elle me prend dans ses bras, m'enveloppant de son parfum aux notes citronnées. « Qu'est-ce qui ne va pas, mon rayon de soleil ?

— Rien… Enfin, tout », dis-je en pressant la serviette en papier contre mon nez.

Elle me berce contre son petit corps d'oiseau. Je sens son cœur battre avec le mien. Je ferme les yeux.

« Daria est en colère. J'étais censée garder Natalie et Mimi ce week-end.

— Tu lui avais promis ? » demande-t-elle en s'écartant pour me regarder.

Je hoche la tête.

« En août. Elle ne m'a jamais confirmé la date depuis. J'avais complètement oublié. » Je jette la serviette en papier dans la poubelle. « Je devrais peut-être juste faire une croix sur ce voyage. »

Saisissant mes bras, elle me fait pivoter pour que je lui tourne le dos. Je sursaute quand elle se met à épousseter mon chemisier.

« Qu'est-ce que tu fais ? je lui demande en regardant par-dessus mon épaule.

— Je retire les empreintes de pied sur ton dos.

— Les empreintes de pied ?

— Celles que ta sœur laisse en te marchant dessus. »

Poppy me regarde droit dans les yeux, puis elle éclate de rire. Je ne peux m'empêcher de rire moi aussi.

« Y a-t-il quelque chose de meilleur, dit-elle en prenant mes lunettes près du lavabo pour me les poser sur le nez, que de rire à travers ses larmes ? »

C'est pour cela, je le comprends à cet instant, précisément pour cela que je pars en Italie.

Dix minutes plus tard, je retourne à la porte d'embarquement, les yeux rougis mais secs. Lucy papote au téléphone et Poppy se délecte à regarder les gens. Je sors mon carnet et un stylo, j'ai désespérément besoin de ne plus penser à Daria. Je cache la page où j'écris de la main gauche, mais Poppy s'obstine à loucher dessus.

« Mais tu es écrivaine !

« Oh, non. J'en suis loin, dis-je en refermant mon carnet. Ce n'est qu'un passe-temps stupide.

— On ne doit jamais vilipender ce qui nous apporte de la joie. »

Je laisse échapper un rire.

« Vilipender ? Qui utilise encore ce mot ?

— Les écrivains, pardi. Alors, dis-moi, qu'est-ce que tu écris ?

— Des histoires d'amour. » Je m'empresse d'ajouter : « Mais elles n'ont jamais été publiées.

— Des histoires d'amour. Je suis impressionnée. » Elle remue les sourcils d'un air malicieux. « Tu ne dois pas manquer d'expérience, je suppose ?

— Euh, eh bien, si. J'ai eu un copain à la fac, Liam. Ça a duré quelques mois. » Je ris. « Heureusement, j'ai beaucoup d'imagination.

— Je suppose que nous nous ressemblons sur ce point. Nous préférons voir la vie comme elle devrait être et non comme elle est. » Elle tire un tube de rouge à lèvres de son sac à main. « Ce petit ami, Liam. Raconte-moi. Vous étiez amoureux ? »

Sa question si directe me prend au dépourvu. Une boule se forme dans ma gorge. Je me force à sourire.

« Je suppose. Notre histoire s'est terminée avant de vraiment commencer. J'ai quitté la fac de Barnard aux vacances de Noël, pour remplacer oncle Bruno en cuisine. Après, j'ai été transférée au Brooklyn College. Liam et moi nous sommes simplement… éloignés l'un de l'autre.

— Quel petit con, dit Poppy, les sourcils froncés, avant de se donner une tape sur la bouche, comme surprise elle-même de sa grossièreté. Excuse-moi, ajoute-t-elle, mais parfois il faut appeler un chat un chat. »

Je ne peux pas m'empêcher de rire.

« Liam était un gentil garçon, dis-je en espérant que la conversation s'arrête là.

— Ça me rappelle mon Thomas. Un gentil garçon, lui aussi. » Elle se passe du brillant à lèvres rose. « Il est temps qu'on te trouve quelqu'un de plus intéressant. » Elle frotte ses lèvres l'une contre l'autre. « Je verrais bien un intellectuel. Un rêveur… un amoureux des livres. Avec l'esprit pénétrant et le postérieur bien ferme. »

Elle part d'un grand éclat de rire. Sans me laisser le temps de lui dire que je ne suis pas intéressée, elle change de sujet.

« Tu joues d'un instrument ?

— Mon Dieu, non !

— Ton grand-père était musicien.

— Ah bon ? »

Sur les photographies, Nonno Alberto a toujours un cigare aux lèvres, mais jamais d'instrument de musique. Elle doit sûrement se tromper, mais je ne chicane pas.

Elle me tend son rouge à lèvres. Je fais non de la tête. Elle examine ma cicatrice, puis laisse tomber le tube dans son sac.

« Tu fais de la peinture ? Du dessin ?

— Sincèrement, je t'ai à peu près tout dit. Ma vie n'est pas très intéressante.

— Peu importe. Ça va bientôt changer.

— Parle-moi de toi, dis-je pour orienter la conversation vers un terrain plus sûr. Tu as quitté Bensonhurst en 1961. Que s'est-il passé après ? »

Son expression s'assombrit, mais elle se ressaisit vite.

« J'ai déménagé à Hershey, en Pennsylvanie, et j'ai trouvé un boulot à l'usine de chocolat. » Elle porte ses deux mains à son cou en louchant comme si on l'étranglait. « Du travail à la chaîne. Assommant, très dur pour les nerfs.

— Et après tu as fait des études d'histoire de l'art ? »

Elle acquiesce d'un signe de tête.

« Je me suis inscrite aux cours du soir du Franklin and Marshall College. Il m'a fallu cinq ans pour décrocher le diplôme. Ensuite, l'université de Pennsylvanie m'a proposé une bourse pour le master. Du coup, j'ai quitté l'usine Hershey, et déménagé à Philadelphie. » Elle me raconte son travail à la Shipley School de Bryn Mawr, où elle initiait les adolescents à l'histoire de l'art. « Quarante-neuf ans, et ce n'est pas fini, je suis bénévole depuis dix ans.

— Quel exemple formidable ! »

Je contemple cette femme si cultivée, curieuse, indépendante, si différente des autres femmes Fontana que je connais. Et dire que je partage un peu de son ADN ! Je jette un œil à ma montre.

« Il nous reste une heure avant d'embarquer. Tu veux bien me parler de ma mère ? »

Lucy lève les yeux de son portable.

« Et si on passait à des sujets de ce siècle ? Genre nos célibataires préférés du *Bachelor*, quelque chose de vaguement intéressant, au moins ? »

Je suis toujours surprise que personne dans ma famille, pas même Lucy, ne comprenne ma curiosité au sujet de ma mère. N'ont-ils pas conscience que quelqu'un puisse vous manquer profondément, même si vous ne l'avez jamais connu ?

« Bien sûr », approuve Poppy, et il me semble qu'elle répond à Lucy. Mais elle enlace ses doigts dans les miens et laisse échapper un soupir, comme si elle se préparait à embarquer pour un voyage terriblement éprouvant.

13

Poppy – 1959
Florence, Italie

Rosa m'assurait que personne n'en saurait rien. J'ai réussi l'examen de la galerie des Offices avec une note de 19/20. Tous les matins, je me levais à cinq heures et marchais trois kilomètres jusqu'à Fiesole, où le bus sept prenait les villageois qui allaient travailler en ville. Une heure plus tard, il nous déposait via Ricasoli, au centre de Florence. Aussitôt descendue du bus, j'attachais fièrement mon badge à mon uniforme – Rosa Fontana Lucchesi.

On était en décembre. Cela faisait un mois que j'étais employée par le célèbre musée de Florence sous le nom de Rosa. J'adorais mon travail, même si je détestais le tailleur marron que les guides devaient porter. Pour compenser ce terne uniforme, j'arborais les bijoux de pacotille que j'avais amassés depuis l'enfance – un rang de perles en plastique un jour, une épingle à chapeau ornée d'une plume de paon le suivant. Tous les jours, j'enroulais un foulard aux couleurs vives autour de ma tête. Les guides étaient munis d'une baguette pour être facilement repérables dans la foule. Je nouais un ruban orange vif à l'extrémité de la mienne.

L'air était froid ce matin-là, et je tremblais en attendant que mon groupe se rassemble devant l'entrée du musée. Des touristes italiens venus des quatre coins du pays se sont bientôt agglutinés autour de moi. Et là, seul à l'arrière, j'ai vu un homme aux cheveux blonds. Il semblait avoir moins de trente ans. Il avait un visage finement ciselé et des yeux bleus perçants. Il était si grand et large d'épaules que j'ai supposé qu'il était américain, ou peut-être australien. Je ne savais pas trop.

Je me suis présentée au groupe en affichant mon plus large sourire.

« La collection est vaste. Je suis là pour répondre à toutes les questions que vous pourriez vous poser, quelles qu'elles soient. »

Une femme d'âge moyen a levé la main.

J'ai dressé la tête, droite comme un i, fière de pouvoir dispenser mon savoir.

« *Sì ?*

— *Dove sono i gabinetti ?* »

Où sont les toilettes ? Le grand blond a éclaté de rire et, malgré mon embarras, j'ai ri aussi.

Pendant l'heure et demie qui a suivi, j'ai guidé le groupe dans les salles d'exposition. Le blond fringant n'a pas ouvert la bouche mais, tout du long, je sentais sa présence, comme s'il irradiait une énergie mystérieuse que j'étais seule à percevoir. J'observais son menton carré, les longs cils autour de ses yeux. Plus d'une fois, alors qu'il faisait mine d'admirer les peintures, je l'ai surpris en train de me regarder.

Quand la visite a pris fin, il s'est éclipsé en emportant avec lui un morceau de mon cœur. Cela semble idiot à dire, mais c'était vrai. Nous n'avions pas échangé un mot, mais il s'était passé quelque chose entre nous. Je le sentais au plus profond de moi, c'était magique.

Le lendemain, au point de rendez-vous, le beau jeune homme était à nouveau là. Je ne pouvais y croire. J'avais été un peu distraite la veille, un peu troublée par sa présence. Cette fois, je lui offrirais une visite parfaite. Mais il a souri, une fossette s'est formée sur sa joue, ses yeux bleus ont pétillé, et je n'ai plus été capable d'aligner deux pensées cohérentes.

Par bonheur, la visite s'est vite terminée et j'ai répondu aux dernières questions. J'avais hâte de m'échapper pour retrouver le jeune homme blond et me présenter personnellement. Mais quand je l'ai cherché, il n'était plus là. Pfuit ! Disparu. Encore une fois.

Je m'en voulais tellement. Les déesses m'avaient donné une deuxième chance et je l'avais laissée passer. Nous n'avions toujours pas échangé un mot.

Ce soir-là, dans le bus qui me ramenait à Fiesole, j'ai passé tout le trajet les yeux braqués sur la fenêtre. À chaque fois que nous entrions dans un village, je scrutais les gens en espérant apercevoir l'homme aux yeux bleus. Je suis sûre que si je l'avais vu, j'aurais sauté du bus.

Deux jours plus tard, alors que ma visite du matin allait commencer, qui est-ce que je vois apparaître ? M. Yeux-Bleus. J'ai cru que mon cœur allait exploser !

Il était encore dans mon groupe, attendant avec les autres le début de la visite. Cette fois, pas question de gâcher ma chance. Je me suis faufilée dans le troupeau de touristes pour m'approcher de lui. Oh, comme mon cœur battait fort ! De près, je voyais ses belles pommettes, ses dents blanches et bien alignées. Il était grand, puissant, avec un air très doux. À mes yeux, il était aussi sublime que toutes les statues du musée.

« *Buongiorno.* Je vois que vous revenez pour une troisième visite. C'est presque du masochisme, dites-moi ! »

Il m'a regardée d'un air confus.

« *Non capisco. Es tut mir leid.* »

Il m'avait parlé dans un mélange d'italien et d'allemand.

« Vous êtes allemand ? lui ai-je demandé en anglais. Maintenant, je comprends pourquoi vous ne dites rien ! » J'ai ri et désigné du doigt la guide allemande. « Vous devriez aller dans le groupe d'Ingrid. »

Il m'a souri avec un regard que je n'oublierai jamais. On lisait l'admiration sur son visage. « *Grazie*, mais je suis là où je veux être, m'a-t-il répondu en italien.

— Alors vous parlez italien ?

— Je sais demander où sont les toilettes », a-t-il répliqué, le regard pétillant.

Nous avons ri à ce souvenir.

« Mais vous avez déjà suivi deux fois la visite, vous avez payé. Avez-vous au moins compris ce que je disais ?

— Pas grand-chose, mais cela m'a beaucoup plu. »

J'ai soudain eu très chaud. J'ai regardé autour de moi pour chercher Ingrid.

« Là-bas, ai-je dit en lui indiquant l'autre côté du hall, la visite en allemand va bientôt commencer.

— Je suis là où je veux être, a-t-il répété dans son italien approximatif. Entendre votre voix me suffit. Je n'ai pas besoin de comprendre les mots. »

#

Quand j'ai fini ma journée, le bel Allemand aux cheveux blonds m'attendait sur la place avec un petit pot de glace. Comment pouvais-je dire non à un homme qui avait deux fois – non, trois fois – dépensé de l'argent pour une visite qu'il ne comprenait pas, simplement pour être près de moi ? C'était la chose la plus romantique qui me soit jamais arrivée, à moi, seconde fille Fontana.

Nous avons parlé dans un mélange d'anglais, d'allemand et d'italien, et par des gestes qui nous faisaient rire tous les deux. Il venait de Radebeul, village d'Allemagne de l'Est situé sur les rives de l'Elbe, près de Dresde. Il avait quitté sa famille dix-huit mois plus tôt pour échapper au régime autoritaire de la RDA. Il s'appelait Erich.

« Erich ? ai-je répété en léchant la glace sur ma cuiller. Tu veux dire Rico ? Ici, tu sais, un prénom masculin doit toujours se terminer par une voyelle. »

Ses yeux se sont plissés dans les coins.

« Très bien. Pour toi, je serai Rico. Et comment veux-tu que je t'appelle, Rosa ? »

J'avais presque oublié. Mon badge indiquait *Rosa*. Il m'avait entendue me présenter sous ce nom. Qu'allait-il penser de moi si je lui disais que j'avais usurpé le nom de ma sœur ? Me dénoncerait-il à la galerie des Offices ? J'ai décidé de risquer le coup.

« Mon nom est Paolina. Je… je me fais passer pour Rosa au travail. »

Il m'a observé d'un œil attentif, un petit sourire au coin des lèvres.

« Tu aurais pu choisir un pseudonyme qui t'aille mieux. La rose a trop d'épines. Tu es une belle *Mohn*, radieuse et hardie. »

Il a prononcé le mot comme l'anglais *moon*. J'ai blêmi.

« *Moon ?* Je ne veux pas m'appeler *moon* ! Qui veut être une boule de fromage dans le ciel ? »

Il a éclaté de rire – un son si riche que j'aurais voulu mariner dedans.

« Pas *moon*, *Mohn*, c'est cette fleur rouge-orange vif. Je crois qu'ici on l'appelle *papavero*. »

— J'adore les *papaveri*. Mais c'est un surnom affreux. »

J'ai réfléchi quelques instants.

« Pourquoi pas Poppy ? C'est comme ça qu'on dit pavot en anglais.

— Poppy », a-t-il répété. Mon prénom n'avait jamais semblé si mélodieux. « Ça te va bien. Vivant, éclatant de couleurs… » Il s'est penché vers moi pour caresser ma joue d'un geste infiniment doux. « Et addictif. »

J'ai alors su, au contact de son doigt sur ma peau, que je ne serais plus jamais la même. Et je ne me trompais pas. Cinquante-neuf ans plus tard, je peux encore sentir la caresse du seul homme que j'aie jamais vraiment aimé.

14

Emilia

Tout le monde adore Poppy – tout le monde sauf Lucy, peut-être. Je lui emboîte le pas dans le couloir de l'avion. J'ai un petit mouvement de recul à chaque fois qu'elle interpelle nos compagnons de voyage d'un « Bonjour », « Bon voyage ! » ou « C'est parti ! ». Je jette un coup d'œil à Lucy derrière moi. Elle serre les dents et secoue la tête.

« Qu'est-ce qui t'as pris de m'embarquer dans cette galère ? Cette femme est complètement barge », chuchote-t-elle.

Je hausse les épaules, comme pour dire : « Trop tard ! »

Nous nous installons à nos places – surclassées grâce au nouvel ami que tante Poppy s'est fait au comptoir d'enregistrement. Lucy tient à s'installer côté couloir, Poppy se glisse côté fenêtre, me laissant la place du milieu, prise en tampon dans la tension croissante entre elles.

« Crache le morceau, fait Lucy en attachant sa ceinture. Vous êtes sortis ensemble, toi et Herr Joli-Blond ?

— Oui », répond Poppy, ses yeux devenus doux et rêveurs. Elle tapote la joue de Lucy, sans paraître remarquer que Lucy n'apprécie pas son geste. « C'est lui que je vais retrouver sur les marches de la cathédrale de Ravello.

— Ah bon ? Je pensais que tu espérais rencontrer un inconnu ? En fait, tu comptes retrouver quelqu'un que tu connais ? demande Lucy en ouvrant de grands yeux.

— Bien sûr que c'est quelqu'un que je connais. Je ne suis quand même pas naïve à ce point, Luciana. »

Je pousse un soupir de soulagement.

« Donc, tu es tombée amoureuse de Rico ? Et vous êtes restés en contact pendant tout ce temps ? »

Elle se tourne vers moi, l'air grave.

« Oh, non, ma chérie. Ça va faire soixante ans que nous ne nous sommes pas parlé. »

Lucy grogne.

« Oh, putain, dis-moi que c'est une blague. » Elle se penche par-dessus moi pour se rapprocher de Poppy. « Tu aurais peut-être pu préciser ce petit détail avant qu'on décide de partir. »

Poppy sourit gentiment.

« Quel petit détail, chérie ? »

Les narines de Lucy se dilatent.

« Tu crois vraiment qu'un homme à qui tu n'as pas parlé depuis des dizaines d'années va brusquement réapparaître sur l'escalier de la cathédrale de Ravello ?

— Il a promis », réplique Poppy, tête haute.

Lucy ferme les yeux. « C'est ça, marmonne-t-elle. Comme ils font tous. »

L'avion se met en route pour le décollage, et Poppy presse son visage contre la fenêtre, avec une expression si enfantine que je m'attends presque à la voir souffler de la buée pour y dessiner des bonshommes. Je me penche près d'elle. En bas, les employés de l'aéroport dirigent l'avion hors du tarmac avec de grands gestes des bras.

« Regarde ! Il me dit bonjour ! » s'écrie Poppy en agitant frénétiquement la main, comme si l'homme pouvait la voir.

Ma tante est intelligente et ce n'est pas son premier voyage en avion, mais je ne saurais dire si elle plaisante. Peut-être est-elle vraiment folle ? Je jette un coup d'œil à Lucy, mais elle est occupée à écrire un texto. J'aperçois le nom de Jack sur l'onglet du haut.

« Tu vois toujours Jack ? »

Je lorgne son écran, espérant y voir un message du genre *Je regrette d'être sortie avec un pauvre connard comme toi*. Elle cache son portable avec sa main.

« Tout baigne », dit-elle sans que je sache ce qu'elle entend par là.

Poppy se penche vers nous.

« Mieux vaut dire au revoir dès maintenant. »

Elle saisit le portable de Lucy, l'éteint et le fourre dans la pochette du siège.

« Je n'avais pas fini ! s'écrie Lucy, stupéfaite.

— Imagine comme il sera inquiet de ne pas savoir ce qui t'est arrivé », dit Poppy avec un sourire.

Lucy tend le bras vers son portable, s'arrête, semble assimiler l'idée de Poppy, puis repose la main sur son genou. Un point pour tante Poppy. Il m'apparaît soudain que ma tante et ma cousine ne sont pas si différentes l'une de l'autre : toutes deux espèrent en dépit de tout que l'amour tiendra un jour ses promesses.

L'avion accélère sur la piste et décolle. Mon estomac se retourne. Poppy applaudit.

« Vous ne trouvez pas ça merveilleux de voler ?

— Calme-toi, Pops », fait Lucy.

Mais son ton n'est plus si cassant. Ma cousine me regarde en hochant la tête, comme une mère secrètement amusée par son enfant qui dit une bêtise.

Après le décollage et le repas, Lucy avale un comprimé. Quelques minutes plus tard, elle ronfle doucement, la tête posée sur mon épaule. C'est agréable de la sentir blottie contre moi, comme si elle était redevenue la petite cousine de notre enfance.

De l'autre côté, Poppy a mis son casque sur ses oreilles et rit tout haut devant un film avec Amy Poehler. Je referme mon carnet pour savourer son rire. Je suis un peu fâchée qu'elle nous ait menti pour qu'on accepte de l'accompagner. Mais je suis surtout triste pour elle.

Je l'observe en silence, cette femme qui n'a pas supporté la mort de son enfant, qui s'est tellement attachée à ma mère qu'elle a voulu en faire sa fille. Souffre-t-elle d'une sorte de trouble de l'attachement ? J'ai demandé à Poppy de me parler de ma mère, comme elle me l'avait promis. Mais elle a passé près d'une heure à parler de sa jeunesse à Florence. Je suis parcourue par un frisson. Tante Poppy a-t-elle seulement connu ma mère ? Ou était-ce simplement une ruse pour me persuader de la suivre ?

#

Les lumières de la cabine clignotent. Le micro grésille et le capitaine annonce notre descente sur Venise, la cité flottante. Les uns après les autres, les passagers relèvent les stores de leurs fenêtres. La lumière du soleil inonde l'avion. Je me frotte les yeux et me tourne vers Poppy. Elle se tient bien droite sur son siège, les lèvres et les joues fraîchement maquillées, fleurant bon le parfum Chanel.

« Tu as dormi ? »

Elle écarte la question d'un revers de main.

« Je n'ai pas fermé l'œil. Je suis bien trop excitée. »

L'avion s'incline, offrant une vue panoramique à travers la fenêtre de Poppy. La lumière éclatante du soleil se reflète sur les eaux vertes. Et là, au milieu d'une mer Adriatique étincelante, je découvre deux pièces de puzzle parfaites, séparées par la courbe gracieuse du Grand Canal.

« Regarde ! s'écrie Poppy. Le nouveau port de Venise ! Et là, la piazza San Marco ! »

À côté de moi, Lucy s'anime. Elle s'étire vers la fenêtre. Poppy saisit nos mains et les attire vers son visage.

« Merci », dit-elle, les yeux brillants.

Sa voix se brise, et mon cœur fait de même. Je ne peux plus faire marche arrière. Il n'y a plus d'excuses pour reculer, plus de prétextes pour me dérober. Nous voilà en Italie. Et là, dans huit jours, le cœur de Poppy sera rempli d'allégresse. Ou réduit en miettes.

15

Emilia – 1er jour
Venise

Lundi matin. L'aéroport Marco Polo est en effervescence quand nous passons les douanes. Tante Poppy marche d'un pas moins alerte et, sous les néons de l'aéroport, sa peau mate a des reflets grisâtres. Elle fait soudain ses soixante-dix-neuf ans, voire plus. Mais elle vient de faire un vol de huit heures sans dormir. Je ne pouvais pas non plus espérer qu'elle ait l'air d'une jeunette.

Il est onze heures quand nous sortons de l'aéroport. Le soleil inonde la *laguna di Venezia*, et nous avons soudain toutes l'air plus vivantes.

« *Hiraeth !* s'écrie Poppy en battant des mains. Vous connaissez ce mot ? C'est gallois, pour exprimer un sentiment difficile à décrire. La nostalgie de son pays, le désir de rentrer chez soi, l'envie de trouver l'endroit qui parle à notre âme.

— C'est beau, je dis. Je n'ai jamais vraiment connu ce sentiment, pour ma part.

— Ça ne m'étonne pas. » Elle se penche vers moi. « Mais tu le connaîtras un jour. »

Cinq minutes plus tard, nous montons à bord d'un bateau-taxi, une petite vedette en bois que Poppy a réservée pour nous conduire à notre hôtel sur les rives du Grand Canal de Venise. À la barre, Taavi, notre beau pilote, porte un jean moulant et un foulard autour du cou. Lucy se poste à côté de lui tandis que Poppy et moi prenons place sur une banquette en skaï rouge.

Des bateaux de toutes formes et de toutes tailles filent sur la lagune, reliant le continent et la vieille cité. Devant nous, Venise nous appelle, Venise et sa centaine de minuscules îlots suturés de ponts, de ruelles et de berges.

« Voici le ponte della Libertà, lance Taavi.

— Le pont de la Liberté... C'est joli, ce nom, dis-je.

— Juste à côté, c'est le pont des Lagunes, la voie de chemin de fer construite en 1846 pour relier la ville au continent. Autrefois, Venise était accessible uniquement par bateau, explique Taavi. Le ponte della Libertà a été ajouté en 1933 pour permettre la traversée des voitures, même si elles ne circulent pas dans la ville.

— Ah bon ? Mais comment vous faites ? demande Lucy.

— Nous avons les vaporettos, des genres de ferry, pour circuler autour des îles. »

Lucy, sa veste dézippée, se penche vers lui pour lui parler des ferry-boats de New York. Il écoute poliment mais s'écarte, les yeux rivés sur l'eau, ignorant son décolleté.

Le bateau fait une embardée et de l'eau salée nous asperge comme de l'eau bénite. Poppy lève les mains et applaudit, son foulard en soie rose et orange ondulant au vent. Taavi fait signe aux autres bateaux-taxis.

« Oï ! Oï ! prévient-il quand nous passons.

— Oï ! Oï ! » répète Poppy en saluant elle aussi.

Le vent lèche mon visage, et d'un coup, je me mets à rire.

« Je suis en Italie. Nous sommes en Italie. Nous y sommes vraiment ! »

Lucy secoue la tête. Elle ne se rend pas compte. Cela fait vingt-neuf ans que je rêve d'une aventure comme celle-ci.

La lagune dessine une courbe et nous entrons dans une large bande d'eau bordée d'anciens palais, d'églises à coupole et d'hôtels somptueux peints de nuances pêche, roses et jaunes.

« Bienvenue sur le Grand Canal, dit Taavi en ralentissant l'allure du bateau. La rue principale de Venezia. »

Des piles de bois bordent la voie navigable, servant de balises aux innombrables embarcations.

« La cité de Venise a été bâtie sur une plate-forme de bois, explique Taavi. Au Ve siècle, après la chute de l'Empire romain, les barbares du Nord ont envahi le continent. Les gens se sont enfuis dans le marécage, et beaucoup ont décidé d'y rester. C'étaient les premiers Vénitiens. Ils ont planté des piles de bois dans le sable et construit des plates-formes. C'est là-dessus qu'ont été édifiés les monuments splendides que vous voyez aujourd'hui.

— C'est donc vraiment une ville sur l'eau », dis-je en observant les structures délicatement ornées avec une admiration grandissante.

Taavi amarre le bateau devant l'hôtel Ca' Sagredo, un magnifique bâtiment rose constellé de balustrades blanches. Il nous présente sa main pour nous aider à nous hisser hors du bateau. Lucy est la dernière à descendre.

« Vous avez une carte de visite ? » demande-t-elle à Taavi. Elle incline la tête d'une façon que je sais calculée, s'assurant qu'une mèche de cheveux lui barre l'œil. « Nous sommes là pour trois jours. J'aurai peut-être encore besoin de vous. »

Je grimace.

« *Sì* », répond Taavi en tirant une carte de la poche de sa chemise.

Avant de la lui tendre, il griffonne quelques mots dessus.

Lucy semble soudain nettement plus gaie. Elle salue Taavi de la main quand il part.

« *Arrivederci !* »

Alors que nous marchons vers l'hôtel, elle jette un coup d'œil à la carte et s'arrête subitement. « Fils de… » Elle se reprend. « … chienne ! » Elle déchire la carte, mais j'ai le temps de lire *Non merci* écrit au dos. « C'est tellement exaspérant quand t'es juste sympa et que le type croit que tu le dragues ! »

Poppy pose une main apaisante dans le dos de sa nièce. « Quand on leur met une paire de seins en plein visage, cela peut induire en erreur, trésor. »

#

Lucy s'extasie quand elle ouvre la porte de notre suite.

« Waouh ! Y en a une qui a cassé la tirelire !

— C'est superbe », dis-je devant le parquet brillant et les murs gris tourterelle.

Deux lits gigantesques occupent la première partie de la pièce et un confortable coin salon est aménagé devant le balcon. Je jette un coup d'œil à la salle de bains en marbre blanc avec double vasque. Comment une prof d'art à la retraite peut-elle se permettre un tel luxe ?

« Les actions Apple, déclare Poppy.

— Quoi ?

— C'est ça qui m'a rendue riche.

— Oh. »

Je sens le rouge me monter aux joues.

Cette cavalière-professeure-yogi serait-elle aussi télépathe ?

Elle lève la tête et ses yeux noirs dansent.

« J'ai investi dix mille dollars dans une petite entreprise inconnue le jour de son entrée en Bourse, en 1980. Vingt-deux dollars l'action. Quand je les ai revendues, elles avaient augmenté de plus de vingt-neuf mille pour cent. Vous imaginez ? Sans compter les dividendes. »

Elle rit à gorge déployée.

« Ah oui, en effet ! s'exclame Lucy en tendant le poing pour lui faire un check.

— En tout cas, merci d'être aussi généreuse, je dis.

— L'argent est un outil, pas un trésor. »

Elle ouvre une porte et nous pénétrons dans une chambre à coucher indépendante, tout aussi belle.

« Joli ! Je suppose que c'est ta suite privée ? je demande.

— Ça ne vous dérange pas de partager l'autre, Lucy et toi ? »

Derrière moi, Lucy pousse un cri strident. Je lève les yeux au ciel.

« Bon sang, Luce. C'est seulement pour trois nuits.

— Mon portable ! »

Je me précipite pour l'aider à fouiller dans ses sacs. Mais elle le sait déjà, et moi aussi. Son téléphone est sur le vol Lufthansa 411, dans la pochette de son siège, là où Poppy l'a rangé.

« Il faut que je retourne à l'aéroport, annonce-t-elle en prenant son sac à main.

— C'est trop tard, fait Poppy en la prenant par le bras. Ils ont sûrement déjà nettoyé l'avion. Oublie ça. »

Lucy se dégage en se tortillant.

« Ça va pas la tête ? J'ai besoin de mon portable !

— J'appellerai la compagnie aérienne. »

Elle prend le visage de Lucy entre ses mains ridées et la regarde droit dans les yeux, comme si elle cherchait à l'hypnotiser.

« Mais en attendant, oublie ça », répète-t-elle, très lentement et avec une fermeté empreinte de douceur. Lucy finit par reculer en hochant la tête.

« Tu me dois un nouveau portable.

— À notre retour, je t'achèterai ce qui se fait de mieux. » Poppy lui tapote le bras. « Je suis désolée d'avoir été si négligente, Luciana. Mais, crois-moi, tu vas te sentir libre sans lui, je t'assure. »

Lucy continue à râler, mais je sens qu'elle s'en remettra. Poppy a raison. C'est douloureux d'attendre un message qui n'arrive jamais, et d'être harcelée par une mère qui espère un miracle.

Je traverse la chambre et écarte les fins voilages. D'un coup, le soleil inonde la pièce. Je sors sur le balcon agrémenté de deux chaises longues et de pots de géraniums rouges. Je m'accoude à la balustrade et l'air iodé de la mer me chatouille les narines. Trois étages plus bas, les quais du Grand Canal fourmillent de touristes qui prennent des photos ou dégustent des glaces. La mer est agitée aujourd'hui, et les embruns projetés par les bateaux-taxis embuent l'air. Tante Poppy vient se poster près de moi et pose sa main dans le creux de mon coude.

« Mon pays… la terre où j'ai rencontré mon Rico. »

J'esquisse un pâle sourire.

« On pourrait peut-être le retrouver. Connais-tu son nom de famille ? Je vais chercher sur Google. S'il est sur Facebook ou Twitter, on lui enverra un message pour lui rappeler…

— Ne dis pas de sottises », m'interrompt-elle. Elle plante ses deux mains sur le rebord du balcon et ferme les yeux. « Rico n'a pas oublié. »

Poppy suggère un changement de tenue avant de partir explorer les « splendissimes merveilles de Venezia ». J'enfile à la hâte un jean et un sweat. Lucy se tortille pour entrer dans sa mini-jupe en daim et ses bottines. Poppy exhibe un tricot rouge et violet ceinturé à la taille et orné d'une broche géante en forme de luciole, ainsi qu'un collier de perles turquoise grosses comme mon poing. Ses bras sont couverts de bracelets colorés, en plastique, je crois, mais je n'en suis pas sûre. Elle me surprend en train de l'observer.

« Un seul, ça fait minable. Mais une dizaine, c'est chic. » Elle attrape de gigantesques lunettes de soleil rouges qu'elle plante sur son visage minuscule. « C'est parti ! »

Dans la rue, Poppy semble ne pas remarquer les Européens sagement vêtus qui fixent ses atours extravagants. Elle rit, salue de la main et lance des « *Buongiorno !* » aux passants perplexes. Je lui donne le bras. En Amérique, cela me gênerait, mais ici, en Italie, je suis bizarrement fière de cette femme qui affiche son style avec tant d'audace.

Poppy se précipite dans la première boulangerie qu'elle voit, Pasticceria Rizzardini. Nous prenons chacune un baba au rhum plein de crème pâtissière.

« Ici, cette pâtisserie s'appelle *fiamma*, flamme, à cause de tout l'alcool qui l'imbibe », explique le vendeur.

J'en enfourne une belle fourchetée dans ma bouche. Le goût sucré et beurré du gâteau contraste avec la saveur forte de l'alcool.

« Mmm… » Je me demande pourquoi mes babas ne sont pas aussi savoureux que celui-là. Sûrement à cause du beurre. Le beurre est différent ici… plus frais.

Nous dégustons nos gâteaux en nous promenant. Les eaux vertes du canal nous suivent tout au long de notre flânerie dans les rues étroites – les *calli*, comme on les appelle ici. La cité entière paraît dans un état de délabrement somptueux, époustouflant. Le stuc s'écaille sur les façades des bâtiments, laissant apparaître des zones entières de briques nues – un style que les urbanistes de chez nous tentent désespérément de reproduire. Nous atteignons un endroit où la ruelle est si étroite que je peux presque toucher les immeubles de chaque côté en tendant les bras. Le soleil n'est plus visible et la température tombe d'au moins dix degrés. Un accès de claustrophobie me gagne. J'entends des voix devant, des rires. Enfin, la rue s'élargit et la lumière se répand de nouveau sur nous.

Les plantes en pot et les numéros de maison peints au pochoir indiquent que nous sommes dans un quartier résidentiel. Des volets noirs ombragent les façades, à demi ouverts, comme des bras tendus. Des bougainvilliers roses tombent en cascade des jardinières du premier étage, et je repère çà et là de petites niches hébergeant une statue de la Vierge à l'Enfant.

« J'adore cet endroit, dis-je en prenant en photo des draps crème méticuleusement disposés sur un fil tendu entre deux maisons. Je ne m'étais jamais rendu compte que du linge en train de sécher pouvait être si joli. »

Poppy sourit.

« Pendant des siècles, Venezia a été l'une des plus puissantes cités d'Italie. Aujourd'hui, c'est tout simplement magique. »

C'est vrai. À chaque pâté de maisons, nous passons un pont de pierre, l'un des trois cents que compte la ville, nous informe Poppy. J'ai un petit rire euphorique. Chaque pas m'emplit d'une étrange sensation de légèreté, comme si j'avais été libérée de mes chaînes et que j'allais m'envoler. Arrivée au sommet d'un pont, je ne peux m'empêcher d'esquisser une danse. Poppy se joint à moi dans une ébauche de two-step. Lucy nous regarde en secouant la tête, et nous éclatons toutes les trois de rire.

Nous parcourons une ruelle bondée où les touristes s'arrêtent devant les vitrines pour admirer les bibelots bariolés et les pâtisseries alléchantes. Une femme se faufile devant nous, des chaussures plates aux pieds et un sac à provisions à la main. Un commerçant adossé contre sa vitrine, coiffé d'un chapeau de gendarme en papier, reluque Lucy quand nous passons devant lui.

J'ai le sourire aux lèvres quand la ruelle débouche sur une autre place, *campo*, comme on dit ici. Au centre se trouve une fontaine ancienne en pierre finement sculptée. Accroupis autour, des enfants gloussent en remplissant leurs ballons d'eau. Je prends une photo avant de sortir un plan de mon sac. Nous devons être sur le campo Santa Margherita, à moins que ce soit le campo San Trovaso.

« Range-moi ça, dit Poppy. Venise est un labyrinthe. Tu n'arriveras jamais à te repérer. Je dis toujours qu'il vaut mieux consulter son cœur quand on se sent perdu ou désorienté. C'est le plus sûr moyen de se retrouver. »

D'accord. Je souris et range l'objet inutile dans mon sac, charmée par la voix d'un homme qui chante en italien sur son balcon. Les pigeons virevoltent au-dessus de nos têtes. Autour de la place se serrent bars à vin et restaurants chics arborant des bannes de couleurs vives, ainsi que des bijouteries, des boulangeries, des pizzerias. De l'autre côté se dresse fièrement une toute petite église. Les gens flânent et font des emplettes en famille, ou sont assis deux par deux à de petites tables en fer.

Nous traversons un pont plus large sous lequel attendent une demi-douzaine de gondoles. Poppy joint les mains et tout son corps tressaille de joie.

« Une promenade en gondole ! Allons-y !

— Une gondole ? Tu es sérieuse ? » fait Lucy.

Poppy rit.

« Oh, Luciana, autorise-toi un peu des plaisirs d'enfant, veux-tu ? J'ai bien peur que tu aies oublié ce que c'est. »

Des Italiens de toutes corpulences sont debout sur les embarcations à fond plat, avec leurs chemises rayées noir et blanc et leurs foulards rouges autour du cou – une image si éculée qu'elle en est pittoresque.

« *Quella !* » lance Lucy en indiquant un gondolier particulièrement beau.

La rutilante gondole noire tangue quand nous montons à bord, et j'aide Poppy à s'avancer jusqu'au siège tapissé de skaï rouge. À l'aide de son unique rame, notre beau gondolier pousse la barque asymétrique sur le canal étroit.

Poppy passe ses bras autour de nos épaules et je me laisse bercer par le doux clapotis de l'eau en inspirant avec force l'odeur singulière du canal, humide, fraîche et poissonneuse à la fois. Nous voguons le long de belles *calli* bordées d'hôtels chics et passons sous de vieux ponts si bas que je dois presque baisser la tête. Des drapeaux pendent d'un balcon en fer forgé, rouge et or, bleu et vert, chatoyant sous la lumière du soleil. La gondole dévie près du mur du canal et notre conducteur utilise sa rame pour la repousser. Lucy le dévore des yeux avec gourmandise.

« Pour symboliser leur amour de l'eau, la mythologie vénitienne prétend que les gondoliers naissent avec les pieds palmés, explique Poppy.

— Qui se soucie des pieds palmés ? » réplique Lucy dans un italien parfait. Elle arque les sourcils et ajoute : « Je préfère qu'ils aient une longue rame. »

Je fronce les sourcils et lève le menton en direction de Poppy, pour lui rappeler que notre tante de quatre-vingts ans parle aussi cette langue. Mais Poppy se contente de rire.

« Luciana, tu me tues ! » Elle se redresse. « Je suis contente que vous parliez si bien italien toutes les deux. Ta mère serait fière, Emilia. »

Je m'anime.

« Vraiment ? Elle voulait que je parle italien ? Pourquoi ? »

Poppy plonge son regard dans l'eau, comme si le passé l'appelait.

« Rico bataillait avec l'italien, mais il a fini par le maîtriser.

— Et ma mère ? » Je serre sa main, luttant contre mon impatience. « Que sais-tu d'autre sur elle ? »

Elle relève les yeux vers nous.

« Est-ce que j'en suis arrivée au moment où Rico joue du violon ?

— Non, fait Lucy avec un bâillement théâtral. Mais surtout, ne te gêne pas pour sauter l'épisode. »

16

Poppy – 1959-1960
Florence, Italie

Je travaillais à la galerie des Offices du lundi au samedi, de huit à seize heures. Mais le bus qui me ramenait à Fiesole ne partait pas avant dix-huit heures trente. M. Yeux-Bleus, lui, travaillait de nuit. Il tendait des gants dans une tannerie de sept heures du soir à quatre heures du matin. Ce qui signifie que six jours par semaine, nous avions deux heures et demie merveilleuses à passer ensemble. Nous flânions dans les rues de Florence, parlant un mélange d'italien et d'allemand, riant de nos erreurs, absorbant tout ce que nous pouvions apprendre de l'autre.

Un jour, environ une semaine après notre rencontre, il a apporté un étui en cuir buriné par le temps. Nous nous sommes assis sur un banc devant le Duomo et, à ma grande surprise, il en a sorti un violon. Il s'est mis à jouer. L'archet allait et venait, créant le son le plus beau et le plus émouvant que j'avais jamais entendu. Je n'en revenais pas : il était violoniste !

Il m'a expliqué que son père, prisonnier dans un camp soviétique pendant la Seconde Guerre mondiale, avait appris la musique pour pouvoir entrer dans l'orchestre qui divertissait les soldats russes. De retour en Allemagne, il avait enseigné à son jeune fils l'accordéon, la guitare et le violon. Le petit Erich était un musicien né, et bientôt, c'est lui qui apprenait de nouveaux morceaux à son père.

Rico était debout devant moi, un pied posé sur le rebord de la fontaine, le menton appuyé sur le corps du violon. C'était hypnotisant, ce son qui s'élevait comme par magie. Un vieil homme qui passait s'est arrêté pour l'écouter. Puis un couple élégamment vêtu.

En un rien de temps, nous nous sommes retrouvés entourés de trente, peut-être quarante personnes – des commerçants et des enfants du coin, ainsi que des touristes anglais. L'énergie de la foule enflammait Rico. Il s'est mis à déambuler parmi son auditoire, sa romance se changeant en mélodie enjouée. L'archet balayait les cordes de plus en plus rapidement, à une vitesse étourdissante. Les gens l'acclamaient, riaient et battaient des mains. Sans une fausse note, Rico a conclu sur une improvisation fleurie. Les applaudissements, les acclamations, les sifflets enthousiastes se sont déchaînés.

Une fois les admirateurs dispersés, nous n'en revenions pas de ce qu'ils avaient laissé. Des pièces… une quantité incroyable de pièces ! Plus que ce que Rico gagnait en travaillant toute une nuit à l'usine.

« Tu es une star ! » lui ai-je dit en l'aidant à les ramasser.

Il a doucement refermé ma main quand j'ai voulu lui donner l'argent. « C'est pour toi, Poppy. Je voulais simplement essayer de t'impressionner. »

Il s'est penché vers moi et m'a embrassée pour la première fois. C'était lent, suave, incroyablement excitant. Mon cœur a explosé comme le Vésuve. J'avais déjà été embrassée par un garçon, naturellement. Mais jamais par un homme, et jamais avec passion.

« Tu as réussi. Je suis impressionnée, ai-je répondu, tout étourdie.

— J'ai toujours rêvé d'être musicien. Merci de m'avoir donné l'impression d'en être un aujourd'hui.

— Tu dois arrêter de travailler à l'usine, ai-je dit d'un ton calme. Tu dois consacrer ton temps à faire de la musique.

— Les gens risquent de se lasser. La tannerie, c'est un vrai travail. »

J'ai haussé les épaules.

« Peut-être que tu échoueras. Mais ce sera toujours mieux que de ne pas essayer du tout. Cet instrument, Rico, c'est un cadeau du ciel. C'est ta passion. Tu ne dois pas priver l'univers de ta musique. »

Cet épisode a marqué le début de sa nouvelle carrière. Il a choisi un coin de la piazza della Signoria, devant la fontaine de Neptune. Et comme je l'avais pressenti, il est devenu une figure locale. Les gens étaient dingues de ce blondinet si joyeux qui faisait si bien pleurer son violon. Il jouait trois ou quatre fois par jour. Mais entre quatre et six heures et demie, Rico était tout à moi.

Cela faisait quatre semaines que nous nous retrouvions en secret. Je savais tout de mon Rico, de son enfance pendant la guerre, de sa maison de Dresde réduite en ruines par les bombardements, de la fuite de sa famille vers le village de Clausnitz et de la scierie où ils avaient trouvé refuge, de la vision qui lui donnait encore des cauchemars des prisonniers juifs défilant sur la route glacée, abattus quand ils tombaient, du pain que sa sœur et lui glissaient en douce aux soldats américains emprisonnés de l'autre côté de la rue, de son amour pour les saucisses et le fromage.

C'est le père de Rico, propriétaire d'un petit garage, qui l'avait encouragé à quitter la RDA sous domination soviétique. Sa sœur aînée était amoureuse d'un homme qui travaillait dans une fabrique de gaufres et refusait de quitter le pays. Il était hors de question pour sa mère de partir sans sa fille. La famille était coincée… mais pas Rico.

Tu dois partir, lui avait dit son père un an et demi plus tôt. *La situation va encore empirer. Enfuis-toi sans avertir personne. Prends trois choses : ton permis de travail temporaire, ta bicyclette et quelques marks pour payer le train. Quand tu arriveras à la gare, achète un billet pour Munich. Les gardes penseront que tu rentres chez toi. Mais ne prends rien d'autre, pas même des vêtements de rechange. Si les gardes t'arrêtent avec ne serait-ce qu'une brosse à dents, ils sauront que tu essaies de t'enfuir. Une fois à Munich, prends le train pour Mindelheim. C'est une petite ville bavaroise en Souabe. Présente-toi aux autorités d'Allemagne de l'Ouest. Tu seras bien accueilli. Ils te donneront un permis de travail et des bons à utiliser pour te nourrir et dormir dans des auberges de jeunesse. Le mark est-allemand ne vaut quasiment rien. Ensuite, pars en*

Autriche avec ton vélo. Et de là, tu seras libre, Erich, libre d'aller où bon te semble.

Les yeux de son père étaient brillants de larmes.

« Ne parle à personne de ton projet. Quand ils verront que tu ne rentres pas en Allemagne de l'Est, les autorités commenceront à se méfier. Ils viendront nous voir à la maison pour nous interroger. Tu seras considéré comme un *Republikflüchtling*, un évadé. Le châtiment sera sévère si tu te fais prendre. Compris ? »

Rico avait fait oui de la tête, soudain conscient du poids de sa décision.

« Et maman ? Et Karin ? Je dois quand même leur dire au revoir. »

D'un geste brusque, le père avait pris le visage de son fils entre ses mains calleuses.

« Non, mon garçon. Même pas à elles.

— Mais elles penseront que je les ai abandonnées.

— Je me charge de ça. »

Rico s'est tourné vers moi. Ses beaux yeux étaient brillants de larmes.

« Je prie pour qu'un jour ma mère comprenne. » Il a baissé la tête, a hésité. « Et Karin aussi.

— Ta sœur ? »

Il a fait non de la tête.

« Ma fiancée. »

Au fond de moi, tout s'est effondré. Tout mon courage s'est envolé. Ce satané sort m'avait rattrapée. Je n'avais jamais cru à cette légende. Et voilà que je découvrais, moi, la cadette, que j'étais tombée amoureuse d'un homme fiancé à une autre.

17

Emilia

Je prends la main de ma tante. « Oh, tante Poppy, c'est affreux. Rico a épousé quelqu'un d'autre ? »

Elle me tapote le genou. « Je raconterai la suite plus tard.

— Et voilà ! On est vraiment maudites, se lamente Lucy. Mais tu vas lever le sort, pas vrai ? Tu as un plan, à part des retrouvailles avec un salaud qui ne sait pas ce qu'il veut, hein ?

— Un sort ? Ne sois pas ridicule », réplique Poppy.

Je garde les yeux rivés sur ma tante, espérant de toutes mes forces qu'elle va dire quelque chose, n'importe quoi, qui puisse apaiser l'anxiété de Lucy. Elle a les traits tirés et des cercles sombres creusent ses yeux. *Brise la malédiction, bon sang !*

« Nous allons descendre », dit Poppy au gondolier.

Il ralentit l'embarcation et la dirige vers un pont.

« J'ai besoin de m'allonger. Ce soir, au dîner, je vous en dirai plus sur Rico.

— Non ! » La voix de Lucy est pleine de colère maintenant, et je la comprends. « Nous en avons entendu assez, de ton histoire pitoyable. » Elle croise les bras avec résolution. « Si tu crois que ton Rico va se pointer et t'épouser après toutes ces années, tu es vraiment aussi cinglée qu'ils le disent tous.

— Lucy ! »

Je proteste, mais Poppy se contente de hocher la tête.

« On dirait que tu prends plaisir à tout peindre en noir, Luciana.

— Tu as promis de lever le sort, dis-je à Poppy, la voix soudain chargée d'émotion. Lucy t'a cru. Elle compte sur toi.

— Attends, c'est la seule raison pour laquelle je suis là ! se récrie Lucy.

— Pff ! fait Poppy en balayant nos reproches d'un revers de main. Cela fait des années qu'on vous impose ce que vous devez croire. Imaginez un peu le pouvoir que l'on acquiert à décider enfin par soi-même de ce qu'on veut croire.

— Facile à dire, pour toi, réplique Lucy tandis que le bateau s'immobilise. Tu as l'âge des pyramides. Mais moi ? Moi, j'ai toute une vie pour être maudite !

— C'est fascinant, dit Poppy en posant une main sur la joue de Lucy, comme il suffit que quelqu'un nous dise quelque chose à propos de nous-mêmes, bon ou mauvais, pour qu'on fasse tout pour lui donner raison. »

#

Lucy me traîne dans la première trattoria de la *calle*. Des vieux supporters des Lions ailés du Venezia FC boivent leurs bières Peroni assis à une table, les yeux collés à l'écran plat de la télévision, acclamant les joueurs en orange et noir : « *Leoni Alati !* »

Nous nous installons à une table et ma cousine commande un pichet de vin. Derrière la fenêtre, nous regardons la mince silhouette de Poppy disparaître dans la rue pavée. Mon bon ange me dit que je devrais me lever pour la raccompagner à l'hôtel et la mettre au lit. Il est impossible de s'y retrouver dans cette ville. Elle risque de se perdre. Mais mon mauvais ange est trop en colère. Elle est déjà venue ici. Elle s'en sortira sans moi.

« C'est quoi ce bordel ? jure Lucy avant de planter un coude sur la table et de ratisser ses cheveux du bout des doigts.

— Je sais, dis-je avec découragement. Elle essaie de s'en tirer comme elle peut. Je n'ai plus confiance, plus du tout. Elle veut juste faire revivre ses vieux souvenirs.

— Elle n'a aucune dignité. Ce minable était fiancé à une autre, et elle se languit quand même de lui. »

Le serveur arrive avec le vin. Pendant qu'il remplit nos verres, je raconte ce que m'a dit oncle Dolphie sur Poppy, le bébé qu'elle a perdu et sa dépression.

« Putain, dit-elle en levant son verre. Et elle ose prétendre qu'on n'est pas maudites ? »

Je regarde Lucy prendre une longue gorgée de vin avant de demander : « Quand est-ce que tu as commencé à y croire, toi ? »

Ses yeux se détournent vers la télévision derrière le bar. Les Lions ailés viennent de perdre. « À huit ans. » Le petit muscle de sa mâchoire se contracte. « J'avais seulement huit ans, putain ! quand mes parents m'ont dit que j'étais maudite. » Elle secoue la tête, les yeux toujours rivés sur la télévision. « Les seuls sorts que je connaissais, c'était dans les contes de fées, avec des pauvres victimes condamnées à dormir pendant des années, ou à mourir, ou à se transformer en bestioles. Du coup, j'ai été persuadée que ma vie serait bousillée à jamais si je ne me mariais pas. »

Elle se tourne enfin pour me regarder en face.

« J'étais dans la rue devant la maison, en train de jouer au foot avec des garçons et Giulia, ma meilleure copine. » Elle sourit. « J'ai fait comme si je n'entendais pas quand ma mère est sortie à la porte pour m'appeler. *Lu-cy ! Lu-cy !* Même pour une gamine de huit ans, c'était humiliant. Je n'étais pas un cocker, merde ! Je l'ai ignorée. Et plus je l'ignorais, plus elle s'énervait. *Luciana Maria Fontana, tu rentres à la maison. Tout de suite !* Je me suis dit qu'elle voulait que je rentre pour faire mon piano ou répéter des pas de danse qu'elle essayait de m'apprendre. Elle détestait que je joue au ballon. Mais je ne pouvais pas arrêter. J'adorais le foot. Tout bas, j'ai demandé à Giulia qu'elle m'aide à me cacher. Elle a pris ma main collante de sueur et nous avons couru derrière sa maison. On gloussait comme… ben, comme des gamines. » Elle sourit. « On a trouvé une super cachette, dans les buissons derrière la cabane de son jardin. On se serrait l'une contre l'autre, comme deux grenouilles tapies dans l'herbe. Bien sûr, Carol a fini par arriver, avec sa jupe à fleurs et ses escarpins roses. Je trouvais hilarant de la regarder me chercher. Giulia couvrait ma bouche de sa main sale pour m'empêcher d'attraper le fou rire. On restait là, blotties l'une contre l'autre, essayant de ne pas rire, regardant ma mère errer dans le jardin et appeler : *Luciana ? Lu-cy ?* D'un coup, comme dans un film d'horreur, le buisson s'est ouvert. Même si c'était prévisible, on s'est mises à hurler comme des folles en s'agrippant l'une à l'autre. D'abord j'avais le soleil dans les yeux, puis je l'ai vu : le visage marbré de rouge de ma mère qui nous regardait de toute sa hauteur. Je n'oublierai jamais son expression. Ce n'était pas vraiment de la colère. Plutôt de la panique. Elle m'a prise par le bras pour m'extirper de ma cachette. Pendant qu'elle me traînait hors du jardin, j'ai jeté un regard en arrière vers Giulia. Elle était assise dans le buisson, immobile comme un bâton. *Je suis désolée*, a-t-elle articulé en silence. J'ai répondu : *Moi aussi*, sans trop savoir pourquoi. »

Lucy lève son verre et avale une grande lampée de vin.

« Ce soir-là, quand mon père est rentré, lui et ma mère m'ont dit de m'asseoir sur le canapé. Je savais que c'était sérieux, parce que papa a ordonné à Carmella de quitter la pièce. *Vas-y, dis-lui*, a dit ma mère d'une voix blanche. Je me rappelle avoir pensé que quelqu'un était mort. Ou peut-être que mes parents allaient divorcer, comme ceux de Francie Falcone. Mon père est allé droit au but : *Tu es victime d'un mauvais sort*, il a dit. Maman s'est mise à flipper. *Vinnie ! Sois gentil.* Elle m'a regardée. *Ton père a raison, mais ne t'inquiète pas,* amore. *Tu vas briser le sort.* Mon cœur battait à tout rompre. *Quel sort ?* Mon père s'est levé. Il est allé dans l'entrée décrocher une photo de famille prise en Italie des siècles plus tôt. J'avais vu cette image miteuse des milliers de fois, mais sans jamais vraiment la regarder. Il s'est laissé tomber sur le canapé à côté de moi. *Tu vois ces femmes, Luciana ?* Il m'a montré une par une ses grand-tantes et arrière-grand-tantes, une dizaine de vieilles teignes aux peaux tannées que je n'avais jamais rencontrées. *Oui, papa. – Aucune ne s'est mariée.* Sans blague ! Qui aurait pu vouloir de ces bonnes femmes aux mentons poilus ? »

Lucy me jette un coup d'œil.

« Je n'ai pas dit ça, bien sûr, mais c'est ce que je pensais, si je me rappelle bien. »

Elle baisse les yeux vers la table avec un petit sourire triste.

« Ma mère a pris le relais. Elle a posé sa main sur la mienne, l'air très sérieuse. *Dans la famille de ton papa*, a-t-elle commencé en lui décochant un regard supérieur, *les deuxièmes nées ne se marient pas. Les femmes sur cette photo, toutes des Fontana, étaient des deuxièmes filles dans leur famille.* Elle s'est tue une seconde, pour me laisser le temps de comprendre le fond de son message. Mais je ne comprenais pas. Ma parole, je n'avais pas la moindre idée d'où elle voulait en venir. Elle a fini par dire : *Comme toi.* »

Lucy pince le pied de son verre à vin et secoue la tête.

« J'étais assise là, à regarder ces vieilles biques aux visages sans vie et aux yeux creux. *Elles n'ont pas l'air très gaies*, j'ai dit. – *Oh, ça non*, a dit ma mère. *Elles étaient malheureuses. Elles sont devenues amères et méchantes, de savoir que jamais elles ne connaîtraient les joies de la maternité, d'avoir une maison à elles avec une cuisine chaleureuse où mijotent leurs petits plats, et un homme qui les aime...* J'avais envie de vomir. C'était comme dans un conte de fées – un conte cruel où les deuxièmes filles deviennent des vieilles sorcières méchantes. J'avais la gorge serrée. *Est-ce que je vais devenir comme elles ?* Ma maman a souri et caressé mes cheveux. *Non,* mia dolce. *Tu es belle. Tu vas briser le sort, et libérer toutes les deuxièmes filles après toi de ce destin horrible.* J'ai hoché la tête. OK. Super. C'est moi la princesse qui va sauver tout le village. Bon, soyons un peu réalistes. *Comment je vais faire ?* j'ai demandé d'une petite voix. Et là, ma mère a répondu : *Tu dois écouter ta maman. Je vais tout t'expliquer. La première règle, c'est que tu ne dois plus jamais jouer avec les garçons.* »

18

Emilia

« Un autre », demande Lucy au serveur en levant notre pichet presque vide.

Sa main tremble quand elle verse les dernières gouttes de vin dans son verre. Je ne sais pas quoi dire. Ma pauvre cousine a passé presque toute sa vie à essayer de devenir quelqu'un qu'elle n'était pas, tout ça pour ne pas se transformer en vieille sorcière méchante – enfin, pire que ça : en vieille sorcière méchante *et célibataire.*

Les mots de Poppy me reviennent. *C'est fascinant, comme il suffit que quelqu'un nous dise quelque chose à propos de nous-mêmes – bon ou mauvais – pour qu'on fasse tout pour lui donner raison.*

Je prends la main de Lucy. « Je suis désolée pour toi. Mais Poppy a raison. Cette histoire de sort n'est qu'une prophétie auto-réalisatrice, une histoire de bonnes femmes qui se transmet depuis des générations pour condamner les femmes célibataires et pour qu'elles se sentent inférieures. Tu te comportes exactement comme ils le souhaitent. »

Lucy fronce les sourcils et retire sa main. « Je n'ai rien compris à ce que tu as dit. Tout ce que je sais, c'est que depuis des générations, les filles cadettes se font baiser.

— Ou ne se font jamais baiser, en l'occurrence. »

Elle sourit. « Petite rigolote. Qu'est-ce que t'en sais ? »

Le serveur arrive avec notre carafe. Je couvre mon verre de la main quand Lucy veut me resservir. Elle me regarde en soupirant.

« Allez, Em, détends-toi, au moins le temps d'un après-midi ! »

J'enlève ma main, comme une ado influençable qui cède à la pression de ses copines.

« Je suis désolée de t'avoir donné de faux espoirs, Luce. Visiblement, Poppy voulait juste nous parler de Rico.

— Oui, hein ? On est un peu le public captif de cette vieille bique, pour qu'elle puisse revivre le seul et unique amour qu'elle ait jamais connu. Et en plus, c'était juste un coureur de jupons.

— C'est tellement triste. Si ça se trouve, il est mort.

— Triste ? C'est pathétique, tu veux dire. C'est de la manipulation. » Lucy se penche vers moi. « Elle nous a achetées, Em. Elle a menti, et on est tombées dans le panneau. Quelles imbéciles ! Ce voyage est une perte de temps.

— Pas forcément. » Je passe un doigt sur le bord de mon verre. « Oncle Dolphie disait qu'on pourrait aider Poppy et Nonna à se réconcilier. »

Lucy s'étrangle. « Oh, pitié ! Comme si c'était possible ! C'était une connerie de venir ici, point final.

— Elle m'a promis de me parler de ma mère.

— Mais ça non plus, elle ne le fera pas. Désolée, Em, mais réfléchis un peu. Poppy a quitté Bensonhurst dans les années soixante. Ta mère était un bébé. D'accord, elle venait pour les fêtes, mais ça veut dire quoi, peut-être soixante jours avec ta mère au total ? Elle ne sait rien d'elle. »

Je me masse les tempes. J'ai mis en jeu ma famille, mon travail, ma vie pour ce voyage. Ma tante a menti. « Elle s'est jouée de nous. »

Je ne peux pas dire qu'on ne m'avait pas prévenue. En ce moment précis, Nonna est sans doute en train de se lamenter sur ma trahison avec Daria. Ma poitrine se serre. Je commence à comprendre pourquoi Nonna a coupé les ponts avec sa sœur.

« Elle avait l'air tellement sincère. »

Lucy secoue la tête. « Ces gens-là ont toujours l'air sincères. »

Quarante minutes plus tard, Lucy vide la carafe et je récupère l'addition.

« Raté pour le voyage tous frais payés. »

Lucy s'exprime d'une voix pâteuse, comme un disque qu'on passe à la mauvaise vitesse.

Je fouille dans mon sac à la recherche de mon porte-monnaie.

« C'est bon. Je l'ai.

— On se retrouve avec la note et coincées pendant huit jours avec elle. » Elle me fixe d'un regard vide avant de changer soudain d'expression. « À moins qu'on se barre.

— Oui, c'est ça.

— Je ne rigole pas. Elle connaît l'Italie, elle n'a pas besoin de nous. Moi, je dis, on rentre à l'hôtel et on fait nos bagages.

— C'est ridicule, après être arrivées jusque-là. On est quand même en Italie.

— Ouais. » Elle se lève et vacille. « Ben, on pourra dire qu'on y est allées. »

Elle titube vers la porte. Je prends mon sac et lui emboîte le pas.

« Tu as trop bu, Luce. Ça va s'arranger, on n'a encore rien vu du pays. »

Lucy sort dans la rue et regarde à droite et à gauche.

« Des vieilles baraques. Des restaurants italiens. Des boulangeries italiennes. C'est à peu près pareil que Bensonhurst. »

Nonna avait raison. Nous avons fait une erreur. Mais nous ne pouvons pas repartir. Je le sais, même si je comprends l'état d'esprit de Lucy après tous les verres qu'elle a descendus. La cité flottante qui m'a enchantée ce matin a soudain perdu sa magie.

Lucy avance d'un pas décidé et je peine à la suivre. Vingt minutes plus tard, nous avons miraculeusement retrouvé l'hôtel Ca' Sagredo. Les légers rideaux blancs ondulent quand nous entrons dans notre chambre.

« Je croyais qu'elle voulait faire la sieste », maugrée Lucy en indiquant le balcon.

Poppy est là, debout, les mains sur la balustrade, à contempler le canal. Elle a revêtu un caftan ample et ses cheveux parsemés de fils d'argent ondoient sous la brise. Elle ne s'est pas rendu compte de notre présence.

Lucy se rue dans la chambre pour s'emparer de sa valise. Elle ouvre rageusement les tiroirs et commence à y fourrer ses vêtements. Moi je reste clouée sur place devant la minuscule femme en robe à fleurs, la frêle silhouette sur le balcon qui se découpe dans le ciel bleu gris.

« Fais tes bagages, chuchote Lucy. On l'appellera de l'aéroport. Ou plutôt, tu l'appelleras, quelqu'un m'a privée de portable.

— Je ne pars pas. Elle est trop seule. Regarde-la, Luce. »

Lucy se redresse. Ensemble, nous épions notre tante qui savoure la vue de Venise. Elle se tourne de profil et lisse ses cheveux poivre et sel. Et brusquement, elle enlève la perruque de sa tête comme le couvercle d'une casserole.

J'en ai le souffle coupé. Lucy pousse un petit cri. Poppy fait volte-face.

Elle se tient face à nous, les yeux écarquillés, chauve comme un bébé.

19

Emilia

Mes pieds semblent avancer d'eux-mêmes, me transportant de l'autre côté de la pièce vers cette femme à la tête lisse et ovale. Comme elle est devenue fragile sans ses cheveux ! Alors que je m'approche, je remarque une cicatrice de quinze centimètres sur le côté de son crâne. Elle pose la main dessus.

« Ma blessure de guerre, dit-elle avec un sourire hésitant. L'opération a aidé, en plus de la chimio et de la radiothérapie. J'ai été vraiment ragaillardie pendant un moment. Mais ces petites malignes de cellules ont décidé de retourner à l'hôtel Poppy. Les médecins m'avaient prévenue que c'était possible. Apparemment, elles apprécient un peu trop ma petite tête de dérangée. »

Mon cœur s'emballe, et je prie pour qu'elle réponde non à ma question.

« Est-ce que… tu es en train de mourir ?

— N'est-ce pas notre sort à tous ? »

Elle me sourit, comme si c'était moi qui avais besoin de réconfort.

« Oui, bien sûr, mais tu… je… »

Je me mets à bégayer. Ma tante me prend la main.

« Je préfère largement dire que je suis en train de vivre, pas toi ? »

Je l'attire contre ma poitrine et ferme les yeux, soudain consciente de l'amour que j'éprouve pour cette petite bonne femme cinglée et contrariante.

« Tu aurais dû nous le dire », fait Lucy. Elle a dessaoulé d'un coup et toute sa fureur s'est évanouie. « On comprend mieux ce qu'on fait là. Ton médecin ne voulait sans doute pas te laisser voyager seule.

— Quoi ? bondit Poppy. Tu crois vraiment qu'un docteur pourrait m'empêcher de faire ce que je veux ? »

Les yeux me piquent et je souris faiblement.

« Bien sûr que non », répondons-nous d'une seule voix, Lucy et moi.

Même si elle nous a caché la vérité, je ne peux m'empêcher d'admirer le tempérament de feu de ma tante. Elle voulait faire un dernier voyage avec sa famille, et elle a choisi deux nièces qu'elle connaissait à peine.

Elle nous raconte brièvement sa maladie.

« Épendymome. Une tumeur au cerveau, dans le petit passage qui contient le liquide céphalo-rachidien. La mienne a une croissance lente, mais elle est en train de me rattraper, cette saleté. »

Elle sourit, comme si sa tumeur mortelle n'était rien qu'une vilaine petite bestiole.

Je refoule mes larmes.

« Que pouvons-nous faire pour toi ?

— Oui, ajoute Lucy. On fera tout ce que tu voudras. Tu n'as qu'à nous dire. »

Elle nous attire près d'elle.

« Voilà, dit-elle avant de nous embrasser chacune sur le front. Voilà tout ce que je veux. Être avec mes filles quand je reverrai enfin mon amour. »

Je lance un regard en coin à Lucy.

« Allez-vous-en, maintenant, lance Poppy en agitant les mains pour nous chasser. J'ai encore besoin d'un petit somme. Ce soir, je serai fraîche comme un flamant rose, vous verrez. »

#

Lucy et moi déambulons près d'une partie plus étroite du canal, toutes deux perdues dans nos pensées. Nous visitons des petites boutiques, nous arrêtons pour manger une glace, entrons dans des églises fraîches. Mais rien ne nous fait plaisir. Notre tante est en train de mourir.

« On doit se débrouiller pour que ce voyage soit exceptionnel, déclare Lucy alors que nous errons le long du rio della Sensa.

— Je sais. » Une vedette vrombit en passant près de nous. « Tu penses comme moi, n'est-ce pas ? Rico ne sera pas à Ravello ?

— Ouais. » Elle regarde le canal. « Je pense que notre vieille cinglée de tantine espère vraiment épouser ce type.

— Bien sûr que non, elle n'est pas irréaliste à ce point.

— Bien sûr que si. Sinon, pourquoi est-ce qu'elle insisterait pour le retrouver à l'église ? »

Je m'arrête et me tourne vers elle.

« Oh, mon Dieu, tu as peut-être raison. Elle est bien capable de croire qu'il se pointera après tout ce temps, qu'il tombera amoureux et l'épousera.

— Ce qui lui permettra de briser le sort et de tenir sa promesse.

— Oh, Lucy, je suis tellement désolée. J'aurais dû l'obliger à me donner des détails avant de t'entraîner là-dedans. Je savais que c'était un pari risqué, mais j'espérais qu'elle aurait quand même quelques idées pour t'aider à te tirer de ce prétendu sort.

— C'était stupide d'y croire, fait-elle en détournant le regard. J'aurais dû le savoir, depuis le temps. »

Je pense à la petite Lucy à qui on a interdit de jouer au foot avec les garçons.

« Tu ne mérites pas ça.

— Toi non plus. »

Nous marchons en silence. Des couples passent, main dans la main. Une femme chaussée de baskets parle au téléphone, son enfant dans un porte-bébé. Deux gamins aux joues roses crient en fonçant sur leurs scooters. Lucy les regarde avec envie, comme si elle voulait pouvoir les suivre.

« Luce, comment ça se fait que tu aies écouté ta mère ? »

Elle reste longtemps silencieuse avant de finalement hausser les épaules.

« Pour les mêmes raisons que tu as écouté Nonna, je suppose. On ne suit pas son cœur, quand on espère que ça pourra nous faire aimer. »

Je ne réponds pas. Lucy ne veut pas de ma compassion. Je pense à l'autoritaire tante Carol, et à Nonna, à la façon dont j'accepte tout de sa part, piétinant mes propres désirs pour lui plaire, exactement comme l'affirmait Matt. Est-il possible que Lucy ait raison ? Elle et moi aurions-nous vendu nos âmes, espérant en dépit de tout gagner l'affection de ces femmes dont l'amour ne nous a jamais été totalement assuré ?

#

Il est six heures et demie quand nous rentrons à l'hôtel. Le soleil descend à l'ouest en baignant la ville d'or. Poppy n'a pas failli à sa parole. Elle est gonflée à bloc après sa sieste. Fraîchement douchée, elle a mis une robe orange soyeuse, des chaussures violettes et une demi-douzaine de colliers de perles bariolées. Elle tamponne ses lèvres corail avec un mouchoir en papier et ajuste sa perruque. « Le pire de tout, c'était de perdre mes cheveux, dit-elle en se regardant dans le miroir. Rico adorait mes cheveux. »

Lucy me lance un regard entendu avant d'entrer dans la salle de bains les bras chargés de flacons de shampooing et de produits de beauté.

« Tu peux utiliser ma salle de bains, Emilia. Tu as sûrement envie de te pomponner pour ta première soirée à Venise, fait Poppy.

— Me pomponner ? Mais je suis épuisée, tante Poppy. »

Elle pose une main sur mon bras.

« Les gens fatigués sont fatigants. Allez, ouste ! Va te préparer. Et fais un effort, veux-tu ? »

Une demi-heure plus tard, je sors de la salle de bains embuée de Poppy et je dois bien reconnaître que je me sens plus fraîche. Mes cheveux mouillés sont tirés en une queue-de-cheval lisse et brillante, mes lunettes sont propres et ma cicatrice camouflée. Je suis prête à partir. J'aperçois tante Poppy sur le balcon en retournant dans notre suite.

« Luce ? »

La porte de la salle de bains s'ouvre et un nuage de vapeur s'élève.

« Je suis là. »

Vêtue du peignoir de l'hôtel, une serviette enroulée autour de la tête, Lucy se tient devant le miroir embué. Une enfilade de produits Avon se déploie sur le meuble de la salle de bains. Je ronchonne.

« T'es pas encore prête ? »

Elle me jauge d'un coup d'œil.

« Ben, toi non plus, à moins que tu fasses le service dans un routier ce soir ? »

Je baisse les yeux vers mon pantalon noir et mon chemisier rouge. Je ris.

« Bah oui, je m'en fiche d'être mal fagotée.

— Pour info, Emmie, les filles mal fagotées finissent mal baisées. » Elle me tend un pot de gloss. « Rends-toi service. »

Je recule en touchant machinalement ma cicatrice. « Non, merci. »

Lucy soupire. Poppy surgit près de moi, un foulard aux couleurs vives à la main.

« Je peux ? »

J'hésite une fraction de seconde avant de me courber. Le parfum d'agrumes de ma tante emplit mes narines quand elle enroule l'étoffe douce autour de mon cou. Je ferme les yeux, imaginant que c'est ma mère qui m'aide à me préparer. Elle s'écarte, la tête penchée sur le côté, me jaugeant.

« Pas mal, Pops, fait Lucy avant de se tourner vers moi. Mais, Em, quand ton gourou de la mode a quatre-vingts ans, tu peux être sûre que tu as touché le fond. »

#

Poppy dans sa robe orange, moi avec mon foulard fleuri et Lucy dans sa robe moulante argentée, nous sommes prêtes à sortir dîner. La nuit tombe et les lampadaires luisent. Je donne le bras à Poppy quand nous entrons dans l'ascenseur. En sortant, Lucy la prend par la main pour traverser le hall d'entrée. Ensemble, nous l'aidons à marcher sur le sol pavé de la *calle*. Un pâté de maisons plus loin, elle dégage ses mains et nous fait face :

« Est-ce que vous pourriez arrêter de me traiter comme une vieillarde mourante ? Si j'avais voulu me faire bichonner, je serais allée au spa. »

Sans attendre notre réponse, elle fait demi-tour, repart au petit trot dans la ruelle et disparaît après un pont. Lucy et moi avons peine à la suivre. Nous bifurquons dans une large *calle*. Une femme penchée à sa fenêtre pour décrocher son linge nous salue d'un signe de main. Nous passons devant des intérieurs éclairés. Des arômes d'herbes rôties flottent dans la rue, et j'imagine une famille attablée pour la *cena*. Je grave les images et les parfums dans ma mémoire, espérant pouvoir un jour recréer la scène dans un roman.

Poppy tourne dans une ruelle étroite et s'arrête – juste le temps de ramasser une pièce au sol et de la glisser dans un sachet en plastique. Il fait plus frais ici, et presque noir. Au moment où je commence à me dire que nous sommes perdues, Poppy pousse un petit cri de joie. Une enseigne annonce le restaurant Carlucci, minuscule établissement niché au bout de la *calle* Pezzana. Poppy ouvre grande la porte et entre d'un pas fier, comme si elle était une invitée d'honneur.

La salle est remplie d'une dizaine de tables éclairées aux chandelles. L'odeur d'ail et de pain frais fait gargouiller mon ventre. Derrière le bar, un petit monsieur âgé aux moustaches recourbées lève les yeux vers nous. Son visage s'illumine quand il voit Poppy. Il bat des mains et se précipite vers elle.

« *Paolina ! Benvenuta, amore mio !* »

Il la serre dans ses bras en la soulevant du sol. Elle rit comme une écolière quand il la fait tournoyer.

« Luigi ! » s'écrie-t-elle. Elle s'écarte, et son regard voyage de ses cheveux anormalement noirs à ses chaussures richelieu. « Arrêtez cet homme ! Il va me tuer tellement il est beau ! »

Luigi rougit. « Tu m'as manqué, ma fleur. » Il la tient à bout de bras. « Tu ne vieillis pas. Quel est ton secret ?

— Des dents blanches et des cheveux noirs. » Elle se penche vers lui. « La plupart des gens de notre âge ont l'inverse. » Luigi éclate de rire. Ils restent là, à s'admirer, jusqu'à ce que Luigi se rappelle enfin son rôle.

« Ta table préférée vous attend. »

Il nous conduit près de la fenêtre, nous installe à nos places et étale les serviettes sur nos genoux. Poppy présente d'abord Lucy. Il incline la tête et lui serre la main. « *Benvenuta.*

— Et voici Emilia.

— Bonjour, Luigi », dis-je avec un sourire.

« *Bellissima*, dit-il en me regardant droit dans les yeux avant de me faire le baisemain. *Come tua nonna.* »

Belle comme ta grand-mère. Son compliment me fait sourire. Je ne prends pas la peine de le corriger.

Pendant deux heures, Luigi nous comble d'attentions. Chaque plat est accompagné d'un vin différent sélectionné par ses soins. Je suis rassasiée et un brin pompette quand il apporte le *zabaione* – une crème mousseuse à base d'œufs et de vin doux, servie avec des framboises fraîches. Il est plus acidulé que le mien, et meilleur. J'utiliserai moins de sucre la prochaine fois que j'en ferai.

Luigi arrive avec un plateau de liqueurs et trois verres minuscules.

« Fernet ? Frangelico ? Limoncello ? »

Je n'ai plus du tout envie de boire, mais, d'après Lucy, ce n'est pas la question. Je choisis un Fernet, Poppy et Lucy optent pour un Frangelico.

« Est-ce que tu as peur de mourir, tante Poppy ? demande Lucy en s'enfonçant dans sa chaise.

— Lucy ! dis-je, horrifiée.

— Oui, un peu, répond Poppy, impassible. Mais je suis impatiente de savoir ce qu'il y a après. »

C'est tellement bizarre, cette conversation avec ma tante mourante. Mais, à vrai dire, elle semble plutôt à l'aise avec le sujet.

« Crois-tu en Dieu ? je demande doucement.

— Oh, oui, absolument ! Mais pas de la manière conventionnelle qu'on m'a inculquée. Pour moi, la spiritualité est moins une affaire de messe du dimanche que d'amour. C'est aussi simple que cela. Quand tu traites les autres avec amour, sincèrement et systématiquement, tu honores ton dieu ou ta déesse. Les êtres les plus saints que j'ai rencontrés n'avaient jamais mis un pied dans une église. Et je connais beaucoup de pratiquants qui affichent une piété ostentatoire mais que Dieu lui-même aurait préféré ne jamais voir naître. »

Lucy éclate de rire. « Amen ! »

Poppy sirote son digestif.

« Je suis surtout impatiente de voir le film. Ah ! Quelle joie ç'aura été de le produire ! »

Ma tante a fait du cinéma ?

« Quel film ?

— Le film qui est censé défiler devant nos yeux quand on meurt. J'avoue que j'en ai la chair de poule rien que d'y penser. Mon film sera en partie dramatique, en partie mystérieux, avec un peu de suspense et quelques scènes de comédie romantique. » Ses yeux noirs pétillent. « Vous, mes trésors, vous en êtes encore à l'étape de la réalisation. Faites que votre film soit fascinant ! Que chaque scène soit excitante ! Quand l'heure viendra de regarder le film de votre vie, j'espère que vous pleurerez à chaudes larmes, que vous hurlerez de rire et serez pétrifiées de honte. Mais, pour l'amour de la déesse, ne laissez pas votre vie être un de ces films assommants devant lequel on s'endort.

— Je pense qu'elle s'adresse à toi, Em, fait Lucy avec un grand sourire.

— Mais dans toute vie, il y a aussi une part de tragédie », dit Poppy en plongeant le regard dans son verre.

Luigi l'interrompt en s'approchant de notre table.

« Que puis-je t'offrir d'autre, *amore mio* ? »

C'est étrange d'entendre ce vieux séducteur appeler Poppy « mon amour ». J'imagine qu'elle réserve ce terme à Rico. Mais cela fait des décennies que Poppy n'a pas vu son amoureux allemand. Elle a eu d'autres compagnons depuis, comme Thomas, et peut-être même cet homme.

Ma tante plonge la main dans son sac pour en retirer son sachet de pièces.

« Rien de plus, *grazie.* Le repas était *fantastico.* Et ça m'a fait un immense plaisir de te voir.

— Tout le plaisir était pour moi. »

Luigi sourit, et son regard ne la quitte pas. Elle prend sa main et pose une pièce dans sa paume.

« Pour te porter chance.

— Une de plus à ma collection. » Il lui fait un clin d'œil. « Quand te reverrai-je, Paolina ? »

Elle se lève et l'embrasse sur la joue.

« Plus tôt que ce que nous pouvons imaginer », fait-elle avec une lueur douce-amère dans les yeux.

Il n'y aura pas de prochaine fois et elle le sait. Comme ce doit être atroce et accablant de dire adieu à ceux que l'on aime, même si, bizarrement, c'est aussi une chance.

Le ciel de velours est émaillé d'étoiles quand nous rentrons à l'hôtel. Poppy nous prend toutes les deux par la taille.

« Bien, où en étais-je ? Ah oui, Rico s'est mis à jouer du violon.

— Non, dit Lucy. Je suis désolée, Pops, mais c'est avec toi qu'il jouait. Il a une fiancée, tu te rappelles ? Ça ne changera rien d'essayer de réécrire ton histoire d'amour tragique. Les types comme lui, je les connais.

Il ne se pointera pas à la cathédrale. Ça fait plus de cinquante ans que tu ne lui as pas parlé. Il est sans doute mort aujourd'hui.

— Lucy, s'il te plaît ! » je m'exclame, horrifiée.

Poppy prend le visage de Lucy entre ses mains et la regarde droit dans les yeux.

« Dis-moi, Luciana, tu veux que je conjure le sort, oui ou non ? »

20

Poppy – 1960
Florence, Italie

Rico et moi avons continué de nous voir sur la place tous les jours du lundi au samedi. Je refusais de laisser cette histoire de fiancée me tracasser. Moi aussi, après tout, j'avais un prétendu fiancé qui m'attendait en Amérique. Rico m'aimait, j'en étais sûre. Nous parlions pendant des heures, partageant une glace ou une pâtisserie, nous tenant la main et nous donnant des baisers furtifs. Mais j'étais de plus en plus frustrée. Je voulais aller plus loin avec lui.

C'était un mardi pluvieux, le 8 février, un jour que je n'oublierai jamais. Je me suis précipitée hors du musée à la fin de ma dernière visite. Comme d'habitude, Rico m'attendait sur la place. Il était debout sous son parapluie, une tige de freesia orange à la main.

« Impossible de trouver des *papaveri* à cette époque de l'année, a-t-il lancé avant de m'embrasser sur la joue. Tu veux un café ? »

Mes mains tremblaient quand j'ai pris le freesia. Je l'ai regardé droit dans les yeux en rassemblant tout mon courage.

« Je préférerais aller chez toi, si tu veux bien de moi », ai-je proposé, la gorge nouée.

Jamais je ne m'étais sentie aussi vulnérable. Mon cœur battait si fort que j'étais sûre qu'il le voyait palpiter sous mon chemisier. Au bout de ce qui m'a semblé une éternité, il a pris mon visage dans ses mains et a souri.

« Est-ce vraiment ce que tu veux, *amore mio* ? »

J'ai fait oui de la tête, incapable de parler. Il a déposé un baiser sur mon front et m'a conduite chez lui.

Il louait une petite chambre au-dessus d'un atelier de tailleur, simplement meublée d'un bureau en bois et d'un lit une place. Nous n'avions besoin de rien d'autre. La chambre propre et chaude me faisait l'effet d'un palais.

Il a embrassé mon cou, mes lèvres et mes joues tout en déboutonnant lentement mon chemisier. J'étais nue devant lui, une lumière douce et grise filtrait à travers la fenêtre. La tendresse se lisait dans ses yeux.

« Si délicate », a-t-il murmuré.

C'était la première fois que je me sentais aussi parfaitement tranquille, aussi belle et aimée.

La pluie tambourinait contre la vitre. Il m'a déposée sur le lit. Le rythme de la pluie s'est bientôt accordé à celui de nos corps, suivi d'un éclair qui m'a pris aux entrailles. Après, je suis restée allongée, dans ses bras, et nous étions tous deux émus jusqu'aux larmes.

Nous ne parlions pas. Il n'y a pas de mots face à la magie.

#

« *Il mio unico amore* », m'a-t-il appelée à partir de ce jour. Je ne posais jamais de questions sur Karin, sa fiancée. Il m'appelait « mon seul amour ». Je n'avais besoin de rien d'autre pour avoir confiance.

Tout était perdu. Il avait déjà mon cœur, il possédait désormais mon corps et mon âme. Jamais je ne pourrais me libérer de son amour, jamais. Je remerciais les déesses.

Pendant deux mois, nous avons vécu un bonheur parfait, secret, sans nous encombrer d'amis ni de familles, ni même d'un avenir commun. Personne n'était au courant de nos rendez-vous de l'après-midi passés à marcher, parler et faire l'amour tendrement. C'était un temps suspendu entre le passé et le futur. Puisque nous ne pouvions pas nous faire d'illusions sur l'avenir, nous savourions le présent sans perdre une miette de la joie que nous offrait chaque heure passée ensemble, oublieux de la menace qui se profilait à l'horizon.

Un lundi d'avril, parfaitement ordinaire et totalement extraordinaire, Rico et moi flânions sur la place en nous donnant la main. Les *papaveri* étaient en fleur et Rico s'est arrêté pour m'acheter un bouquet. Nous avons poursuivi notre promenade avant de faire une pause devant le Pallazo Vecchio. Là, Rico m'a raconté l'instant où il avait tenu pour la première fois entre ses mains le passe ferroviaire qui lui permettrait de voyager partout en Europe de l'Ouest.

« Je n'oublierai jamais ce que j'ai ressenti à ce moment, a-t-il dit, les yeux brillants. J'avais l'impression d'être dans le pays d'un autre. Je me sentais léger, libéré de mes chaînes. C'était incroyable, ce sentiment de liberté, après ce que mon peuple avait traversé. »

J'étais en train d'essuyer mes larmes quand, surgie de nulle part, Rosa est apparue.

« Paolina ? » Ses yeux ont voyagé de moi à Rico avant de revenir vers moi. « Qu'est-ce que tu fais ? »

J'étais incapable de dire un mot. Ma sœur, qui n'était pas idiote, m'avait démasquée. Quand je lui avais confié, un peu plus tôt dans la semaine, que je ne voulais plus partir en Amérique, Rosa n'avait pas compris. Pourquoi ce revirement ? Que s'était-il passé ?

J'avais été tentée de lui parler de Rico, et de mon amour éperdu pour lui, mais je n'étais pas prête à révéler mon secret. Pas même à ma plus sûre confidente. Je lui avais donc expliqué que je voulais rester pour le travail. Mes fonctions au musée étaient si gratifiantes que j'abandonnais mon rêve d'études en Amérique.

« Rosa, je te présente mon ami, Rico, Erich. En fait, c'est plus qu'un ami. » J'ai poussé un petit rire nerveux et mis mes mains dans mes poches. « Je l'aime, Rosa.

— Ravie de faire ta connaissance, Rico, a dit ma sœur en lui tendant la main. Mais Paolina est fiancée à un homme en Amérique, un beau commerçant. Nous partirons d'ici un an. Tu es au courant, *sì* ?

— Non, Rosa. J'ai changé d'avis. »

Rico a tourné vers moi un regard ahuri, embué de douleur. Mon cœur a volé en éclats. J'ai fermé les yeux, incapable de le regarder.

« Je suis désolé, a-t-il dit à Rosa d'une voix calme et ferme. Mais elle ne va pas partir. Ta sœur et moi nous nous aimons, tu sais. »

Rosa l'a toisé de la tête aux pieds, notant au passage la manche rapiécée de sa chemise repassée et le bout usé de ses bottines cirées.

« Tu es un homme bien, Rico, j'en suis sûre. Et ma sœur t'aime beaucoup, c'est évident. Mais tu ne comprends pas. Tu compromets tout l'avenir de Paolina. Ma sœur est la seconde fille de la famille, vois-tu. Elle est donc condamnée à rester vieille fille. Ignacio est son seul espoir de briser le sort. S'il te plaît, a-t-elle demandé en joignant les mains, l'implorant du regard. Je t'en supplie, ne gâche pas sa seule chance. »

Ma sœur, ma plus grande protectrice, pensait me rendre service. Elle était peut-être folle amoureuse d'Alberto, mais je crois qu'elle ne savait pas ce qu'était la vraie passion. Comment aurait-elle pu comprendre notre amour ?

« Elle aura une bonne vie en Amérique, a poursuivi Rosa, comme si mon destin était déjà scellé. Qu'as-tu à lui donner ? Dis-moi. As-tu un projet ? Une affaire ? Une compétence particulière ?

— Il joue du violon », ai-je répondu pour lui.

Les yeux de ma sœur se sont vidés de toute compassion.

« Ah, il joue du violon ? » Elle s'est tournée vers Rico, un sourire moqueur aux lèvres. « Et tu fais des claquettes, aussi ? »

Son désespoir avait déchaîné une cruauté que je ne lui avais jamais vue.

« Rosa, arrête. Rico est intelligent, fort et talentueux. Et je l'aime de tout mon cœur. Je ne veux plus partir en Amérique. »

Elle m'a regardée fixement un long moment, puis ses épaules se sont affaissées. Elle a secoué la tête, vaincue.

« *Mia sorella ostinata.* Comment pourrais-je partir sans toi ? »

Une bouffée d'amour a gonflé ma poitrine.

« Tu seras très bien. Je te rendrai visite. Nous viendrons te voir en Amérique, Rico et moi. »

Elle a examiné Rico et s'est mordu la lèvre.

« Rico, si tu rends ma sœur heureuse, tu as ma bénédiction. »

Rico l'a serrée dans ses bras.

« *Dankeschön.* Ou plutôt *grazie mille* ! »

Ils ont ri tous les deux.

« J'espère que la famille de Pop, euh, Paolina sera aussi compréhensive que toi.

— Bien sûr qu'ils le seront, ai-je dit sans réfléchir. Tu dois venir chez nous à Trespiano. Il est temps que tu rencontres mes parents et mon frère. »

Rosa a eu un mouvement de recul. « Si vite, Paolina ? » Du regard, pour ne pas blesser Rico, elle me mettait en garde.

Je me suis tournée vers lui sans y prêter attention.

« S'il te plaît. Viens déjeuner chez nous dimanche. Ma famille va t'adorer. »

Mais j'ai vu la peur dans les yeux de Rosa. Jamais mes parents n'accepteraient Rico, étranger sans le sou qui compromettait l'avenir de leur fille en Amérique. Rosa le savait.

21

Emilia – 2e jour
Venise

Le mardi, nous jouons les parfaites touristes. Nous visitons le marché du campo San Giacometto, où se trouve la plus vieille église de Venise. Poppy s'extasie devant les proportions parfaites des *sfogliatelle* – des petits croissants en pâte feuilletée en forme de queue de langouste – et nous en achète une à chacune. Je dépiaute le dessus de la croûte et désigne le clocher de l'église d'un signe de tête. « Regardez cette vieille horloge !

— Ne règle pas ta montre dessus », conseille Poppy en tamponnant ses lèvres avec sa serviette. Elle se tourne vers Lucy. « Elle est comme beaucoup de choses dans la vie, voyante, attirante, mais notoirement peu fiable. »

Lucy lance sa serviette dans une poubelle, apparemment indifférente au conseil assez peu subtil de notre tante.

« Je suppose que toi et Rico avez rompu », dis-je avec douceur, en déployant mon écharpe sur mes épaules tout en marchant.

Depuis hier soir, Poppy n'a plus reparlé de Rico. Je ne veux pas lui forcer la main, mais je meurs d'envie d'entendre la suite.

Elle me lance un regard interrogateur.

« Tu sais, quand tu as compris que ta famille ne l'accepterait jamais. »

Poppy s'arrête sur un pont et s'accoude au garde-fou. Dessous, un gondolier dirige son embarcation sans se soucier des jeunes amants blottis sur le banc derrière lui.

« Rico et moi n'avons jamais rompu. Nous sommes toujours ensemble, dans notre cœur. »

Lucy me regarde et lève les yeux au ciel.

« Hum. Bien sûr. Mais le sort, alors ? » Elle passe un bras autour des épaules de notre tante. « Quand est-ce qu'on y arrive ?

— Peut-être dans le prochain épisode. »

Les mâchoires de Lucy se contractent. Elle laisse retomber son bras, avance d'un air furieux, puis s'arrête pour ramasser une pièce par terre.

« Tiens, dit-elle en la tendant à Poppy. Ça en fera une de plus pour ta collection de porte-bonheur, tu la mettras avec tes trèfles à quatre feuilles, tes pieds de lapin et Dieu sait quoi encore.

— C'est toi qui l'as trouvée, réplique Poppy avec un mouvement de recul. Je ne peux pas la prendre tant que tu n'as pas fait un vœu. Allez, vas-y, fais un vœu. »

Lucy laisse retomber la pièce sur le pont.

« Ben, voyons. C'est sûr que l'univers nous gâte, nous autres. » Elle veut s'éloigner mais Poppy la rattrape par l'épaule.

« Donc tu accordes à l'univers assez de pouvoir pour te gâcher la vie, mais pas pour te donner un coup de pouce ?

— Tu ne comprends pas », s'impatiente Lucy.

Elle s'éloigne d'un pas décidé et je la suis. Mais arrivée au bout du pont, je m'arrête et fais demi-tour. Je cours chercher la pièce, qui se trouve être un penny américain. Je la serre fort dans mon poing.

Que Rico soit là pour Poppy quand nous arriverons à la cathédrale.

Nous continuons notre chemin jusqu'à la galerie de l'Académie, puis le théâtre de la Fenice.

« Dans l'histoire du théâtre italien, c'est le monument le plus célèbre, nous explique Poppy.

— Aucun intérêt… commente Lucy en jouant sur mon portable.

— Tsss ! Rien de plus inintéressant que les gens que rien n'intéresse. »

C'est la fin de l'après-midi. Nous sommes attablées à la terrasse du Caffè Florian, le plus vieux café au monde, savourant l'*aperitivo* – version italienne de l'*happy hour*. Des pigeons volent dans le ciel et j'imagine des histoires qui auraient pour cadre cette vieille place animée. Nous sirotons nos Aperol Spritz – Aperol, prosecco et une giclée d'eau pétillante, le tout agrémenté d'une tranche d'orange. Un accordéoniste replet se faufile entre les tables en jouant une *Tarantella Napoletana*. Poppy bat la mesure du bout du pied.

« *La vita bella.* » Elle lève son verre.

Je trinque avec elle. « Le meilleur moment de la journée ! »

Je casse un morceau de fromage, du taleggio, sur l'assiette où s'entassent olives, figues enrobées de pancetta et mini-sandwichs aux tomates séchées et fromage de chèvre mariné.

« C'est dans ce café que Casanova se serait arrêté prendre un espresso alors qu'il venait de s'échapper de sa prison, raconte Poppy.

— Génial, dis-je en embrassant du regard l'alignement de fenêtres en pierre parées de rideaux bouillonnés blancs, les bannes couleur crème, les beaux serveurs en vestes blanches et nœuds papillons noirs portant les plateaux sur leurs larges épaules.

— Oui, dit Poppy. Le Caffè Florian était le seul dans la Venise du XVIIIe siècle à accepter les femmes. Je suppose que ce détail n'était pas pour rien dans le choix de Casanova.

— Le mâle par excellence, toujours prêt à tirer son coup et se carapater », ronchonne Lucy.

Un jeune couple d'Italiens est attablé à côté de nous, si proche qu'il est impossible de ne pas entendre l'intégralité de leur conversation. L'homme – trentenaire fringant empestant l'eau de Cologne – parle sans discontinuer de son travail, de l'argent qu'il amasse et de la maison qu'il compte acheter. La fille finit par s'excuser pour aller aux toilettes.

Poppy attend qu'elle soit hors de portée de voix pour se tourner vers lui. « C'est le premier rendez-vous ? » demande-t-elle dans sa langue maternelle.

Il acquiesce. « Ça se voit tant que ça ?

— Préfère-t-elle le lever ou le coucher du soleil ? » Il fronce les sourcils, mais elle poursuit. « Si on lui donnait le choix, choisirait-elle un mois de congé ou un mois de salaire en plus ? Quelle est la première joie dont elle se souvienne ? Si elle ne devait garder qu'un livre, ce serait lequel ? »

Il rit d'un air moqueur.

« Du calme, madame. Je vous l'ai dit, c'est notre premier rendez-vous.

— Et si vous en espérez un deuxième, je me permets quand même de vous conseiller plus de ceci – elle indique son oreille – et moins de cela » – elle imite avec sa main le mouvement d'une bouche qui s'agite.

Je la regarde, horrifiée, mortifiée, mais aussi pleine d'admiration. Le sourire de l'homme s'évanouit. Il se lève et s'en va, droit comme un i.

Lucy éclate de rire.

« Voilà comment on cloue le bec à un baratineur pontifiant ! » Elle lève une main pour faire un check à Poppy. « Que dirais-tu de me… de nous dispenser un peu ta sagesse. Je sais que tu es malade et tout, donc je n'exige rien, mais…

— Mais quoi, chérie ? » demande Poppy en inclinant la tête sur le côté.

Lucy respire un grand coup, et je sens qu'elle essaie de rester calme.

« Ta promesse ? C'étaient des conneries ? »

Poppy se penche vers elle et lui tapote la joue.

« Nous autres, les cadettes, nous n'avons rien à craindre. Aie confiance. »

Lucy pince les lèvres. Poppy est sans doute pleine de bonne volonté, mais sa réponse n'aide guère. C'est comme dire à un homme en chaise roulante que ses jambes vont parfaitement bien. Je prends la main de Lucy.

« Ce que Poppy essaie de dire, c'est que cette histoire ne devrait pas t'inquiéter comme ça. Ce n'est pas bien de la part de tante Carol de te mettre autant la pression.

— Tu te trompes, dit-elle en fronçant les sourcils. Parce que tu sais quoi ? Ma maman m'a appris à croire que je pourrais rompre cette malédiction de merde. Et je le ferai.

— Oublie ta mère, dis-je à voix basse. Peu importe si tu ne brises jamais le sort, peu importe si tu restes célibataire. Quoi qu'il arrive, tout ira bien pour toi, Luce, je te le jure. Tout ira même très bien. »

Elle pique la tranche d'orange de son Aperol Spritz et se met à la suçoter.

« Un jour, je me marierai.

— OK, d'accord. Peut-être. Mais franchement, Luce, tu accordes trop d'importance au mariage. Ce n'est qu'une partie de l'existence. Tu peux vivre une vie riche et belle sans bague au doigt, crois-moi.

— Te croire, toi ? Si tu veux tout savoir, Em, ça me motive quand je te vois. Ça me donne des forces. »

Je souris et repousse mon verre.

« Ah oui ?

— Ouais. C'est à toi que je pense à chaque fois que j'ai besoin de courage pour me lancer. » Elle jette la peau de l'orange sur sa serviette. « Parce que je ne veux pas finir avec une pauvre vie comme toi. »

J'ai le souffle coupé. Je me tourne vers Poppy en espérant son aide, mais elle me fixe sans mot dire, attendant ma réponse.

« Qu'est-ce que tu veux dire ? je demande.

— Tu as une vie merdique, Em. »

J'essaie de rire, mais cela sonne faux.

« J'ai une vie super. J'ai un bel appartement, un gentil chat, je ne dois rien à personne. » Je tripote machinalement ma cicatrice. « Je peux cuisiner ce que je veux, quand je veux, ou rien du tout. Et le soir, j'ai la télé pour moi toute seule. » Je suis lancée, et les arguments jaillissent sans effort. « Je peux regarder Netflix dix heures d'affilée si je veux, en pyjama. Je fais ce que je veux. Je n'ai pas à me soucier de plaire à qui que ce soit.

— Et tu n'as jamais eu de chagrin d'amour, n'est-ce pas ? »

L'espace d'un instant m'apparaît le doux visage de Liam, enflé au point d'être méconnaissable. Je repousse ce souvenir, comme je le fais depuis dix ans, et redresse les épaules.

« Non.

— Tu n'as jamais été déçue par un trouduc qui promet d'appeler mais ne le fait jamais.

— Parfaitement ! Aucun trouduc pour me décevoir. »

Poppy s'en mêle. « Tu n'as jamais vu le monde passer en Technicolor au moment où tu repérais ton amour dans la foule. »

Je me mets à rire.

« Tante Poppy, même venant de toi, c'est un peu trop lyrique.

— Tu n'as jamais eu ce sentiment que tu allais mourir si tu n'arrivais pas à le retenir, dit-elle en se penchant vers moi.

— Non, bien sûr que non. » Mes yeux vont de Poppy à Lucy. Charmant. Elles font équipe contre moi. « OK, je vois où vous voulez en venir. D'accord, j'ai peut-être raté de beaux moments. Mais ce sont des plaisirs éphémères. Les études montrent que soixante pour cent des mariages sont malheureux, vous savez.

— Et alors ? réplique Lucy. Tu abandonnes la partie parce que tu n'as que quatre chances sur dix de gagner ?

— Je n'ai pas abandonné la partie. J'ai décidé de ne pas jouer. Franchement, mauvais sort ou pas, je n'ai aucune envie de m'engager dans une histoire d'amour.

— Tu es vraiment à côté de la plaque. » Elle se tourne vers Poppy et lui parle comme si je n'étais pas là. « Il y a un gars, Matt, qui est amoureux d'elle depuis toujours.

— C'est faux.

— Il est mignon, franchement, si tu ne fais pas attention aux dents. Mais Ems lui tient la dragée haute.

— Matt est mon meilleur ami. Je ne ressens rien pour lui, rien d'autre que de l'amitié. » Je me sens soudain coupable. J'ai l'impression de le trahir en prononçant ces mots. « Oublie-moi un peu, Luce. Regarde tante Poppy. Elle a réussi, c'est une femme heureuse qui vit pleinement sa vie et voyage partout dans le monde. Et elle n'a jamais été mariée.

— Et regarde-toi, rétorque Lucy, une célibataire dont la vie tout entière entrerait dans un dé à coudre. Ton épitaphe dira : Ci-gît une fille solitaire qui a passé sa vie à tenter de faire plaisir à sa nonna et à répondre aux attentes de son entourage. »

Je lève les mains en signe de reddition. « Peu importe, Luce. Je suis heureuse. Je suis tranquille. »

Je me mords la lèvre pour m'arrêter, mais je ne peux pas : « Contrairement à toi. Bon sang, Luce, tu pourrais aussi bien avoir un tatouage sur les seins qui dirait : *Suivant, s'il vous plaît.* »

Lucy se penche vers moi, une veine palpite sur son front.

« Je préfère tomber au combat plutôt que déclarer forfait avant de jouer, comme toi.

— Mais je n'ai pas…

— En effet, Em. Tu n'as pas. Tu n'as rien fait, pas levé le petit doigt pour changer ta situation. Tu réalises la pression que ça fait peser sur moi ? Tu as laissé tomber, et du coup c'est moi qui porte tout le fardeau.

— Je ne t'ai jamais demandé de changer les choses, Lucy.

— Justement non ! explose Lucy. En fait, elle te convient très bien, cette situation. Admets-le. Ça te donne une excuse parfaite pour devenir une petite vieille mal fagotée, avec tes lunettes flexibles immondes et ta queue-de-cheval minable. C'est ton sésame pour ne jamais te lancer. Donc épargne-moi ton baratin, s'il te plaît.

— Ah, donc tu reproches à Emilia d'être lâche ? » commente Poppy en hochant la tête.

Je rajuste mes lunettes, démodées peut-être, mais parfaitement efficaces. « Lâche ?

— Ouais, répond Lucy. Tu as raison, Poppy. Em est lâche. Et elle n'a jamais pensé à moi une seconde.

— Depuis quand c'est à moi de résoudre tes problèmes ?

— Est-ce qu'une seule fois tu as pensé à Mimi ? Ou à toutes les deuxièmes filles Fontana après nous ?

— Mimi s'en sortira très bien, je réponds avec un haussement d'épaules.

— Eh bien, pas moi ! » Le visage de Lucy est écarlate et, pour la première fois, j'y lis de la douleur en plus de la colère. « Je suis toute seule. Et je me noie. Et toi tu es sur ta petite île déserte, confortable, aride et ennuyeuse à souhait, à me regarder tranquillement me débattre et perdre mon souffle et me faire emporter par le courant. »

Ma cousine, qui ne pleure jamais, balaie les larmes de ses yeux. Ma gorge se serre. Je prétends ne pas croire à ce sort, mais n'en serais-je pas victime, moi aussi ? J'aime vraiment être célibataire, et je serais parfaitement satisfaite de le rester. Mais pas Lucy. Elle est à bout, torturée par les pressions, les attentes et les espoirs frustrés. Toute sa vie, on l'a conditionnée à croire que, sans homme, elle ne vaudrait rien, qu'elle serait incomplète.

En vingt-neuf ans, je n'ai jamais rien fait pour essayer de conjurer le sort. Jusqu'à aujourd'hui, l'idée ne m'avait même jamais traversé l'esprit.

#

En rentrant à l'hôtel, nous nous arrêtons pour regarder des colliers dans une vitrine. Lucy n'arrive pas à se décider entre la chaîne en or et celle en argent. Elle finit par s'en aller d'un pas furieux sans en avoir choisi aucune. Elle refuse de me regarder. Ses paroles – tout comme celles de tante Poppy – me suivent et je me sens l'âme d'une petite sœur non désirée. C'est peut-être le jet-lag, ou le mal du pays, ou le chagrin causé par la maladie de Poppy, mais malgré la magie de Venise, je ne me sens pas bien. L'accusation résonne dans ma tête. *Em est lâche.*

Ce soir-là, après avoir mangé une *baccalà mantecato* – mousse de morue crémeuse servie avec de la polenta – nous rentrons à l'hôtel. Il est onze heures et je suis prête à me mettre au lit pour écrire quelques pages. Mais Lucy, qui a bu presque toute la carafe de vin au dîner, s'anime soudain.

« Viens, on sort », dit-elle en me regardant pour la première fois depuis des heures. Elle lève les bras et esquisse une petite danse.

Je lève les bras moi aussi, mais pour enfiler ma chemise de nuit.

« Tu es sérieuse ? Tu ne veux pas dormir ?

— Allez. Juste un verre en bas, au bar de l'hôtel.

— Demain, peut-être. »

Je me défile en priant pour qu'elle ait oublié ma promesse dans vingt-quatre heures.

Lucy ouvre la bouche, comme si elle allait parler. Mais elle se tait.

Je suis dans la salle de bains quand j'entends la porte de notre chambre s'ouvrir et se refermer. Je sors en continuant de me savonner le visage.

Lucy n'est plus là.

#

Il est deux heures du matin. Je suis assise sur notre balcon avec vue sur le Grand Canal. La lune fait miroiter l'eau qui clapote doucement contre les quais. Je lève les yeux vers le ciel bleu noir saupoudré d'étoiles. Me voici en Italie, à cinq mille kilomètres de chez moi, contre la volonté de ma famille. Comment peut-on dire de moi que je suis lâche ?

Je me retourne quand j'entends les portes-fenêtres s'ouvrir. Poppy me rejoint, vêtue d'une robe à pois et de pantoufles roses à talons bobine ornées de fleurs de lis dorées. Qui aurait cru qu'on puisse fabriquer des pantoufles à talons ?

« Je me doutais que tu serais réveillée. Tu as fait la tête toute la soirée.

— Oui. Je n'ai pas l'habitude qu'on me traite de lâche. »

Elle contemple le canal, les mains posées sur la balustrade.

« Luciana menace tes convictions. Ce n'est pas agréable. Elle te fait douter. Tu te demandes si tu ne t'es pas réfugiée derrière ce sort pendant toutes ces années.

— Oui. Je suppose qu'il y a un peu de vrai là-dedans. Pour nous deux. Je veux dire, toi non plus tu n'as pas essayé de briser le sort.

— Chérie, fait Poppy en se tournant vers moi. Toi et moi, nous sommes très différentes sur ce point. J'ai eu une vraie vie sexuelle, tu comprends ? Il y a eu Rico, bien sûr, et ensuite Thomas. J'assume ma féminité. Je n'ai aucune envie de la réprimer. Mais, Emilia, ma chérie, je crains bien que ce ne soit pas ton cas. »

Je soutiens son regard. « Parce que je ne sors pas avec des garçons ? Parce que je ne veux pas me marier à tout prix ?

— Je me fiche que tu te maries ou pas, dit-elle en balayant l'argument d'un revers de main. Ce choix n'appartient qu'à toi. Ce qui m'importe, c'est toi, que tu sois entière et authentique, que tu vives pleinement ta vie. Et pour l'instant, tu as plutôt l'air de ne rien oser faire.

— Je suis juste moi-même.

— La bonne excuse. Pourquoi ne pas faire d'efforts pour être encore mieux ? » Avant que je puisse répondre, elle poursuit : « Tu te neutralises toi-même, Emilia. Tout dans ta façon de t'habiller et de te comporter montre que tu ne veux pas plaire. On dirait que tu as fourré ta féminité dans une veste de survêtement fermée jusqu'au menton. Tu es une femme, ma poulette, mais tu refuses de le reconnaître. Quelque chose me dit que le gentil Matt serait d'accord avec moi. »

Je croise les bras.

« OK, je ne suis pas une séductrice. Je ne m'habille pas bien. Je ne suis pas glamour. Mais c'est moi. Je suis comme ça. »

Elle m'observe, la tête inclinée sur le côté.

« Oui. C'est toi, celle que tu es devenue. Mais, Emilia, ma chérie, tu n'es pas obligée de finir tes jours dans la peau de cette femme. »

#

Le réveil indique 3 h 27. Où est Lucy ? Le bar de l'hôtel ferme à deux heures. Est-ce qu'elle va bien ? Pourquoi ne suis-je pas allée la rejoindre ?

Je lève les yeux au plafond, pensant à Liam, et à ce qui arrive aux cadettes qui osent tomber amoureuses. Mais la petite voix est là : *Espèce de lâche*.

Si seulement je pouvais parler à Matt. Il dirait que Lucy a tort, que je suis très bien comme je suis.

Est-ce que c'est bien sûr ? Il est clair que Matt attend désormais autre chose qu'une simple amitié. Ai-je été lâche de garder mes distances avec lui ? J'adore Matt. Est-ce un problème que je ne sois pas amoureuse de lui ?

Je me tourne sur le côté. Au lieu de me réconforter, Poppy n'a fait qu'entretenir ma confusion. Qu'y a-t-il de mal à être ce que je suis ? Je ne veux pas être comme Lucy, une nana qui ne compte que sur son pouvoir de séduction.

Mais, Emilia, ma chérie, tu n'es pas obligée de finir tes jours dans la peau de cette femme.

Ai-je laissé cette sottise de mauvais sort me marquer au fer, forger mon identité ? Le mythe Fontana est-il devenu une excuse ?

J'entends la vibration de la carte magnétique de la porte. Je regarde l'heure. 4 h 07. La porte s'ouvre et Lucy entre sur la pointe des pieds. Merci, mon Dieu ! J'allume la lampe de chevet. Elle fait un bond.

« Putain ! J'ai failli avoir une attaque ! »

Elle a les cheveux décoiffés et les vêtements froissés. J'ai un million de questions… mais ne veux pas entendre ses réponses.

« Excuse-moi, je m'inquiétais pour toi.

— Je suis une grande fille. »

Elle jette sa pochette sur un fauteuil et envoie valser ses chaussures à talons.

« OK. Désolée. »

Elle se laisse tomber sur le bord du lit et se frotte les pieds. Elle semble fatiguée, seule, abattue. Je déglutis difficilement et respire un grand coup.

« Je ne veux pas être lâche, Lucy. »

Elle me regarde. Elle attend la suite, pas seulement des paroles en l'air. Quelque chose qui pourrait vraiment l'aider.

« Et je suis prête à changer. »

22

Emilia – 3e jour
Venise

Il est huit heures et demie. On est mercredi matin. C'est notre dernier jour à Venise avant le départ pour la Toscane. Ce qui signifie que c'est aussi notre dernière nuit. Aux petites heures du matin, j'ai fait une promesse. Mais est-ce que je pourrai changer ? Est-ce que je le ferai ?

Dans le joli patio de l'hôtel sont dressées des tables avec des nappes blanches et des tournesols. J'entrevois le ciel azur alors que je mélange la crème à mon café.

« Une journée idéale pour se promener », je lance.

Poppy pose sa serviette sur ses genoux.

« Aujourd'hui, je propose de prendre le vaporetto. »

Je remarque la teinte un peu grisâtre de sa peau, les os de ses pommettes saillants sur son visage maigre. C'est tellement agréable d'être en sa compagnie qu'on oublie facilement la maladie qui la ronge.

« Bonne idée. Mes pieds feraient bien une pause. »

À l'autre bout du patio, une Lucy débraillée erre devant le buffet. Je lui fais signe et elle avance d'un pas lourd jusqu'à notre table.

« Je peux savoir pourquoi nos journées commencent aux aurores ? » demande-t-elle.

Poppy frappe dans ses mains.

« Aujourd'hui, nous allons visiter le palais des Doges, l'un des plus célèbres monuments de Venise, achevé au XVIe siècle.

— Je suis sûre qu'il sera toujours là cet après-midi, on aurait pu se lever à une heure décente. »

Les yeux de Poppy pétillent de malice.

« Tu as passé une bonne nuit ? »

Lucy scanne du regard la courette, l'air de chercher quelqu'un.

« Pas mal. »

Mon cœur se serre. Où était-elle la nuit dernière ? Comment est-ce, de passer sa vie à chercher désespérément l'amour ?

« Il y a des femmes qui ont une prédilection pour les histoires malheureuses. J'espère que tu n'en fais pas partie, Luciana », lance Poppy en étalant de la confiture d'abricot sur son croissant.

Lucy lui jette un regard noir.

« Non, absolument pas.

— Ravie de l'entendre. Tu sais, ces femmes choisissent toujours leur partenaire comme elles choisiraient un sac à main chic. Il fait bien et suscite l'admiration de tous. Mais elles comprennent vite qu'elles l'ont payé trop cher. Elles ont un beau sac à main, alors que ce qu'elles voulaient, en fait, c'était un sac à dos. » Elle repose son couteau et sourit. « Ce n'est que mon avis. »

Lucy semble aussi perplexe que moi. Qu'est-ce qu'elle essaye de nous dire ?

#

Je pourrais, comme la plupart des Américains, appeler Saint Mark's Square la place la plus fréquentée de Venise. Ou simplement la *piazza*, comme les Vénitiens. Mais l'écrivaine en moi préfère la définition romantique de Napoléon : « le plus beau salon d'Europe ».

Je m'avance sur une étendue de dalles grises rectangulaires ornées de motifs géométriques blancs qui évoquent un tapis oriental. Éblouissant. Tout au fond se dresse la célèbre Basilica di San Marco, toute d'arches, de marbre et de sculptures romanes. Impossible de ne pas se sentir petit et insignifiant sous son ombre impérieuse.

« Les quatre chevaux, lance Poppy en montrant du doigt quatre magnifiques destriers de bronze. Un symbole de la fierté et de la puissance vénitienne, qui remonte à 1204. Napoléon a pillé la *piazza* en 1797 et envoyé les sculptures à Paris. Elles ont été rendues dix-huit ans plus tard. Malheureusement, la pollution de l'air les détruisait. Les originaux sont maintenant à l'abri dans la basilique. »

Lucy geint et se frotte les tempes.

« Quelle chance. C'est mon premier séjour en Europe et il faut que je voyage avec une prof d'histoire de l'art. »

Nous traversons le pont des Soupirs, qui relie la salle d'interrogatoire du palais à la prison.

« Imaginez-vous prisonnières ici, il y a des siècles, dit Poppy en s'approchant du bord du pont en pierre d'Istrie. Ce serait peut-être votre dernière vision du monde extérieur. C'est lord Byron qui a baptisé le pont, imaginant que les prisonniers soupiraient en voyant pour la dernière fois leur belle Venise. »

Je m'arrête devant une petite fenêtre à croisées et regarde la *piazza* en dessous. Des gens de toutes nationalités fourmillent sur la place, se hâtant vers les étals, les restaurants et les musées. Chacun parle sa langue, porte ses secrets et ses cicatrices, ses tragédies indicibles et ses moments de félicité. Moi, Emilia Josephina Fontana Lucchesi Antonelli, je fais partie de cet écheveau délirant qu'est l'humanité. Les larmes me piquent les yeux. Je pense aux prisonniers, arrachés de force à ces fenêtres, qui ne devaient jamais revoir la folle tornade du monde. J'ai soudain l'impression d'être la plus chanceuse des femmes. Je ne suis pas prisonnière – du moins, je ne suis pas obligée de l'être. Je peux me déplacer librement, voyager partout, faire des erreurs et tendre les bras à l'aventure.

Je sursaute quand Lucy me saisit par le bras.

« Tu comptes passer toute la journée devant cette fenêtre ?

— Non, certainement pas. »

Et je souris en traversant le pont.

Il est presque six heures quand nous rentrons à l'hôtel pour nous « retaper », comme dit Poppy. Nous sommes à deux pâtés de maisons de l'hôtel quand elle s'arrête subitement. Elle recule de quelques pas et scrute du regard une vitrine qui indique *Occhiale da Vista.*

« Emilia ! »

Une demi-heure plus tard, je suis debout face à un miroir, une dizaine de paires de lunettes disposées sur la table devant moi. Pour la dixième fois, Poppy reprend des montures écaille de tortue et les plante sur mon nez. Elles sont grandes, chics, audacieuses – tout l'opposé de ma petite monture en métal incassable.

« Parfait ! » Elle se tourne vers Lucy. « Tu ne trouves pas ?

— Euh, ouais. En tout cas, cent fois mieux que ces lunettes minables que tu portes depuis que tu as quoi… ? Six ans ? »

Je malmène ma cicatrice, agacée.

« C'est ridicule. Si vous voulez me rendre belle, je vous assure que c'est peine perdue. »

Poppy a un petit rire moqueur.

« La beauté est très surévaluée. Je préfère de loin quelqu'un d'intéressant à quelqu'un de beau. » Elle se tourne vers l'opticienne élégante qui semble tout droit sortie d'un défilé de mode. « Dans combien de temps ces lunettes peuvent être prêtes ?

— Vous pourrez passer les chercher demain matin, dit-elle d'une voix calme et professionnelle. Mais si vous n'avez pas d'ordonnance, il nous faudra les verres de l'ancienne monture.

— Très bien, dit Poppy en lui tendant la nouvelle monture, ainsi que mes vieilles lunettes.

— Impossible, dis-je en tendant le bras. Je ne peux rien faire sans mes lunettes. De toute façon elles sont très bien.

— Avec tout mon respect, elles sont affreuses », statue la superbe opticienne.

Lucy se tord de rire.

« Peut-être, mais je vois très bien avec, dis-je avec un haussement d'épaules. Sérieusement, qu'est-ce que ça change ?

— Que dirais-tu de le découvrir ? » répond Poppy en me tapotant la main.

#

Le soleil décline. Debout à côté de Lucy devant le miroir de la salle de bains, je tire mes cheveux en arrière pendant qu'elle se maquille. Tout est un peu flou, mais Dieu merci, elle n'a pas parlé de sortie ce soir. Les mots de ma tante résonnent dans mon crâne. *Emilia, ma chérie, tu n'es pas obligée de finir tes jours dans la peau de cette femme.*

J'inspire un grand coup et essaie de mettre un peu d'enthousiasme dans ma voix.

« Alors, où est-ce que tu voudrais aller ce soir ? »

Ses yeux s'arrêtent sur les miens dans le miroir.

« Sérieusement ? Tu veux vraiment sortir ?

— Euh, oui. »

Je sens mon estomac se nouer.

Elle croise les bras et m'examine. Je porte le même pantalon noir, avec un pull gris, cette fois.

« Hors de question que tu sortes comme ça. »

Elle pose son poudrier et disparaît. Un instant plus tard, elle est de retour, avec une jupe noire qui semble plutôt être à la taille de ma petite nièce.

« Essaie ça. »

Je reste atterrée devant la mini-bande de Lycra. La dernière fois que j'ai porté une jupe courte, c'était il y a onze ans, pour le réveillon avec Liam. Et ça avait fini de manière désastreuse. Mais le visage de Lucy est si plein d'espoir, je ne peux pas la décevoir. J'enlève mon pantalon et me tortille pour monter la jupe jusqu'à mes hanches. Le tissu stretch épouse de si près mes formes que je peux à peine respirer.

« C'est trop petit, je dis, prête à la retirer.

— C'est parfait », réplique Lucy. Elle me traîne vers sa penderie et prend un chemisier rouge à demi transparent sur un cintre. « Enfile ça.

— Lucy, je ne peux pas…

— Essaye. »

Heureusement que je porte mon soutien-gorge de sport blanc ! Même sans lunettes, je vois absolument tout ce qu'il y a sous la légère étoffe. Je croise les bras.

« C'est bien trop suggestif.

— C'est le soutien-gorge qui casse tout, réplique-t-elle avec autorité. Tu n'as pas quelque chose en dentelle ? Non, bien sûr, répond-elle à ma place. Question idiote. » Elle hausse les épaules. « Je suppose qu'on devra faire avec. »

Elle me traîne dans la salle de bains et tire d'un coup sec l'élastique de ma queue-de-cheval. Mes cheveux jaillissent comme les serpents sur la tête de la Gorgone.

« Qu'est-ce que tu fais ? »

Elle empoigne un flacon, se met une giclée de produit sur les paumes.

« J'ai toujours aimé tripatouiller les cheveux. Ma première cliente a été Lindsey, la poupée de Carmella. » Elle fait pénétrer la crème dans mes cheveux. « Carmella a pété les plombs. Pourtant, Lindsey était vraiment pas mal avec une crête. »

Au lieu d'aplatir mes boucles, comme j'ai toujours essayé de le faire, Lucy les pétrit du bout des doigts pour façonner des vagues souples.

« Ça ne va pas tenir. J'aurai des frisottis dès que je mettrai le pied dehors.

— Ne bouge pas. »

Elle attrape son poudrier. Avant que j'aie le temps de protester, elle passe son pinceau sur mes joues. Mon nez me démange et j'ai envie de le frotter sur mon épaule.

« Ferme les yeux. »

Elle ombre mes paupières avec plusieurs fards, s'interrompant pour épiler quelques poils.

« Aïe !

— Adieu, mono-sourcil, lance-t-elle avant de me dessiner des yeux de chat d'un large trait d'eye-liner qu'elle complète par plusieurs couches de mascara. Et voilà le travail ! »

Elle me fait pivoter face au miroir. Je cligne des yeux jusqu'à ce que mon reflet se précise. Je découvre une femme sensuelle avec un chemisier transparent et des yeux charbonneux. Je suffoque.

« Je ne peux pas sortir comme ça !

— Pourquoi pas ? Tu es sexy ! »

Poppy apparaît sur le pas de la porte et bondit littéralement quand elle me voit.

« Emilia ? » Elle se met à rire. « Je vois que tu essayes pour de vrai ! »

Elle saisit l'un des gloss de Lucy et commence à tamponner mes lèvres.

« Non, dis-je en reculant, un doigt sur ma cicatrice. Certainement pas.

— Elle déteste ses lèvres », explique Lucy.

Poppy m'observe d'un air curieux.

« Cette minuscule cicatrice a un très grand pouvoir sur toi. À ce que je vois, c'est ta seule source de vanité. Est-ce que quelqu'un veut bien me raconter son histoire ? »

Nous allons sur le balcon où les derniers rayons de soleil colorent en rose bonbon la lagune ouateuse. Lucy peigne ses cheveux mouillés et commence à raconter l'histoire qu'elle a dû entendre une dizaine de fois.

« Tu avais quoi… dix ans quand c'est arrivé ?

— Onze.

— Son papa et oncle Bruno étaient partis pêcher à Coney Island. Ils avaient emmené Em et Daria. »

Je hoche la tête.

« On les avait suppliés de nous laisser venir. Ce qu'on adorait, là-bas, c'est le parc d'attractions. Mais à midi, on avait déjà écoulé tous nos tickets pour les manèges. On est retournées sur la jetée où mon père et oncle Bruno pêchaient.

— Bien sûr, elles se sont vite ennuyées et ont commencé à faire des bêtises, précise Lucy.

— C'est vrai, dis-je avec un sourire. On a fouillé dans leurs boîtes à pêche pour jouer avec les appâts et les flotteurs, je suppose qu'on a mis un sacré bazar. Pour nous distraire, mon père a proposé de nous apprendre à lancer les lignes.

— Bien sûr, Daria a absolument voulu essayer en premier, intervient Lucy.

— Oui. J'étais derrière, j'attendais mon tour. J'écoutais mon père lui expliquer comment pointer la canne vers la cible. » Je pose un doigt sur ma cicatrice, l'image me revenant très distinctement. « Daria a levé le bras et balancé sa canne en arrière, mais pas doucement comme mon père avait dit. C'était plutôt un coup de fouet.

— Je déteste cette partie de l'histoire. L'hameçon s'est accroché à la lèvre inférieure d'Em ! fait Lucy en grimaçant.

— Oh, ma déesse ! Ça a dû te faire atrocement mal ! s'exclame Poppy.

— Horrible ! dis-je en riant. Comme une piqûre de guêpe, fois dix. J'ai porté les mains à ma bouche et j'ai senti quelque chose d'étrange. J'ai baissé les yeux et j'ai vu l'hameçon pendu à ma lèvre. Je me suis mise à hurler. Mon père s'est précipité vers moi. Je n'oublierai jamais sa tête, un mélange d'horreur, de désolation et d'angoisse. *Non !* répétait-il sans s'arrêter. *Non !*

— Il était mort de trouille, ajoute Lucy. C'est à ce moment qu'oncle Bruno a pris le relais. Il a cherché une pince dans sa boîte.

— Une pince ? demande Poppy en écarquillant les yeux.

— Une minuscule pince de pêche, je précise. Il m'a ordonné de rester immobile. J'essayais de ne pas gémir, mais je n'avais jamais éprouvé une douleur pareille. J'ai fermé les yeux et empoigné la main de Daria. Oncle Bruno a serré la pince sur l'hameçon. Ma lèvre brûlait comme si elle était en feu. C'est la dernière chose dont je me souvienne. Après, je me suis évanouie.

— Oncle Bruno a conduit comme un malade sur le chemin du retour. Quand ils sont arrivés à la maison, la lèvre d'Em était grosse comme une pomme. Nonna était furieuse. Mais il était trop tard. Oncle Bruno lui avait bousillé la lèvre. » La voix de Lucy se fait songeuse.

Elle regarde fixement ma lèvre inférieure. « Ça va beaucoup mieux maintenant, mais la cicatrice est toujours là, si tu regardes de près. »

En dessous de nous, les vaguelettes du Grand Canal clapotent contre le quai, méthodiques et cadencées. La partie de l'histoire que je n'ai jamais racontée me revient aussi clairement que les lumières qui scintillent sur la lagune vénitienne.

« Mon père pressait sur ma lèvre son T-shirt roulé en boule qui puait le poisson, la sueur et l'eau salée. Il l'a enlevé pour montrer la blessure à Nonna. Elle s'est penchée vers moi et a porté une main à sa gorge. *Dio mio*, elle a fait en se signant. *Il n'y a plus aucun espoir maintenant. Elle ne trouvera jamais de mari avec une tête pareille.*

— Nan ! Elle a pas dit une chose pareille ? lance Lucy en me serrant le bras.

— Mon père pensait qu'il valait mieux aller à l'hosto. Je me le rappelle comme si c'était hier. Mais Nonna est repartie vers son appartement, et elle a levé les mains en lançant : *Perchè preoccuparsi ?* »

Pourquoi s'embêter ?

23

Poppy, 1960
Trespiano, Italie

Le dimanche est arrivé avec un torrent de pluie. Des trombes d'eau tombaient du ciel, transformant les champs en mosaïque de flaques. Mais les intempéries n'avaient jamais empêché ma mère de se rendre à la messe du dimanche. Notre petite église de Trespiano était froide et pleine de courants d'air. J'étais agenouillée, mes mains glacées jointes en prière, implorant un miracle. *S'il vous plaît, mon Dieu, aidez Rico à trouver les mots qu'il faut. Aidez-nous à convaincre Papà de notre amour. Je vous en supplie, Seigneur, ne m'enlevez pas la seule bonne chose qui me soit jamais arrivée dans la vie, la seule personne que j'aie jamais désirée.*

Nous avons quitté l'église et pris le chemin de la maison. Comme il n'y avait pas de bus le dimanche, Rico avait prévu de venir à vélo. Il n'allait certainement pas faire treize kilomètres sous une pluie torrentielle. Nous n'avions pas le téléphone à la ferme, donc aucun moyen d'être joints. Il faudrait encore attendre avant qu'il rencontre mon père, ce qui m'accablait et me soulageait en même temps.

J'ai accompli ma besogne du dimanche : aller chercher les œufs au poulailler, balayer la grange. À deux heures, j'ai aidé Mamma à mettre la table pour le déjeuner. Rosa faisait une fois de plus une salade d'artichauts parce qu'elle avait entendu que c'était bon pour la fertilité. Elle et Alberto étaient impatients de fonder une famille. Ma mère était aux fourneaux, elle ajoutait de l'origan à la sauce marinara. Et j'ai entendu frapper à la porte. Mon sang n'a fait qu'un tour.

Je n'oublierai jamais le regard que nous nous sommes lancé avec ma sœur. Elle savait. Elle savait que Rico était là et elle avait peur. Peur pour lui, et pour moi.

« Tout va bien se passer », ai-je dit en faisant semblant d'être calme.

J'ai lissé mes cheveux et dénoué mon tablier en me dirigeant vers la porte. Et il est apparu, le pantalon et la chemise trempés. J'ai étouffé un gloussement en voyant qu'il portait une cravate. Je ne l'avais jamais vu aussi bien habillé. Quand il m'a aperçue, son visage s'est éclairé.

« Cette fois, elles ne sont pas pour toi mais pour ta mère », a-t-il dit en regardant son bouquet de marguerites détrempées.

Mon cœur débordait d'amour. Comment mes parents pourraient-ils résister à son charme ?

Avant que j'aie le temps de le faire entrer, Rosa s'est précipitée et m'a écartée. « Papà va vous tuer, tous les deux. Va-t'en, avant de causer des ennuis à Paolina.

— Mais Rico a fait tout ce chemin pour le voir, Rosa.

— Papà s'en contrefiche. Lui et Mamma ont mis tous leurs espoirs dans Ignacio. Ils en voudront à quiconque vous sépare, surtout s'il n'est pas italien. » Elle a regardé Rico. « Va-t'en, s'il te plaît. Pour l'instant, votre histoire doit rester secrète.

— Je veux juste passer un moment avec votre père. Je ne demande rien de plus », a répliqué Rico d'un ton ferme en passant devant Rosa.

Il est entré dans la maison. Mon cœur battait la chamade. Je voulais croire en lui, mais Rosa semblait si sûre. Papà serait-il capable de le tuer ?

Dans la cuisine, cachant mes mains tremblantes derrière mon dos, je l'ai présenté à Mamma.

« *Buongiorno, signora Fontana* », a dit Rico en lui tendant les fleurs.

Elle les lui a arrachées des mains en tendant le cou vers la porte voûtée qui donnait sur le salon où Papà se reposait.

« *Grosso errore* », a-t-elle murmuré.

C'était trop tard. Là, sous la voûte, mon père se dressait, mains plantées sur les hanches, engloutissant l'espace de sa solide carrure.

Le temps s'est arrêté. Je regardais Rico avancer vers lui. Il était grand, mais semblait rapetisser devant la montagne que formait mon père. S'il avait préparé un discours, il l'avait visiblement oublié.

« J'aime votre fille, a-t-il lâché.

— *Fuori !* a répondu mon père. Dehors ! Quitte ma maison tout de suite ! »

Je me suis précipitée vers Rico pour lui prendre le bras. « Papà ! S'il te plaît, écoute ce qu'il a à te dire. »

Mon père s'est tourné vers moi. « *Stai zitta !* » a-t-il hurlé. Il s'est mis à faire de grands gestes : « Sortez-moi ce barbare de la maison ! Tout de suite ! »

Je me suis mise à pleurer. Comment osait-il se montrer si cruel ? J'aurais voulu hurler, me démener, prouver mon amour pour Rico. Mais j'aurais perdu ma famille. Et si je prenais le parti de ma famille, je perdais Rico.

Rico a choisi pour moi. Il a regardé mon père et a dit très calmement : « Je vais partir, mais vous faites une erreur, monsieur. Personne n'aimera jamais votre fille autant que je l'aime.

— Tu ne sais rien, a sifflé mon père. Paolina est fiancée à un commerçant en Amérique. Elle aura tout ce qu'elle veut dans cette terre d'avenir, une fortune inimaginable. Et, surtout, elle sera avec sa famille. Mais ça, bien sûr, un Allemand ne peut pas le comprendre.

— Papà, ne dis pas ça ! » ai-je crié, le cœur serré pour Rico.

Mon père a fait un geste dédaigneux. « J'ai lu qu'en Allemagne de l'Est des hommes quittaient leur père et leur mère, leurs frères, leurs sœurs et leur épouse pour assouvir leur fantasme de liberté. » Il a souri avec mépris. « Ce n'est pas comme ça chez nous. On ne rompt pas les liens d'une famille italienne. »

La mâchoire de Rico a tressailli, comme traversée par un courant électrique. Mais sa voix n'a pas perdu son assurance.

« Vous ne savez pas de quoi vous parlez. » Il s'est tourné vers moi pour m'embrasser sur la joue. « *Addio, mio unico amore.* »

J'ai voulu le suivre. Comment pouvais-je laisser partir cet homme que j'aimais, cet homme qui m'appelait son « unique amour » ? Mais avant que j'atteigne la porte, Papà m'a attrapée par le bras en enfonçant ses doigts solides dans ma chair.

« S'il te plaît, Papà. Je l'aime… »

La main de mon père a percuté ma joue, si vivement que j'ai entendu le claquement avant de sentir la douleur cuisante.

Rosa s'est précipitée. « Papà ! Non ! »

D'un regard, il lui a intimé l'ordre de se taire, avant de ramener son attention vers moi.

« Tu mets en péril tout ce qu'on a fait pour toi, tu veux briser nos rêves. »

Ma gorge s'est serrée. J'étais incapable de parler.

« Ignacio est un homme sérieux. Il est prêt à te prendre pour épouse, toi, une deuxième fille ! Et tu oserais laisser passer cette chance, petite idiote égoïste ? Tu dois arrêter tes bêtises, tout de suite ! C'est un ordre ! Tu partiras en Amérique, *capisci* ? »

Mes genoux tremblaient. J'ai pris la main de Rosa pour ne pas perdre l'équilibre. Alors que je cherchais désespérément quoi dire, Rosa a répondu à ma place.

« *Sí*, Papà. Elle comprend. »

24

Emilia

La bouteille de vin, vide, se dresse près d'une bougie au milieu de la table. Le crépuscule a laissé place à la nuit et la lumière des lampadaires se reflète sur les trottoirs fraîchement lavés.

« C'est tout pour ce soir, dit Poppy en détachant son regard de la fenêtre. Si je continue, vous allez rater votre soirée en ville.

— Ce n'est pas grave, dis-je en glissant sur le bord de ma chaise. Que s'est-il passé ensuite ?

— Ouais, fait Lucy en avalant les dernières gouttes de son verre. Est-ce que notre arrière-grand-père était juste un bâtard ou est-ce qu'il pensait vraiment que tu serais plus heureuse avec ce type ? »

Poppy sourit, mais son regard est triste. « Papà m'aimait. Lui et Mamma voulaient le meilleur pour moi. »

Je m'étrangle avec mon vin. « Tu ne penses pas ce que… »

Elle lève une main pour me faire taire.

« La vie semble infiniment plus douce quand on choisit de voir les meilleurs côtés des autres, pas les pires. »

Le serveur surgit avec un plateau de digestifs.

« Pas de Frangelico pour moi, dit Poppy. L'addition, s'il vous plaît. »

D'un coup, je sens la sueur perler sur ma nuque.

« Tu veux toujours sortir, Luce ? » *Dis non, s'il te plaît. Dis non. Dis non !*

« Ou-i », répond-elle en découpant le mot en deux syllabes, comme pour souligner la bêtise de ma question.

Poppy bat des mains.

« Vous vous amuserez comme des folles au bar Artisti Osteria.

— Jamais entendu parler. TripAdvisor conseille Il Campo, lance Lucy en faisant frétiller ses épaules.

— Tss… fait Poppy en signant le reçu. Une foule jeune et bruyante… Mais, bon, faites comme bon vous semble. » Elle fouille dans son sac en se levant. « Pour vous porter bonheur, dit-elle en posant deux pièces sur la table.

— Merci, Pops », dit Lucy en s'emparant d'une pièce. Elle me regarde en jouant des sourcils. « Espérons qu'on ait de la chance. »

Mon estomac se noue. Poppy se lève et nous fait coucou du bout des doigts.

« Bonne soirée. À demain matin.

— Attends, on va te raccompagner à l'hôtel, dis-je, sentant la panique monter.

— Ne dis pas de bêtises. Il n'est qu'à trois pâtés de maisons. Je m'en sortirai très bien toute seule. »

Oui, je n'en doute pas. Mais moi ?

#

Lucy se dirige en utilisant l'application qu'elle a installée sur mon portable. « Mais où c'est, bordel de merde ? » Nous prenons une autre rue et traversons encore un pont.

« Désolée. Je ne suis d'aucune aide sans mes lunettes.

— Cette putain d'île ressemble à un palais des glaces.

— On devrait peut-être rentrer à l'hôtel, Luce. On pourra sortir demain, à Florence. »

Elle tend le cou pour voir le nom d'une rue au coin d'un bâtiment.

« C'est par là. »

Arrivées au campo Santa Margherita, nous faisons le tour de la place.

« Ah ! s'écrie-t-elle en montrant une porte quelconque ornée d'une minuscule enseigne indiquant *Il Campo*. Nous y sommes. »

Elle m'examine rapidement avant de tirer un crayon à lèvres de son sac. Elle en ôte le capuchon et pointe la mine dans ma direction.

« Ne bouge pas.

— Oh, non, pas ça, dis-je en reculant.

— T'as entendu ce qu'a dit Poppy ? Tu as la plus belle blessure de guerre qu'on puisse rêver. »

Mon cœur s'emballe quand elle souligne mes lèvres et applique le gloss. Je lutte contre l'envie de m'essuyer la bouche d'un revers de la main. Elle recule et sourit. « Joli. »

C'est drôle comme les mots nous affectent, comme il suffit du plus léger changement de perception, et de la foi d'une personne, pour qu'une croyance de toujours puisse s'envoler et disparaître comme une volée de moineaux. Je me sens encore un peu mal à l'aise. Les gens vont remarquer ma bouche maintenant, et, avec elle, ma cicatrice. La ligne bleue et dentelée sous ma lèvre brillante est aussi visible que le soutien-gorge de sport sous mon chemisier.

Mais ce soir, je décide de montrer plutôt que de dissimuler.

Je suis Lucy qui franchit la porte. Nous sommes assaillies par un nuage de fumée de cigarette et une musique techno agressive. Lucy se faufile jusqu'au bar. Tout semble un peu flou sans mes lunettes. Je cligne des yeux et, pendant un instant, j'y vois clair. Une foule de gamins d'environ vingt ans se tiennent là, serrés les uns contre les autres. Tout est orange. Murs orange, chaises orange, canapés orange, tapis orange. Je sens la migraine qui arrive.

Lucy me tend un verre. Mes lèvres laquées collent au bord, et je sirote quelque chose qui a un goût de citron vert… mais qui enflamme ma bouche.

« Piment vert et vodka citron ! crie-t-elle par-dessus la musique.

— Oh. C'est… Merci. »

J'avale une deuxième gorgée.

Elle paie le barman sans paraître remarquer le mec à la peau mate et aux yeux injectés de sang dont le nez est pratiquement fourré dans son décolleté. Son ami, un rouquin, me sourit. On dirait le prince Harry dans une version d'un mètre soixante. Je me retourne et pars avec Lucy vers un canapé orange à longs poils qui semble hyper-confortable. Je vais pouvoir reposer mes pieds douloureux, ouf. Comment ma cousine fait-elle pour rester douze heures par jour sur de tels talons ?

Nous passons près d'une petite table ronde où un mec et une jolie brunette boivent des martinis. Le type me regarde de haut en bas sans le moindre scrupule.

« Connard », lance Lucy. Elle se tourne vers moi. « Je ne supporte pas les mecs qui matent alors qu'ils sont avec une autre fille. »

Nous atteignons le canapé orange et nous y affalons. « Mes pieds, je gémis en retirant mes escarpins – ou plutôt ceux de Lucy.

— Bois, ordonne-t-elle.

— Arrête, Luce, j'ai déjà bu du vin au dîner.

— Bois », répète-t-elle.

Je sirote avec précaution une nouvelle gorgée de vodka. Je frissonne.

« Brave petite ! dit-elle en souriant. Tu fais vraiment des efforts, hein ? »

Je prends une grande lampée de l'affreuse boisson, dans l'espoir que cela me donnera du courage. *On ne suit pas son cœur, ni son estomac, quand on espère que ça pourra nous faire aimer.*

Une demi-heure et deux vodkas citron je-ne-sais-quoi plus tard, Lucy et moi avons sympathisé avec quatre grandes Hollandaises aux cheveux blonds. Elles parlent un anglais parfait – meilleur que le mien à ce moment.

« Les filles, vous êtes extra, dis-je dans un marmonnement à peine audible.

— À nos nouvelles amies ! » lance Lucy.

Nous trinquons et je descends d'un trait cette boisson délicieuse. À côté de moi, Lucy scrute la pièce d'un côté à l'autre, à croire qu'elle mesure la surface de la moquette. D'un geste brusque, elle repose son verre sur la table et se lève.

« Allez, on va danser. »

Les blondes bondissent et se fraient un passage jusqu'au dancefloor. Je suis glacée de peur tandis que j'essaie d'enfoncer mes pieds dans mes chaussures. Lucy prend ma main et me tire du fauteuil.

« Attends. Je n'ai pas dansé depuis… depuis toujours », dis-je en trébuchant.

La pièce tangue. Lucy m'entraîne sur le parquet dans un amas de corps qui transpirent en se tortillant. Je danse gauchement en tirant vers le bas l'ourlet de ma jupe. Un type avec un foulard autour du cou se glisse derrière moi, poussant dangereusement son entrejambe vers mes fesses. Je pousse un cri et fais volte-face. J'ai la bouche pâteuse quand je hurle à l'oreille de Lucy : « T'as vu ça ? »

Elle remue les épaules et se met à rire.

« Allez, sois cool ! »

Je parcours du regard la masse floue de jeunes qui rient, se dandinent et sautillent en levant les bras au plafond. Je suis probablement la plus âgée. Hormis Lucy, je ne connais personne dans cette salle, ni dans cette ville. J'éprouve soudain un agréable sentiment de liberté. Ici, je peux être qui je veux.

Je trouve mon rythme. Les gens me regardent, me sourient. L'alcool aidant, je parviens presque à oublier mes pieds douloureux – et le couple à ma droite qui est pratiquement en train de baiser. C'est amusant, en fait, de danser avec cette bande de filles rieuses.

Mais les unes après les autres, mes nouvelles amies se dispersent. Les blondes trouvent une bande de mecs avec qui danser. Lucy s'en va avec le grand type à la peau mate qui l'avait reluquée au bar. Elle est de l'autre côté du dancefloor, bras au-dessus de la tête à se pavaner devant lui, cambrée, puis penchée en avant pour lui offrir une vue dégagée sur les montagnes Fontana.

Je souris béatement, quand mon ventre se met à gargouiller. Je me sens gagnée par la nausée.

Je suis en train de me frayer un passage hors de la piste en tentant de me remettre d'aplomb quand le mini-prince Harry surgit. Sans me demander mon avis, il me prend par les mains. Qu'est-ce qui lui fait penser que j'ai envie de tenir ses mains moites ? Il me fait un clin d'œil en me ramenant sur le dancefloor. Est-ce que je suis la seule à trouver les clins d'œil répugnants ?

Je fais de mon mieux pour m'oublier dans la musique, un morceau de techno avec beaucoup de basses. Je suis dans un bar à Venise, je bois et je danse – avec un mec. Ce soir, je m'expose, comme je l'ai promis à Lucy. J'ai l'estomac barbouillé.

En parlant de Lucy, où est-elle passée ? Je regarde par-dessus la tête de Harry en essayant de garder le rythme. La musique ralentit. Mon cou se casse quand il m'attire d'un coup sec contre lui. Nos corps sont pressés l'un contre l'autre, comme deux morceaux d'un sandwich, sauf que l'une des tranches – la mienne – est à peu près deux fois plus grosse que l'autre. Charmant. Je suis en train de danser avec un gamin de douze ans. Et quelle est cette chose qui s'enfonce dans ma cuisse ? Oh, merde ! Un gamin de douze ans obsédé, en plus !

J'essaye de mettre le maximum de distance entre nous tout en cherchant Lucy du regard. La voilà. Mais où va-t-elle ? Elle s'en va avec le mec bronzé habillé de noir. Je fais de grands signes de la main jusqu'à ce qu'elle finisse par me voir. Elle montre le type du doigt et lève le pouce. Je me fends d'un faible sourire qu'elle interprétera, je l'espère, comme un *Tu n'as pas intérêt à me laisser en plan !*

« Détends-toi, ma belle », murmure Harry.

J'aimerais bien qu'on m'explique comment je suis censée me détendre dans les pattes de ce nabot qui bande. Je respire un grand coup. Ce n'est pas pour moi que je le fais, mais pour Lucy. Et ce soir, elle est heureuse.

Le morceau s'achève et Harry me prend par la main.

« Viens, dit-il en me tirant hors de la piste.

— Attends, je réponds le cœur battant en cherchant Lucy. Ma cousine… »

Mais Harry a de la poigne et me traîne comme une gosse au carnaval. Il me fait mal à la main. Je me sens toute cotonneuse. J'ai le cerveau brouillé. Je titube en passant devant le bar, essayant de le suivre tout en tendant le cou pour retrouver Lucy. Tout devient flou. Où est-elle ?

La porte s'ouvre et je reçois une bouffée d'air frais. Elle claque en se refermant derrière nous.

Par bonheur, la *piazza* est calme. J'inspire profondément pendant que Harry me conduit dans un coin. Je comprends où il veut en venir et recule.

« Stop, dis-je en libérant mes mains. Je dois retrouver ma cousine.

— Elle est partie avec Ethan, dit-il avec un accent anglais.

— Qui ?

— Mon pote. » Il incline la tête vers la droite. « Allons-y.

— Où veux-tu aller à cette heure ? Je ne te connais même pas. »

Ses yeux pétillent, comme si je plaisantais.

« Je ne pars pas sans Lucy. Ma tante nous attend… »

Sans sommation, ses lèvres fines et gercées se referment sur les miennes, me clouant le bec. Mon cœur s'affole. Une langue humide darde dans ma bouche. Je réussis à dire « Stop », mais il me serre encore plus fort. Il sent l'ail et la bière éventée, et je sens monter en moi une envie de vomir. J'essaie de me libérer, mais il me tient solidement. Et il est en train de me tripoter le cul !

« Laisse-moi tranquille ! » Je parviens à le repousser mais il revient sur moi comme un chimpanzé, son bras en étau derrière mon cou.

Mon estomac gargouille, je sens monter la vodka piment je-ne-sais-quoi dans mon œsophage et je suis incapable de l'arrêter. Je pose les mains sur la poitrine de Harry et le repousse de toutes mes forces. Il titube en arrière.

« Putain ! »

Alors je me plie en deux, et vomis sur son pantalon et ses Stan Smith.

« Bordel de merde ! »

Je m'essuie la bouche d'un revers de main.

« C'est bon, t'as compris maintenant ? Laisse-moi tranquille, merde ! »

Il fait des yeux ronds comme des soucoupes et écarte les bras d'un air écœuré : « Espèce de pouffiasse tarée. »

Je le regarde s'éloigner.

« Oui. Absolument ! » dis-je fièrement avant de vomir de nouveau, cette fois dans une poubelle.

25

Emilia

Je n'en reviens pas d'avoir dégobillé sur cet Anglais. Les hommes sont des porcs – sauf Matt et Liam, bien sûr. Est-ce donc ça que Lucy subit soir après soir ? Très peu pour moi, merci !

Je retourne au bar et la cherche partout, mais Lucy est introuvable. Où peut-elle bien être ? J'opte finalement pour la solution de dernier recours : rester à l'extérieur d'Il Campo en attendant qu'elle en sorte – ou qu'elle revienne.

Quarante minutes plus tard, j'ai plus ou moins dessaoulé et la panique s'installe. Le bar se vide. Nous devons rentrer à l'hôtel, mais je ne sais même pas où il est. Rhaaa, Lucy !

Les derniers clients sortent à deux heures. Ce sont les quatre belles Hollandaises.

« Hé, vous n'avez pas vu Lucy ?

— Si, répond l'une d'elles. Il y a deux heures environ. Elle est partie avec le type en noir. »

J'entends le grincement d'une porte et vois en me tournant un homme en chemise blanche qui verrouille l'entrée.

« Attendez, je lui dis. Ma cousine est encore à l'intérieur.

— Non, *signorina.* C'est vide », répond-il en secouant la tête.

Tout se bouscule dans ma tête. Que suis-je censée faire maintenant ? Quel est le protocole à suivre dans les sorties entre filles ? Que se passe-t-il quand l'une d'elles se trouve un plan ? Reviendra-t-elle me retrouver ici ? Ou faut-il considérer qu'à partir de là, c'est chacune pour soi ? Pourquoi ne lui ai-je pas demandé ? Et pourquoi n'avons-nous pas pensé à emprunter le portable de Poppy ?

J'attends encore vingt minutes. Le campo Santa Margherita est presque désert à présent, et je n'ai aucune idée de la direction à prendre. Même après trois jours, Venise n'est encore à mes yeux qu'un dédale de canaux. Où est mon plan, maintenant que j'en ai besoin ? J'ouvre l'application sur mon portable mais, sans lunettes, elle ne m'est d'aucune utilité.

Je me prends la tête entre les mains et tourne lentement sur moi-même. Hésitante, je pars dans la direction par laquelle il me semble que nous sommes arrivées et m'engage dans une ruelle étroite bordée de murs de briques. La lumière de la place disparaît. Un frisson me parcourt l'échine. Je ne reconnais rien. Est-ce bien par là que nous sommes passées ?

Des éclats de voix s'échappent des appartements obscurcis. Je sens des picotements de peur sur ma peau. Il faut que je réfléchisse, mais mon cerveau est encore embrumé. Je cours jusqu'au bout de la *calle*, tant pis si mes pieds sont à l'agonie, et j'arrive à une patte-d'oie où la ruelle se sépare en trois. « Merde ! »

Il fait trop sombre, je n'arrive pas à lire le nom des rues sur les murs. Mon cœur s'emballe. Je fais demi-tour et repars en sens inverse. J'ai le souffle court et la tête qui tourne. Je voudrais que Matt soit là. Il me calmerait, m'aiderait à reprendre mes esprits. Ce n'est pas juste, de penser à ça. Je ne peux pas l'utiliser quand j'ai besoin de me sortir d'une situation délicate, comme un détachant bien pratique que je peux remiser dans un coin quand les choses sont rentrées dans l'ordre.

Un jeune couple s'approche. Je me précipite vers eux. « Excusez-moi, *scusami.* » Je me rends compte que ma voix tremble.

L'homme m'écarte d'un revers de main et ils passent leur chemin, me laissant comme une mendiante qui voudrait leur soutirer de l'argent.

Je prends une autre *calle* étroite, je passe un pont. Est-ce que je l'ai déjà vu ? Je ne sais pas ! Merde !

Un souvenir me revient. Je suis à la maternelle. On nous a laissés sortir plus tôt à cause de la tempête de neige. Daria et moi rentrons à la maison, nos bottes en caoutchouc s'enfoncent dans la neige qui s'amasse déjà sur le sol. Bien qu'elle soit juste à côté de moi, je vois à peine ma sœur dans le blizzard. J'ai peur. Nous ne retrouverons jamais le chemin de la maison. « Ne me perds pas », lui dis-je, le visage fouetté par le vent.

Ma grande sœur me prend par la main. Elle me dit qu'elle ne m'abandonnera jamais. Et d'un coup, je suis en sécurité.

Je glisse une main dans la poche de mon sac et caresse la médaille de saint Christophe avant de sortir mon portable. C'est le soir là-bas, chez moi. Je louche jusqu'à voir l'icône en forme d'étoile. Je tape à l'aveuglette sur le premier contact enregistré dans mes favoris. Elle répond à la deuxième sonnerie.

« Emmie ? »

Ma gorge se serre.

« Dar, je réussis enfin à articuler.

— Tu es rentrée ? Pitié, dis-moi oui. Nonna est au trente-sixième dessous. »

Je ferme les yeux. À cet instant, seule dans la ruelle, je donnerais tout pour avoir retrouvé la sécurité de ma petite Emville.

« Je suis perdue.

— Qu'est-ce qui se passe ? Où es-tu ? »

Il y a dans sa voix la même insistance que quand je l'ai appelée le soir du réveillon, il y a onze ans.

« Je suis à Venise. J'ai perdu Lucy. »

Elle pousse un soupir.

« Tout va bien. Tu as l'adresse de l'hôtel, non ? Appelle un Uber. N'essaie pas de trouver Lucy. Contente-toi de rentrer à l'hôtel.

— OK. » Je m'abstiens de lui rappeler qu'il n'y a pas de voitures à Venise. Elle se sentirait bête. « Merci, Dar.

— C'est tout ?

— Non. Il y a autre chose », dis-je en regardant la ruelle vide. Je m'adosse au bâtiment en stuc derrière moi, comme pour me donner des forces. « Qu'est-ce qui nous est arrivé, Dar ? »

Le silence plane. Je frotte ma gorge douloureuse.

« Est-ce que j'ai fait quelque chose qui t'a blessée ? Quelque chose qui t'aurait amenée à me détester ?

— Mais qu'est-ce que tu racontes ? »

Elle sait. Je sais qu'elle sait.

Je déglutis avec difficulté et force les mots à sortir.

« Je t'aime, Dar. »

C'est gênant d'exprimer un sentiment qui est resté tu pendant des années.

Elle laisse passer un instant avant de répondre : « OK, mais rentre à la maison *presto.* Je n'ai jamais vu Nonna si contrariée. »

J'ai l'alcool triste d'un coup. J'entends des pas derrière moi et jette un œil. La silhouette d'un homme se dessine au bout de la ruelle.

« Oh, mon Dieu. Je dois y aller. »

Je glisse mon portable dans ma poche. Mon cœur s'emballe et je détale. Quelle idée de m'arrêter dans cette allée déserte !

Les bruits de pas sur le pavé s'amplifient. J'accélère. Les pas accélèrent aussi.

Devant moi, un autre pont apparaît. Mais où suis-je, bon sang ?

Mes talons résonnent lourdement sur le ciment. La peur me tenaille et je me mets à courir. Mais les pas ne cessent de se rapprocher. J'ai les pieds en feu. Vais-je être kidnappée, ou tuée, ou vendue comme esclave sexuelle ? Est-ce ma punition pour avoir trahi Nonna ?

Les pas finissent par me rattraper. Un son jaillit de ma gorge, entre la plainte et le cri. J'ai peur de m'évanouir. Un homme surgit à côté de moi.

« *Posso aiutarti ?* » demande-t-il.

Je ne peux pas respirer. Mes jambes tremblent. Je vais m'évanouir.

« Puis-je vous aider », répète-t-il, en anglais, cette fois.

Son visage est caché dans la faible lumière des lampadaires. Je lutte contre l'hyperventilation.

« Laissez-moi… tranquille. S'il vous plaît.

— Tout va bien, je ne vais pas vous faire de mal. »

Je finis par me tourner vers lui. Ses yeux bruns m'éclairent comme des bougies dans une caverne.

Je réprime la tempête qui menace dans ma poitrine.

« Je… je cherche l'hôtel Ca' Sagredo, sur le campo Santa Sofia. »

Il se frotte le menton.

« *Sì*. Je connais cet hôtel. Venez avec moi.

— Non. Dites-moi simplement comment y aller.

— C'est très compliqué à pied. Ce sera bien plus facile de vous accompagner.

— Tant pis, dis-je en m'éloignant.

— Attendez, fait-il en levant les mains. Je vois que vous ne me faites pas confiance. Vous avez raison d'être prudente. » Il montre la direction opposée. « Passez par là. Au bout, tournez à droite, puis à gauche, puis encore à gauche. Vous allez traverser un pont…

— Stop, dis-je en l'interrompant. C'est bon, je… Montrez-moi, s'il vous plaît. »

L'inconnu me conduit dans une *calle* obscure. Mais quelque chose – l'instinct ? – me dit que je suis en sécurité. Il me prend par le coude et nous tournons sur une ruelle étroite avant de traverser un pont. Cinq minutes plus tard, la *calle* débouche sur un nouveau pont. J'ai l'impression d'entrer dans une pièce éclairée, lumineuse, presque joyeuse. Une demi-douzaine de gondoles sont à l'arrêt sous le pont, comme si elles m'attendaient.

Il fait signe à un gondolier et m'aide à monter à bord. Je suis surprise quand, au lieu de disparaître, il embarque lui aussi et s'assied à côté de moi.

« Je m'appelle Giovanni, Giovanni Ghelli.

— Je suis Em… Emilia Antonelli. »

Je croise les bras sur ma poitrine en me rappelant mon chemisier transparent.

Le gondolier repousse le quai et la petite embarcation se met à dériver le long du canal sinueux. Nous voguons au clair de lune sur l'eau bleu noir et l'air frais de la nuit refroidit mes bras. Je frissonne. Giovanni ôte sa veste de cuir et la pose sur mes épaules.

« Ça va mieux ? »

Je souris. « *Grazie.* »

Giovanni bavarde et je commence à me détendre. Il me raconte son travail de serveur dans le restaurant de son oncle.

« C'est un bon boulot, mais je préfère que vous me parliez de vous. Où habitez-vous ?

— À New York », lui dis-je, sans préciser que c'est à Bensonhurst, pas à Manhattan.

Il lève les sourcils et hoche la tête.

« Je rêve d'aller en Californie un jour. » Il me prend par le bras. « Ne le prenez pas mal. New York doit être merveilleux aussi. »

Je ris, savourant le contact de sa main contre mon bras, la chaleur de ses cuisses pressées contre les miennes, l'odeur musquée de sa veste en cuir. Si Lucy me voyait ! Et tante Poppy ! Je fais des efforts, comme je l'ai promis. Et en vingt-neuf ans, je n'ai jamais vécu d'instant aussi romantique. Peut-être n'est-ce que le triste constat que Lucy a raison, je me suis bâti un monde pathétique et minuscule.

Vingt minutes plus tard, la gondole accoste. Je lève les yeux. L'hôtel Ca'Sagredo me regarde. Mon cœur dégringole. Je veux rester ici, sur cette petite embarcation en bois, auprès de ce bel Italien qui me protège.

« Et voilà, comme promis, dit-il d'une voix douce.

— *Grazie*. Vous m'avez sauvé la vie.

— Tout le plaisir était pour moi, Emilia. Vraiment. » Il me prend par la main pour m'aider à descendre de la gondole. « Je vous souhaite une bonne nuit. »

Il me sourit, les yeux tendres. Mon cœur bat la chamade. Devrais-je l'inviter à boire un verre ? Que ferait l'héroïne de mon livre dans une telle situation ? Que ferait Lucy ? Je déglutis avec peine.

« Bonne nuit, je réponds.

— *Buona notte* », fait-il avec un petit salut.

Je marche vers l'hôtel, tenaillée par le regret. Lucy ne me pardonnera jamais d'avoir laissé passer cette chance. Je suis presque à l'entrée quand il m'appelle.

« Emilia ! »

Je me retourne. « Oui ? »

Sa tête est penchée sur le côté et son beau visage arbore un léger sourire. Il replie l'index.

Mon cœur bondit de joie. Je retourne au bateau en me retenant de courir. À chaque pas, mon assurance grandit. *C'est celle que tu es devenue. Mais tu n'es pas obligée de finir tes jours dans la peau de cette femme.* Poppy a raison. Je peux être qui je veux. Et ce soir, je choisis l'audace.

Je fais un dernier pas. Je suis assez proche de lui pour le toucher. Avant d'avoir le temps de me dégonfler, je me hisse sur la pointe des pieds. Je ferme les yeux et presse mes lèvres contre les siennes.

Son corps s'écarte brusquement, comme sous le coup d'une décharge électrique. Il s'essuie la bouche du revers de la main.

« *La mia giacca*, dit-il en montrant la veste sur mes épaules.

— Oh, mon Dieu, je murmure, les lèvres irritées par les poils de sa barbe. Je croyais que vous… »

Humiliée, je sens le feu me monter aux joues. « Je suis désolée. » J'arrache sa veste de mes épaules et la lui lance. « Merci encore », dis-je avec un bref signe de la main.

Je me précipite vers l'hôtel avec autant de dignité que possible, me maudissant intérieurement. Quelle idiote !

« Emilia ! » appelle-t-il encore.

Je ferme les yeux et retiens ma respiration. Quand je me retourne, ses yeux brillent sous la lumière de la lune.

« C'est ma femme. Elle n'apprécierait pas de savoir que j'ai laissé ma veste à une belle étrangère avec qui j'ai partagé mes rêves, le temps d'une nuit magique. »

Un sourire se dessine lentement sur mon visage. Les yeux de Giovanni s'arriment aux miens tandis que le gondolier plante sa rame sur le quai pour repousser l'embarcation. Je me tiens là, regardant mon héros – mon héros *marié* – disparaître dans l'obscurité.

26

Emilia – 4e jour
Venise

Je suis dans mon lit, mon carnet à portée de main, et je fixe le plafond. Je pense à Giovanni, à Daria, et à ma cousine qui n'est toujours pas rentrée. Aux premières heures du matin, alors que l'aube teinte de violine la chambre obscure, j'entends enfin la porte qui s'ouvre.

« Salut, Luce, dis-je en me redressant sur les coudes.

— Chut ! » fait-elle, et sans prendre la peine de se mettre en pyjama, elle s'enfouit sous sa couverture et ferme les yeux.

Où a-t-elle passé la nuit ? Comment va-t-elle ? Comment est-elle rentrée ?

J'observe son visage pâle sous la lumière soyeuse de l'aube. Ses joues sont bouffies par l'excès d'alcool et ses cheveux en bataille. Mais dans son sommeil, avec ses lèvres légèrement entrouvertes, elle dégage une douceur, une tendre vulnérabilité qu'on ne devinerait pas pendant la journée.

Lucy a-t-elle passé la nuit avec le type d'Il Campo ? Je frémis quand je repense à son copain, Harry, en train de me peloter dehors. C'est donc ça, être célibataire ? Sommes-nous censées avoir des aventures d'un soir avec des inconnus sans ressentir le moindre signe d'affection ? Sans promesse de beaux lendemains, sans même un semblant d'amour ?

« Em ? »

Sa voix endormie fissure le silence.

« Oui, Luce ?

— Tu crois qu'il y a une chance, une toute petite chance, pour que Poppy puisse briser le sort ? »

Je tourne les yeux vers elle. Sous les premières lueurs du jour, son visage s'illumine, plein d'espoir.

« Je… je ne sais pas. Je ne vois pas vraiment comment ce serait possible. »

Elle hoche la tête avant de replonger dans le sommeil.

Je contemple Lucy, guerrière dans le terrain miné du marché des rencontres amoureuses. Contrairement à moi, elle s'expose sans relâche sur les champs de bataille. Les larmes me montent aux yeux. Pauvre Lucy ! Et comme je manque de courage.

À cet instant, je jure que s'il y a bel et bien un sort, je ferai tout, absolument tout pour le conjurer.

#

Une heure plus tard, j'abandonne l'idée de dormir. Je marche sur la pointe des pieds et ouvre doucement les portes-fenêtres. Le soleil farde le ciel de rose et de lilas. Je sors sur le balcon. Le canal est parfaitement silencieux, si ce n'est le doux clapotis de l'eau contre le quai bétonné.

« *Buongiorno.* »

Je sursaute. Tante Poppy est assise sur une méridienne et sirote son café, en robe de chambre et pieds nus. Elle sourit en m'ouvrant les bras.

« Bonjour. » Je me penche pour l'étreindre. « Tu te lèves tôt, dis-moi.

— Je ne suis pas du genre à louper un lever de soleil. » Elle tapote le siège et je m'installe près d'elle. « Alors, cette soirée ? dit-elle passant un bras sur mes épaules. Vous vous êtes bien amusées, toutes les deux ? »

Je fixe l'horizon rose. « Un désastre, avec quelques épisodes plus légers de dégoût et d'humiliation. Et une belle frayeur pour pimenter le tout.

— C'est toujours compliqué de faire semblant d'être quelqu'un qu'on n'est pas.

— Que veux-tu dire par là ?

— Hier, tu étais déguisée en Lucy.

— Mais tu m'y as encouragée ! » je proteste en me tournant vers elle.

Elle essuie une trace de mascara sous mon œil.

« Parfois, il faut essayer plusieurs personnages avant de trouver celui qui nous convient le mieux. Tant qu'on n'a pas décidé de ce qu'on n'est pas, on ne peut pas savoir qui on est. » Ses yeux pétillent. « Mais continue. Raconte-moi.

— Le bar était tellement bondé que je n'ai pas retrouvé Lucy, dis-je d'un ton boudeur. Je me suis perdue. Je ne savais absolument pas comment rentrer à l'hôtel. Toutes les rues, tous les ponts, toutes les places étaient pareilles. » La panique de la veille se ranime et ma respiration s'accélère. « Il faisait noir et je… » J'essaie d'ignorer le sourire malicieux de Poppy. « J'espérais que quelqu'un m'aiderait. Mais des gens sont passés à côté de moi. Ils m'ont ignorée et… » Je me renfrogne en voyant son air amusé. « Ça te fait rire ? J'aurais pu me faire tuer !

— Exact, fait-elle avec un haussement d'épaules. Et je suis sûre que plus jamais tu ne te retrouveras seule dans la rue après une soirée arrosée. Ça aurait pu mal finir. Mais heureusement, tu as gardé tes esprits. Tu es une femme intelligente et forte, qui a juste vécu une petite aventure.

— Une petite aventure ? J'étais morte de peur !

— Tu as appris quelque chose de précieux, qui te sera utile quand tu décideras enfin d'être honnête avec toi-même. » Elle saisit mes mains, comme si elle allait me donner un conseil infiniment profond et salutaire. « C'est de se perdre qui est beau. Se perdre dans un livre. Se perdre dans les yeux de quelqu'un. Se perdre dans une symphonie si douce qu'elle fait jaillir les larmes. » Elle sourit. « Se perdre dans une belle cité flottante sous un ciel étoilé. Je suis sûre que c'était magique. C'est d'être retrouvée qui est décevant. »

Seule, la nuit, dans Venise, j'avais de bonnes raisons d'avoir peur et de paniquer. Mais tante Poppy n'a peut-être pas tort. J'ai dansé avec des filles géniales. J'ai affronté un homme lubrique. J'ai réussi à rentrer sans encombre. Et hormis le fait que Giovanni était marié, ce moment passé à côté de lui sur la gondole était bel et bien magique. J'ai un beau souvenir, une histoire à raconter, peut-être une scène à recréer dans un roman.

Tandis que je contemple la *laguna veneta* tachetée de rose et de corail, un sentiment de fierté m'envahit. L'espace d'un instant, je m'autorise à croire que je suis pleine de ressources et qu'une fois de retour à Bensonhurst, dans mon petit quartier tranquille, entourée de ma famille et de mes amis, je pourrais chercher à me perdre de temps à autre. Car je sais désormais que c'est ce qui fait la beauté de la vie.

« La prochaine fois que je me perdrai, ce sera un choix délibéré. Je serai complètement sobre. Et j'aurai mes lunettes !

— Tu vois bien que tu es intelligente ! » Le sourire de Poppy s'évanouit. « Pour ce qui est de ta cousine, c'est une autre histoire. Luciana se perd, mais d'une autre façon. Nous devons l'aider à se trouver. Sinon, elle pourrait bien disparaître pour de bon. »

#

Il y a du monde chez l'*ottico* ce jeudi matin. Je suis assise devant un miroir tandis que l'opticienne top model pose mes nouvelles lunettes sur mon nez. Elle se recule et sourit.

« *Bellissima !* »

Je remarque un homme en manteau de cuir qui nous regarde.

« Vous allez attirer l'attention. Vous vous habituerez », chuchote-t-elle.

À dix heures, mes lunettes chics sur le nez, je suis en gare de Santa Lucia avec ma tante et ma cousine. Nous montons à bord du train et j'emboîte le pas à Poppy dans l'allée centrale. Son visage, presque fantomatique ce matin, contraste avec ses vêtements flashy. Elle arbore un large pantalon jaune vif et un chemisier imprimé à motif de bananes. Un foulard framboise est rentré dans son col. Pourtant, c'est moi que les gens regardent. Comment ont-elles pu me persuader de porter des lunettes si voyantes ? Je veux retrouver ma vieille monture confortable derrière laquelle personne ne me remarquait. Je m'installe à ma place et cherche dans mon sac mon vieil étui à lunettes déglingué.

« N'y pense même pas », fait Lucy en m'attrapant la main.

Je laisse retomber l'étui dans mon sac. Je dois avouer que j'y vois très bien avec ces grands verres.

À dix heures vingt-cinq précises, le train démarre doucement. Tante Poppy est assise en face de nous, le nez pressé contre la vitre, faisant au revoir de la main à Dieu sait qui.

Bientôt, les îles de Venise s'étirent comme une ombre derrière nous. Je fais mes adieux silencieux à la cité flottante magique, à ses aurores dorées, ses innombrables canaux, son dédale de rues pavées et de vieux ponts.

Je branche le chargeur de mon portable, mais la prise semble ne pas fonctionner. Je me tourne vers Lucy, assise à côté de moi. Elle se masse le front, l'air aussi rassise que du pain d'hier.

« Comment s'est passée ta nuit ? » C'est au moins la troisième fois depuis ce matin que je lui pose la question.

Elle s'étire et un sourire apparaît sur son visage.

« Tu l'as vu. Il était sexy, non ?

— Oui, dis-je en essayant de me remémorer le mec. Et tu lui plaisais beaucoup. »

Son sourire s'évanouit.

« Et bien sûr, il faut qu'on parte aujourd'hui. Je ne le reverrai jamais.

— Tu pourrais garder contact. Tu lui as demandé son mail ?

— C'est ça, Em, lance-t-elle en levant les yeux au ciel. Le mec meurt d'envie d'avoir une correspondante. »

Poppy se tourne vers elle. « Imagine l'infini des possibles, quand on apprend vraiment à connaître quelqu'un. »

Lucy sort un tube de gloss de son sac à main. « Qu'est-ce que je dois comprendre ? »

Elle me tend le tube. J'hésite un instant avant d'en prendre un peu sur le bout de mon doigt.

« L'intimité, c'est la rencontre des esprits aussi bien que des corps, explique Poppy. Quand tu ne choisis que l'un des deux, le résultat est soit une relation sexuelle insignifiante, soit une amitié platonique, ni plus, ni moins.

— Génial, merci, madame l'experte », répond Lucy, vexée.

Ma cousine n'apprécie peut-être pas, mais ces mots résonnent avec justesse dans mon esprit. Pourrions-nous aller au-delà de l'amitié, Matt et moi, si je m'en donnais la peine ?

« Elle essaie juste de t'aider, je chuchote à Lucy quand tante Poppy se tourne vers la fenêtre. Honnêtement, je ne te comprends pas non plus. Tu te mets en danger en partant avec ces types. D'accord, tu aimes le sexe, je comprends. Mais…

— Qu'est-ce qui te fait dire que j'aime ça ? »

Elle plante ses yeux dans les miens et la douleur que j'y lis me laisse sans voix. Ma cousine, qui a découché deux nuits sur trois, qui s'offre imprudemment à n'importe quel type intéressé, ne prend même pas plaisir à faire l'amour.

On ne suit pas son cœur, quand on espère que ça pourra nous faire aimer.

Le train glisse devant des champs jaunes et des collines vertes, avec çà et là une ferme aux murs de pierre ou un troupeau de moutons. Bientôt, mes pensées volent vers mon histoire, imaginant mes personnages partis pour un week-end clandestin dans ce cadre pittoresque. Alors que j'ébauche mentalement la scène, Lucy se met à tripoter mes cheveux. Je souris tandis qu'elle sépare des mèches en se demandant tout bas quel genre de tresse irait le mieux à mon visage ovale. J'ouvre mon carnet en veillant à ne pas la déranger. Je lui tourne le dos et me plonge dans l'écriture.

Dix minutes plus tard, je repose mon stylo. Je tapote ma tête et sens une tresse sur le côté. Je me tourne vers Lucy. Elle est penchée par-dessus mon épaule… en train de lire mon histoire !

Je referme brusquement le carnet.

« Hé ! J'avais pas fini !

— Depuis combien de temps tu m'épies ?

— Assez longtemps pour savoir que tu écris un livre, réplique-t-elle en s'emparant du carnet.

— Rends-moi ça ! »

Elle le tient au-dessus de sa tête et lit à haute voix : « *Il caressa sa joue veloutée, et le contact de sa main lui donna des frissons.*

— Arrête !

— *Elle se tourna vers lui, les yeux pleins de désir.* »

Je lui arrache le carnet des mains.

« Hé ! Ne me laisse pas sur ma faim ! Il se passe quoi après ? »

Je fourre le carnet dans mon sac et hoche la tête, étouffant d'humiliation.

« Arrête, Lucy, t'es pas drôle. »

Elle hausse les épaules.

« Je n'essayais pas de l'être. Si tu écris, c'est pour être lue, non ? Au fait, cette tresse te va à merveille. Hé, Pops, regarde sa nouvelle coiffure ! »

Le visage livide de Poppy s'éclaire légèrement.

« Superbe ! Bravo, Luciana ! Rico m'adorait avec les cheveux tressés. »

Lucy arrange la tresse pour qu'elle tombe joliment sur mon épaule.

« Tu as revu Rico ? demande-t-elle à ma tante. Tu sais, après l'épisode où ton père lui a pratiquement coupé les couilles ? »

Poppy secoue la tête.

« Ce jour où Papà a renvoyé Rico, j'ai vécu la plus longue nuit de ma vie. Je n'ai pas rêvé. Je n'ai pas dormi. Je n'arrivais plus à respirer. Je n'ai fait que prier. Mais le lendemain matin, j'avais les idées plus claires. Je m'étais promis de ne plus jamais laisser quiconque prendre une décision à ma place. » Elle se tourne vers la fenêtre du train. « Si seulement j'avais tenu ma promesse. »

27

Poppy – 1960
De Florence à la côte amalfitaine, Italie

J'ai été la première à sortir du bus sur la piazza della Signoria. J'ai couru tout du long jusqu'à l'appartement de Rico. J'étais impatiente de le voir, de lui annoncer la nouvelle, de lui dire que je l'avais choisi. J'étais à bout de souffle quand je suis entrée chez lui sans un bruit.

« Rico ? » j'ai chuchoté en ajustant ma vision au faible éclairage.

J'ai cligné des yeux une fois. Deux fois. La pièce était vide. Toutes ses affaires – son rasoir, son peigne, son étui à violon – avaient disparu. Ma poitrine s'est vidée. Le seul homme que j'avais jamais aimé s'était volatilisé.

La porte s'est ouverte en craquant derrière moi. Je me suis retournée, m'attendant à trouver Rico. Au lieu de quoi une femme a fait irruption, un seau et une serpillière à la main. Je me suis précipitée vers elle.

« Je suis Poppy, l'amie de Rico… d'Erich. Vous savez où il est ? »

Elle a tiré une enveloppe de la poche de sa blouse. Mon nom, Poppy, était écrit dessus. Je l'ai ouverte en la déchirant.

Mio unico amore,

À l'heure où tu liras ces lignes, je serai dans le train pour Naples. Je suis un homme brisé. Mon cœur saigne. Je dois partir, et toi aussi. Il y a une ville appelée Amalfi, perchée en haut d'une colline qui domine le golfe de Salerne. J'ai entendu dire qu'il y avait beaucoup de monde là-bas, plus encore qu'à Florence, et plein de touristes fortunés avides de divertissements. Je vais tout recommencer de zéro, prendre un nouveau départ là-bas, à Amalfi, tout seul, sur cette belle côte où je pourrai jouir du soleil et de la liberté. C'est pour cela que j'étais venu ici. Mais maintenant que je t'ai goûtée, je me rends compte qu'il me manquera toujours le plus important dans la vie. L'amour.

S'il te plaît, exauce les souhaits de ton père, et sache que je le comprends et le respecte. Personne ne devrait être obligé de choisir entre le sang et l'eau. Ne regarde pas le passé avec tristesse, mais plutôt avec amour, en te rappelant la douce époque où nos deux âmes se sont rencontrées en chantant.

Je te souhaite le meilleur en Amérique. Tu auras une belle vie prospère, et cette pensée me rend heureux. Je prierai pour toi tous les soirs de ma vie, pour ton bonheur et ta sécurité. J'ose croire que quelqu'un entendra mes prières. Ce dont je suis certain, c'est que je continuerai de t'aimer jusqu'à mon dernier souffle

– un instant que j'attends et redoute en même temps. Je suis le malchanceux le plus chanceux au monde.

Je t'aimerai encore des millions de fois, mon beau papavero.

Rico.

Je n'ai pas hésité. Pas un instant. Je suis sortie à toute allure de chez Rico et j'ai couru à la gare. Deux heures plus tard, je quittais Florence. Quand le train s'est arrêté, j'ai pris un bus. C'était le crépuscule quand je suis enfin arrivée à Amalfi. J'ai demandé à la première personne que j'aie vue où se trouvait la place principale.

Il était là, sur la piazza del Duomo, tout juste arrivé dans la ville et déjà entouré d'une petite foule. Les gens acclamaient et applaudissaient le violoniste allemand. Il avait travaillé notre chanson préférée, le tube de Doris Day, « Que Sera, Sera ». C'était la première fois qu'il l'interprétait en public. Il chuchotait les mots en jouant. « *Que sera, sera. Whatever will be, will be. The future's not ours to see.* »

Son archet allait et venait sur les cordes, à la fois tendre et obstiné. J'étais debout, les mains jointes, le cœur débordant d'amour. Et tout à coup il m'a vue. Son archet lui est tombé des mains et il a couru vers moi.

« *Mio unico amore !* »

Il m'a prise dans ses bras et m'a soulevée du sol. Je n'y voyais rien à travers mes larmes. La foule a applaudi et j'ai su à cet instant précis que j'étais chez moi.

Nous avons loué une chambre au-dessus d'une boulangerie, dans une petite ville appelée Ravello, perchée sur les falaises à trois kilomètres d'Amalfi. J'ai vite été embauchée par le boulanger. Rico jouait du violon l'après-midi et le soir. Comme on le lui avait dit, les touristes de la côte amalfitaine étaient plus nombreux et plus riches qu'à Florence. Nous n'avions pas beaucoup d'argent, mais nous avions l'impression d'être des rois. Notre palais était notre minuscule appartement et tous les soirs, sur le toit, nous sirotions du vin en regardant le soleil se coucher sur la mer Tyrrhénienne.

L'été a fait place à l'automne. Octobre est arrivé et les nuits sont devenues plus fraîches. Nous n'avions pas de chauffage. Le matin, nous nous blottissions l'un contre l'autre sous les couvertures et nos souffles formaient de petits nuages dans l'air. J'allais bientôt avoir vingt et un ans. Chaque jour, Rico me demandait ce que je voulais pour mon anniversaire. Je pense qu'il redoutait que je me sente seule, que ma famille me manque et que je regrette de l'avoir suivi. Chaque fois, je lui donnais la même réponse : « Toi. »

Cette année-là, le 22 octobre tombait un samedi. Un samedi radieux. Le propriétaire de la boulangerie m'avait donné un jour de congé. Rico et moi avons passé toute la journée ensemble à traîner dans les magasins, nous arrêtant pour boire un cappuccino, puis un verre de vin. Alors que le soleil se couchait, je me suis assise sur la place pour le regarder jouer, remerciant les déesses de m'avoir donné ce beau musicien plein de talent. C'est le meilleur anniversaire que j'aie jamais eu.

Je suis rentrée chez nous à huit heures et demie pour préparer le dîner. Une heure plus tard, Rico montait l'escalier d'un pas joyeux, avec une boîte mystérieuse fermée par un ruban violet. Il m'a fait tournoyer et embrassée avec fougue.

Je me suis juré de me rappeler ce moment toute ma vie – l'odeur de l'ail rissolé, ses bras forts et réconfortants autour de ma taille, les mouchetures dorées dans ses yeux bleus.

Puis il m'a redéposée au sol, est allé éteindre la gazinière, puis il m'a tendu la boîte. « Pour toi », a-t-il dit avec un air malicieux.

J'ai ôté le couvercle. À l'intérieur se trouvait la plus jolie robe que j'aie jamais vue, dans une étoffe blanche et vaporeuse, forcément bien au-dessus de nos moyens.

Il était allongé sur le lit, les mains derrière la tête, me regardant me changer avec un sourire aux lèvres. J'avais l'impression d'être une princesse. Je n'en croyais pas mes yeux. Je n'avais jamais porté autre chose que les vieux vêtements de Rosa, ou parfois une robe cousue par ma mère ou moi-même.

« Je l'adore. Mais c'est trop cher.

— Rien n'est trop somptueux pour toi, ma belle Poppy. » Il est sorti du lit d'un bond et m'a prise par la main. « Viens.

— Où allons-nous ? » j'ai demandé tandis qu'il m'entraînait dans l'escalier, puis dehors.

L'air du soir était frais et piquant. Rico a passé son bras autour de mes épaules nues. Au-dessus de nous, un bout de lune jouait à cache-cache avec les nuages en dessinant des ombres dans la rue. Alors que la ville se préparait à dormir, il m'a conduite sur les marches de la cathédrale.

« Nous sommes un peu en avance pour la messe », ai-je dit en plaisantant.

Rico m'a fait taire avec un baiser. Quand nos lèvres se sont enfin séparées, il s'est mis à genoux devant moi.

« Paolina Maria Fontana, veux-tu m'épouser ? »

28

Emilia
Florence
4e jour

Le train s'arrête en gare de Florence – Santa – Maria – Novella. Poppy se redresse et regarde autour d'elle comme si elle avait oublié où elle se trouvait.

« Alors, que s'est-il passé ? demande Lucy en empoignant le bras de Poppy. Tu l'as épousé ?

— Rico n'avait pas la citoyenneté italienne. Et je n'avais pas de certificat de naissance. J'avais tout laissé derrière moi en quittant la maison paternelle. »

Lucy grogne.

« Donc, qu'est-ce que ça veut dire ? Tu l'as rompu, ce sort, ou non ?

— Je continuerai plus tard », répond Poppy avec un regard mélancolique.

Lucy laisse tomber sa tête sur sa tablette en cognant doucement son front dessus.

La gare grouille de touristes et partout des affiches sont placardées aux murs, qui réclament un salaire décent pour les cheminots et annoncent un imminent *sciopero*, mais j'ignore ce que ça veut dire. Poppy cherche du regard le chauffeur qui doit nous conduire à Trespiano. Son visage s'illumine et elle lui fait signe de la main.

« Gabriele ! » s'écrie-t-elle en remontant le quai avec raideur dans ses chaussures plates en daim.

Elle ne court pas aujourd'hui, elle ne trottine même pas. Je regarde le grand Italien en jean et chemise blanche qui soulève Poppy. Elle l'embrasse sur les joues. Je ne peux pas m'empêcher de sourire. Comment a-t-elle réussi à collectionner tant d'amis à des milliers de kilomètres de chez elle ?

« Venez ! nous lance-t-elle. Je vous présente Gabriele, notre chauffeur. Il sera tout à nous pendant trois jours. »

Lucy le gratifie de son habituel penché-renversé. Premier temps, elle s'incline pour offrir à Gabriele une belle vue sur son décolleté. Deuxième temps, elle rejette ses cheveux en arrière de façon qu'une mèche lui barre l'œil, détail qui est sûrement censé être sexy, mais qui me donne surtout envie de lui chercher une barrette dans mon sac.

« Salut, je suis Lucy », roucoule-t-elle.

En bon gentleman, Gabriele ignore son décolleté pour la regarder droit dans les yeux, ou plutôt dans l'œil. « Enchanté, Lucy. »

Sa voix profonde est agrémentée d'un accent italien terriblement sexy. Il se tourne vers moi et, sans trop savoir pourquoi, je sursaute. Il rit. « Je ne voulais pas vous effrayer. »

Je hoche la tête en lui tendant la main. « Non, non, tout va bien. »

Mais mon cœur battant me raconte une tout autre histoire : c'est sûr, il m'effraie. Ces yeux sombres sont trop pénétrants, ce sourire ironique bien trop séduisant.

« Je suis Gabriele Vernasco, dit-il en pressant sa main chaude contre la mienne. Mais, s'il vous plaît, appelez-moi Gabe. Et tutoyons-nous.

— Bonjour, Gabe. »

Il nous conduit hors de la gare, nos sacs chargés sur son dos. Lucy marche à côté de lui en bavardant. Poppy et moi sommes à la traîne, admirant toutes les deux, je suppose, ses larges épaules, ses boucles noires indisciplinées, ses belles fesses fermes et rondes… D'un coup de coude, Poppy me tire de ma rêverie. « Délicieux, n'est-ce pas ? »

Elle me fait un clin d'œil. Je rougis et elle éclate de rire.

« J'ai l'impression de te voir renaître. »

#

Quand Poppy a annoncé que Gabriele serait à nous pendant trois jours, j'ai supposé que ses fonctions se limiteraient aux trajets en voiture. Mais, apparemment, il sera aussi notre guide et notre logeur.

Il charge les sacs dans un SUV noir et referme le coffre.

« J'ai pensé qu'on pourrait déjeuner en ville avant d'aller à l'auberge.

— Merveilleux ! » s'écrie Poppy en battant des mains.

Nous marchons ensemble dans les rues de Florence, la ville où Poppy a travaillé comme guide et rencontré

Rico. La belle cité médiévale coupée en deux par l'Arno offre une atmosphère différente de celle de Venise, religieuse mais cosmopolite, branchée mais fidèle à son charme du Vieux Continent. Je sens des odeurs de viande rôtie et de pain frais. Mon estomac gargouille.

« Ah, mon *trippai* préféré ! s'exclame Gabriele en s'arrêtant devant un stand dont l'auvent indique *Lampredotto*. Tu veux goûter notre version du hot-dog américain ? me demande-t-il.

— Bien sûr, répond Lucy en jouant du coude pour se rapprocher de lui.

— C'est un pain brioché fourré à la viande.

— J'adore la viande, dit-elle.

— Le *lampredotto* est le quatrième estomac de la vache. Il ressemble à une lamproie, d'où son nom, explique Poppy.

— Comment on dit *Je vais gerber* en italien ? plaisante Lucy.

— Je suppose que ça veut dire non ? dit Gabriele avec un sourire.

— Bien vu. Hors de question que j'avale une chose pareille ! » lance Lucy.

Il rit. « OK, que diriez-vous d'une pizza ? »

Nous entrons dans le cœur de Florence, la très animée piazza della Signoria. Des jeunes hommes vendent des babioles et des perches à selfie. Les touristes fourmillent, leurs portables à la main, prenant en photo la réplique de la statue de David et le Palazzo Vecchio – un ancien palais reconverti en mairie. Je tourne sur moi-même pour faire un lent panoramique de la place en forme de L. Je n'en reviens pas d'être là, dans le berceau de la Renaissance, entourée de vestiges historiques et de chefs-d'œuvre signés par des génies, Michel-Ange, Michelozzo…

« Regardez, dis-je en montrant du doigt un panneau avec une flèche. La galerie des Offices doit être là-bas. C'est là où tu as travaillé, tante Poppy, c'est ça ?

— Oui », répond-elle.

Mais elle scrute la direction opposée. Je suis son regard jusqu'à la fontaine de Neptune, l'endroit où son Rico jouait du violon. La vasque octogonale accueille une statue de Neptune, entourée de satyres rieurs, de divinités fluviales en bronze et de chevaux marins en marbre qui se dressent hors de l'eau. Comme il doit être étrange de revenir dans une ville qui semble immunisée contre tout changement, identique à ce qu'elle était au XVIe siècle, ou quand Poppy s'y promenait, main dans la main avec son Rico. Chaque statue, chaque fontaine de cette ville doit lui rappeler son amour.

Gabriele nous conduit vers un petit café et nous nous attablons sous un gigantesque parasol rouge. Nous nous régalons de vin et d'une incroyable pizza couverte de mozzarella fraîche et de basilic, cependant qu'il nous raconte son premier travail comme vendeur de voitures haut de gamme chez un concessionnaire près de la via Valfonda.

« Il n'y a pas plus sexy que la Lamborghini Diablo. Et pourtant je me suis vite lassé de ce travail. Je gagnais bien ma vie en vendant des objets de luxe aux riches. Mais ce boulot m'abîmait l'âme. »

Je hoche la tête, appréciant son honnêteté, admirant son intégrité et aussi, il faut bien l'avouer, ses avant-bras musclés. Je pense à mon travail. Je ne fais pas fortune en vendant des pâtisseries, et ma clientèle n'est certainement pas riche. Mais pourquoi ai-je aujourd'hui l'impression que la petite cuisine de Lucchesi's Bakery and Deli m'abîme l'âme ?

« Est-ce que tu as vu des célébrités, dans ton magasin ? » demande Lucy. Visiblement, elle n'a pas saisi le propos.

Gabe rit gentiment, comme s'il s'adressait à une petite fille. « Plusieurs fois. Un jour, j'ai vendu une Ferrari à Sting. » Son attention revient vers moi. « J'ai trouvé ma vraie vocation quand je suis tombé par hasard sur l'auberge. Bien sûr, ce n'était pas une auberge à l'époque, mais une ferme délabrée et inhabitée depuis deux ans. Mais j'ai tout de suite vu le potentiel du lieu. »

Ses yeux pétillent quand il plonge son regard dans le mien. J'ai l'impression qu'il m'adresse un message secret disant qu'il voit aussi le potentiel en moi. Je devrais probablement l'avertir que j'ai essayé de réaliser mon potentiel la veille et que j'ai finalement vomi sur le mec.

« Je savais qu'avec assez de soin et d'amour la vieille maison croulante pourrait devenir un petit bijou. »

Il sourit, et les mots de Poppy me reviennent : *Tu n'es pas obligée de finir tes jours dans la peau de cette femme.* Pour la première fois, je comprends à quel point j'ai envie de trouver l'autre femme que je pourrais être.

#

Il est seize heures quand nous retournons au SUV. Gabe ouvre la portière arrière et Poppy s'avance.

« Non, tante Poppy, assieds-toi devant, lui dis-je.

— Mais non, ne sois pas ridicule, dit-elle en s'installant sur la banquette arrière. Je connais déjà la région. »

Gabe l'aide à attacher sa ceinture, puis ouvre la portière avant côté passager.

« Emilia ? dit-il en faisant un grand geste du bras.

— Moi ? Devant ?

— Je t'en prie. »

J'évite les yeux de Lucy en montant sur le siège passager. Je suis sûre que ça la contrarie, mais qu'est-ce que je peux y faire ? J'attache ma ceinture de sécurité et me tourne vers la banquette arrière avec un sourire d'excuse. Elle lève les yeux au ciel.

Bientôt, la ville devient plus tranquille. Le trafic est clairsemé et les rues encombrées laissent place à des routes de campagne. Gabe ralentit à chaque virage en épingle à cheveux.

« Cette route a plus de courbes qu'Aphrodite.

— J'aurais plutôt pensé à Beyoncé », je réplique avec un sourire.

Son éclat de rire me rend toute fière.

Je m'extasie devant le paysage, un cadre bucolique qui donne envie de courir dans les prés. Nous passons des collines et des vignes en terrasses, des champs parsemés de meules de foin et, de temps à autre, un pré avec des vaches ou des moutons qui paissent. Les cheminées fument dans les minuscules fermes de pierre, et j'imagine une famille en train de déjeuner autour d'une longue table en bois.

Nous dépassons quatre cyclistes. J'abaisse ma vitre pour les saluer, respirant le parfum frais du foin et de la lavande. Gabe sourit et ouvre aussi sa fenêtre.

« J'adore l'odeur de cette terre, la sensation de la brise sur mon visage. »

J'aperçois des chevaux qui broutent paresseusement. Je me tourne pour le dire à Poppy, mais ses yeux sont fermés. Elle semble si vulnérable, avec son menton contre la poitrine et sa perruque légèrement de travers.

« Tu viens… » La voix de Gabriele me surprend et, de nouveau, je sursaute. Il pousse un petit rire et tend la main vers moi. « Je t'en prie, Emilia, je ne suis pas dangereux ! »

Je ris. « Je sais ! Je suis désolée. Que voulais-tu me dire ?

— Je me demandais si tu étais de la campagne.

— Non. Mais aujourd'hui, je le suis, je réponds en souriant.

— Il faudra que tu reviennes au printemps, la saison où les coquelicots embrasent les champs. C'est spectaculaire au petit matin, quand ils sont couverts de rosée. Et ce champ à gauche, c'est une masse de tournesols souriants. Impossible d'être de mauvaise humeur quand on voit leurs visages heureux levés vers le soleil. »

Je souris, touchée d'entendre cet homme si viril faire des descriptions si poétiques.

Nous roulons en silence à travers les formes voluptueuses des collines.

« Comment s'appellent ces montagnes ? je demande en montrant l'horizon.

— On les appelle collines », répond-il avec amusement.

Je grogne. « D'accord. Les collines. Je viens de Brooklyn. Pour moi, toutes les collines sont des montagnes.

— Je comprends, fait-il avec un hochement de tête. Certaines personnes voient le grandiose dans l'ordinaire. J'ai le sentiment que tu en fais partie. »

Je réfléchis, me demandant s'il a raison, et si c'est une bonne chose.

Il tend la main pour me tapoter le bras.

« C'est merveilleux », répond-il pour moi.

Bientôt, le véhicule tourne sur une longue allée de terre. Un chien aux longs poils noirs et hirsutes vient nous accueillir et court à côté de la voiture en aboyant et remuant la queue.

« *Ciao*, Moxie ! » crie Gabe par la fenêtre.

Nous nous arrêtons devant une ravissante maison à deux étages aux murs de pierres irrégulières auxquelles s'ajoutent quelques briques rouges ici et là.

« Nous y sommes, dit Gabe.

— C'est magnifique ! »

Poppy dort la bouche grande ouverte, l'air frêle et enfantine. Lucy lui tapote doucement la joue.

« Poppy, nous sommes arrivés. »

Elle ne bouge pas, et l'angoisse me saisit. Je suis soulagée de voir le léger mouvement de sa poitrine.

« Nous devrions peut-être la laisser continuer sa sieste. »

Lucy acquiesce d'un signe de tête et nous regardons toutes les deux Poppy. Je sens que nous pensons à la même chose. Le voyage est trop éprouvant pour elle. Notre radieuse Poppy s'étiole.

Nous nous éloignons sans bruit de la voiture en laissant les vitres ouvertes.

Les tuiles de terre cuite ajoutent leur ocre aux fleurs multicolores qui débordent partout de leurs pots. Nous

nous attardons dans l'allée pavée bordée de roses rouges odorantes. Au-dessus d'une vieille porte en bois, une plaque peinte annonce : *Casa di Fontana.* Je la montre du doigt.

« Tiens, Fontana. C'est mon nom de famille.

— *Sì.* C'est la maison d'enfance de Poppy », fait Gabe en ouvrant la porte

Je m'immobilise. « Quoi ?

— Je l'ai complètement rénovée quand elle me l'a vendue, il y a huit ans.

— Attends… La maison appartenait à Poppy ?

— Elle l'a achetée il y a au moins quarante ans, quand le propriétaire a encore une fois augmenté le loyer et que ça devenait trop cher pour son Papà.

— Elle l'a achetée pour son père ?

— Tout à fait. Elle risquait gros en faisant un tel emprunt à la banque. Sans Poppy, lui et la signora Fontana auraient dû aller vivre chez des cousins. Grâce à elle, ils ont pu rester chez eux jusqu'à leur mort.

— Elle s'est donc réconciliée avec lui…

— Elle a même payé une infirmière pour qu'elle vive ici pendant les derniers mois du signor Fontana. »

Rosa et Dolphie savent-ils ce qu'a fait Poppy pour que leurs parents ne se retrouvent pas à la rue ? Je contemple les collines, songeuse à présent. J'imagine la jeune Rosa apportant de l'eau à Alberto et Bruno dans les champs. Je regarde les massifs de rosiers grimpants. Ma grand-nonna Fontana s'est-elle occupée de ces mêmes fleurs rouges il y a des décennies ? Mais cette maison abrite aussi des souvenirs terribles, des propos impossibles à pardonner. C'est la ferme où le père de Poppy lui a interdit de revoir Rico. Pourquoi Poppy a-t-elle choisi d'y retourner ?

#

Nous entrons par la cuisine, comme Rico ce dimanche fatidique. Les pierres au sol, probablement d'origine, sont si polies qu'elles semblent cirées. Des carreaux jaunes et rouges égayent les murs, et une grande cuisinière, un réfrigérateur Sub-Zero et des spots design donnent à la pièce une allure moderne et classe. Malgré tout, je ne peux m'empêcher d'imaginer mon arrière-grand-mère devant ses vieux fourneaux, avertissant Poppy et Rico qu'ils font une grave erreur. Je suis parcourue d'un frisson.

« Par ici ! » lance Gabe.

Nous passons sous une voûte qui ouvre sur le salon. Le haut plafond est supporté par des poutres brutes, conférant une chaleur rustique à la vaste pièce. Une cheminée en pierre se niche dans un coin. L'un des murs est couvert de peintures à l'huile contemporaines, un autre d'une bibliothèque qui s'étend du sol au plafond. Le mobilier tendu de cuir et les tapis qui se chevauchent créent une atmosphère douillette qui n'existait sans doute pas dans les années cinquante. Mes yeux se posent sur un fauteuil près de la cheminée. J'imagine le père de Poppy le quittant pour s'avancer devant Rico.

Je me retourne en entendant des pas et me fige en voyant Poppy entrer lentement dans la pièce. C'est une triste caricature de la femme si vive apparue sans crier gare sur l'écran de mon portable il y a deux mois.

Ses épaules s'affaissent et des cernes bleu noir flottent autour de ses yeux.

« *Spettacolare !* » Elle observe la pièce en s'arrêtant sur les tableaux contemporains et les belles antiquités. « La vieille maison est *meravigliosa*, Gabriele. » Elle tapote sa perruque. « Je ne peux pas en dire autant de moi-même en ce moment. »

Elle rit, mais je n'arrive même pas à sourire. Comment peut-elle être aussi gaie, dans cette maison où elle fut trahie, s'accrochant à un corps qui la trahit lui aussi ?

Poppy insiste pour monter jusqu'à sa vieille chambre mansardée, où Lucy et moi dormirons les trois nuits prochaines. La porte grince quand Gabe l'ouvre, et nous parvenons tant bien que mal à entrer tous les quatre dans le petit espace sous les combles. À gauche se trouve une minuscule salle de bains, probablement un ajout. Le parquet ciré est usé par les ans, mais des tapis aux couleurs vives éclairent la pièce. Entre les lits jumeaux, une vieille fenêtre à battants laisse entrer l'air et un peu de lumière dans la pièce sombre. J'imagine Poppy et Rosa accoudées à cette fenêtre, en train de faire des vœux et de se confier leurs secrets.

Poppy examine la pièce, mais ne dit pas un mot. Finalement, elle ressort. Nous déposons nos sacs et faisons comme elle.

Gabe prend Poppy par la main et la précède dans le couloir du premier étage jusqu'à une chambre orange vif qu'il appelle la « suite Poppy ». Un bouquet de fleurs sauvages orne la table de chevet. Le sol carrelé est couvert d'un tapis en jonc de mer et la couette blanche accueille une ribambelle de coussins bariolés. C'est une chambre parfaite pour ma tante arc-en-ciel.

Poppy prend le visage de Gabe entre ses mains et l'embrasse sur les joues.

« *Grazie* », dit-elle. Elle s'assied sur le bord du lit et laisse échapper un soupir épuisé.

« Le dîner sera prêt à huit heures. Est-ce que je peux te monter quelque chose ? Une tasse de thé ? demande Gabe.

— J'ai tout ce qu'il me faut », répond-elle en nous embrassant tous les trois du regard.

J'entends les voix de Lucy et de Gabe se perdre dans le couloir.

« Tante Poppy, dis-je en l'aidant à enlever ses chaussures. Je ne comprends pas. Tu as acheté cette maison pour ton père ? L'homme qui a failli gâcher ta vie ? »

Elle retire sa perruque et prend la bouteille d'eau posée sur la table de chevet.

« C'est à ça que sert la famille. À s'aider les uns les autres. » Elle fait un geste vers son sac à main. « Mes pilules. Elles sont dans la poche latérale. »

Je sors une boîte en plastique orange, notant au passage l'avertissement. *Ne pas conduire ni utiliser de machines si vous prenez ce médicament.* Je verse une capsule rouge sur ma paume avant de la tendre à Poppy.

« Ton père s'est-il un jour excusé ? Ou au moins ta mère ?

— C'était inutile. Je leur avais déjà pardonné depuis longtemps. » Elle avale la pilule et je l'aide à s'installer contre l'oreiller. « Aime. Pardonne. Aime encore. Pardonne encore. C'est le cercle de l'amour, ma chère fille. »

Je suis impressionnée par la grâce de ces paroles.

« Ont-ils essayé de venir en Amérique ?

— C'était leur plan. Mais la sœur de mon père, ton arrière-grand-tante Blanca, est morte inopinément d'une appendicite.

— Pourquoi cela les a-t-il fait changer d'avis ? Leurs enfants étaient en Amérique. »

Je prends la couverture au pied du lit et la déploie sur ma tante.

« La mère de Papà, ma nonna Fontana, était encore vivante. Et c'est tante Blanca qui était censée s'occuper d'elle…

— Et comme Blanca est morte subitement, c'est ton Papà qui a dû s'occuper de sa mère ?

— *Sì*. Et leur rêve d'Amérique est tombé à l'eau. Il n'avait jamais imaginé que Blanca puisse disparaître. Elle avait une relation naissante avec un fermier veuf, mais personne ne prenait leur histoire très au sérieux. Elle était en bonne santé, et de six ans plus jeune que mon père. Ils partaient du principe qu'elle n'avait rien de mieux à faire que de s'occuper de sa mère. C'était la deuxième fille. »

29

Emilia

Le soleil déclinant éclabousse de lumière notre chambre minuscule. Lucy ronflotte doucement sur le lit à côté du mien. Des odeurs de cuisine montent dans la vieille cage d'escalier. Je pose mon carnet et me lève.

Je trouve Gabe dans la cuisine, les manches retroussées, en train de couper des tomates sur l'îlot. C'est probablement mon imagination, mais son visage semble s'éclairer quand il me voit.

« Te voilà. » Ses lèvres charnues se séparent. Je suis sûre qu'il a été élu *Plus beau sourire de la classe* au lycée. Il lève un verre rempli d'un beau liquide rouge. « Puis-je t'offrir un apéritif ? »

Un cocktail, maintenant ? Alors que nous avons bu du vin au déjeuner ? « Volontiers !

— Je vais te préparer notre célèbre Negroni, créé ici même, en Toscane, par le comte Camillo Negroni, il y a plus d'un siècle.

— Parfait. »

Je me juche sur un tabouret de bar et m'efforce de ne pas fixer béatement ses avant-bras bronzés avec juste ce qu'il faut de poils bruns pendant qu'il mélange le gin et le Campari.

« Tu as dormi un peu ? demande-t-il en ajoutant une giclée de vermouth doux.

— La sieste, ce n'est pas mon truc.

— Moi non plus. D'ailleurs, ça énervait copieusement ma nounou.

— Tu as eu une nounou ? »

Il baisse les yeux sur l'orange qu'il est en train de trancher. Une mèche rebelle glisse sur son front.

« Mon père était joaillier. Lui et ma mère voyageaient beaucoup. Ma sœur et moi restions à la maison avec une légion de nounous. J'ai eu une enfance calme, tranquille et délaissée. » Il a un petit rire sarcastique. « Je me suis souvent demandé pourquoi ils avaient fait des enfants. »

Malgré ses efforts pour sembler enjoué, sa voix trahit une douleur souterraine. Je me sens soudain des affinités avec cet homme qui, comme moi, a grandi sans sa mère.

« C'est triste. Tu as dû te sentir seul. »

Il pose les cocktails devant moi et s'installe sur le tabouret à côté du mien.

« Il ne faut pas être triste. Regarde autour de toi. Je vis au paradis. Je n'aurais jamais pu acheter cette auberge sans mon héritage. » Il lève son verre. « *Salute.* »

Je sirote ma boisson et le bombarde intérieurement de questions. *Es-tu marié ? As-tu des enfants ? Quel goût ont tes lèvres ?*

« Délicieux », dis-je. Je secoue la tête et montre mon Negroni.

« Et toi, Emilia ? Tu as eu une enfance heureuse, *sì* ?

— Oui. » J'ai répondu par automatisme, mais aujourd'hui, je prends le temps de réfléchir. « Ma mère est morte quand j'avais deux ans. J'ai un seul souvenir d'elle. » Derrière la fenêtre de la cuisine, le soleil couchant allume un feu orange et or dans les champs. « Elle était devant la cuisinière, en train de mélanger quelque chose. Je me rappelle ses yeux quand elle les a baissés sur moi. La bonté pure. Elle a posé sa cuiller pour me prendre dans ses bras. Elle me serrait si fort que je sentais son cœur battre contre le mien, comme si nous n'étions qu'une seule personne. » Je lève les yeux vers lui en hochant la tête. « Bien sûr, ce n'est sûrement pas un vrai souvenir.

— Mais c'est vrai, Emilia. » Son visage est tourné vers moi, si près du mien que je distingue une minuscule cicatrice sur sa mâchoire. « C'est un sentiment primaire, instinctif, comme si nous étions nés en connaissant cet amour maternel. Quand il manque, on reste avec une soif impossible à étancher. »

Il baisse les yeux et hoche la tête.

« Excuse-moi. Je ne voulais pas partir dans des considérations philosophiques.

— Tout va bien, je réponds en touchant son bras. C'est beau, la façon dont tu as exprimé ce que je ressens depuis toujours. »

Son regard s'arrime au mien. Une ombre obscurcit ses yeux bruns. Je résiste à l'envie de passer ma main sur la barbe qui ombre sa joue.

« Vous avez besoin d'aide ? »

Je saute de mon tabouret, le cœur battant. Lucy est debout dans l'entrée de la cuisine, en jean noir et talons rouges, l'air intrigué au plus haut point, comme si elle surgissait au beau milieu d'une expérience inattendue, réduite aux conjectures devant l'électricité qui crépitait sous ses yeux.

#

Un air de blues flotte dans l'air chaud. Lucy et moi dressons la table dans la cour, sous une pergola de glycines tortueuses. Nous apportons l'*antipasto*, l'entrée, des viandes séchées et des fromages frais, cœurs d'artichaut et olives Leccino. Poppy nous rejoint au moment où Gabe ouvre une bouteille de chianti.

« Ravissant », dit-elle. Mais sa voix est sourde, et ses mouvements très lents malgré la sieste qu'elle vient de faire.

Mon portable sonne. C'est Daria. Je l'éteins et le fourre dans ma poche en notant mentalement de penser à l'appeler demain. Je ne laisserai pas la culpabilité me gâcher la soirée.

Lucy lève son verre.

« À ta santé, Gabriele, lance-t-elle d'une voix langoureuse de séductrice.

— *Salute* », répond-il.

Ma main tremble quand il trinque avec moi. Il me fait un clin d'œil.

« Tu n'as aucune raison d'être nerveuse, Emilia. »

Je détourne le regard, les mains crispées sur mon verre.

« Où est Sofia ? demande Poppy en regardant autour d'elle. Elle n'est pas là ce soir ? Et les garçons ? »

Mon cœur s'arrête. Une Sofia ? Des enfants ?

« *Sì*, dit Gabe. Tu la verras demain. Elle tenait à ce que nous dînions tranquilles ce soir. »

Mon visage s'embrase et je remercie l'obscurité du soir. Et moi qui flirtais avec lui ! Comment ai-je pu ne pas m'en douter ?

« Sottises ! lance Poppy. Va les chercher. Dis-lui que l'âge commande à la beauté. »

Gabe secoue la tête en riant.

« Tu es toujours aussi têtue, Poppy », dit-il avant de se lever pour descendre un chemin dallé qui mène à une minuscule maison.

Il revient un moment plus tard, enlaçant une jeune femme d'une vingtaine d'années, avec une jolie coupe courte très stylée, jean taille haute et chemisier sans manches. Deux garçons bouclés lâchent sa main et l'aîné se met à courir vers Poppy.

Poppy le serre dans ses bras.

« Franco ! Comme tu as grandi !

— J'ai quatre ans et demi !

— Un garçon qui a presque cinq ans mérite une pièce porte-bonheur. »

Une pièce brillante surgit de nulle part. Poppy la glisse dans la poche de Franco.

« Dante n'a que deux ans, dit-il. Il doit encore attendre pour avoir sa pièce, pas vrai, Mamma ?

— *Sì*, Franco », répond sa mère en frottant la tête du petit.

Poppy ouvre ses bras. « Ma belle Sofia ! » Elle l'embrasse puis baisse les yeux sur le plus jeune garçon, qui s'agrippe à la jambe de sa mère en suçant son pouce.

« Salut, mon copain. »

Elle veut le prendre dans ses bras, mais ne parvient pas à le faire décoller du sol. Elle est trop faible. Mon cœur se serre. Je détourne le regard, pour aider Poppy à sauver la face.

« Je vous présente Sofia, dit Gabe.

— Enchantée, Sofie, euh, Sofia », fait Lucy en tendant la main.

Sofia rit.

« J'aime bien Sofie. Tu peux m'appeler comme ça si tu veux.

— Super. » Lucy se penche pour examiner le haut du bras de Sofia, où une guirlande de roses dessine le symbole féministe de Vénus. « Joli tatouage.

— *Grazie*, répond Sofia en caressant le symbole. C'est pour rappeler que les femmes sont fortes et compétentes. Vous, les Américaines, vous le savez déjà très bien.

— Pas toutes, malheureusement. » Je suis surprise d'entendre Lucy faire son autocritique. Mais elle poursuit en me donnant un coup de coude. « Je te présente ma cousine, Emmie, le parfait exemple de l'Américaine faiblarde et timorée.

— Merci, Luce », dis-je en levant les yeux au ciel.

Je serre la main de Sofia pendant que ma tête essaie encore de transiger avec mon imbécile de cœur. Bien sûr que Gabriele est marié. Bien sûr que sa femme est une beauté, avec ses grands yeux bruns et son joli sourire. En plus, elle est jeune. Et gentille. Qu'elle aille se faire voir ! « Ravie de faire ta connaissance. Ton auberge est magnifique.

— C'est celle de mon frère. Mais merci quand même, dit-elle avec un sourire.

— Ton frère ? »

Le mot m'échappe avant que j'aie le temps de me censurer.

Derrière l'épaule de Sofia, je vois les yeux de Gabe pétiller malicieusement. Je me tourne vers Sofia. « Donc, vous… tu es la sœur de Gabe ? »

Elle acquiesce d'un signe de tête.

« On mange ? » lance Gabe avant de me faire un autre clin d'œil.

Mon cœur déborde. Comment ai-je pu trouver les clins d'œil répugnants ?

Gabe allume un feu dans le foyer en pierre et la nuit se teinte d'or. Nous nous asseyons tous les sept autour de la longue table en bois pour l'*antipasto*. Lucy s'installe entre Franco et Dante et les taquine en faisant mine de leur voler leurs nez. Ils poussent un cri perçant à chaque fois qu'elle exhibe leur organe – son pouce pris entre l'index et le majeur.

« Encore ! s'écrie Franco.

— Ça suffit, petit homme, dit Sofia en lui tapotant la tête. Laisse Lucy manger tranquillement. »

Gabe débarrasse la table et revient avec des bols fumants de *ribollita*, la délicieuse soupe toscane composée de haricots secs, de pain et de légumes frais. Le vin coule à flots. Les voix se télescopent. Les étoiles s'accumulent dans le ciel. La brise a un parfum de raisin, de lavande et de feu de bois. Je m'imprègne de cette scène, sachant que ce jour… ce moment… est de ceux que je recréerai souvent, sur le papier comme dans mes rêveries.

Une étoile file dans le ciel.

« Faites un vœu ! s'écrie Poppy. Quoi que ce soit que votre cœur désire, demandez-le ! »

Ce soir, ma cousine ne chicane pas. Elle lève son visage vers le ciel et ferme les yeux.

Je réitère mon vœu pour Poppy et Rico. Puis, pour la première fois, je fais aussi un vœu pour moi.

Plus tard, alors que nous dégustons un vin doux glacé, je chuchote à Lucy sous la lumière de la lune :

« Quel vœu tu as fait, pour l'étoile filante ? »

Elle fait mine de ne pas entendre.

30

Emilia – 5e jour
Trespiano

Le vendredi matin, en me réveillant, je découvre avec surprise que Lucy est déjà en train d'enfiler son T-shirt. Elle est particulièrement jolie ce matin, avec ses cheveux rassemblés dans l'une de mes barrettes. Sans maquillage, son visage rayonne.

« Tu te lèves tôt, dis donc.

— Les journées sont courtes. »

Elle disparaît dans la minuscule salle de bains et je m'enfouis sous la couverture, certaine qu'elle passera la prochaine demi-heure à se maquiller. Je suis stupéfaite quand elle sort de la salle de bains deux minutes plus tard, diffusant une odeur de dentifrice, avec une simple touche de gloss sur les lèvres.

« On se retrouve en bas », lance-t-elle. Juste avant de refermer la porte, elle passe la tête dans l'entrebâillement. « Et pas touche à cette tresse ! Ça rend encore mieux avec les petits cheveux qui flottent autour de ton visage. »

Après un long bain voluptueux, je m'enveloppe dans une serviette et promène mon regard sur mes chemisiers pendus dans la minuscule armoire. Mes vêtements sont aussi ternes et démodés que le papier peint défraîchi de Nonna. Quand je rentrerai chez moi, je m'achèterai quelque chose de nouveau. Pas une jupe courte ni un haut transparent, mais quelque chose de gai et de branché, quelque chose qui reflétera la femme que je veux être. Ce matin, je choisis un legging noir et un chemisier blanc qui tombe juste sous les hanches, ma seule option présentable.

Je sèche ma brosse à dents et la mets dans un verre. Sous la vasque, la trousse de maquillage de Lucy me fait de l'œil. J'hésite, puis je me lance. J'ouvre le poudrier avec précaution, prends une profonde inspiration et tire un pinceau à long manche de la trousse. Le plus légèrement possible, je caresse la poudre du bout de mon pinceau. Je me penche vers le miroir et dépose des paillettes cuivrées sur mes joues et mon nez. J'ai tout à coup bonne mine.

Mon regard s'arrête sur la cicatrice en dessous de ma lèvre. Je tends la main vers mon stick correcteur mais m'interromps aussitôt. La ligne bleue et dentelée ne me dit plus que je suis moche et sans intérêt. Elle me dit que je suis courageuse. J'applique du gloss sur mes lèvres, chausse mes nouvelles lunettes et recule d'un pas.

« Tu chauffes, je chuchote à mon reflet. Tu chauffes. »

Je dégringole les marches et ouvre la porte-fenêtre. D'épais nuages blancs voilent le ciel. J'inspire l'air pur de la Toscane. Dans le patio, Poppy ressemble à une petite fille assise à la table des adultes. Elle n'a pas touché à son bol de fruits frais et se concentre sur ses mots croisés.

« Bonjour. » J'embrasse sa joue douce, surprise par la chaleur de sa peau. « Comment te sens-tu aujourd'hui ?

— Merveilleusement bien. » Elle me jauge d'un coup d'œil. « Tu es ravissante ! »

Je souris. Au dernier moment, j'ai troqué mon soutien-gorge contre une brassière noire et déboutonné un peu plus mon chemisier.

« Vraiment ? Je suis présentable ?

— Plus que présentable. » Elle défait son foulard rose vif. « Penche-toi, chérie.

— Non. Je ne veux pas te priver de ton foulard.

— S'il te plaît. Il m'étouffe aujourd'hui. »

Je me penche et elle enroule négligemment le foulard autour de mon cou.

« Et voilà ! »

Je touche son front et suis effarée par la chaleur qu'elle dégage.

« Il faudrait qu'on aille voir un médecin. »

Elle penche la tête sur le côté, l'air étonnée.

« Tu te sens mal ? »

Je lui fais les gros yeux, mais elle balaye mon idée d'un revers de main.

« Un médecin ne ferait que confirmer ce que je sais déjà. Je n'ai pas besoin de ça. »

Elle retourne à ses mots croisés, fin de la discussion.

Je devrais insister, mais elle n'acceptera pas. Je presse son épaule avant de m'éloigner.

Une allée de pierre mène à une terrasse où Lucy et Sofia sont assises sur des méridiennes. Sofia porte une longue jupe fluide et une chemise en jean ceinturée à la taille. Un bandeau dégage son visage, révélant trois boucles d'oreilles à chaque lobe. Elle sourit en me voyant.

« Emilia ! Viens avec nous. »

Je m'installe au bord de la méridienne de Lucy et sirote mon café pendant qu'elles reprennent leur conversation.

« On… » Sofia me regarde et m'explique rapidement la situation. « Mon ex et moi, on s'est séparés deux mois après la naissance de Dante. Mon frère m'a proposé de venir vivre ici, il avait envie de faire partie de la vie de ses neveux.

— Est-ce que tu travailles ? demande Lucy.

— Non, notre père a fait en sorte que mon frère et moi ayons largement de quoi vivre une fois adultes, peut-être pour se racheter de son absence pendant notre enfance, ajoute-t-elle avec un haussement d'épaules. Mais c'est une autre histoire. En tout cas, pour l'instant, je suis bien contente d'avoir le temps d'élever mes garçons. Et pendant la saison, j'aide Gabriele à faire la cuisine. » Elle lève le menton vers Lucy. « Et toi ? »

Lucy raconte à Sofia son travail de serveuse chez Rulli's.

« C'est un job, pas une carrière. J'aimerais avoir un jour un endroit à moi, une affaire que je pourrais transmettre à mes enfants, tu vois. »

Ses joues rosissent, comme si elle était gênée d'avoir révélé son rêve, et je n'ai jamais autant aimé ma cousine. Est-ce ce vœu qu'elle a fait hier soir ?

De l'autre côté de la pelouse, la porte de la deuxième maison s'entrouvre. Le petit Dante apparaît en pyjama, suivi de Franco. Ils regardent à droite et à gauche avant de repérer Sofia.

« Mamma ! » s'écrient-ils en fonçant vers elle.

Sofia se lève d'un bond pour aller à leur rencontre sur l'herbe moelleuse. Elle s'accroupit et ils tombent dans ses bras ouverts.

« Mes petits hommes ! » s'exclame-t-elle en les embrassant.

Lucy et moi regardons les deux garçons grimper sur leur mère comme sur une cage à poule dans une aire de jeux. Elle tombe à la renverse et ils rient aux éclats tous les trois.

« C'est ça, me chuchote Lucy en gardant les yeux rivés sur eux. C'est ça, le vœu que j'ai fait. »

L'émotion me noue la gorge.

« C'est un beau vœu, Luciana, dit la voix de tante Poppy derrière nous. Je ne vois pas ce qui t'empêcherait de le réaliser. »

Les yeux de Lucy rencontrent ceux de Poppy, et je devine qu'elle a une dizaine de réponses cinglantes prêtes à faire feu. *Je n'ai pas trouvé de copain, encore moins de mari. À cause d'Em, je suis encore à batailler pour une rencontre. Peut-être que j'aurais une chance, si tu voulais bien briser ce sort de merde !*

Mais Lucy semble réfléchir sérieusement à la question.

« Je suis serveuse, célibataire. Pas franchement l'idéal pour devenir maman…

— Peu importe ce que tu fais, lance Poppy. Ce qui compte, c'est ce que tu vas faire. » Elle prend Lucy par les épaules et la fait doucement pivoter vers la petite famille de Sofia. « Crois en tes rêves, ma chérie. C'est possible. »

#

Après avoir déjeuné de sandwichs *caprese* – des tartines de pain croustillant avec de la mozzarella, des tomates juteuses et du basilic –, je suggère à Poppy d'aller se reposer un peu. Elle a un petit reniflement méprisant.

« Pourquoi s'enfermer dans une chambre quand on peut aller s'asseoir dans un parc ? »

Sa voix est si rauque.

« La nature est le meilleur des remèdes, vous ne croyez pas ?

— D'accord, espèce de tête de mule », concède Gabriele avec un sourire. Il prend les clés de sa voiture sur l'îlot dans la cuisine. « Nous irons dans mon parc préféré, le jardin Bardini. Tu vas adorer. » Il me lance un regard. « Je pense que toi aussi, Emilia. »

Mon cœur danse une petite gigue.

« Ça me paraît parfait, fait Lucy en s'approchant de moi.

— Je vais chercher de la crème solaire pour les garçons », dit Sofia.

Vingt minutes plus tard, nous nous entassons tous les sept dans le SUV de Gabe et prenons la route pour Florence. Cette fois, c'est Lucy qui est devant avec Gabriele. Je dois réprimer une pointe de jalousie.

Nous retrouvons la ville bruyante où les bus, les taxis et les voitures partagent la route avec les scooters et les vélos.

« Les statues du parc sont magnifiques. Et vous pourrez voir plein d'oiseaux, des pigeons bisets, des pigeons ramiers, des merles, explique Gabe.

— Il y a des attractions ? demande Lucy. Une grande roue ? Des montagnes russes ? »

Il rit, comme si elle plaisantait.

« Eh non, Lucy. Ce n'est pas Disneyland. »

Nous traversons l'Arno, où un unique rameur balaie l'eau endormie de son aviron. Les rues redeviennent plus calmes. Gabe se gare sur un large boulevard. Poppy s'appuie contre moi tandis que nous marchons vers l'entrée du parc. Il fait chaud aujourd'hui, mais elle a mis son plus gros pull et sa main est gelée. Un picotement de peur court sur ma peau. Tout à l'heure, elle avait trop chaud.

Sofia et Lucy marchent devant en essayant de suivre Franco et Dante.

« Ralentissez, les petits hommes ! » crie Sofia.

Ils n'écoutent pas. Franco court de toutes ses forces, ses lacets défaits traînant derrière lui. Quelques secondes plus tard, il est à plat ventre sur le trottoir, en pleurs.

« Tout va bien », dit Sofia en examinant son genou ensanglanté.

Mais Franco n'est pas convaincu. Ses cris redoublent, et Dante se joint bientôt à lui.

« Ah, tu ne vas pas t'y mettre, toi aussi, fait Gabe en se penchant vers lui. Tu te rappelles ce que je t'ai dit ? Les hommes Vernasco ne pleurent jamais. »

Lucy lève les yeux au ciel.

« Ne t'inquiète pas, ton frère va bien », dit-elle en s'accroupissant près de Dante. Elle se tourne vers Sofia. « Vas-y si tu veux. Je vais m'occuper des petits. »

Sofia regarde Lucy comme si elle venait de lui proposer un don de rein.

« Tu ferais ça ?

— Je ne suis pas une grande fan de statues ni d'oiseaux. » Elle ébouriffe les cheveux de Dante. « Et je meurs d'envie de manger une glace. Pas toi ? »

Dante pousse un cri perçant. Franco se relève d'un bond, son genou miraculeusement guéri. « Moi aussi ?

— Bien sûr ! » répond Lucy en lui faisant un check.

Sofia croise les bras. Elle réfléchit, souriant à Lucy et aux garçons. Elle se tourne finalement vers Gabe.

« On se retrouve ici à quatre heures ?

— Tu ne viens pas avec nous ? Alors que tu adores le Bardini ?

— Vas-y. Amuse-toi. Je m'occupe d'eux », propose ma cousine en la chassant de la main.

Sofia fait non de la tête.

« Aujourd'hui, je préfère manger une glace. »

Je regarde, curieuse, ma cousine et sa nouvelle amie disparaître dans la rue avec les garçons. Elle renonce donc à une journée avec Gabriele ?

« Ta cousine est vraiment gentille », lance Gabe, son regard s'attardant sur la joyeuse tribu.

Mignonne, oui. Drôle, sans aucun doute. Mais gentille ne serait pas l'adjectif que j'emploierais pour décrire Luciana Fontana. Une mauvaise pensée surgit avant que je puisse l'étouffer. *Ma cousine serait-elle en train d'essayer de conquérir les garçons dans l'espoir de séduire leur oncle ?*

#

Gabe et moi escortons Poppy sur un sentier pavé où de jeunes couples se promènent main dans la main tandis que les enfants courent sur des pelouses parfaitement entretenues. Je souris à un groupe d'hommes âgés qui jouent à la *boccia*. Poppy se cramponne à mon bras et je l'entends souffler de temps en temps.

« On se repose un peu ? lui demande Gabriele.

— Pourquoi ? Tu es fatigué ? »

Il croise mon regard et nous échangeons un sourire.

Nous atteignons un jardin fleuri, luxuriant, avec des fontaines et de superbes sculptures.

« La terrasse du belvédère. Mon endroit préféré », précise Gabriele.

L'ombre des vieux chênes et des cyprès dessine des taches de lumière sur le sol. Au-dessus de nos têtes, les merles et les pigeons bavardent. Poppy bat des mains.

« Sa Majesté Mamma Nature ! » Elle lève son visage vers le ciel et inspire profondément. « Comment ai-je pu rater cet endroit ?

— C'est un bijou caché, *sì* ? »

Nous installons Poppy sur un banc de béton qui surplombe sa ville bien-aimée. En bas, l'Arno se déroule comme un serpent et les toits de tuiles rouges colorent le paysage. J'aperçois la coupole massive de la cathédrale de Florence, le Duomo, près du célèbre campanile de Giotto. Poppy blottie entre nous deux, Gabe commence à raconter l'histoire du jardin. « C'était un domaine privé. Le jardin n'a été ouvert au public qu'en 2005. »

Avant qu'il finisse sa phrase, le menton de Poppy tombe sur sa poitrine. Il me lance un coup d'œil. « J'ai encore des progrès à faire pour captiver mon auditoire. »

Je souris, me disant qu'il a tout faux.

« Je suis contente qu'elle dorme, je chuchote. Même si elle serait mieux au lit.

— Elle n'a pas envie de rater quoi que ce soit. Je crois qu'on aurait tous quelque chose à apprendre de sa joie de vivre. »

Ensemble, nous admirons la ville. Disparus, le trafic et le bruit, hormis celui des oiseaux qui pépient dans le lointain. Je me lève et, la main en visière, j'admire la vue à couper le souffle sur le paysage florentin. Gabe s'approche et pose une main sur mon dos. Je suis parcourue d'un frisson.

« Cet endroit est magique, je dis.

— J'espérais que tu aimerais. Je trouve ces jardins très romantiques. Bien plus tranquilles que les parcs plus connus. » Ses yeux trouvent les miens. « Mais ce n'est que mon avis. Je préfère la discrétion. »

Mes joues s'enflamment et aucune réponse ne me vient. Il va vers un carré de pelouse, s'assied sur l'herbe douce.

« Viens, dit-il en tapotant l'herbe près de lui. Viens t'asseoir avec moi. »

J'entends les battements de mon cœur dans mes oreilles. Je me laisse tomber maladroitement, perds l'équilibre et manque d'écraser ses cuisses en atterrissant.

« Désolée, dis-je, horrifiée, en me redressant. On ne peut pas dire que je sois un modèle de grâce. »

Il déplie ses longues jambes et s'étend sur la pelouse, appuyé sur les coudes, les yeux pétillant de malice.

« Toi, Emilia, tu es plutôt un modèle de paix.

— De paix ?

— *Sì*. Tout le contraire de Lucy. » Il glousse. « Je devine que ta cousine peut parfois être… assez agitée. »

J'arrache une touffe d'herbe et contemple la ville.

« Ce n'est pas sa faute. C'est la seconde fille de sa famille, comme moi. »

Ce n'était pas dans mes intentions, mais voilà révélé le sort qui pèse sur les deuxièmes filles Fontana. « Tu vois, cette légende ridicule la rend folle. Au fond, tout ce qu'elle veut, c'est un mari et une famille, et elle est terrifiée à l'idée de ne jamais pouvoir l'obtenir.

— Et toi ? Tu y crois, à ce sort ? »

J'ai un petit sourire qui se veut narquois.

« Tu me crois naïve à ce point ? »

Il ne rit pas. Ses yeux sombres me transpercent, cherchant à démêler le vrai du faux. Je suspends ma respiration. Normalement, je devrais dire *Non, bien sûr que je n'y crois pas. Je n'y ai jamais cru.* Je serre mes genoux contre moi et fixe l'horizon.

« Je n'y ai pas cru au début. Pendant longtemps.

— Et ensuite ? »

Sa voix douce me fait l'effet d'un sérum de vérité.

« Ensuite, il est arrivé un truc au mec avec qui je sortais à la fac. C'était ma première vraie histoire.

— Ton premier chagrin d'amour, fait-il avec un sourire entendu. Tout le monde se sent maudit quand ça arrive.

— Nous étions tous les deux rentrés chez nous pour les vacances de Noël. Liam m'a invitée dans le Delaware pour le Nouvel An. Son meilleur ami organisait une grosse fête. Nonna m'a interdit d'y aller, mais je suis partie en douce pendant qu'elle était au travail. New Castle n'est qu'à deux heures de route de Bensonhurst. Daria m'a prêté sa voiture, une super Jeep rouge qu'elle appelait Rita. J'étais excitée, et hyper-nerveuse, à l'idée de rencontrer ses parents et sa petite sœur. Mais ils étaient vraiment géniaux. Bref, ce soir-là, alors qu'on était sur le point de partir à la fête, la pluie s'est mise à former du verglas sur la route. Sa mère avait peur qu'on conduise par ce temps, mais il était hors de question pour Liam de ne pas y aller. Comme la Jeep de Daria avait de meilleurs pneus que sa voiture, on a convenu que je prendrais la voiture de ma sœur. »

Je lève la tête vers le ciel. Un nuage blanc et cotonneux glisse devant mes yeux.

« Je n'ai rien vu venir. On était en train de rire et de chanter en chœur sur Rihanna, et, d'un coup, la voiture a patiné et elle est partie sans que je puisse rien faire, je tournais le volant dans le vide. On a glissé sur l'autre file. Ensuite, plus rien. »

Mon cœur bat fort maintenant. La main de Gabriele se referme sur la mienne.

« J'ai repris conscience au moment où les secours montaient Liam dans l'ambulance. J'ai essayé de l'appeler, mais il n'est sorti qu'un petit croassement pitoyable. Je me suis tournée vers le médecin qui était en train d'examiner ma jambe. Il a secoué la tête, comme s'il avait lu mes pensées, et m'a dit qu'il n'y avait plus qu'à prier. »

Gabe se passe une main sur le visage.

« Oh, *cara mia*. Je suis désolé. »

Je respire profondément. Les images que j'ai essayé d'oublier me reviennent. Le sang sur le tableau de bord. La main sans vie de Liam qui pend hors du brancard.

« Il souffrait de graves blessures internes. Sa famille est arrivée à l'hôpital. Sa mère semblait avoir pris dix ans d'un coup. Pendant que Liam était au bloc opératoire, j'ai appelé Daria. Je pleurais tellement que j'arrivais à peine à parler. Quand elle a enfin compris ce qui s'était passé, elle a laissé échapper une longue plainte. Je ne l'oublierai jamais. On aurait dit un animal sauvage. *Ah, ce putain de sort !* Ma sœur n'est pas une sainte, mais elle n'avait jamais été aussi grossière. Au début, je n'ai pas saisi. Et puis ça a fait tilt. Daria, ma plus grande supportrice, celle qui m'avait toujours juré que c'était n'importe quoi, croyait en fait au mauvais sort. »

Je ferme les yeux et suis prise d'un frisson, exactement comme onze ans plus tôt, quand j'ai vraiment compris la portée du sort qui pesait sur nous.

« Avant que Daria en parle, l'idée que l'état de Liam avait quelque chose à voir avec cette histoire ne m'avait même pas traversé l'esprit. Mais lui et moi étions devenus trop proches. Le sort devait séparer les amants, comme il le faisait depuis des siècles. »

Gabe m'enlace.

« *Carissima*, tu n'étais quand même pas responsable de ses blessures.

— Les quatre jours qui ont suivi, Liam dépérissait. Il ne réagissait pas. Ses organes s'arrêtaient de fonctionner. Le cinquième jour, je suis allée dans la chapelle de l'hôpital. Je me suis agenouillée pour supplier Dieu de le laisser vivre. J'ai juré que s'il épargnait Liam, je mettrais fin à notre relation. J'ai promis de ne jamais le revoir.

— Mais, Emilia, c'est absurde !

— Le lendemain, Liam a ouvert les yeux. Le week-end suivant, il répondait aux questions par une pression des mains. Dix jours plus tard, il respirait sans assistance. Dès qu'il a commencé à se sentir mieux, j'ai rompu avec lui le plus gentiment possible.

— Alors que tu l'aimais encore, commente Gabe en hochant la tête.

— C'est précisément pour ça que je ne pouvais pas rester avec lui, dis-je en regardant un rouge-gorge faire le tour d'un chêne. Le risque était trop grand. C'était quelqu'un de bien. J'aurais pu le tuer.

— Mais tu lui as brisé le cœur.

— Il est resté très correct. De toute façon, on aurait rompu tôt ou tard. Mon oncle Bruno est tombé malade. J'ai fini par m'inscrire au Brooklyn College pour pouvoir aider en cuisine.

— Et, bien sûr, ton ami a survécu ? »

J'acquiesce d'un hochement de tête.

« Il s'est complètement rétabli. On s'est téléphoné pendant quelque temps. Mais j'ai tenu ma promesse. Je ne l'ai plus jamais revu. »

Gabe prend ma tête entre ses mains et lisse doucement mes cheveux.

« C'est une simple *coincidenza.* Cet accident, sa guérison… ça n'avait rien à voir avec cette ridicule histoire de sort. »

Je baisse la tête, mais Gabriele relève mon menton d'un doigt.

« Je t'en prie, dis-moi que tu sais que c'est vrai. »

Je plante mes yeux dans les siens. « Je le sais. »

Et je réalise à quel point je suis devenue habile à faire croire que je n'y crois pas.

31

Emilia – 6e jour
Trespiano

Samedi matin, nous sommes réunis autour de la vieille table en bois pour le petit déjeuner, nous régalant de petits pains ronds, de fromages, de *prosciutto* et de melon. Gabriele frappe dans ses mains.

« Aujourd'hui, on visite les environs. Tout le monde est partant ?

— Bien sûr, je réponds.

— J'ai les enfants », dit Sofia. Elle se tourne vers Lucy : « Mais toi, sors un peu.

— Je reste ici avec vous, les jeunes », répond Lucy.

Elle choisit à nouveau de ne pas venir avec Gabe ? Elle mijote sûrement quelque chose.

« Et toi, Poppy ? » demande Gabriele.

Elle tousse et fait non de la tête.

« J'ai des choses à faire pour préparer Ravello. »

Un frisson me parcourt l'échine. La femme qui ne dit jamais non se fait excuser. Elle est malade, gravement malade. Je devrais insister pour qu'elle aille chez le médecin, mais à quoi bon ? Ma tante est en phase terminale. Aucun médicament ne pourra la guérir.

Je me penche vers elle pour déposer un baiser sur sa joue.

« Je reste avec toi.

— Sûrement pas !

— Alors, promets-moi de te reposer aujourd'hui. Et de manger quelques fruits. N'oublie pas de mettre ton pull.

— Ne t'inquiète pas pour moi. Je m'économise pour Ravello », dit-elle en me faisant au revoir de la main.

Alors que je contourne la maison avec Gabe, je prends soudain conscience que nous serons seuls, lui et moi. Toute la journée.

« On peut annuler l'excursion, lui dis-je, lui offrant une porte de sortie tout en espérant qu'il ne la prenne pas.

— Tu veux me briser le cœur ? » Il me tend la main. « Viens, dit-il en me conduisant dans un vieux garage en pierre. Puisqu'on n'est que tous les deux, on peut prendre les Vespa. On profite mieux de la campagne en deux-roues. »

Je suis paralysée.

« Vas-y, assieds-toi », dit-il en me montrant un joli Vespa bleu vert.

Mes tempes palpitent. J'avance vers le scooter avec prudence, comme s'il était une bête en cage. *Je ne vais pas gâcher cette journée.* Je pose ma chaussure sur le marchepied. Mon corps se tend immédiatement.

« Il ne te plaît pas ?

— Si. Il est magnifique. » Je m'écarte du scooter et respire un grand coup. « Mais je ne conduis pas. Plus. »

Il m'observe attentivement, la tête penchée sur le côté. Je me détourne. Je me sens bête, lâche, morte de peur. Finalement, il me tend la main et me conduit vers une rutilante Ducati noire.

« Alors, tu seras ma passagère. » Il tapote le siège. « Vas-y, monte. »

Il attache mon casque, le sourire aux lèvres, puis s'installe devant moi. Mes cuisses sont pressées contre les siennes, mes bras se cramponnent à sa taille. Il tourne la tête.

« Tu as déjà fait une balade à moto, non ?

— Non. Jamais », je réponds en sentant une vague de terreur et d'excitation vibrer dans ma colonne vertébrale.

Il rit en renversant la tête en arrière. Mon Dieu, même ses narines sont sexy.

« *Buonissimo !* C'est un honneur pour moi de t'offrir ta première sortie à moto. Ce sera grisant. Je t'assure que tu ne pourras plus t'en passer. »

#

« Grisant » ne suffit pas à décrire ma journée avec Gabe. J'essaie de graver chaque instant dans ma mémoire pour pouvoir puiser dans cette myriade d'émotions le jour où j'écrirai une belle scène sur un jeune couple amoureux.

Il conduit très bien, mais je suis quand même nerveuse à chaque virage, ou quand il double l'un de ces cars qui semblent interminables. De temps à autre, il se penche en arrière pour me parler. « Tout va bien derrière ? » ou « Est-ce que ma chérie tient le coup ? »

Je ne peux m'empêcher de sourire. Nous passons des oliveraies, des champs de lavande. Le vent caresse ma peau. Jamais je ne me suis sentie aussi vivante, aussi libre.

Nous nous arrêtons pour déjeuner dans un vignoble au sommet d'une colline. Gabe gare la moto sous un arbre et m'aide à en descendre. Du bâtiment en pierre au-dessus de la maison surgit un homme géant, boiteux, avec de longs cheveux noirs en broussailles.

« Gabriele ! s'exclame-t-il.

— Guiseppi Natoli ! » Gabe se précipite pour saluer et serrer dans ses bras le grand gaillard. « Je te présente ma sublime amie, Emilia. Elle vient de New York. »

Guiseppi me prend la main et lui donne un baiser. « *Benvenuti a casa mia.* »

Notre hôte nous conduit dans un patio intime qui donne sur des coteaux en terrasses où poussent des vignes tortueuses. Il y a une musique douce en fond sonore et une seule table au milieu du patio de pierre, couverte d'une nappe en lin rouge et d'un vase de tournesols. Elle est dressée pour deux. Gabe tire ma chaise et je m'y laisse choir.

« Tout est comme tu voulais ? demande Guiseppi.

— *Perfetto.* »

Je suis stupéfaite. Gabe a arrangé tout ça… pour moi ?

Il presse mon épaule avant d'aller s'asseoir, et tout mon corps frissonne.

C'est vrai, tout est parfait.

« Le vin est une tradition familiale ici, en Toscane, m'explique-t-il pendant le repas. Ce vignoble appartient aux Natoli depuis quatre générations. Nous sommes en train de boire leur chianti classico.

— Il est délicieux », je réponds, gênée de faire une réponse aussi plate.

De son pouce, il essuie une goutte de vin sur ma lèvre et la dépose dans sa bouche.

« *Sì. Delizioso.* »

Je tressaille une fois de plus.

Après le déjeuner, nous continuons notre balade dans la campagne, nous arrêtant ici et là pour visiter un village ou le vignoble d'un autre ami. Gabe est toujours accueilli comme un membre de la famille.

Sur le chemin du retour, le ciel se teinte de violet. Je savais que la journée devait se terminer, mais il n'empêche que mon moral en prend un coup. Je suis déroutée de voir à nouveau des maisons consteller les champs et des silhouettes d'immeubles surgir à l'horizon. Quand nous arrivons à la périphérie de Florence, Gabe ralentit la moto et trouve une place dans la rue. Il enlève son casque.

« Aucune raison de s'arrêter en si bon chemin, tu es d'accord ?

— À cent pour cent ! »

Il me prend par la main et nous flânons tous les deux dans les ruelles bordées de boutiques de mode et de magasins de chaussures, de marchands de glaces et de restaurants. Une odeur d'ail et d'agneau rôti flotte dans les rues faiblement éclairées. Nous nous arrêtons dans une maroquinerie où je fais une folie en achetant des gants pour Daria. La belle vendeuse lorgne Gabe avec insistance pendant qu'elle passe mon article en caisse. Une bouffée d'orgueil me vient. Est-ce vraiment moi, Emilia Josephina Fontana Lucchesi Antonelli, qui suis ici ? Oui, je crois bien que oui.

#

Il fait nuit quand nous finissons notre dîner, un festin préparé par un autre ami de Gabe, Claudio, dans un minuscule restaurant caché au sous-sol d'une ancienne galerie d'art. L'air du soir s'est rafraîchi et Gabe passe son bras sur mon épaule. Nous nous promenons sur la piazza della Signoria, comme ma belle tante et son amour autrefois. Un groupe de jeunes nous dépasse en riant. Des vieilles dames parfaitement coiffées, en manteaux sombres et chaussures plates, se promènent en se donnant la main – j'imagine que c'est le rituel du soir des amies de toujours.

Nous nous arrêtons devant la statue de David. J'examine le berger nu se mesurant à son ennemi, le géant Goliath. Son visage est plein de détermination, son corps, sublime. Je reste sans voix, étranglée par l'émotion, bouleversée devant le génie de Michel-Ange.

« C'est une réplique, me dit Gabe en me prenant la main. Pour la protéger, la vraie statue a été transférée à la galerie de l'Académie en 1873. Je t'y emmènerai demain si tu veux la voir. »

Je secoue la tête.

« Nous partons dans la matinée.

— Ah, oui. Alors, ce sera pour ta prochaine visite. »

Il presse ma main. Je sens monter en moi une bulle de joie, si grosse qu'elle menace de me soulever du sol.

Nous nous remettons en route. Des jeunes nous dépassent, parlant des langues que je ne connais pas. Leurs regards semblent s'attarder sur nous, comme si une sorte d'énergie rayonnait de nous deux.

Une voix lointaine capte mon attention. Une note ici. Un accord là. Gabe l'entend lui aussi. Sans un mot, nous pressons le pas, attirés par la voix traînante et mélancolique d'un violon. Devant nous, des gens sont rassemblés devant la Loggia dei Lanzi, galerie ouverte sur la *piazza*, remplie de statues et de plaques de marbre gravées d'inscriptions. Gabe me tire par la main à travers la foule. Sous l'une des trois grandes arches, un jeune homme en jean et T-shirt fait glisser son archet sur les cordes du violon.

« Rico », je murmure avant de porter la main à mes lèvres.

Près de lui, une jolie rousse attend, les yeux fermés, oscillant au rythme de la musique. Elle ouvre enfin la bouche, et une voix d'ange s'élève, recouvrant d'or chacune des notes de l'opus de Schubert.

Ave Maria.

Je suis parcourue de frissons. La place entière semble se taire. Les gens convergent, silencieux, se frayant un chemin vers le son magique. La voix de la femme résonne sur le sol carrelé. Un oiseau passe au-dessus de nos têtes, volant dans la nuit, battant des ailes en cadence avec la musique. Même les statues derrière elle semblent l'écouter, les statues créées il y a plusieurs siècles par des sculpteurs encore méconnus.

Ave Maria. Gratia plena.

Mes yeux s'emplissent de larmes. Gabe m'attire contre sa poitrine, qui semble faite pour moi. Il m'enveloppe de son bras et pose son menton sur ma tête.

Ave Ave Dominus.

Sa voix est à couper le souffle, hypnotisante. Le chant atteint un crescendo. Les larmes se répandent sur mes joues. Elle lâche sa dernière note. La musique s'évanouit. Pendant quelques instants, toute la place fait silence. Puis, elle éclate en applaudissements.

« *Brava !* je crie à travers la brume de mes larmes. *Brava !* »

Je me tourne vers Gabe. Il applaudit aussi, le visage mouillé de larmes. Il m'enlace, mais nous ne parlons pas. C'est inutile. Comme l'a sagement dit ma tante, il n'y a pas de mots face à la magie.

#

Il est minuit. Le moteur se tait pour laisser place au vacarme de la nuit – un chien hurlant au loin, le chant des cigales. Gabe me guide sur le chemin, sa main dans la mienne. La maison nous accueille par des craquements. La cuisine baigne dans une lumière ambrée. Sans un mot, nous avançons vers la cage d'escalier.

Ma poitrine palpite d'une volée de colibris piailleurs. Nous montons ensemble l'escalier. Est-ce que je vais dans sa chambre ? Nous avons presque atteint le premier palier. Ou devrais-je plutôt continuer de monter jusqu'à ma mansarde ?

Sur le palier, Gabe s'arrête. Il se tourne vers moi. Je n'arrive plus à respirer. Dans l'obscurité, ses yeux semblent me questionner. Il prend l'une de mes mèches et l'entortille autour de son doigt. Mon cœur bat la chamade. Sa main glisse derrière mon cou. Il m'attire à lui, son souffle caresse ma joue. Sa bouche avance peu à peu vers la mienne. Je souffre le martyre jusqu'à ce que, enfin, nos lèvres se rencontrent.

La tête me tourne et ma bouche s'emplit du goût sucré du vin santo. Une vague parcourt mon corps. Je recule.

« J'ai un peu perdu l'habitude, dis-je en poussant un petit gloussement.

— Ce n'est pas grave, Emilia. »

Il m'attire à lui, mais je pose une main sur sa poitrine.

« Sérieusement. Ça fait quelque chose comme onze ans.

— C'est très bien.

— Je n'ai été qu'avec un seul… »

Il me fait taire en posant un doigt sur ma bouche.

« On pourra en parler plus tard, *sì* ? »

#

Je comprends enfin pourquoi les gens en font tout un plat. J'avais toujours considéré que le sexe était surestimé. Mon flirt avec Liam était agréable – très agréable même. Mais faire l'amour avec Gabriele était une expérience magique. J'espère que Lucy connaîtra ça un jour.

Ma tête repose dans le creux de son épaule, la pulpe de son pouce caresse distraitement mon bras. Il pose un baiser sur le sommet de mon crâne. Ma gorge se serre. Je ne savais pas… je ne m'étais jamais permis de penser… que les palpitations d'un cœur contre le mien me manquaient à ce point.

« Tu es une femme passionnée, Emilia. Je me demande comment tu as pu survivre à onze ans sans amour. Ton cœur était si plein qu'il débordait. »

Je déglutis avec peine. Dans quelques heures, je quitterai mon bel aubergiste toscan. À la tombée du jour, Poppy, Lucy et moi serons sur la côte amalfitaine. Gabe et moi ne vivons pas sur le même continent. Je ne le reverrai probablement jamais. Je le savais quand je lui ai ouvert mon cœur. Mais je me languis déjà de lui.

« Tu vas me manquer, je chuchote en lissant les poils de son ventre.

— Tu vas me manquer aussi, ma flamme. » Il me serre contre lui. « Tu vois, la plupart des gens produisent des étincelles. Les étincelles, c'est déjà très bien. Mais toi, mon amour, tu es une flamme. » Il se relève sur un coude et baisse les yeux sur moi. « Tu as allumé un feu en moi, Emilia. Et jamais, jamais je ne t'oublierai. »

Je souris dans le noir. Tante Poppy a promis de lever le sort. Je n'aurais jamais dû douter d'elle.

Nous faisons encore l'amour, cette fois plus lents, plus attentifs. Je me permets d'explorer son corps et j'accueille ses caresses qui secouent mon âme tout entière. À la fin, Gabriele s'écroule sur l'oreiller et ferme les yeux. Sa respiration ralentit.

J'attends. Que suis-je censée faire ? Je viens de vivre la meilleure expérience sexuelle de ma vie et je suis remontée comme un coucou. J'ai l'impression d'être de sortie et d'être la seule à vouloir faire la fête.

« Gabriele, je murmure dans le noir.

— Mmm.

— Tu as aimé ? »

Sa main tombe mollement sur mon bras.

« *Sì*. Beaucoup. »

Un sourire s'épanouit sur mon visage et il me semble qu'il ne va plus jamais s'effacer.

« Tu crois que je devrais remonter dans ma chambre maintenant ? je chuchote, moitié par politesse, moitié pour l'entendre me prier de rester.

— *Sì*, répond-il. On se voit demain matin, *carissima*.

— Ah. D'accord. »

Quelques secondes plus tard, sa bouche ouverte laisse échapper un souffle profond et satisfait qui va et vient comme les vagues de l'océan. Bientôt, le soleil se lèvera. Je marche à pas feutrés sur le parquet. Gabe a raison. Il y a des enfants ici, après tout.

La porte de sa chambre grince. Juste avant de sortir, je jette un regard dans la pièce sombre qui exhale encore notre odeur.

« *Grazie*, Gabriele », je murmure avant de sortir, en laissant la porte entrouverte au cas où il me rappellerait.

#

Lucy remue quand je traverse notre chambre. Très lentement, je me glisse dans mon lit en essayant de ne pas la réveiller. Ma tête se pose contre l'oreiller. Je vois la main de Lucy se lever. Elle tâtonne avant de trouver le réveil.

« Il est deux heures du matin. Tu ne devrais pas être en train de te faire lécher l'oreille ? »

Je ne peux m'empêcher de rire.

« Oh, Luce. Je n'oublierai jamais cette journée. Gabe est un mec incroyable. »

Elle grogne et se retourne dans son lit.

« Alors, pourquoi tu n'as pas conclu ?

— Conclu ?

— Aller jusqu'au bout ! Gabe est un garçon, Em, et les garçons n'attendent que ça. »

Je pourrais confesser que je viens de prendre mon pied comme jamais… deux fois, qui plus est. Elle serait sans doute impressionnée. Mais je m'abstiens. C'est mon secret, et celui de Gabe.

« Bonne nuit, Luce. »

#

Il fait encore nuit quand je me réveille. Je jette un œil au réveil. 4 h 13. La chaleur monte dans mon ventre quand je repense à ce qui s'est passé. Je ferme les yeux et souris. Je l'ai fait. Je suis tombée amoureuse. Du moins je n'ai jamais été aussi près de l'être. Soudain, la fierté, l'excitation et la joie pure m'envahissent.

Quand nous reverrons-nous, Gabe et moi ? Noël n'est que dans deux mois. Je l'inviterai à New York. Ma poitrine palpite d'impatience. Je suis la Jennifer Aniston italienne. Je décorerai Emville et préparerai mes pâtisseries préférées. J'irai chercher un vrai sapin de Noël cette année. Nous le choisirons ensemble. Papa va adorer Gabe. Quant à Nonna… eh bien, elle le tolérera. Mais Daria sera aux anges. Et Lucy et Mimi seront libres !

Je secoue la tête. Je vais beaucoup trop vite. Il faut que je me calme. Mais Poppy avait raison : c'est possible. J'avais bêtement accepté ce sort, en vérité, et il est sur le point d'être rompu, exactement comme elle l'avait promis.

Je roule sur le côté. Est-ce que j'ose réveiller Lucy ? Je veux lui dire : elle avait raison. J'étais larguée, je n'avais jamais donné sa chance à l'amour.

J'essaie de distinguer sa forme dans le noir.

« Luce ? »

Son lit semble vide, et la chambre est étrangement silencieuse. Elle ne ronfle pas cette nuit. Je me relève sur un coude et mes yeux s'ajustent lentement au clair de lune argenté.

« Lucy ? » j'appelle, plus fort cette fois.

Je rabats les couvertures et saisis mes lunettes. Les battements de mon cœur s'accélèrent. Je me lève et allume la lampe de chevet.

Le lit de Lucy est vide.

Mon estomac se retourne. Non. Non. Elle n'a pas pu faire ça. Je me frotte les tempes et fais volte-face. Elle doit être dans la salle de bains. Ou peut-être est-elle déjà descendue.

Mais la lumière de la salle de bains est éteinte. Ma cousine ne se lève pas à quatre heures du matin.

J'ai l'estomac barbouillé. Je sens que je vais être malade.

Je me glisse hors de la chambre, descends l'escalier sur la pointe des pieds. Jamais je n'ai aussi désespérément voulu croire que mes pressentiments étaient faux. *Faites que la porte soit ouverte !* J'arrive au bout du couloir.

La porte de la chambre de Gabe, que j'avais fait exprès de laisser ouverte, est maintenant fermée.

32

Emilia – 7e jour
Trespiano

Je ne vais pas pleurer. Je sors ma valise de l'armoire et la jette sur le lit. J'ouvre le tiroir et fais mes bagages à la hâte. Je dois partir d'ici. Voir Gabe serait insupportable. Quant à Lucy, je ne sais pas comment je pourrais lui pardonner. Encore quarante-huit heures à tirer en Italie. Quarante-huit heures décisives.

Ma main frappe quelque chose de dur enfoui sous mes leggings. Je sors mon carnet du tiroir. Deux jours que je n'ai pas écrit. Je le serre contre ma poitrine, mon meilleur ami, que j'ai délaissé. Puis je cherche mon stylo.

Je m'assieds sur le lit et me mets à écrire, vite, furieusement. Les mots jaillissent avec plus de clarté, de profondeur et d'honnêteté que tout ce que j'ai jamais osé coucher sur le papier. Je remplis une page. Puis une autre. Au moment où Lucy franchit le pas de la porte, deux heures plus tard, j'ai écrit trois chapitres d'un nouveau livre. Cette fois, ce n'est pas un roman sentimental où les héros finissent leurs jours heureux.

Les cheveux de Lucy sont tout emmêlés – ou, plus exactement, ébouriffés avec un effet « saut du lit » des plus sexy. Elle est en pyjama – un short en coton qui laisse voir ses fesses et un débardeur si près du corps qu'il y semble collé.

« Em ? » Elle recule d'un pas. Elle sourit, mais un éclair de culpabilité traverse son regard. « Tu es matinale, dis donc. » La fille qui d'ordinaire parvient à peine à articuler un mot avant midi est anormalement joyeuse ce matin. « Et tu as déjà fait tes bagages ! » Elle désigne d'un geste la valise posée près de la porte. « Qu'est-ce que t'es organisée ! » Elle s'affale sur son lit et regarde autour d'elle. « Je ne veux pas partir.

— Ça, je n'en doute pas ! » je m'exclame en refermant brutalement mon carnet.

Elle me regarde et se renfrogne, puis baisse la tête et détourne les yeux avant de lâcher : « Oh, merde. Tu m'as suivie ? »

J'ai trop peur de craquer si je parle. Je serre les dents.

Elle laisse tomber sa tête.

« Ne sois pas en colère contre moi, Em. S'il te plaît.

— Tu voudrais peut-être que je te donne ma bénédiction ? Merde, Luce ! Tu me dégoûtes ! je réplique en laissant ma fureur se déchaîner.

— Il ne s'est rien passé, je t'assure, fait-elle en rougissant. Tu dois me croire, Em. Ça me fait flipper, tu sais. Et j'espérais que peut-être, si ça se trouve, tu pourrais accepter.

— Accepter ? » La fureur dans ma voix m'effraie et me ravit en même temps. « Tu te disais que cette vieille carpette d'Em allait accepter les coups sans broncher, comme elle le fait depuis toujours, c'est ça ? » J'ouvre les bras. « Vas-y, Luce, continue, frappe, marche-moi dessus comme Dar et Nonna, essuie-toi les pieds sur moi. Je te dirai si tu oublies des coins, histoire d'être sûre que le boulot est bien fait.

— Mais qu'est-ce que tu racontes ?

— La ferme ! Terminé, la petite Em qu'on peut traiter comme un paillasson ! » Je m'approche d'elle. Je ne suis plus qu'à quelques centimètres de son visage. « Tu m'entends ? Tu ne peux pas coucher avec le seul… » Ma voix se brise et je m'arme de courage pour retenir les larmes. « … le seul à qui j'ai enfin ouvert mon cœur, et penser que je vais dire ça va, c'est pardonné. Non ! J'en ai marre d'être gentille. J'ai le droit d'être heureuse, moi aussi ! »

Mes mains tremblent et je me détourne. J'entends son lit craquer. Puis ses bras chauds m'étreignent. Je me mords la joue, luttant pour ne pas pleurer tandis qu'elle me berce doucement.

« Je n'étais pas avec Gabe », chuchote-t-elle. Elle se recule et me fait pivoter pour me regarder en face. Des larmes perlent au bout de ses cils et, quand elle sourit, son menton se met à trembler. « J'étais avec Sofie. »

#

L'odeur du pain chaud monte par la cage d'escalier, embaumant notre minuscule chambre mansardée. Lucy et moi nous précipitons en bas comme des enfants le matin de Noël. Je m'arrête net quand je le vois, et mon cœur déborde d'amour. Il verse la crème dans un pichet tout en jacassant sur son portable, le sourire aux lèvres.

« *Va bene. Sì.* » Il lève la tête et sourit en me voyant. « *Ciao, amico mio.* » Il fourre le portable dans sa poche. « *Buongiorno !* » Il s'essuie les mains sur son jean en traversant la pièce pour venir m'embrasser. « Bien dormi, *carissima* ?

— *Sì.* » Je me hisse sur la pointe des pieds pour l'embrasser de nouveau, puis je murmure hardiment : « La prochaine fois, je veux me réveiller près de toi.

— Tu restes un jour de plus ? » demande-t-il, la tête penchée sur le côté.

Je ris.

« Non. Je voulais dire la prochaine fois qu'on se verra.

— Ah oui, ce serait un plaisir pour moi. » Il presse ma main et se tourne vers la machine à espresso. « Cappuccino ? »

Sofia entre dans la cuisine et son visage s'éclaire quand elle me voit.

« Emilia ! Tu nous as manqué hier. J'espère que mon frère t'a offert une belle journée.

— La meilleure du monde. Et toi ?

— On s'est bien amusés. Lucy a appris à jouer au foot à Franco. Si tu les avais vus ! »

Je souris en voyant Lucy surgir avec Dante sur la hanche et Franco sur le dos.

« Bonjour, lance-t-elle à Gabe avant de déposer Franco sur le sol.

— Non ! crie Franco. Je veux jouer au cheval !

— Plus tard, dit Sofia d'un air sévère. Le petit déjeuner de tonton nous attend. »

Lucy se penche et écrase entre ses mains le visage rose de Franco.

« Après manger, bonhomme, on montrera à Emmie comment tu marques des buts.

— Ouais ! » s'écrie-t-il.

Lucy rit et plante un baiser sur le bout de son nez. Voir ma cousine aussi radieuse est un ravissement.

« Où est Poppy ? je demande.

— Elle est déjà descendue boire un café, dit Gabe. Elle saute le petit déjeuner ce matin. »

Encore une fois, mon alarme intérieure se déclenche, suivie d'un accès de remords. Je l'ai à peine vue hier. Pendant que Lucy et moi nous amusions et tombions amoureuses, Poppy dépérissait.

« Je vais aller voir si tout va bien.

— Laisse-la dormir encore un peu », conseille Gabe, l'air soucieux.

#

Après le petit déjeuner, nous sortons regarder Franco qui frappe maladroitement dans le ballon dont Lucy fait mine de s'emparer.

« Allez, concentre-toi, lui dit-elle. Voilà, c'est ça !

— Ta cousine a beaucoup de patience, dit Sofia, la main en visière pour protéger ses yeux du soleil matinal. Franco l'adore.

— Je vois ça.

— Quel temps fait-il à New York en novembre ? demande-t-elle en se tournant vers moi.

— Gris, nuageux, humide. » Je penche la tête d'un air interrogateur. « Pourquoi ? »

Elle fourre les mains dans les poches de son pantalon et hausse les épaules.

« Je me demandais si Franco pourrait jouer au foot quand on viendra.

— Vous venez ? Le mois prochain ? »

Elle ferme fort les yeux et fait oui de la tête, plissant tout son visage d'un air excité.

« *Sì !* C'est le plan. »

Je la serre dans mes bras. « C'est génial ! » Puis je me tourne vers Gabe. « Tu as entendu ? Sofia va venir nous voir à New York. Viens avec elle ! C'est magnifique en novembre. »

Il sourit, les yeux rivés sur son neveu.

« Magnifique ? Tu viens de dire qu'il faisait gris.

— Mais ce serait magnifique si vous étiez tous là. »

Il applaudit quand Franco marque un but.

« Je suis désolé, mais c'est impossible. J'ai une entreprise à gérer.

— Ferme l'auberge, dis-je, incapable de me retenir. C'est la saison creuse. Viens nous voir à New York ! »

Je vais trop vite en besogne, je suis insistante, mais c'est plus fort que moi. Je déteste le besoin qui perce dans ma voix. Sofia doit la voir, elle aussi, cette désespérée en moi qui a perdu toute retenue. Elle s'éloigne discrètement.

« S'il te plaît, Gabriele, dis-moi que tu viendras. Si tu ne peux pas en novembre, viens pour Noël. Je te montrerai la ville. Les vitrines seront décorées et… »

Il me fait taire en posant un doigt sur mes lèvres.

« Ah, Emilia. Je le savais quand je t'ai rencontrée. Tu es de celles qui voient la grandeur dans l'ordinaire.

Je ne suis qu'une petite colline, tu sais. Je suis désolé si tu m'as pris pour une montagne. »

#

Je suis debout dans la petite mansarde, me mordant le poing pour m'empêcher de pleurer. Comment a-t-il pu coucher avec moi, me murmurer des mots doux à l'oreille, puis se comporter ce matin comme si je n'étais qu'une cliente de passage dans son auberge ? Parce que je suis maudite, voilà pourquoi.

Je regarde l'heure. Dans dix minutes, Gabe nous emmènera à la gare. Comment vais-je supporter cette demi-heure de trajet ? Sans sommation, un sanglot jaillit de ma poitrine. Mes genoux fléchissent et je glisse sur le sol, recroquevillée. Je voulais l'amour. Je prétendais que non, mais je le voulais. Je le voulais tellement…

Si seulement je pouvais parler à Matt. Il dirait que Gabe est une pauvre merde. Il me redonnerait le sentiment d'être digne d'être aimée. Mais je ne peux pas l'appeler, bien sûr.

Je réussis à me relever. Je me mouche et sèche mes larmes. Je dois être forte. Pour Poppy.

Je traîne ma valise dans l'escalier et passe la tête dans la chambre de Poppy. Je me force à sourire. La partie la plus attendue du voyage va bientôt commencer. Je ne la gâcherai pas.

« Bonjour ! Je peux prendre ton sac ? »

Elle est assise sur le bord de son lit, une boîte de mouchoirs à la main. Lucy l'a aidée à prendre son bain et à s'habiller ce matin. Elle porte un pantalon noir et un gros pull rouge. Les perles turquoise autour de son cou semblent si lourdes qu'elles pourraient la renverser. Même sa perruque paraît trop grande. Comme pour l'empêcher de glisser, elle s'est fait un bandeau avec un foulard turquoise. Je cesse de m'apitoyer sur mon sort, m'assieds à côté d'elle et ajuste le foulard sur son front.

« Tu te sens assez bien pour voyager ?

— Bien sûr », répond-elle, en bonne guerrière qu'elle est.

Mais sa voix me semble encore plus caverneuse qu'hier, et dépourvue de tout enthousiasme.

Le voyage d'aujourd'hui sera particulièrement fatigant : trois heures et demie de train jusqu'à Naples, puis deux heures de car jusqu'à Ravello.

« Tante Poppy, il faut que tu voies un docteur. »

Elle tire un mouchoir de la boîte et se lève.

« Rico m'attend. Nous devons y aller. »

Je secoue la tête et la conduis vers le SUV. Même si j'appréhendais le trajet en voiture à côté de Gabe, je me sens trahie quand je vois Sofia les clés à la main.

« Laisse ta valise ici, je m'en occupe.

— Tu… tu nous emmènes à la gare ?

— *Sì.* » Elle m'adresse un sourire triste. « Je suis désolée, Emilia. Mon frère est généreux en bonjour, mais avare quand il s'agit de dire au revoir. »

#

Je regarde par la fenêtre arrière, écoutant d'une oreille distraite Sofia et Lucy qui bavardent devant.

« Je vis ma vie au jour le jour, sans m'inquiéter de ce que les autres en penseront, dit Sofia à Lucy. Pas toi ?

— Non. Pas depuis que j'ai huit ans. Mais à partir de maintenant, c'est ce que je ferai. »

Je suis tellement fière de ma cousine. Je le lui dirais, si je n'avais pas peur que ma voix me trahisse. Je me tourne vers la fenêtre. Trespiano et mon rêve de Gabriele disparaissent avec la campagne. Les yeux me piquent et je ravale mes larmes. Aujourd'hui, c'est moi qui souffre. Demain, ce sera ma tante. C'est quoi, l'amour, de toute façon ? Lucy avait raison : je n'ai jamais voulu faire partie du jeu. Ma vie de célibataire me convenait très bien. Je suis finalement entrée sur le terrain, et bam ! Me voilà soudain assommée par une balle. Jamais je ne m'étais sentie rejetée, humiliée, seule et vide à ce point. Qui peut souhaiter ce genre de souffrances ?

Alors que mon esprit tente de trouver des justifications à une vie sans amour, mon cœur revit la magie d'avoir été dans les bras de Gabe, de me sentir aussi vivante, connectée, comme si le monde autour de moi – ce monde où je ne m'étais jamais sentie complètement à l'aise – m'avait enfin accueillie.

Le trafic s'intensifie quand nous atteignons les abords de Florence – Florence où, pas plus tard que la nuit dernière, je marchais au bras de Gabe, heureuse comme jamais. N'y avait-il rien de vrai dans tout ça ? Je pense à Lucy. Je n'avais rien compris à sa vie sentimentale. Je me croyais supérieure, jugeais qu'elle aurait dû être capable de voir tous ces coureurs pour ce qu'ils étaient. Mais au fond, Gabe n'est pas différent. Et je ne suis pas différente de Lucy.

Parfois, c'est aussi son intelligence qu'on ne veut pas suivre, quand on espère que ça pourra nous faire aimer.

Je me tourne en sentant les doigts glacés de Poppy se replier sur les miens.

« Tu découvriras, Emilia, que la vie n'est pas toujours circulaire. Le plus souvent, c'est un dédale tortueux plein de détours et d'impasses, de faux départs et de souffrances. Un dédale exaspérant, vertigineux, dans lequel il est impossible de se retrouver et pour lequel il est inutile de dresser des plans. » Elle presse ma main. « Mais pas un seul coin, pas un seul virage ne doit jamais être évité. »

Ses yeux sont doux quand elle me tend un mouchoir. D'une manière ou d'une autre, elle sait. Elle tapote la place à côté d'elle et je me rapproche. C'est moi qui devrais être en train de la réconforter, je le sais, mais je ne peux pas résister. Je pose ma tête contre son épaule et elle me caresse les cheveux.

« Je suis fière de toi, Emilia.

— Fière ? Il m'a prise pour une imbécile.

— Sottises ! Tu as laissé l'imbécile derrière toi. »

J'observe son visage en me demandant si elle parle de Gabriele ou de mon ancien moi.

« Tu as enfin connu l'amour. » Elle se penche pour me chuchoter : « Même si c'était avec un coureur de jupons.

— Quoi ? Tu savais que Gabriele était comme ça ? » Je jette un œil à Sofia. Heureusement, elle et Lucy sont absorbées dans leur conversation. « Pourquoi ne m'as-tu pas prévenue ? dis-je en chuchotant. Tu m'as laissée partir avec lui hier ! Tu te rends compte que nous… ? » Ma voix se perd.

« Bien sûr que je me rends compte. Il était grand temps que tu connaisses un peu de passion. Et les canailles comme Gabriele connaissent toutes les ficelles », ajoute-t-elle avec un clin d'œil.

Je me masse le front. Un jour, peut-être, je me remémorerai cette conversation et saurai la trouver amusante.

Mais pas aujourd'hui.

#

La gare de Santa Maria Novella est une jungle de voitures, de taxis et de passagers fébriles. Sofia tient à nous accompagner jusqu'au train. Mon portable sonne quand nous entrons dans la gare noire de monde. Merde. Un message de Daria. Elle est probablement agacée parce que je n'ai pas répondu à ses messages.

Vous êtes où ?

Je tape ma réponse en marchant. Gare de Florence.

Mais où, exactement ??

Je manque de rentrer dans Lucy avant de m'apercevoir qu'elle et Poppy se sont arrêtées. Je lève les yeux et suis frappée par le chaos ambiant. À gauche, une énorme file d'attente serpente devant le guichet des billets. Un homme nous tend un tract. Je distingue deux mots : *Salario Equo.* Salaires équitables.

« Oh, merde ! fait Sofia. Les cheminots sont en grève.

— J'aurais dû faire attention, dit Poppy en portant la main à sa poitrine. Ce sont des choses qu'ils annoncent à l'avance.

— Ils annoncent les grèves ? »

Je remarque une affiche sur le mur, la même qu'à la gare de Venise, celle qui annonce un *sciopero* imminent.

« On ferait mieux de filer vers une autre gare, propose Lucy.

— C’est *nazionale*, répond Sofia en lisant le tract. Tout le pays est touché. Et ça va durer vingt-quatre heures.

— Qu’est-ce qu’on fait, alors ? demande Lucy. Est-ce qu’on peut aller à Ravello en avion ?

— Non. Mais il y a des vols pour Naples, et de là vous pourrez prendre un car. »

Un Américain près de nous intervient : « Tous les vols intérieurs sont complets. » Il brandit son iPhone. « J’ai regardé toutes les compagnies. Il n’y a pas de place avant demain après-midi. »

Mon cœur se serre. Je n’ose même pas regarder Poppy.

« Vous pouvez louer une voiture, propose Sofia. Ou rentrer à l’auberge. » Elle sourit à Lucy. « Mon frère et moi serons ravis de passer une journée de plus avec vous. »

Mon cœur s’emballe. Serait-ce le destin qui veut ça ? Une grève des cheminots pour nous forcer à retourner à la Casa di Fontana ? Gabe aurait-il pu avoir une révélation pendant ce temps ? Pourrait-il courir vers moi les bras ouverts, ayant pris conscience qu’il a failli me perdre ?

Lucy fait non de la tête. « Il faut qu’on aille à la cathédrale. »

Je ferme les yeux, honteuse de mon égoïsme. « Absolument.

— C’est la queue pour les locations de voiture ? demande Lucy en levant la tête au-dessus de la foule. Merde. On en a pour la journée. »

Je repère le bureau de location au moment précis où l’agent baisse le rideau de fer. Il y scotche une feuille.

Esaurito. La foule explose dans un mélange de huées et de jurons.

« Ils ont tout loué », explique Sofia.

Poppy gémit, un son si faible qu'il me fend le cœur. Je lui prends la main.

« Ne t'inquiète pas. Nous arriverons à temps. Je te le promets. » Mais je ne suis absolument pas convaincue de ce que j'assure.

« Prenez la voiture de Gabriele, propose Sofia.

— On ne peut pas faire ça, dis-je.

— Si, vous pouvez. Je vous assure qu'il sera d'accord. »

Oui. Pour soulager sa mauvaise conscience, peut-être ?

« Il trouvera quelqu'un pour la rapporter. En attendant, on utilisera les Vespa.

— Bonne idée. Faisons ça ! » lance Lucy en frappant dans ses mains.

Nous remontons la foule à contre-courant, nous frayant avec peine un passage vers la sortie. Je regarde une fille brune, à une quinzaine de mètres, qui vient dans notre direction. Elle porte une veste en jean, un sac à dos sur l'épaule. Elle ressemble à Daria. Elle lui ressemble tellement. Elle est exactement…

« Daria ? » Je la hèle à nouveau, plus fort, en agitant les bras. « Daria ! »

Lucy me regarde comme si j'étais folle. Avant que j'aie le temps de lui expliquer, elle la voit aussi.

« C'est quoi ce délire ? Daria est ici ? En Italie ? »

33

Emilia

Je me faufile à travers la foule, émue, confuse, joyeuse et incrédule à la fois. « Tu es là ! » Je prends Daria dans mes bras et la serre de toutes mes forces. « Tu es venue jusqu'ici. Je n'en reviens pas.

— Du calme, petite sœur. » Elle a un petit rire gêné avant de se libérer de mon étreinte. « Je t'ai à peine reconnue avec tes nouvelles lunettes. »

Je la remercie avant de prendre conscience que ce n'était pas un compliment.

« Comment nous as-tu retrouvées ?

— J'ai suivi l'itinéraire que tu avais laissé à papa.

— Je n'en reviens pas que tu sois là ! Oh, mon Dieu, merci !

— Qu'est-ce que je pouvais faire d'autre ? Tu m'appelles de Venise au milieu de la nuit, perdue, en panique. Puis on est coupées et plus aucune nouvelle. Plus rien ! »

Ma sœur s'est inquiétée et elle a volé à mon secours. Je ne peux pas m'arrêter de sourire.

« Désolée, je dis. Je suis rentrée à l'hôtel saine et sauve, tu vois. Je t'ai envoyé un message hier, mais tu n'as pas…

— J'étais dans l'avion. » Elle se tourne vers Lucy. « Et toi. Tu ne réponds jamais au téléphone ?

— J'ai rompu avec ce crétin de Samsung à mon arrivée, réplique Lucy. Il me manque à peu près autant que mon appareil dentaire de quand j'étais petite. » Elle passe un bras autour de Sofia. « Au fait, je te présente Sofie.

— Enchantée », dit Sofia avec un sourire timide en lui tendant la main.

Le regard de Daria glisse de Sofia vers Lucy, puis de nouveau vers Sofia, avant qu'elle lui serre enfin la main.

Lucy pointe le pouce vers notre tante.

« Et, bien sûr, tu connais tante Poppy. »

Poppy s'avance et prend le visage de Daria entre ses mains.

« Chère Daria ! Quel plaisir de te voir ! »

Ma sœur recule avec ostentation. J'ai envie de la prendre par le bras et de lui dire d'être polie.

« Merci, dit-elle froidement en rajustant son sac à dos.

— Tu arrives juste à temps pour Ravello, poursuit Poppy sans se démonter.

— Oui. C'est parfait ! je renchéris. Ravello va être le clou du voyage. Attends un peu d'entendre l'histoire de Poppy, c'est incroyable. On te racontera sur la route.

— On y sera à la tombée du jour, ajoute Poppy. Enfin, tout dépend de comment Luciana conduit.

— Je ne conduis pas, Pops. Je n'ai même pas le permis. C'est Em qui conduira. »

Mon cœur s'emballe. Je sens les yeux de Daria posés sur moi.

« Comme ça, tu conduis, Emmie ? » lance-t-elle avec un sourire narquois.

Elle sait très bien que je ne conduis plus. Elle sait aussi pourquoi. Je serre mes mains tremblantes.

« Non », je murmure.

Sofia nous observe, comme pour tenter de comprendre la dynamique à l'œuvre entre ces étranges sœurs américaines. « J'aurais pu conduire, mais j'ai les garçons. En plus, j'ai une peur bleue des falaises », dit-elle.

Poppy agite la main. « Pas de souci. Je conduirai. »

Si ce n'était pas aussi triste, je trouverais ça comique. Poppy est à peine capable de marcher. Et l'étiquette sur sa boîte de comprimés lui interdit de conduire.

Il n'y a qu'une solution, évidente.

« Et toi, Dar ? »

Elle tourne brusquement la tête.

« Tu veux bien conduire ?

— Moi ?

— Oui, toi ! » Je joins les mains en prière. « S'il te plaît, Dar, je t'en supplie. Dis oui. »

Elle regarde sa montre, puis se tourne vers Lucy, vers Sofia et enfin vers Poppy. Elle pousse un soupir.

« Où est la voiture ? »

#

Le parking est plein de voyageurs paniqués qui hèlent à grands cris des taxis et se disputent pour savoir qui était là le premier et qui doit retourner au bout de la queue. Sofia tend les clés à Daria.

« Je suis désolée de vous quitter, mais je dois retourner auprès de mes petits hommes.

— On te raccompagne à l'auberge, dit Lucy.

— Non. Gabriele viendra me chercher un peu plus loin, où ce sera moins la cohue. Vous devriez partir. Vous avez six heures de route jusqu'à Ravello. »

Elle m'étreint en premier, puis elle fait des adieux larmoyants à Poppy. Notre tante semble devoir rassembler ses forces pour chercher dans son sac son sachet de pièces. Elle en dépose une dans la main de Sofia.

« C'est un porte-bonheur, dit-elle. Continue à mettre du soleil autour de toi.

— D'accord », promet Sofia en l'embrassant.

Les yeux embués, elle se tourne vers Lucy.

« On se voit en novembre. » Elle glisse une mèche de cheveu rebelle derrière l'oreille de ma cousine. « Prends bien soin de toi. »

Lucy opine.

« *Grazie*, dit-elle, la voix chargée d'émotion. *Grazie.* »

Sofia s'éloigne, puis se retourne.

« *Ciao !* Soyez prudentes. Les virages sont parfois traîtres. »

#

Pendant que Daria tape une adresse sur le GPS de Gabe, Lucy et moi installons tante Poppy sur la banquette arrière. Elle grimace de douleur et se frotte les tempes. Nous attachons sa ceinture et l'enveloppons dans nos manteaux. L'air est doux, mais elle tremble de froid. Elle devrait être allongée dans un lit bien chaud, peut-être même un lit d'hôpital. Mais non. Nous sommes venues jusqu'ici pour une raison précise. Ce n'est pas le moment de jeter l'éponge.

« Essaie de te reposer », lui dis-je.

Elle pose sa tête contre la vitre et ferme les yeux.

Daria conduit avec assurance dans les rues de Florence, se conformant aux instructions affichées sur le GPS. Je m'assieds devant avec elle et suis le trajet sur mon plan, enfin utile à quelque chose. Elle tourne en direction de l'ouest sur via del Ponte. Selon ma carte, nous devrions rouler vers l'est sur via Nazionale. J'ouvre la bouche, mais me ravise. Daria n'aime pas qu'on se mêle de ce qu'elle fait. Elle a parcouru tout ce chemin pour nous rejoindre. Elle est ici, en Italie. Nous allons passer les deux prochains jours ensemble.

« Merci encore, je dis. Tu n'imagines pas ce que ça représente pour moi. C'est comme un rêve. Tu as dû dépenser une fortune pour venir.

— C'est Nonna qui a payé.

— Nonna ? » Je ris. « J'aurais cru que pour elle, ce voyage était un gaspillage *collosale*.

— Non.

— Mais tu as pris des congés juste pour ça. Et puis tu es loin de tes filles, et de Donnie.

— N'y pensons plus.

— Vraiment, Dar, je te suis tellement reconnaissante. » Je me tourne vers elle, qui garde les yeux rivés sur la route. « Je sais que nous ne sommes plus aussi proches qu'avant, mais au fond de moi j'ai toujours su que tu me soutenais. Ça prouve simplement que…

— Stop, Em. Arrête. S'il te plaît.

— OK. Désolée. »

Piquée au vif, je me cale dans mon siège. Nous roulons en silence pendant encore un kilomètre, puis je me rends compte que j'ai le doigt sur ma cicatrice. Je joins les mains sur mes genoux et regarde par la fenêtre un avion qui décolle. Puis un autre. Devant, je vois un panneau indiquant l'*Aeroporto di Firenze-Peretola*. Je vérifie sur ma carte.

« Dar, j'ai l'impression qu'on a pris la mauvaise direction. »

Elle m'ignore. Je suis perplexe quand elle tourne à droite vers l'entrée de l'aéroport. Depuis la banquette arrière, Lucy intervient.

« Laisse tomber, Daria. Un type à la gare nous a dit que tous les vols intérieurs étaient complets. »

Daria ne répond pas. Elle suit les panneaux indiquant la porte des départs internationaux. Soudain, je me sens mal.

« Qu'est-ce que tu fais, Dar ? On doit aller à Ravello. Demain, c'est l'anniversaire de Poppy. »

Le terminal apparaît. Daria se gare près du trottoir et coupe le contact. Elle prend son portable, fait défiler les fichiers, puis tend l'écran vers moi.

« C'est mon billet retour. »

Elle glisse sur l'autre page.

« Et voici le tien. »

Je regarde, bouche bée, le billet électronique pour Emilia Antonelli, à la date d'aujourd'hui.

« Mais je ne peux pas rentrer !

— Lucy emmènera Poppy. Nonna a besoin de toi. »

Je prends ma tête entre mes mains. Mes pensées se bousculent. Pourquoi Daria est-elle ici ? Parce qu'elle s'inquiétait pour moi ? Parce qu'elle tient à moi ? Je suis prise de nausée.

« Tu as fait tout ce chemin pour me ramener à la maison ? »

Elle fixe du regard la Mercedes devant nous qui essaie de faire un créneau.

« Nonna y tient.

— Elle a perdu la tête ? C'est le moment le plus important du voyage. Demain, on fête l'anniversaire de Poppy. C'est pour ça qu'on est ici.

— Réfléchis un peu, Emmie, dit-elle en se tournant vers moi. Les trains ne circulent pas. Les vols sont complets. Aucune d'entre vous ne peut conduire. » Elle lève le menton vers Poppy, assoupie à l'arrière. « Celle-là n'a plus d'énergie. Tu ne crois pas que l'univers essaie de te dire quelque chose ? Rien de bon ne sortira de ce voyage. Rien. »

Je frémis de la tête aux pieds. Depuis la banquette arrière s'élève la voix de Lucy, ferme et énergique.

« Arrête tes conneries, Daria. » Elle se penche entre les deux sièges avant, l'air sévère. « Ce voyage a déjà tout changé. Il n'y a plus de mauvais sort. Si tu avais vu Em avec le frère de Sofie. Elle était drôle et séductrice. Tu ne l'aurais pas reconnue, je te jure.

— Ah, vraiment ? » Daria se tourne vers moi. « Et comment ça s'est fini ? »

Je revois les beaux yeux de Gabe, débordant d'amour feint et de fausses promesses. Je laisse tomber ma tête dans ma main. Qu'est-ce que le sort me réserve encore ?

« Il faut qu'on emmène Poppy à Ravello, dis-je, les dents serrées.

— Sans chauffeur, bonne chance ! » réplique Daria avec un haussement d'épaules.

Je crispe les mâchoires. J'ai envie de crier « Je conduirai ! », mais les mots ne sortent pas. Je frotte ma nuque et sens mes cheveux poisseux de sueur.

« Allons-y, dit Daria en détachant sa ceinture. Notre avion part dans une heure et demie. »

Elle ouvre sa portière et sort du SUV.

Mon cœur tambourine dans ma cage thoracique. Je jette un coup d'œil à Lucy.

« On devrait peut-être rentrer à la maison, Luce. Toutes ensemble. On échangera les billets. Plus vite Poppy sera rentrée, plus vite elle pourra voir un médecin.

— Je ne pars pas, répond Lucy, l'air déterminée.

— Dépêche-toi », fait Daria.

Je me mords la lèvre. Daria m'attend. Elle a besoin de moi. Finalement, je pousse un soupir. Je détache ma ceinture et me tourne vers Lucy.

« Bon, vous retournez à l'auberge, toi et Poppy ? Elle a le numéro de Gabe.

— Je n'en reviens pas que tu te laisses encore manipuler par ta sœur, réplique Lucy en me fusillant du regard.

— Elle ne me manipule pas. Je ne peux pas conduire, Luce ! Que je reste ou pas, ça ne change rien. On ne pourra pas aller à Ravello. Pourquoi ne pas rentrer plus tôt et faire plaisir à Nonna ?

— N'essaie pas de te trouver une excuse, Em. » Ses narines frémissent. « Je croyais que tu avais changé. »

Un poignard me transperce la poitrine. Je me tourne vers Poppy. Elle dort, Dieu merci. Que dirait-elle si elle me voyait en train de la lâcher ?

Daria passe la tête dans la voiture, son sac à dos sur l'épaule.

« Viens, Emmie. »

Je frotte ma cicatrice, paralysée.

« Tu arriveras à temps pour travailler demain, poursuit-elle. Nonna sera tellement soulagée. Et crois-moi, Emmie, elle te sera éternellement reconnaissante. Pour elle, la loyauté passe par-dessus tout le reste. » Ma sœur baisse la voix. « Tu lui as brisé le cœur en prenant parti pour sa sœur. Elle a été une mère pour nous, ne l'oublie pas ! »

Je m'arrête de respirer.

« Non. Elle a été une mère pour toi. Pas pour moi.

— OK, si tu veux… On y va. »

Le sang afflue dans mes tempes.

« Et tu n'as pas été une sœur pour moi, Dar. Pas depuis des années.

— Ah oui ? J'ai fait tout ce trajet jusqu'ici, et c'est comme ça que tu me remercies ?

— Tu es venue ici pour bousiller mon voyage », dis-je, les ongles plantés dans les paumes de mes mains. Je parle sans desserrer les dents, et des années de colère remontent à la surface. « Tu ne pouvais pas supporter de voir ta nulle de frangine prendre un peu de bon temps. Tu as été endoctrinée par Nonna, comme papa. Et comme moi avant.

— Tu délires complètement. »

Je pousse un petit rire hystérique.

« Non, ça, c'était avant, je réfléchissais à l'envers, mais maintenant j'y vois clair. Le sort te concerne, toi aussi. Il a fait de toi la meilleure fille, l'aînée bénie. Tu es la protégée de Nonna, sa joie et sa fierté. Et tu as tellement peur de perdre ton statut que tu m'as sacrifiée, moi, ma vie, toute notre relation, juste pour lui plaire. Je suis devenue ta servante attitrée.

— Va te faire voir, Em. »

Ma main tremble quand j'ouvre la portière. Mon cœur bat à un rythme effréné. Je sors et fais le tour de la voiture pour m'approcher de Daria. Je la dévisage, elle, la personne que j'aime le plus au monde.

« Non. » Mon menton tremble et ma bouche se convulse, mais les mots sortent, clairs et percutants. « Je ne vais pas me faire voir. Je vais à Ravello. »

Daria me transperce du regard. Peut-être croit-elle que je vais éclater de rire, lui dire que c'était une blague. Je souhaite presque pouvoir le faire. Presque.

Je la bouscule pour me glisser derrière le volant.

« Ne fais pas ça, Emmie », dit-elle quand je claque la portière.

J'allume le contact. Mon estomac se noue. J'actionne le levier de vitesses automatique.

« Arrête. Tu fais une énorme erreur. »

Tout doucement, j'enfonce le pied sur l'accélérateur. La voiture avance lentement. Je regarde, nauséeuse, pétrifiée et bizarrement indifférente, ma sœur disparaître du rétroviseur intérieur.

#

J'avance jusqu'au terminal suivant avant de m'arrêter, et là, je laisse tomber ma tête sur le volant. Mes genoux tremblent. Qu'est-ce que je fabrique ? J'entends des applaudissements à l'arrière. Je jette un œil par-dessus mon épaule.

« *Brava ! Brava*, ma jolie *Pollia condensata.* » Poppy tend le bras pour me presser l'épaule. « Tu étincelles, ma chérie. Tu étincelles littéralement. »

Je refoule mes larmes, incapable de parler.

« On dirait qu'Emmie a gagné une paire de couilles », glousse Lucy. Elle lève sa paume vers moi. « Bien joué ! Tu as montré à cette garce qui commande. »

Je checke sans enthousiasme. J'aurais l'impression de trahir Daria en me réjouissant. C'est ma sœur. Je l'aime. Inconditionnellement. Mais, aujourd'hui, je suis absolument incapable de prendre sa défense.

Lucy se glisse sur le siège avant. Elle rajuste son haut et se tourne vers moi.

« Donc tu blaguais quand tu disais que tu ne savais pas conduire, pas vrai ? »

34

Emilia

Je suis en train de raconter à Lucy le marché que j'ai conclu après l'accident de Liam quand un agent de sécurité de l'aéroport frappe à la vitre de la voiture.

« *Partite !* ordonne-t-il. Circulez !

— Merde. »

Ma respiration se bloque, et je lui fais un petit salut de la main.

— Ce que tu as dit à Daria, c'étaient des conneries ? » Lucy me fait face, dos à la portière du passager. « Honnêtement, Em, tu y crois ou pas, à ce sort ?

— Honnêtement, Luce, je n'en sais rien. » Je me frotte les tempes. Je dois avoir l'air complètement paumée. « Mais je ne veux pas tenter le diable.

— Je ne comprends pas. Je veux dire, c'est normal que t'aies flippé après l'accident et promis de ne jamais revoir Liam. Mais quel est le rapport entre le sort et le fait de conduire une voiture ?

— Tu viens de rencontrer Sofie. Tu es heureuse, non ?

— Euh, oui, pour la première fois de ma vie.

— Eh bien, tu vois, c'est toujours à ce moment-là que ça arrive. Maintenant, juste pour prouver son pouvoir, le sort va frapper. Imagine si on a un accident, et que tu es blessée, ou défigurée, ou…

— Morte ? C'est ce qui te fait peur ? De me tuer ?

— Oui… Non… J'ai peur que le sort te tue. Comme il a failli tuer Liam. » Je respire un grand coup. « Je ne me pardonnerais jamais si j'étais responsable de…

— Oublie ça, Em, fait Lucy en levant les mains. Je te le dis avant de me retrouver dans le coma, avec un nez arraché ou dans une urne funéraire : tu es pardonnée. »

Nous nous regardons dans les yeux pendant un moment, les deux filles maudites, qui décident de tenter leur chance.

« Allons-y, Emilia. »

Nous nous tournons vers la banquette arrière. Poppy a-t-elle entendu notre échange ?

« Allons-y », répète-t-elle, chargeant ces mots d'espoir, de promesses et de dangers potentiels. Oublions la peur. Oublions la culpabilité. Oublions les fausses croyances.

L'agent de l'aéroport revient vers notre voiture. Il donne un coup de sifflet et nous gronde de l'index. « *Partite !* »

Mon estomac se noue et je lève un doigt.

« OK, j'articule en silence avant de détourner le regard. Merde ! »

Je prends une grande inspiration. Très lentement, et avec beaucoup d'appréhension, j'appuie le pied sur l'accélérateur. Et je me lance.

#

Une heure et demie plus tard, je desserre enfin ma prise sur le volant. Sur la banquette arrière, Poppy ronfle doucement. Je fais rouler mon cou pour essayer de dénouer les tensions, et c'est alors que j'aperçois le GPS.

« Attends… On n'a fait que quarante-sept kilomètres ?

— Euh, ouais, à peu près, répond Lucy. D'après mes calculs, on devrait arriver à Ravello largement à temps pour l'anniversaire de Poppy. Celui de ses quatre-vingt-dix-sept ans.

— Je voudrais qu'on arrive là-bas entières. » Je regarde fixement la route. « Tu veux bien envoyer un texto à Dar ? Mon portable est dans mon sac à main. Dis-lui que je suis… » Le mot « désolée » refuse de sortir. Qu'a dit Poppy, déjà ? *Arrête de dire que tu es désolée quand tu ne l'es pas.* « Dis-lui "bon voyage", et qu'on se revoit dans trois jours.

— Espérons, marmonne Lucy en tapant le texto. Je vais lui dire que tu as enfin connu l'orgasme. » Elle lève les yeux vers moi. « Si tu meurs maintenant, tu auras au moins vécu ça, pas vrai ? »

J'essaie de sourire, mais c'est encore trop frais. Est-ce hier seulement que je suis tombée amoureuse ? L'espace de quelques heures, j'étais devenue « nous ». Je cligne des yeux furieusement. Je ne peux pas être triste, pas maintenant, alors que Lucy est follement heureuse et Poppy pleine d'espoir. Je rassemble toute ma volonté pour chasser le son de la voix de Gabriele, oublier le contact de sa peau contre la mienne. Puis, je range les souvenirs dans un coin secret de mon cœur, que j'ouvrirai plus tard.

« Luce, tu sais que je suis contente pour toi ? Vraiment très contente. Sofia est une fille géniale. Et toi aussi.

— Merci. Je suis un peu en panique, pour être franche. Mes parents vont faire trois attaques chacun quand ils l'apprendront.

— Ils s'en remettront. Ils verront ce que je vois. Tu es redevenue Lucy, la vraie Lucy. »

Un sourire s'épanouit sur son visage.

« Tu trouves ?

— Oui. Je suis fière de toi. L'amour demande toujours du courage. Et ton genre d'amour demande une vaillance particulière.

— De la vaillance ? C'est un truc bien ?

— Oui, vraiment bien.

— Tu sais, dit-elle en tournant le regard vers la fenêtre, ça faisait des années que j'essayais d'ignorer mes tendances naturelles. Ce n'est pas que j'ai tout à coup décidé d'être à fond LGBTQ-truc machin ou quoi. C'est plutôt comme si j'avais arrêté de résister. »

Nous parcourons en silence un ou deux kilomètres avant que Lucy reprenne la parole, sa voix adoucie.

« Je suppose que je devrais te souhaiter bienvenue au club des filles qu'on baise et qu'on laisse en plan. »

Est-elle en train de se moquer de moi ? Mes doigts se crispent autour du volant.

« Ce n'est pas franchement un club dans lequel on a envie d'entrer, poursuit-elle, mais je pense que la plupart des filles y passent un jour ou l'autre. »

J'attends qu'un camion me dépasse avant de lui jeter un coup d'œil. Il y a dans ses yeux une tendresse que je n'avais jamais vue. Je pousse un soupir.

« J'ai vraiment été conne.

— Tu n'as pas d'expérience, tu ne connais pas les règles. Tu apprendras. Et si ça peut te consoler, moi aussi on m'a prise pour une conne.

— Ce type, Jack. »

Je le dis comme un constat, pas une question.

Elle acquiesce d'un signe de tête.

« Et environ un million d'autres connards. »

Je ris jaune.

« Bon sang, Luce, qu'est-ce que je vais faire ? Qu'est-ce que je suis censée faire de tous ces sentiments ? » Je secoue la tête. « Je sais ce que tu penses. Ça fait à peine trois jours que je le connais. Je dramatise.

— Ça ne change rien à l'affaire. C'est une question de lien. Quand le lien existe et qu'on le coupe, tu as l'impression que tes poumons ne peuvent plus se remplir, comme si on t'avait vidée de tous tes atomes de joie. Tu ne peux plus respirer, tu ne peux plus manger, tu ne peux plus dormir. Et tu sais, tu sais dur comme fer, que tu ne seras plus jamais la même. »

Je lui jette un coup d'œil.

« Mais finalement, on reste la même, non ?

— Non, Em. On n'est jamais la même », répond-elle avec un hochement de tête.

Je grimace, gagnée par la terreur, imaginant une vie entière de tristesse. Elle me tapote le genou.

« Mais tu deviens meilleure. Carrément meilleure. »

#

Cinq heures plus tard, au moment où je commence enfin à me détendre au volant, nous atteignons la province de Salerne. À l'ouest, j'aperçois Naples. Plus que cinquante-neuf kilomètres avant Ravello. Presque instantanément, le paysage change. Fini la longue ligne de l'autoroute A1 : elle est remplacée par des routes extrêmement pénibles, étroites, avec des courbes en épingle à cheveux creusées à flanc de falaise.

Le véhicule rugit en gravissant la montagne déchiquetée. Lucy se tient droite, le visage tendu.

« Tu vas y arriver », dit-elle.

Mais elle se cramponne au tableau de bord comme si elle s'agrippait à la saillie rocheuse. Mes mains transpirent. J'ai le souffle coupé quand j'aperçois le golfe de Salerne écumeux de l'autre côté de la falaise en dents de scie.

« Putain ! je m'exclame, luttant contre le vertige.

— Ne regarde pas en bas. »

Mon cœur tonne dans ma poitrine.

« Je hais cette route !

— Au moins, si on a un accident, on foutra en l'air le précieux SUV de Gabe. »

Je plisse les yeux, concentrée sur la route devant moi. Je retiens mon souffle en prenant un nouveau virage en épingle à cheveux. Je lève le pied quand nous tombons sur un autocar. Il suit un camping-car, si bien que nous avançons au pas. Derrière moi, une file de voiture commence à se former. Le conducteur qui me suit me colle. Il fait des embardées sur la gauche, visiblement impatient de doubler ma voiture… le bus… et le camping-car.

« Détends-toi, Em. Ne fais pas attention aux voitures que tu ralentis.

— Qu'est-ce que je suis censée faire ? Je ne peux quand même pas doubler ! »

La voiture derrière moi klaxonne. Lucy se retourne brusquement pour lui faire un doigt d'honneur.

« Arrête. Il est déjà agressif. N'empire pas la situation. »

Le conducteur klaxonne encore. C'est trop dangereux pour lui de dépasser d'un coup notre voiture, le bus et le camping-car. Il veut que je double en premier. « Merde ! »

Nous passons un virage, puis une ligne droite s'étend devant nous.

« Vas-y ! Dépasse les escargots ! Maintenant !

— Quoi ? Non ! »

La longue file de voitures derrière nous se met à klaxonner en chœur. Ma poitrine se contracte. C'est à moi de jouer pour que le trafic reprenne. Tout mon corps tremble. Je mets le clignotant et, avec la plus grande prudence et la plus vive inquiétude, je déboîte.

« Accélère ! » crie Lucy.

J'enfonce la pédale et la voiture bondit en avant. J'ai presque dépassé le bus quand un virage apparaît au loin.

« Oh, mon Dieu ! » je m'écrie.

Le moteur gémit en rétrogradant dans la pente de la montagne. Je veux me caler entre le bus et le camping-car, mais il n'y a pas la place.

« Laisse-moi me ranger ! » je crie au moment où Lucy hurle : « Fonce ! »

J'appuie le pied sur l'accélérateur. Je n'ai pas d'autre choix que d'essayer de doubler aussi le camping-car. Je transpire à grosses gouttes.

« Waouh ! Tu vas y arriver, Em ! »

À une centaine de mètres, je vois une voiture déboucher du virage. Elle se dirige droit vers nous.

« Oh, putain ! On va mourir ! » s'écrie Lucy en se couvrant la tête et en se ratatinant sur son siège.

J'agrippe le volant, en pleine crise de tachycardie. *Je vous en prie, mon Dieu ! Aidez-moi !* J'enfonce le pied sur le champignon. La voiture se rapproche. Le camping-car s'étire à côté de moi telle une interminable boîte d'aluminium. « Laisse-moi passer, trouduc ! »

Juste à temps, je tourne le volant pour me ranger sur ma voie. La voiture nous croise à toute allure.

Je laisse échapper un bruit entre le sanglot et le râle. « Oh, mon Dieu ! » Je jette un coup d'œil vers Lucy. Elle est recroquevillée sur le plancher de la voiture, la tête entre les mains. « Tu peux te rasseoir. »

Lentement, elle remonte sur son siège. « Putain, Em, t'as failli nous tuer ! »

Je pousse un gloussement nerveux. « Je t'avais prévenue.

— J'avais dit OK pour le nez arraché, pas pour l'urne funéraire », lâche-t-elle avec un sourire.

Dans l'endroit sombre au fond de moi où la peur a éclaté, une porte s'ouvre. La lumière entre à flots. Je me mets à rire, doucement. Lucy se joint à moi, et c'est bientôt l'hystérie. Comme saoules, nous nous libérons de la peur, du choc et de la tension. Lucy martèle le tableau de bord, les larmes ruisselant sur ses joues.

« La tête que t'as fait quand la voiture a surgi de nulle part ! »

Un petit gloussement se fait entendre derrière nous.

« Désolée, tante Poppy, dis-je en jetant un œil dans le rétroviseur. On va se calmer. Rendors-toi.

— Pour rater le meilleur ? Pas question ! »

35

Poppy – 1960
Ravello, côte amalfitaine, Italie

Le lourd portail de la cathédrale a grincé. Nous avons trempé les doigts dans le bénitier et nous sommes signés. L'église obscure était déserte et sentait l'encens et les tapis moisis. Des rangées de cierges luisaient dans une chapelle, flammes couronnées de blanc dans une mer de silence.

Rico m'a fait remonter l'allée centrale jusqu'à l'autel, puis il s'est tourné vers moi, les yeux brillants, et a pris mes mains dans les siennes.

« Moi, Erich Joseph Krause, je te reçois, Paolina Marie Fontana, comme épouse. Je te promets de t'aimer fidèlement tout au long de ma vie, jusqu'à ce que la mort nous sépare. »

J'ai posé une main sur mon menton tremblant et j'ai récité ma partie, la gorge si serrée que les mots pouvaient à peine sortir.

« … jusqu'à ce que la mort nous sépare.

— Puis-je embrasser la mariée ? »

Il a pris mon visage entre ses mains. Au moment où ses lèvres rencontraient les miennes, des pas nous ont fait sursauter. De l'obscurité a surgi un prêtre, un jeune homme avec les cheveux bruns et un long nez fin.

Il a gravi les trois marches de l'autel pour nous rejoindre. « Inclinez vos têtes », a-t-il dit. Puis il a posé les mains sur nous.

« Que Dieu vous bénisse et vous protège. Qu'Il facilite le chemin devant vous. Qu'Il vous donne la grâce et l'humilité nécessaires pour accepter aussi bien les joies que les souffrances. Qu'Il vous rende aussi forts que le séquoia face aux épreuves et aussi souples que le saule quand le pardon vous appelle. Et surtout, que vous vous aimiez dans la joie, la gratitude et la fidélité, au nom du Christ. Amen.

— Amen », avons-nous répété, bouleversés par cette bénédiction inattendue et l'apparition mystérieuse de cet homme saint surgi de nulle part.

Nous avons remercié le jeune prêtre et quitté l'église comme un couple marié, si l'on peut dire. À peine étions-nous sortis de la cathédrale que Rico m'a attirée à lui pour m'embrasser.

« Comment dit-on "mon mari" en allemand ?

— *Mein Ehemann*, a-t-il répondu avant de me caresser la joue. Un jour, quand tes parents m'accepteront, nous retournerons ici pour une vraie cérémonie et je serai vraiment ton mari.

— Une vraie cérémonie ? Un vrai mari ? » J'ai secoué la tête. « *Mein Ehemann*, nous sommes mariés. Ça ne pourrait pas être plus réel.

— C'est ce que je ressens aussi », a-t-il dit en pressant ma main.

Un objet brillant a attiré mon regard sur la marche. Je me suis penchée pour le ramasser.

« Une pièce porte-bonheur », ai-je dit en la montrant à Rico.

Nous avons contemplé la pièce ensemble, comme si elle détenait un pouvoir magique.

« J'espère que nous serons là, sur ces marches, à ton prochain anniversaire, aussi amoureux qu'aujourd'hui », a dit Rico en posant sa main sur la mienne.

J'ai été parcourue d'un frisson. Malgré la joie présente, je crois que nous sentions tous les deux, au fond de nous, que des jours sombres nous attendaient.

« L'année prochaine ? C'est trop facile, ai-je dit pour essayer d'alléger le poids qui pesait soudain sur notre avenir.

— D'accord, a-t-il dit en se frottant le menton. Nous reviendrons ici pour ton trentième anniversaire.

— Dans neuf ans ? C'est encore trop facile. » J'ai serré la pièce dans ma main et cherché dans le ciel mon étoile préférée, me demandant comment nous pourrions garantir notre avenir. « Nous serons tous les deux ici, sur les marches de la cathédrale de Ravello, le jour de mon quatre-vingtième anniversaire. Promets-le-moi, *mein Ehemann*. »

Il a souri, mais ses yeux étaient brillants de larmes.

« Oui. Le jour de tes quatre-vingts ans. Je te le promets. »

36

Emilia
Ravello, côte amalfitaine

On dit que certaines personnes, en découvrant un endroit – une grande ville ou un village, un vieux château ou une cabane au bord d'un lac –, ont le sentiment de rentrer chez elles après un long voyage. Poppy appelle *hiraeth* ce désir ardent d'un chez-soi, d'un endroit où l'on se sente à sa place, quand bien même on n'aurait jamais eu conscience qu'il nous manquait. Alors que j'avance dans le village perché de Ravello, j'ai soudain l'impression de comprendre.

Le soleil disparaît derrière la mer Tyrrhénienne et la ville immaculée se mue en une aquarelle aux teintes pastel. Des haies de bougainvilliers magenta créent de luxuriante touches de couleur et l'on voit partout des pots de géraniums rouges, de roses trémières mauves et de mufliers jaunes.

« Me voilà chez moi ! s'écrie Poppy. Enfin ! »

Elle abaisse sa vitre, faisant entrer une brise au parfum de rose et de sel marin, et inspire profondément.

De l'autre côté de la falaise, la Méditerranée fredonne une berceuse apaisante. La tension de la journée semble se dissiper dans ce village tranquille de moins de trois mille âmes. Mais on sent une énergie, aussi. Des marcheurs avec des bâtons gravissent les trottoirs sinueux, des cyclistes nous saluent en passant comme des flèches.

Je m'arrête devant un élégant hôtel de charme au milieu de la piazza del Duomo et observe la magnifique fontaine dans la cour. Ma main est douloureuse quand je retire la clé de contact. Je pousse un soupir.

« Merci, Seigneur. »

Lucy sourit.

« Tu l'as fait, Em. T'as conduit ! Et t'as été carrément géniale ! »

Poppy s'apprête à ouvrir la portière, mais Lucy se retourne.

« Pas si vite, Pops. Tu as été mariée depuis tout ce temps ? Pourquoi ne nous as-tu rien dit ? »

Je me tourne aussi, impatiente d'entendre la réponse de Poppy. Elle regarde par la fenêtre.

« Nous n'avions pas de témoins, pas de papiers. Nous vivions dans le péché. Rétrospectivement, je me dis qu'on aurait dû aller plus loin. Nous n'avons même pas pensé à faire un mariage civil. Mais, à vrai dire, nous ne savions pas que le temps nous était compté. »

Le regard de Lucy glisse de Poppy vers moi, puis de nouveau vers Poppy.

« Quand même. Ça veut dire que le sort est levé, non ? En fait, il n'y a jamais eu de sort !

— Rico et moi pensions que Dieu, notre Dieu, avait béni notre mariage. Nous sommes allés dans une bijouterie acheter des anneaux en argent à peine plus chers qu'une bouteille de lait. Nous sommes souvent retournés à la cathédrale en demandant à voir le jeune prêtre qui était apparu cette nuit-là. Mais le père Pietro, dont les cheveux étaient aussi blancs que la cendre, soutenait qu'il était le seul curé de la paroisse. Nous attendions la sortie de la messe du dimanche pour demander aux fidèles. Personne ne connaissait le jeune prêtre aux cheveux bruns et au long nez fin.

— Qu'est-ce que ça veut dire ? Vous êtes légalement mariés ou pas ?

— Était-ce légal ? Était-ce moral ? Les autres vont-ils me croire ? Me critiquer ? M'abandonner ? » Elle presse sa main sur l'épaule de Lucy, et je sais qu'elle est en train de parler de Sofie, pas de Rico. « Peut-être qu'ils le feront. Mais quand tu connais l'amour, quand tu connais la vérité, tu sais répondre avec confiance. Et le plus souvent, la réponse est simplement : "Qu'est-ce que ça peut faire ?" »

#

Notre chambre, au deuxième étage du Michelangelo, est encore plus somptueuse que celle de Venise, avec ses murs bleu barbeau surmontés de riches moulures, ses tableaux modernes, son petit salon et ses deux lits king size. Lucy et moi défaisons nos valises, mais Poppy s'écarte pour jeter un œil par la fenêtre. Je range ma valise dans le placard et la rejoins.

« Qu'est-ce que tu regardes ? »

Elle m'attire contre elle. De l'autre côté de la piazza pavée, une jolie église blanche nous regarde. Comme une paire d'yeux, deux fenêtres cintrées surmontent une porte verte à doubles battants.

« C'est là-bas, dit-elle en pointant le doigt, que je retrouverai Rico demain. »

L'espoir dans sa voix me fend le cœur. J'ouvre la bouche pour la mettre en garde. Mais je la referme aussitôt. Quel mal y a-t-il à laisser cette vieille dame farouchement optimiste croire que c'est possible, une journée encore ?

#

La cloche de l'église sonne sept coups et des couples bien habillés sortent dîner. La douceur de la soirée appelle les sandales et les jupes, mais Poppy opte pour une veste rose en fausse fourrure. Elle propose de s'arrêter à la Villa Rufolo avant d'aller au restaurant. « C'est un marchand fortuné qui l'a fait construire au XIIIe siècle. Rico et moi adorions ses jardins. »

La plupart des touristes sont déjà partis. Tout est calme quand nous pénétrons dans ce qui ressemble à une ancienne tour de guet. Nous passons une entrée voûtée et continuons notre chemin sur une allée bordée de tilleuls et de cyprès.

Poppy s'arrête.

« Fermez les yeux. »

Quand je les rouvre, je reste bouche bée. J'ai l'impression d'avoir été transportée dans la cour d'un château de conte de fées. Une fontaine circulaire se dresse au milieu, entourée d'un parterre à la géométrie parfaite, accueillant des plantes tropicales luxuriantes et des roses de toutes les variétés et couleurs. J'avance vers le bord de la terrasse, aimantée. Comme soigneusement mis en scène, un pin parasol s'élève parmi les fleurs. Cent mètres plus bas, le golfe de Salerne scintille sous un ciel talé de pourpre et d'or.

« On l'appelle le jardin de l'Âme, commente Poppy en me rejoignant. Rico jouait parfois du violon ici. »

Elle se tourne et regarde lentement autour d'elle. Il me faut un moment avant de comprendre qu'elle le cherche. Lucy nous ramène au présent.

« Vous n'avez pas faim ? »

Nous marchons jusqu'à l'Antica Cartiera, un restaurant de fruits de mer intime qui surplombe la côte, perché sur les rochers. Poppy commande une bouteille de campania, vin blanc gouleyant qui me picote la langue. Les vagues se brisent contre les falaises et nous nous régalons d'un tartare de thon, de gros morceaux de homard couleur corail et de soufflés aux fruits de mer accompagnés de fenouil sauvage et de tomates fraîches. Poppy tapote sa perruque toutes les cinq minutes pour s'assurer qu'elle est bien en place. Chaque fois que quelqu'un entre sur la terrasse, elle relève la tête. Et chaque fois, mon cœur se serre.

Le serveur nous ressert du vin.

« À mes superbes filles, lance Poppy en levant son verre. Luciana, tu as enfin compris que tu n'avais pas besoin de sacs à main chics. »

Le visage de Lucy s'éclaire.

« Oui, j'ai compris maintenant. Je choisissais des sacs à main alors que j'ai toujours été du genre sac à dos.

— Tu deviens la femme que tu devais être.

— C'est vrai, dis-je à Lucy en trinquant avec elle.

— Et toi alors ? Regarde-toi ! Tu as tenu tête à Daria. Et tu as conduit sur ces routes atroces. »

Une vague de fierté m'envahit. Pendant une décennie, j'ai vécu dans une petite bulle où je pouvais tout faire à pied. Je me suis laissée manipuler par la peur, et ça, oui, c'était vraiment un triste sort.

« En plus, lance Poppy en trinquant avec nous, Emilia a survécu à son premier vrai chagrin d'amour. »

Je grogne. « Merci pour le rappel.

— Tu vas enfin pouvoir écrire ton roman d'amour.

— J'étais déjà en train de l'écrire.

— L'outil le plus important d'un artiste, il est là, dit-elle en montrant son cœur. Tu as enfin ouvert le tien. Jusqu'ici, tu écrivais avec la tête. Au moins, ma chérie, tu écriras maintenant avec le cœur. »

Je voudrais être en colère. Je voudrais jouer la victime un peu plus longtemps. Mais, comme toujours, elle a raison. Je connais les choses de l'intérieur maintenant. Je ne suis plus celle qui reste le nez collé à la vitre à regarder les autres en se demandant ce que ça fait d'être amoureux.

Notre serveur glisse une énorme *pastiera* napolitaine sur la table. Poppy est la première à plonger sa fourchette dans le gâteau crémeux. Elle ferme les yeux.

« *Delizioso !* » Elle essuie ses lèvres avec sa serviette. « La légende dit qu'une femme a laissé au bord de la mer un panier rempli d'œufs et de ricotta, de fruits confits et de fleurs d'oranger. C'était son offrande aux dieux, pour s'assurer que son mari parti pêcher en mer rentrerait sain et sauf. De retour sur le rivage le lendemain matin, elle a découvert que les vagues avaient mélangé les ingrédients. Quand son mari est rentré à la maison, elle avait une magnifique *pastiera* pour lui.

— Joli, commente Lucy en léchant sa fourchette. Mais je préférerais entendre ton histoire. Tu nous as laissées sur notre faim. » Elle donne un petit coup de coude à Poppy. « Ta nuit de noces. »

Poppy glousse et balaie sa demande d'un revers de main.

« Je me contenterai de dire que c'était merveilleux. » Son sourire s'évanouit. « Mais toutes les bonnes choses ont une fin. »

37

Poppy – 1960-1961
Ravello, côte amalfitaine, Italie

C'était un vendredi nuageux de novembre, précisément quatre semaines après notre mariage. Rico et moi faisions tranquillement le marché, choisissant des melons et des tomates fraîches, quand quelqu'un l'a interpellé.

« Erich ? Erich Krause ? *Sind Sie das ?* »

L'accent était indubitablement allemand. Mon cœur s'est emballé. Rico aussi était en alerte, je l'ai senti. Même si beaucoup de gens s'enfuyaient de RDA, il n'avait jamais croisé de visage connu depuis son arrivée en Italie. Je voyais soudain le prix que cela coûtait, d'être un fugitif. Il semblait pétrifié, comme si les gardes-frontière l'avaient finalement rattrapé.

Il a serré ma main et s'est lentement retourné. Devant nous se tenait un jeune homme au visage rond, avec des joues roses et un sourire contagieux. Rico a soupiré avec soulagement et ses épaules se sont relâchées.

« Fritz Kuhlman ! » Ils se sont serré la main et donné des tapes dans le dos.

« Depuis combien de temps es-tu en Italie ? »

Il parlait en allemand, mais je comprenais l'essentiel de ce qu'il disait.

« Je me suis enfui le mois dernier. Je suis ici depuis une semaine seulement.

— *Darf ich vorstellen ?* a dit Rico en me faisant approcher. *Meine Frau.* »

Une bouffée de fierté m'a réchauffé le cœur. Il me présentait comme sa femme. Quoi qu'il puisse arriver, nous étions unis, jusqu'à ce que la mort nous sépare.

Fritz m'a regardée, puis ses yeux sont revenus vers Rico. « *Frau ?* » a-t-il répété en plissant le front.

Il s'est mis à parler si vite que je ne pouvais plus suivre. Mais j'ai reconnu un mot. Karin. Il est revenu plusieurs fois, avec un autre, *Verlobte*. Fiancée.

Rico se tendait à chaque fois qu'il entendait le prénom.

« *Nein. Nein*, disait-il en secouant la tête. Je ne l'aime pas. Elle le sait. »

Il s'est tourné vers moi, sans doute dans l'espoir de changer de sujet.

« Fritz vient de ma ville, Radebeul. Il était à l'école avec ma sœur, Johanna. »

J'ai écouté Fritz raconter la pénurie alimentaire, le renforcement des contrôles aux frontières, comment le gouvernement communiste s'emparait des affaires privées. Mes mains tremblaient et je sentais un nœud se former dans mon estomac. Fritz avait envahi notre petite bulle, et j'avais la certitude qu'il cachait un poignard dans sa manche.

« Et ma famille, a dit Rico en avançant d'un pas et en lâchant ma main. Mon père a toujours son atelier ? Comment va ma mère ? Et Johanna ?

— Tu n'es pas au courant ?

— Au courant de quoi ? Tu as des nouvelles ? »

Fritz a baissé les yeux et s'est frotté la nuque.

« Ton père... il a eu une attaque. Il... Il est...

— Mon Dieu ! s'est écrié Rico en prenant Fritz par les bras. Il est vivant ? Dis-moi !

— Oui, aux dernières nouvelles, il était en vie. Mais il n'est plus le même. L'État ne va pas tarder à reprendre le garage de ton père, si ce n'est pas déjà fait. »

#

Nous avons couru à la Poste. Ça faisait des semaines que Rico n'avait pas appelé chez lui. Sa famille ne savait rien de moi ni de sa nouvelle vie à Ravello. Nous étions si pris par notre amour et notre vie ensemble que plus personne ne comptait. Nous comprenions maintenant à quel point nous avions été égoïstes.

Il a passé trois heures à tenter d'appeler le garage de son père. J'étais debout à côté de lui, à masser ses épaules pour dénouer les tensions, à lui apporter de l'eau dans des tasses en carton et à l'écouter pester contre lui-même. Enfin, à quatre heures, il a obtenu la communication. Nous avons retenu notre souffle pendant que le téléphone sonnait une fois. Deux fois.

« *Krause Autoreparatur.* »

Je me suis serrée contre lui, suffisamment pour entendre une voix de femme dans le combiné.

« Johanna », a dit Rico, la voix si chargée d'émotion qu'il pouvait à peine prononcer un mot.

Ils ont parlé en allemand, Rico et sa sœur, un feu roulant de questions-réponses. Les mots et les phrases me faisaient mal.

« *Komm nach Hause.* »

« *Du musst.* »

« *Wir brauchen dich.* »

Viens à la maison.

Tu dois rentrer.

Nous avons besoin de toi.

#

Puis nous avons quitté le bureau de poste, mon beau monde soudain devenu trouble. Rico m'a fait asseoir sur le rebord de la fontaine de la Villa Rufolo. En agrippant mes mains, il m'a expliqué l'état de son père.

« Il a perdu l'usage de toute la partie gauche de son corps. Il ne peut pas lever une fourchette, encore moins une clé en croix. Il ne parle plus et reste toute la journée assis dans un fauteuil roulant. Ma mère doit le nourrir et le laver comme un petit enfant. Elle est au bout du rouleau, à ce que dit Johanna. »

Il a détourné le regard. Je lui ai frotté le dos jusqu'à ce qu'il puisse de nouveau parler.

« Johanna essaie de faire tourner le garage, je ne sais pas comment. Elle n'y connaît rien en mécanique. Son mari essaie de l'aider, mais ils perdent des clients. Les autorités sont venues deux fois. Ils font pression sur Johanna, et aussi sur ma mère. Ils veulent savoir où j'habite, pourquoi je ne suis pas rentré. Mon visa a expiré depuis longtemps. Les autorités menacent Johanna. Ils lui disent que si je ne reviens pas, le garage de mon père sera repris par le VEB, le Volkseigener Betrieb. »

J'ai été parcourue d'un frisson. Si Rico ne rentrait pas, l'affaire familiale – que son père avait montée et aimée – deviendrait la propriété du gouvernement.

« Nous devons y aller, sans tarder », ai-je dit doucement.

Il a hoché la tête.

« Non. Chez moi, c'est ici, en Italie, avec toi. »

Mais je savais ce qui se passerait s'il n'essayait pas de les aider ; son cœur ne s'en remettrait jamais.

« La famille passe avant tout. Tu me l'as souvent dit. Nous irons en Allemagne. Tu travailleras au garage jusqu'à ce que ton père se rétablisse. »

Il a pris une grande inspiration, puis il a soupiré et j'ai vu ses épaules s'affaisser.

« Tu as raison. Je dois y aller. » Il m'a regardée droit dans les yeux. « Seul. »

Je me suis levée d'un coup.

« Je suis ta femme. Je partirai avec *mein Ehemann*.

— L'Allemagne de l'Est n'est pas un pays où l'on va en visite ! » Il n'avait jamais parlé avec tant de dureté, et j'ai refoulé mes larmes d'un battement de paupières. Sa voix s'est adoucie. « Tu rentreras chez tes parents à Trespiano. » Il m'a caressé la joue. « Je t'aime, Poppy. Je t'aimerai toujours. Mais je dois rentrer chez moi. Et toi aussi. Je viendrai te chercher quand mon père ira mieux. Et cette fois, je serai ton mari, plus ton prétendant. Ton père ne nous arrêtera pas. »

Même s'il essayait de prendre un ton optimiste, son regard était voilé de chagrin. J'aurais voulu l'aider à soulager sa douleur. Mais j'étais trop égoïste.

« Non. Je ne peux pas vivre sans toi.

— Tu ne seras jamais sans moi, a-t-il murmuré avant de m'embrasser sur le front. Quand je rentrerai, je te construirai une belle maison. Nous aurons des enfants. Ils auront tes yeux. Ils seront libres. » Il a pris mon visage entre ses mains. « Et le jour de ton quatre-vingtième anniversaire, nous monterons ensemble les marches de la cathédrale de Ravello. Je te le promets. »

#

Ce soir-là, j'ai pris sa vieille sacoche en cuir. J'ai sorti de notre armoire le bocal de pièces où nous mettions nos économies, surprise de voir qu'il était devenu si lourd. Dans quelques années, nous aurions peut-être eu les moyens d'acheter la petite maison de nos rêves. Mais ce souhait semblait si lointain à présent.

J'étais en train de mettre le bocal dans sa sacoche quand Rico est entré dans la chambre.

« Non », a-t-il dit.

Il a ouvert le bocal et a mis dans sa poche juste assez d'argent pour son voyage, puis il me l'a rendu.

« Tu en auras besoin pour retourner à Florence. »

J'ai soudain été prise de terreur. Comment serais-je accueillie ? Rosa serait de mon côté, bien sûr. Mais mon père me détestait. Ma mère me rendrait la vie impossible. Malgré tout, rentrer chez moi était facile, comparé à ce que mon Rico allait devoir affronter.

Quand il a quitté la pièce, j'ai pris assez d'argent dans le bocal pour payer mon billet de train et acheter l'indispensable au marché. J'ai mis le reste dans une enveloppe, avec un petit mot.

Rentre sain et sauf, mon amour. D'ici là, sache que je t'aime, que je prie pour toi, que tu me manques chaque seconde, chaque heure, chaque jour.

J'ai essuyé les larmes de mes joues. J'essayais de sembler confiante, mais j'étais terrifiée à l'idée de le perdre. J'ai scotché sur le mot ma pièce porte-bonheur, celle que j'avais trouvée sur les marches de la cathédrale de Ravello.

Je te reverrai très bientôt. Et rappelle-toi, nous serons ensemble à la cathédrale le jour de mes quatre-vingts ans.

#

Une dernière fois, nous avons regardé ensemble le coucher de soleil sur le toit, en buvant du vin jusqu'à ce que le ciel safran devienne noir. Le lendemain matin, je l'ai aidé à finir de préparer ses bagages. Déjà, je me sentais vide, abandonnée. Mes yeux se sont remplis de larmes pendant que j'enveloppais le pain et le jambon dans du papier sulfurisé en prévision du long voyage qui l'attendait. Serait-il arrêté quand il arriverait enfin chez lui ? Serait-il mis en prison et battu ?

Son plan était d'aller en train jusqu'à la frontière italienne. De là, il utiliserait sa bicyclette, ou la générosité de ceux qui voudraient bien le prendre en stop. Une fois arrivé à Berlin-Ouest, il utiliserait son billet retour, celui qu'il avait acheté près de deux ans plus tôt en comptant ne jamais l'utiliser, pour retourner en RDA, la prison qui était autrefois son pays.

À la frontière, les gardes allaient l'interroger, le harceler pour savoir où il était allé. Ils finiraient bien sûr par le laisser rentrer dans ce pays coupé du reste du monde qu'était devenue l'Allemagne de l'Est. « Leur mission est d'empêcher les gens de sortir, pas de les refouler aux frontières », m'avait-il expliqué.

Car quelle personne avec toute sa tête choisirait de retourner à l'Est ?

« Je te contacterai dès que je serai à Radebeul.

— Des lettres t'attendront déjà quand tu arriveras.

— N'envoie rien avant d'avoir reçu ma première lettre. » Il a déposé un baiser sur le bout de mon nez. « Ensuite, tu pourras m'écrire tous les jours.

— Pourquoi faut-il attendre ?

— Les autorités ouvrent et censurent le courrier. Parfois, ils le détruisent complètement. S'ils interceptent tes lettres, ils sauront que je m'étais enfui. Et ils me le feront payer quand je tenterai de rentrer. »

J'ai frémi, essayant de ne pas penser à mon mari battu par les gardes est-allemands.

Il a sorti un petit couteau de sa poche avant de monter sur une chaise. Au-dessus de la porte de notre chambre, il a gravé une simple phrase.

Nous avons choisi l'amour.
PF & EK

Nous nous sommes reculés pour lire l'inscription. Je suis tombée dans ses bras en souhaitant pouvoir mourir là.

#

J'aurais pu le supplier de rester. Il l'aurait fait, je le savais au fond de moi. Mais comme il me l'avait dit un jour, personne ne devrait être obligé de choisir entre le sang et l'eau.

Pour la première fois de ma vie, j'étais seule. Mon train partait à quatre heures, ce qui me laissait le temps d'empaqueter les affaires du minuscule logement. Mais je n'arrivais pas à rassembler mon énergie. Je tournais en rond dans l'appartement, vidée, comme si mon âme même m'avait été arrachée.

J'avais promis à Rico de retourner à Trespiano. Mais j'étais abattue à l'idée de retrouver la ferme froide et le mauvais caractère de Papà. Peut-être finirais-je par être pardonnée. Mais le pardon de mes parents aurait un prix. Je serais obligée de partir, d'aller en Amérique avec Rosa et d'épouser Ignacio. C'était impensable. J'étais déjà mariée, unie pour la vie à un homme que j'aimais plus que tout au monde.

Les heures passaient. Je n'ai pas fait mes bagages – j'en étais incapable. J'ai décidé d'attendre encore un jour avant de rentrer à la maison. Je me sentais un peu moins seule dans notre petit appartement où la chemise de Rico était encore accrochée dans l'armoire, où sa brosse à dents côtoyait la mienne dans un verre à côté du lavabo, où je dormais la nuit sous l'édredon miteux que nous avions partagé.

Un autre jour est passé. Puis un troisième. Le voyage du retour m'apparaissait comme une forêt remplie de fumée, dans laquelle je devrais bientôt pénétrer. J'ai été gagnée par la peur. Puis par un sentiment de force. À la fin de la semaine, j'avais pris ma décision. Je ne retournerais pas à la ferme. Je ne voulais pas, je ne pouvais pas quitter ce petit appartement au-dessus de la boulangerie, le seul endroit où je m'étais jamais sentie vraiment chez moi.

Mais Rico pensait que j'étais à Trespiano. Et j'avais promis d'attendre qu'il soit de retour chez lui avant de lui écrire. Il enverrait ses lettres chez mes parents. J'ai écrit à Rosa pour lui demander de faire suivre les lettres quand elles arriveraient.

En l'espace d'une semaine, j'avais déjà trouvé un second emploi. Le matin, je faisais le pain dans la boulangerie d'en bas, le soir, je travaillais dans la cuisine d'une pizzeria non loin de la maison. Deux salaires, même misérables, me rapporteraient assez pour m'en sortir.

Chaque jour, je priais pour que Rico soit en sécurité, j'implorais Dieu pour qu'il le garde en bonne santé, qu'il lui donne de la force et du courage. Un mois a passé. Tous les matins, en sortant de la boulangerie, je me précipitais au bureau de poste, le cœur battant dans l'espoir de trouver une lettre renvoyée de la maison. Au lieu de quoi, je découvrais des missives de Rosa qui s'épanchait page après page sur le gouffre qu'elle sentait se creuser entre elle et Alberto. Elle était convaincue qu'elle ne le méritait pas, qu'il finirait tôt ou tard par la quitter. Elle se réveillait la nuit en pleurs, terrifiée à l'idée qu'Alberto l'abandonne. Et quand elle se tournait vers lui pour chercher du réconfort, il était incapable de lui en donner. Il la traitait d'idiote, ce qui la démoralisait encore un peu plus. Elle faisait part de ses craintes à Mamma, qui lui assurait que tout irait mieux dès qu'elle aurait un enfant. À la fin de chacune de ses lettres déchirantes, elle ajoutait : « Toujours rien de Rico. »

Je sentais un changement chez ma sœur. Son obsession la taraudait. Minée par son incapacité à se faire aimer d'Alberto, elle s'était renfermée sur elle-même.

Dans mes heures les plus noires, je me demandais si l'amour existait. Était-il possible que nous soyons toutes deux condamnées à souffrir, à chercher désespérément quelque chose que nous n'avions jamais reçu ?

#

Le maussade mois de février m'a plongé dans le désespoir. Il n'y avait plus de soleil en moi. Le rire était devenu un son étranger. Je passais mes quelques heures de temps libre à écrire des lettres implorant Rico de revenir. Des lettres que je ne pouvais pas envoyer. Je remplissais des pages entières, déversant ma tristesse, lui avouant que je n'étais pas aussi courageuse que je l'avais prétendu. Ni aussi altruiste. Que j'avais besoin de lui et tant pis pour sa famille : j'avais plus besoin de lui qu'eux.

Chaque journée était une corvée monotone, vingt-quatre heures de néant. Je faisais la plonge à la pizzeria jusqu'à minuit et me levais à quatre heures pour cuire le pain à la boulangerie Piacenti en bas de chez moi.

J'étais épuisée. De deux heures de l'après-midi à six heures, je restais allongée sur le lit de notre chambre minuscule à regarder fixement les mots que Rico avait gravés au-dessus de la porte, cherchant vainement le sommeil. Mais la lumière vive du soleil me traquait. Les quatre murs qui avaient accueilli le rire et la passion étaient devenus un four qui m'interdisait tout repos. Les bruits de la rue me narguaient, s'insinuant chez moi par les fenêtres ouvertes – les filles qui papotaient devant la boulangerie, le rire sonore d'une femme. Les sons d'une personne que j'avais été moi aussi.

Mes lèvres étaient gercées. Ma bouche avait un goût de carton. Je ne pouvais rien garder dans mon estomac, pas même l'eau. Un jour, après m'avoir entendue vomir dans les toilettes, mon patron à la pizzeria m'a renvoyée à la maison plus tôt que prévu. À neuf heures du soir, les rues étaient déjà sombres. Dans mon esprit, des hommes mauvais me traquaient. Des ombres, que je prenais pour des loups, étaient tapies sous les porches. Plus vite ! Je devais avancer plus vite ! Mais mes pieds étaient lourds comme du béton. Je pouvais à peine avancer. J'ai réussi à atteindre notre immeuble avant de m'écrouler dans la cage d'escalier.

Je suis restée là, par terre, à bout de souffle, essayant de rassembler mes forces pour monter les six dernières marches.

C'est à ce moment-là que j'ai entendu le bruit – un craquement sur le palier du haut. Une porte s'est ouverte. Pas n'importe quelle porte, la nôtre ! J'ai levé la tête. J'ai cligné des yeux plusieurs fois en tentant de comprendre comment il était possible que je voie le visage qui me faisait face. Pour la première fois depuis deux mois, ma poitrine s'est gonflée de bonheur. Puis tout est devenu noir.

38

Emilia – 8e jour
Ravello
Anniversaire de Poppy

Le bruit de l'eau qui coule me réveille. La chambre d'hôtel est encore plongée dans l'obscurité, mais un rai de lumière filtre sous la porte de la salle de bains. Poppy est déjà debout. C'est le grand jour.

La veille, Lucy et moi l'avons bombardée de questions. Qui était dans la cage d'escalier ? Était-ce Rico ? Était-il revenu ? Mais elle avait gardé le silence, comme épuisée par le souvenir de ses mois de solitude.

Je saisis mes lunettes et mon portable. Maintenant, je connais au moins son nom de famille. Je tape *Krause Autoreparatur, Radebeul* sur la barre de recherche. Merde. Aucune entrée. Ensuite, je tape *Erich Krause.* Plus de trois mille liens apparaissent.

« Qu'est-ce que tu fais ? » demande Lucy d'une voix endormie.

Elle allume la lampe de chevet et se roule sur le côté.

« J'essaie de retrouver Rico. » Je lui montre l'écran. « Regarde-moi toutes ces entrées. La plupart sont en allemand. Je vais commencer par les certificats de mariage et de mort, qu'on puisse les éliminer.

— Ça va prendre une éternité. » Elle me prend doucement le portable des mains et le pose sur la table. « Mieux vaut s'en remettre au destin et laisser Poppy profiter de sa journée. »

Je suis médusée par la sensibilité de ma cousine. Il y a seulement une semaine, elle était prête à retourner aux États-Unis en disant adieu au rêve de Poppy. Elle a tellement changé, elle est plus généreuse, comme débarrassée de son amertume. Je ne saurais dire si elle croit que le sort est levé. Mais je sais qu'elle a de l'espoir, ce qui change tout.

« J'espère que le destin sera clément pour Poppy.

— J'ai un bon pressentiment », lance Lucy avec des étincelles dans les yeux.

Je détourne le regard. Depuis quand ma cousine croit-elle aux miracles ?

Et depuis quand ai-je cessé d'y croire ?

#

L'air matinal est frais. À l'horizon, des nuages cotonneux répandent une brume couleur lavande sur le village. Les gens se croisent sur la piazza, qui avec un journal et une tasse de café à la main, qui avec un plan et une ombrelle. Poppy marche devant nous vers la cathédrale, avec lenteur, mais un entrain que je ne lui avais pas vu depuis des jours. Je ralentis, nos imperméables au bras, pour la contempler avec émerveillement. Elle porte une robe blanche, un peu jaunie, froissée et de deux tailles trop grande, mais ceinturée par une bande de cuir rouge. Autour de son cou, elle a mis un foulard violet vif et ses perles turquoise. Comme toujours, une collection de bracelets orne son bras. Je souris.

« Quelle belle matinée pour ton anniversaire, dis-je en essayant d'ignorer les nuages menaçants qui se rassemblent au-dessus de la mer.

— Je savais que ce serait une belle journée, répond-elle en se tournant vers moi. Cela fait cinquante-neuf ans que j'attends cet anniversaire. J'ai même mis ma robe de mariée.

— C'est ta robe de mariée ? dis-je en la rattrapant pour observer plus attentivement le vieux lin blanc. Celle que Rico t'avait achetée ?

— Non. Celle-ci est de George Clooney. »

Des plis rieurs se forment sur ses joues mais disparaissent rapidement. Elle s'est arrêtée devant un bâtiment enduit de stuc rose avec une enseigne vieillotte qui dit *Panetteria Piacenti.*

« C'est là que tu travaillais », commente Lucy.

Mais Poppy ne regarde pas la boulangerie. Sa tête est levée vers la fenêtre à l'étage.

« Ton ancien appartement, dis-je en levant les yeux.

— Celui de Rico, aussi. »

Elle regarde fixement le bâtiment, comme elle regarderait son premier amour. Finalement, elle se signe et poursuit son chemin.

La messe du matin vient de s'achever et une demi-douzaine de personnes descendent d'un pas tranquille l'escalier de la cathédrale. La main posée sur sa gorge, Poppy examine chaque visage. Quand la dernière personne sort, elle pose un pied sur la première marche et scrute la dizaine de degrés qui s'élèvent devant elle comme si c'était l'Everest.

Lucy et moi nous rapprochons d'elle, mais elle nous chasse d'un geste, redresse les épaules et empoigne la rampe en métal. Il lui faut six minutes pour gravir l'escalier, mais elle y parvient, sans rien perdre de sa grâce. Elle halète quand j'arrive près d'elle.

« *Brava*, dis-je avant de l'embrasser sur la joue.

— Rico pourrait me voir. Je ne voudrais pas qu'il me croie incapable de monter une volée de marches. »

Je regarde la piazza en contrebas. Mais, bien sûr, Rico n'est pas là.

La première heure est pleine d'espoir. J'ouvre la porte de la cathédrale et Poppy se glisse à l'intérieur. Elle parcourt rapidement les lieux du regard, au cas où Rico aurait oublié qu'ils devaient se retrouver sur les marches. Ne le voyant pas, elle se met à rire.

« Il n'est que huit heures et demie. Le bougre a toujours adoré dormir. »

Au-dessus de nous, la cloche de l'église sonne neuf coups. Le soleil a complètement disparu et la brume tombe du ciel comme de l'eau bénite. Poppy se tient debout sous l'avant-toit de l'entrée, surveillant la piazza comme une reine son royaume. Mais cette reine-là cherche un homme, un seul. Et il est introuvable.

#

Elle ne se décourage pas de toute la matinée. Elle reste sur l'escalier dans son ciré jaune et ne se réfugie qu'une seule fois dans la cathédrale, pour « se repoudrer le nez ». Je retire mon gilet pour lui faire un coussin en haut de l'escalier, insistant pour qu'elle s'asseye sur les marches. Pourquoi n'ai-je pas pensé à apporter un siège, ou même un oreiller ? Elle rechigne, mais finit par accepter. Nous ne sommes pas trop de deux pour l'aider à s'asseoir, et je m'inquiète un instant de ne pas pouvoir la relever. Elle ne se plaint pas, mais je la vois grimacer et j'entends un souffle dans sa poitrine. Elle ne va pas bien.

Le portail s'ouvre derrière nous. Un homme aux cheveux blancs apparaît, avec un long nez fin et un col romain d'ecclésiastique. Il s'arrête en voyant Lucy, Poppy et moi juchées sur les marches comme un trio de pigeons.

« Mon père, dit Lucy, pourriez-vous nous prendre en photo ?

— Bien volontiers. »

Je tends mon portable au prêtre, qui se présente sous le nom de père Benedetto. Lucy aide Poppy à se relever. Elle fouille dans la poche de son ciré jaune.

« Laissez-moi le temps de mettre du rouge à lèvres », dit-elle, les mains tremblantes, avant d'étaler le magenta sur sa bouche.

Puis elle baisse la capuche de son ciré. Des gouttes de pluie atterrissent sur sa perruque, mais elle est trop coquette pour se laisser photographier dans un tel attirail. Elle sourit avec assurance devant l'appareil.

« *Bei sorrisi !* lance père Benedetto. Beaux sourires ! »

Il me rend le portable. Pendant que je regarde la photo, je remarque que Poppy s'approche du prêtre. Elle étudie son visage, observe attentivement son nez. Elle porte la main à sa gorge.

« C'est vous, dit-elle. C'est vous qui m'avez mariée. Il y a cinquante-neuf ans, ici même, à la cathédrale de Ravello. Mon mari était allemand. Vous vous rappelez sûrement. »

Il pince les lèvres et secoue la tête.

« Non, signora. Je suis le curé de Ravello depuis quarante ans seulement.

— Mais… »

La voix de Poppy s'évanouit.

Le prêtre se tourne et commence à descendre les marches mouillées.

« C'était sans doute un autre prêtre », dis-je en lui frottant le dos.

#

Quand les cloches sonnent douze coups, les nuages crachent de la pluie et mon estomac gargouille.

« Que diriez-vous d'aller manger ?

— Je n'ai pas de place pour la nourriture. J'ai des papillons dans le ventre. Je vais bientôt revoir mon Rico.

— Allez, viens te dégourdir les jambes. »

Mais Poppy ne veut rien entendre.

« Allez-y, les filles. Je ne veux pas rater Rico.

— Il t'attendra.

— Pourquoi le faire attendre ? Cela fait déjà bien trop longtemps. »

39

Poppy – 1961
Ravello, côte amalfitaine, Italie

La chambre baignait dans le brouillard et je sentais un gant de toilette humide sur mon front. Où étais-je ? Je me rappelais vaguement être allongée dans la cage d'escalier. J'ai essayé de me redresser, mais une main ferme m'en a empêchée.

« Reste couchée », a dit une voix lointaine.

J'étais trop faible pour lutter. J'ai fermé les yeux et me suis de nouveau laissé gagner par le sommeil. Dans mon rêve, Rosa me disait : « Ouvre la bouche. »

Soudain, quelque chose de chaud a brûlé ma langue. J'ai tressailli et ouvert les yeux.

Rosa était assise à côté de moi, sur le bord du canapé, un bol fumant dans la main. Elle a approché une cuiller de ma bouche.

« Avale ça », a-t-elle ordonné.

Le bouillon avait un goût de sel et me brûlait la gorge en descendant dans mon estomac.

« Une autre », a-t-elle dit.

J'ai mangé, obéissante, jusqu'à ce que le bol soit vide. Puis elle a porté une tasse à mes lèvres pour me faire boire de l'eau. Après deux gorgées, j'étais à nouveau capable de parler.

« Qu'est-ce que tu fais là ? ai-je demandé d'une voix éraillée.

— Une lettre est arrivée la semaine dernière, a-t-elle annoncé en posant la tasse sur la table avant de sortir l'enveloppe de sa poche. D'Allemagne. »

J'ai poussé un cri de soulagement.

« Dieu merci ! Tu as fait tout ce chemin pour ça. *Grazie*, Rosa. »

J'ai tendu le bras vers la lettre, mais elle m'a empêchée de la prendre.

« Reste tranquille. Je vais te la lire. »

Ma chère Poppy,

Je prie pour que tu lises ces mots et que tu te portes bien. Peut-être as-tu lu les autres lettres que j'ai envoyées. Peut-être pas. Comme je t'avais prévenue, les courriers en provenance d'Allemagne de l'Est sont souvent interceptés, parfois même confisqués.

Je suis de retour chez moi, même si je n'ai pas du tout l'impression que ce soit ma place, ni que ça l'ait jamais été. Mon cœur est à Ravello, dans notre appartement minuscule au-dessus de la boulangerie. Mon chez-moi est là où tu te trouves, où que ce soit...

J'avais espéré qu'à mon arrivée je trouverais mon père en voie de rétablissement. J'espérais que je pourrais encore une fois dire au revoir et retourner auprès de toi, mon amour.

Ce n'est malheureusement pas le cas. Ma mère, qui a toujours été fragile, semble avoir pris vingt ans. Elle ne peut pas finir une phrase sans fondre en larmes. Elle est si maigre que j'ai peur que ses os se brisent. Elle refuse de sortir de la maison. Elle tient à rester au chevet de mon père.

Johanna est la seule de la famille à tenir bon, mais elle ne peut pas faire tourner l'entreprise familiale sans mon aide. Son mari est un bon à rien. Johanna doit aller tous les jours en ville chercher de quoi manger. Mais c'est la pénurie et les files d'attente sont si longues qu'il faut parfois des heures pour recevoir une miche de pain. Hier, elle a pu obtenir une minuscule canette de jus de mangue, venue de Cuba, l'un de nos partenaires commerciaux communistes. Une gorgée de ce doux nectar était comme un bout de paradis dans cet endroit que j'appelle enfer.

J'ai retroussé mes manches, et déjà une dizaine de voitures attendent d'être réparées. Je passe mes journées couché dessous, à faire des vidanges ou changer des courroies de ventilateur. La tête sous ma capuche, je rêve de toi, ma femme sublime. La vision de ton visage est ce qui me permet de tenir pendant ces interminables journées de ténèbres.

Je n'ai pensé à rien d'autre depuis que je suis parti, et j'en suis arrivé à la conclusion que tu dois partir pour l'Amérique.

J'ai haleté, et Rosa a caressé ma joue.

« Écoute ce qu'il écrit. Rico a raison. Il veut ce qui est le mieux pour toi. Comme nous tous.

— Non. Je ne partirai pas. Pas avant le retour de *mein Ehemann.* »

Un éclair d'inquiétude a traversé le regard de Rosa.

« S'il te plaît, Paolina, ne sois pas stupide. Je sais que ça fait mal, mais il n'est pas près de revenir, *mia sorella ostinata.* »

L'endroit où j'ai grandi, la belle ville de Radebeul, est devenue sombre et froide. Des gardes armés surveillent les frontières entre l'Est et l'Ouest vingt-quatre heures sur vingt-quatre, rendant la fuite de plus en plus périlleuse. En vérité, amore mio, *je ne peux pas partir. Chaque jour, j'ai l'impression que la porte de la liberté se referme un peu plus devant moi. Je suis le seul à pouvoir aider ma famille à rester propriétaire du garage, donc à ne pas mourir de faim. Pire encore, je crois que je tuerais ma mère si je disparaissais de nouveau.*

Une fois, tu as parlé de venir me rejoindre ici. Je te l'avais défendu, et je suis encore plus catégorique aujourd'hui. Je vis dans une prison. Jamais je ne te permettrai de mettre un pied dans cette folie pure.

Pars donc, s'il te plaît, mio unico amore. *Pars en Amérique, le pays de la liberté, et épanouis-toi là-bas. Je veux que tu te remaries. Oui, épouse cet homme, l'oncle de ton beau-frère, s'il te satisfait. Cela me fera du bien de savoir que tu es en sécurité, heureuse et bien soignée, que je n'ai pas gâché ta vie avec mon rêve ridicule. Mais, je t'en prie, sache que je t'aimerai toujours, et que je continuerai de t'aimer jusqu'à mon dernier souffle.*

Un jour, nous nous retrouverons. Je supporte chaque journée en rêvant de ton quatre-vingtième anniversaire, notre cinquante-neuvième, et de la joie que j'éprouverai en te serrant de nouveau dans mes bras à la cathédrale de Ravello. D'ici là, je t'assure que je m'en sortirai. Je garderai jalousement ton souvenir, ton amour. Et je rêverai de toi tous les jours, jusqu'à mon dernier souffle.

Avec mon amour éternel,

Rico

J'ai pris la lettre des mains de Rosa pour relire trois fois chacun des mots.

« Il est parti », ai-je murmuré.

Prise de panique, incapable de respirer, j'ai essayé de me redresser.

« Mon mari ne reviendra pas. »

Rosa m'a pris la main.

« Mari ? Femme ? Pourquoi emploies-tu ces mots ? »

Je lui ai raconté notre cérémonie privée à la cathédrale de Ravello, le jeune prêtre mystérieux qui avait béni notre union.

« Nous sommes mariés. Et il me manque terriblement. »

Le visage de Rosa s'est couvert de larmes.

« J'ai dû dire au revoir à Alberto il y a quatre semaines. Le 12 janvier, lui et Bruno ont enfin pris le bateau pour l'Amérique. »

Je lui ai pris la main, soudain honteuse de mon égoïsme. Ma pauvre sœur était elle aussi privée de son amour et je ne pensais qu'à moi.

« Oh, Rosa, je suis désolée. Tu souffres, toi aussi. »

Elle a acquiescé d'un signe de tête et s'est tamponné le nez avec un mouchoir.

« Je comprends ce que tu ressens. Je sais maintenant combien l'amour est puissant et dévorant. Je sais que le fait de ne plus pouvoir tenir Alberto dans tes bras te donne envie de mourir. Comme moi, sans mari, tu as l'impression d'être une feuille qui voltige dans le vent sans savoir où aller.

— *Sì*. C'est vrai. » Elle a baissé les yeux sur ses mains. « Si seulement Alberto pouvait ressentir la même chose.

— Mais bien sûr qu'il ressent la même chose. Qu'est-ce qu'il te raconte ? Lui et Bruno sont-ils heureux dans leur nouveau pays ? Alberto doit avoir hâte que tu arrives. Il t'envoie des lettres, non ? »

Ses yeux se sont emplis de larmes.

« Une. Une seule lettre de mon mari, alors que Bruno en a envoyé une dizaine à Mamma. Il lui parle du pub près du magasin, des Américaines modernes dont il fait connaissance. Alberto rencontre sûrement les mêmes femmes.

— Arrête, Rosa. Il t'aime. »

Mais en prononçant ces mots, je savais au fond de moi que ce n'était pas vrai. Maintenant que j'avais connu l'amour, je pouvais reconnaître son absence. Jamais je n'avais vu Alberto regarder ma sœur d'un œil tendre. Jamais je ne l'avais vu écarter une mèche de son visage, ni malaxer sa nuque, ni lui caresser la joue d'un doigt. Et la nuit, dans le grenier, de l'autre côté de la cloison, je n'avais jamais entendu les sons de l'amour que Rico et moi étions incapables de réduire au silence.

« Il veut toujours que je vienne en Amérique le plus rapidement possible. Il veut toujours fonder une famille. Je dois y aller avant qu'il change d'avis.

— Il ne changera pas d'avis. Tu seras heureuse, tu verras. »

Elle a souri, mais l'inquiétude se lisait sur son visage. J'ai rapidement calculé depuis combien de temps elle et Alberto étaient mariés. Dix-sept mois. Et toujours pas de bébé.

« Papà dit que, dans six mois, nous aurons assez économisé pour payer les billets. »

Alors qu'elle parlait, les odeurs de la boulangerie montaient par la cheminée. Cela arrivait souvent, mais cette fois la sueur perlait sur ma peau. J'ai refoulé un haut-le-cœur.

« Mais, Rosa, je te l'ai déjà dit, je n'épouserai jamais Ignacio. Il faut que tu me comprennes. Je ne partirai pas sans Rico. »

Mes yeux se sont posés sur la lettre.

« Il faut que je lui écrive. Il faut que je lui dise que je l'attendrai. Son père va sûrement se rétablir.

— Repose-toi, a-t-elle dit en m'embrassant sur le front. Demain, tu écriras à Rico. Ce soir, il faut que tu dormes. »

#

Le lendemain matin, je me suis réveillée seule sur le canapé, enveloppée dans une couverture en loques. Je me suis levée à grand-peine, raide et courbaturée. L'aube colorait la pièce en rose, comme l'intérieur d'un coquillage. Quelle heure était-il ? La boulangerie.

La boulangerie ! Il fallait que je descende à la boulangerie. J'ai réussi à m'extraire de la couverture. Je suis restée debout, immobile, une main sur le canapé, jusqu'à ce que mes jambes me paraissent assez solides. Puis je me suis dirigée vers la salle de bains, pieds nus, m'appuyant aux murs. En passant devant notre chambre, j'ai vu ma sœur endormie. J'ai porté une main à ma bouche. J'avais la rage au cœur : le petit lit où Rico et moi avions dormi, l'édredon corail sous lequel nous seuls nous étions unis, celui qui portait encore son odeur, avait soudain perdu son caractère sacré.

Je suis entrée dans la salle de bains et j'ai rempli la baignoire, noyant mes larmes dans l'eau qui jaillissait du robinet. Je me maudissais d'être aussi égoïste. Rosa était venue jusqu'ici pour m'apporter des nouvelles de Rico. Bien sûr qu'elle méritait de dormir dans un lit. J'aurais juste aimé pouvoir une dernière fois presser mon visage contre le patchwork élimé et respirer le parfum de la peau de mon mari.

J'étais debout dans la baignoire en train de me sécher quand Rosa est entrée. Elle m'a jeté un regard stupéfait et a porté la main à sa bouche. Elle a reculé d'un pas, comme si j'étais une créature hideuse et effrayante.

Ma sœur et moi avions toujours partagé notre chambre. Nous ne frappions pas avant d'entrer. Nous ne dissimulions pas nos corps. Mais tant de choses avaient changé depuis l'an passé. Je n'étais plus une petite fille. J'agrippais ma mince serviette en essayant de cacher ma nudité.

Elle a fait un pas vers moi, puis un autre. D'un coup sec, elle m'a arraché la serviette des mains.

« Non ! » s'est-elle écriée.

J'avais envie de rentrer sous terre. J'avais sûrement l'air trop maigre, « squelettique », aurait pu dire ma sœur bien en chair.

« *Incinta* », a-t-elle dit, interloquée.

Les poils de mes bras se sont hérissés.

Elle m'a pris par l'épaule pour m'orienter vers le miroir.

« Mon Dieu, Paolina, tu es enceinte. »

40

Emilia

Lucy et moi enlaçons tante Poppy pour tenter de la protéger du souvenir douloureux. Cette grossesse avait mal tourné, oncle Dolphie l'avait dit.

« J'avais peur qu'elle m'en veuille d'être enceinte. Mais elle n'a jamais montré le moindre signe de jalousie. Jamais.

— Elle savait sûrement qu'elle était enceinte, elle aussi, intervient Lucy. Elle n'avait pas de raison d'être jalouse.

— Elle ne le savait pas encore. Mais c'est vrai, le jour où ma sœur a appris qu'elle attendait un enfant, elle a semblé… renaître.

— Ça l'a rendue plus sûre de l'amour de Nonno ? je demande.

— Oui. Devenir parents les a unis. »

Deux sœurs enceintes, mais une seule bénéficiant du soutien de ses parents, et de son mari et, finalement, une seule avec un enfant bien portant. Je regarde au-delà de la place, au-delà de la jolie petite ville de Ravello.

Les coteaux en terrasses accueillent des pergolas en châtaignier où s'enroulent des vignes. Une scène idyllique mais qui, par cette journée brumeuse, donne une impression de désolation. Qu'a-t-elle pu ressentir en vivant dans ce village magique alors qu'elle avait le cœur brisé ? A-t-elle trouvé une consolation dans le doux murmure du golfe, dans la contemplation de la mer écumeuse ? Ou l'horizon infini l'a-t-il au contraire plongée dans le désespoir ? Combien de temps est-elle restée ? A-t-elle continué à travailler à la boulangerie Piacenti et à vivre dans l'appartement à l'étage ? L'appartement…

« Je reviens », dis-je en me levant.

Je traverse la piazza au pas de course et mon idée mûrit. Si Poppy pouvait entrer dans son ancien appartement, revoir les lieux qu'elle et Rico avaient partagés, serait-ce pour elle une consolation ?

Les riches arômes du pain et du café s'intensifient au fur et à mesure que j'approche de la vieille boulangerie. De près, je vois que le joli bâtiment couvert de stuc a besoin d'une couche d'enduit. La porte s'ouvre et sort un grand Italien au look décontracté, avec un T-shirt noir à encolure tunisienne et une casquette. Un roman dans une main et un gobelet plein dans l'autre, il tient la porte ouverte à l'aide de son coude. Une vieille dame entre d'un pas traînant.

« *Grazie*, Domi. Tu emmènes ton grand-père à la messe dimanche ?

— Nous ne manquerions pas ça, signora Cappello, répond-il en souriant.

— Bon garçon », fait-elle, et elle lui tapote la joue en passant.

Ses yeux sourient encore quand il me remarque.

« S'il vous plaît, dit-il, le coude toujours sur la porte.

— Merci, mais je ne rentre pas. »

Il sort et la porte se referme derrière lui.

« D'accord, mais ne tardez pas trop. Signore Piacenti fait le meilleur espresso de Ravello, et il vient de m'informer qu'il ferme sa boulangerie à la fin de l'année. »

Il regarde à travers la vitrine embuée.

« Si j'avais neuf vies, je reprendrais l'affaire.

— Vous êtes boulanger ?

— Je sais ouvrir une boîte de *biscotti*. »

Je ris.

« C'est un début.

— Non, j'ai un autre projet pour ce lieu.

— On dirait que c'est le moment de tenter votre chance.

— Ça doit rester un rêve, dit-il avec un faible sourire. Je suis *un avvocato*, vous savez.

— Vous êtes un *avocado* ? » je répète, les sourcils froncés.

Il renverse la tête en arrière et la mélodie de son rire, riche et claire, me réchauffe. Je me donne une tape sur le front en comprenant mon erreur.

« Ah, mais bien sûr, vous êtes avocat ! Excusez-moi, ce n'est pas un mot que j'emploie souvent à Brooklyn.

— Exact, chère amie américaine, je suis avocat. Comme mon père et son père avant lui. Mais si vous préférez me voir comme un fruit mexicain, faites-vous plaisir. »

Je ris.

« D'accord. Vous serez Avocado. »

Nous sommes debout l'un en face de l'autre, le sourire aux lèvres. Il me faut quelques instants avant de me rendre compte que je fixe du regard ce parfait inconnu – littéralement parfait – alors que je suis censée être en mission.

« Oh, il faut que j'y aille.

— Prenez un dessert avec moi, s'il vous plaît.

— Je suis désolée, mais je ne peux pas. »

Je lui tends la main.

« Bonne chance à vous, Avocado. »

Il saisit ma main et m'offre le plus sincère des sourires, un sourire qui s'étend jusqu'à ses yeux sombres.

« À vous aussi, l'Américaine. En attendant de vous recroiser, *ciao*. »

Je ne me retourne qu'une seule fois tout en me dirigeant vers l'arrière-cour. Il me regarde, le visage éclairé par son beau sourire. Je lève une main, lui rends son sourire et poursuis mon chemin – un pas de plus vers la femme que je veux être.

Je contourne le bâtiment et entre dans une cour ombragée remplie de plantes en pots, de vignes tortueuses et d'un citronnier aux proportions parfaites. Tandis que je gravis l'escalier qui mène à l'étage, je frissonne en imaginant ma tante évanouie sur ces marches, cinquante-neuf ans plus tôt.

J'atteins la porte de l'appartement et prends une grande inspiration avant de toquer. Immédiatement, le doute surgit. Est-il impoli de demander cette faveur ? Ma tante veut-elle seulement revoir cet endroit ?

Avant que j'aie le temps de rebrousser chemin, la porte s'ouvre et une jeune femme d'une vingtaine d'années apparaît. Elle porte un jean et un T-shirt.

« *Posso aiutarti ?* demande-t-elle en tendant le cou pour regarder derrière moi. Je peux vous aider ? »

— *Sì*. Je suis désolée d'être aussi impolie, mais ma tante a vécu dans cet appartement il y a très longtemps. Nous quittons l'Italie demain. Je me disais que vous accepteriez peut-être de la laisser revoir les lieux. Ils signifient beaucoup pour elle. »

La jeune femme joue avec son collier et je compte au moins quatre bagues à ses longs doigts.

« Euh, disons que ce n'est pas le moment idéal.

— Je comprends. Je demandais au cas où. C'est son dernier voyage en Italie, vous voyez.

— Je suis désolée. C'est l'appartement de mon copain, pas le mien. C'est à lui qu'il faudrait demander, mais il n'est pas là aujourd'hui.

— Bien sûr. »

Je retourne sur les marches de la cathédrale. Je ne raconte pas à Poppy ma tentative d'organiser une visite de l'appartement. Une autre déception est bien la dernière chose dont elle ait besoin aujourd'hui.

#

C'est le milieu de l'après-midi, mais le ciel vert-de-gris donne une impression de crépuscule, froid et solitaire. Assise à côté de ma tante, je tiens sa main glacée dans la mienne. Elle tousse, une toux profonde et rauque. Elle devrait être au lit. Ce n'est pas bon pour elle.

Lucy est allée s'asseoir sur un banc de la place pour appeler Sofie avec mon téléphone. Le vent se lève. Je rajuste le foulard violet autour du cou de Poppy.

« Que dirais-tu de faire une pause ? Je pourrais te raccompagner à l'hôtel et revenir tout de suite pour voir si Ri…

— Pas question, dit-elle, le visage dur comme du granit.

— Alors, entrons nous abriter dans la cathédrale, au moins une minute. »

Elle accepte.

En ouvrant l'imposante porte en bois, je suis assaillie par l'odeur de béton humide et de cire. Il y a tant de courants d'air qu'il ne fait pas beaucoup plus chaud qu'à l'extérieur. Poppy se signe avec de l'eau bénite et fait une pause pour reprendre son souffle.

Elle saisit mon bras et me conduit de l'autre côté de la cathédrale couleur crème. Elle s'arrête devant une statue fixée au mur. La Sainte Vierge nous sourit. Poppy se cramponne au prie-Dieu en bois et se laisse lentement tomber à genoux. J'allume un cierge pendant qu'elle prie.

Un moment plus tard, elle se signe et je l'aide à se relever. Elle se tourne vers la nef, promenant son regard d'un bout à l'autre de l'allée centrale. L'église caverneuse est vide, à l'exception d'une femme près de l'autel, agenouillée sur un banc.

Alors que je m'apprête à partir, Poppy se fige. Je suis son regard. À côté de la femme agenouillée, presque totalement dissimulé dans l'ombre, se trouve un fauteuil roulant. Je distingue le col noir d'un pardessus et l'arrière d'un crâne parsemé de touffes de duvet gris.

« Rico ? » murmure Poppy, d'un ton qui est la fois une question, un appel et une supplique.

Elle se précipite à pas de tortue, s'agrippant à chaque banc tandis qu'elle remonte l'allée centrale pour s'approcher de l'homme, se rapprocher de son rêve.

« Rico ? » appelle-t-elle de nouveau, sa voix comme une brume aérienne.

Mon pouls s'accélère. *Je vous en prie, mon Dieu, faites que ce soit lui.*

Elle avance d'un pas pressant, aussi vite que son corps malade le lui permet. Elle n'est finalement plus qu'à un mètre du fauteuil.

« Rico ? » appelle-t-elle d'une voix rauque. L'homme ne bouge pas. « C'est… c'est toi, Rico ? »

La femme se tourne. Elle sourit gentiment.

« *Mio padre*, Salvatore », murmure-t-elle.

Mais Poppy a besoin d'être sûre. Elle saisit la poignée de métal pour faire le tour du fauteuil. Elle scrute l'homme, puis son visage se décompose et elle porte la main à sa bouche.

« *Mi dispiace*, dit-elle d'une voix enrouée. Désolée. »

Je ne regarde pas Poppy pendant que nous redescendons l'allée. C'est son aventure, celle qu'elle a attendue pendant près de soixante ans. Et la fin a un goût amer.

#

Il est six heures et les lumières de la piazza s'allument en tremblotant. Nos imperméables sont trempés, la voix de Poppy, râpeuse.

« Vous pensez qu'il n'y a jamais eu aucun Rico, c'est ça ?

— Pas du tout, je réponds.

— Nous savons que Rico a existé, dit Lucy. Mais pour une raison ou une autre, il n'a pas pu être là aujourd'hui. »

Son regard passe de Lucy à moi et de moi à Lucy.

« Vous pensez qu'il ne m'a jamais aimée ? Qu'il m'a oubliée ? »

Je suis convaincue qu'il y a eu un Rico. Et il est tout à fait probable qu'il ait aimé ma tante il y a cinquante-neuf ans. Mais peut-être n'est-il même plus en vie aujourd'hui. Ou peut-être son amour n'était-il pas aussi puissant, aussi durable et inébranlable qu'elle le pensait. Mais je m'abstiens de dire quoi que ce soit. Ça lui briserait le cœur. Je préfère passer mon bras autour de son épaule en espérant amortir le coup.

« Pendant près de soixante ans, j'ai cru dur comme fer que j'étais aimée. C'est ce qui m'a permis de m'en sortir. »

Elle lève les yeux vers la flèche de la cathédrale, comme s'il s'agissait d'un ange.

« Et maintenant, alors que les rideaux de ma vie sont en train de se refermer, rien ne m'oblige à ne plus y croire, si je veux encore y croire. »

#

Il est neuf heures. La nuit est tombée sur la piazza del Duomo. Au loin, l'orage gronde. Lucy et moi sommes debout sous nos parapluies au pied de l'escalier, regardant tante Poppy en haut. Elle est toujours blottie au même endroit, une couverture de l'hôtel sur les genoux. Nous l'avons couverte d'une cape en plastique pour qu'elle ne soit pas complètement trempée. Un passant la prendrait pour une sans-abri.

« S'il te plaît, Lucy, ramène-la à l'hôtel. Je resterai ici pour attendre Rico.

— Laisse tomber, Em. Elle ne voudra pas bouger. On doit la laisser faire jusqu'au bout.

— Il ne viendra pas. Elle est en train d'attraper froid.

— Je sais, répond Lucy en se mordant la lèvre. Mais comment veux-tu la convaincre de renoncer à quelque chose qu'elle a attendu toute sa vie ? »

Ses yeux sont emplis de compassion et de quelque chose d'autre… de sagesse. Il m'apparaît qu'elle comprend bien mieux que moi la détermination de notre tante. Ma cousine sait ce que c'est, d'attendre toute sa vie la réalisation d'un rêve auquel les autres veulent à tout prix qu'on renonce.

#

La cloche sonne douze coups. Toutes les trois, nous traversons la place vide. Nous arrivons devant l'hôtel. Poppy s'arrête. Elle se retourne pour regarder encore une fois la cathédrale, comme si elle s'attendait à trouver Rico, comme si elle avait pu ne pas le voir.

41

Emilia – 9e jour

Le lendemain matin, nous nous délestons de nos bagages dans le hall de l'hôtel et installons Poppy sur un canapé gigantesque. Il nous reste dix minutes avant que notre chauffeur vienne nous chercher pour nous conduire à l'aéroport.

« Quelqu'un veut un café ? » je demande.

Lucy lève le doigt. « Un double espresso, *grazie*.

— Et toi, tante Poppy ? » Je m'accroupis en face d'elle. « Tu veux un espresso ? »

Elle semble perdue parmi tous les coussins – si différente de la femme que j'ai vue, il y a seulement quelques semaines, s'affairer dans sa maison avec un shaker à cocktail. Pour la première fois, elle a abandonné sa perruque et simplement noué un foulard en soie autour de son crâne chauve. Sa peau est terne, ses yeux creusés. Pourtant, sa beauté reste indéniable.

Elle secoue la tête et lève une main. J'ai la gorge nouée par la tristesse. Plus tôt ce matin, Lucy et moi avons découvert que notre tante n'avait pas réservé de billet retour. Elle s'attendait à rester à Ravello, avec son amour, jusqu'à la fin de ses jours. Nous avons acheté un billet en ligne. Depuis, elle n'a pas prononcé un mot.

Le temps a changé, j'ai besoin de lunettes de soleil et une brise chaude venue de l'Est caresse ma peau. Je respire profondément, espérant débarrasser mon cœur des cendres d'hier, et traverse la piazza en direction de la boulangerie Piacenti. Les arbres en fleurs et les rosiers embaument l'air. Plus bas, je vois la montagne plonger dans la mer et des vagues blanches et écumeuses lécher le rivage. La vue est si spectaculaire qu'elle me coupe dans mon élan. Si seulement Rico était venu à la cathédrale hier… Poppy va devoir vivre ses derniers jours sans aucun rêve, certaine de ne jamais revoir l'homme qu'elle a désiré toute sa vie.

« Hé, l'Américaine ! »

Je fais volte-face. Un homme avec une casquette se lève d'une table de café en terrasse. Il me faut un moment pour le reconnaître. Il arbore des lunettes noires aujourd'hui… et un sourire à faire fondre les calottes glaciaires.

« Bonjour, Avocado ! »

Il me fait signe de le rejoindre.

« Venez. Je vais vous présenter mon grand-père, Benito. »

Un vieil homme est assis en face de lui. Un côté de son visage est pendant. Sa main tremble quand il essaie de me la tendre.

« *Piacere di conoscerti* », dis-je en serrant sa main molle.

Il marmonne des propos incohérents.

« Mon grand-père est l'homme le plus intelligent que je connaisse, dit le petit-fils en baissant les yeux vers son *nonno*. Il m'a appris tout ce que je connais du droit… et de la vie. »

Benito lève son visage déformé, ses yeux troubles débordant d'amour. Il ne peut pas parler, mais il a parfaitement compris son petit-fils. Avocado lui presse l'épaule et appelle le serveur.

« Georgio ! *Un altro caffè, per favore.* »

Il replie son journal pour me faire de la place.

« Merci. J'aurais vraiment aimé me joindre à vous, mais je suis sur le départ. Je vais vite chercher un café et je pars.

— Demain, alors ? demande-t-il, le visage si plein d'espoir que je redoute presque de répondre.

— Je prends l'avion aujourd'hui pour rentrer aux États-Unis. »

Il semble dépité.

« Non. Il faut que vous restiez plus longtemps. Je vous montrerai la belle ville d'Amalfi où je vis et travaille. Ce n'est pas loin. »

Je ris et le salue de la main en m'éloignant.

« Passez une bonne journée, Avocado ! »

J'arrive à la boulangerie et commande les cafés en me rappelant le beau sourire d'Avocado, sa compassion envers son grand-père, sa déception de me voir partir. Après la défaite amère de la veille, cette rencontre fugace me redonne espoir. Peut-être pourrai-je un jour vraiment trouver l'amour, un amour comme celui de Poppy et Rico. Et sait-on jamais, peut-être les vieux souvenirs qui ont refait surface pendant notre voyage, malgré leur saveur douce-amère, aideront-ils ma chère tante à tourner la page.

Cinq minutes plus tard, je suis en train de chercher mes lunettes de soleil en essayant de ne pas renverser mon *latte* et l'espresso de Lucy quand je manque de rentrer dans une femme qui vient de franchir la porte de la boulangerie.

« *Mi dispiace* », disons-nous en même temps.

Nous rions et elle tend son doigt vers moi.

« Vous êtes la femme qui est venue sonner à ma porte hier.

— Oui, je réponds en reconnaissant les bagues à ses doigts. Et encore désolée pour mon impolitesse.

— J'ai parlé à mon copain. Il m'a dit que j'aurais dû laisser votre amie venir.

— Ma tante. C'est gentil, remerciez-le de ma part.

— Il est là. Vous pouvez passer si vous voulez. »

Je hoche la tête.

« Merci, mais nous partons ce matin. Le chauffeur est sans doute déjà en train d'attendre. Mais merci. C'est vraiment gentil. »

#

Comme il est agréable d'être reconnue deux fois dans la même matinée. J'ai presque l'impression de faire partie de cette petite communauté de Ravello, d'y être chez moi. J'entre en coup de vent dans le hall de l'hôtel mais m'arrête quand je vois Lucy plongée dans… Non. Ce n'est pas vrai ! Pas mon carnet !

Je marche d'un pas furieux, pose brutalement les cafés sur la table et lui arrache mon carnet des mains.

« Qu'est-ce que tu fais ? Je t'ai dit que c'est personnel ! »

Elle hausse les épaules.

« Pourquoi ? C'est peut-être pas avec ce roman que tu gagneras des prix ni quoi que ce soit, mais je le lirais bien. »

Je cligne des yeux, exaspérée, me retenant de lui renvoyer une remarque cinglante. Mais il n'y a aucune malveillance dans ses yeux. Elle prend son café. Ma mâchoire se desserre doucement.

« Tu es sérieuse ? Tu le lirais ? »

Elle souffle sur son espresso. « Bah, ouais, je serais même prête à l'acheter. Ta nouvelle histoire est cent fois mieux que celle que tu écrivais à Venise. Elle a vraiment une âme. »

La joie me gagne et je ris tout haut.

« Merci ! » dis-je en la serrant dans mes bras. Elle fait mine que je l'étrangle.

« Vas-y, tue-moi pendant que t'y es ! On va se chercher un petit déj' ?

— Un petit déj' ? Mais on n'a pas le temps.

— Le chauffeur vient d'appeler. Notre vol a du retard. Il vient nous chercher à midi. »

Mon pouls s'accélère et les pensées se bousculent dans ma tête.

« Oublie le petit déjeuner. J'ai une meilleure idée. »

Je me tourne vers Poppy et lui explique rapidement que nous sommes invitées dans son ancien appartement.

« Le propriétaire est chez lui. On y va ? »

L'indécision de Poppy me surprend. Je m'attendais à ce qu'elle soit tout excitée. Au lieu de quoi elle traîne les pieds.

« Tu crois vraiment que c'est une bonne idée ? me chuchote Lucy. Ça risque de lui flanquer le cafard, tu sais.

— Elle a déjà le cafard, de toute façon. »

Nous entrons dans la cour ombragée. Poppy parcourt les lieux du regard avant d'aller s'asseoir sur un banc en fer sous le citronnier.

« Tu as besoin d'une minute avant de monter ? » je demande.

Elle ne répond pas. A-t-elle peur des souvenirs enfouis dans cet endroit où elle a aimé pour la dernière fois ? Ou pire, doute-t-elle de l'amour de Rico, se demande-t-elle si l'homme pour qui elle a réservé son cœur pendant cinquante-neuf ans n'était pas finalement un imposteur ?

42

Poppy – 1961
Ravello, côte amalfitaine, Italie

J'étais très maigre, presque osseuse. Mais il était difficile de ne pas voir mes seins pleins, mes hanches élargies. Je ne pouvais plus ignorer la sensibilité de mes mamelons, les nausées. Ni les deux cycles sans une seule goutte de sang.

La surprise de la nouvelle, l'effort du bain m'avaient épuisée. J'avais besoin de m'allonger. Rosa m'a aidée à enfiler une robe. Quand j'ai été installée sur le canapé, elle a couru en bas pour supplier le boulanger de m'accorder un congé supplémentaire de trois jours.

Quand elle est rentrée, j'étais assise. J'avais écrit deux phrases. *Mon cher Rico, notre amour s'est multiplié. Tu vas devenir père.* La pensée qui me terrifiait encore une heure plus tôt était devenue électrisante. Je portais l'enfant de Rico ! Nous allions devenir parents !

« Qu'est-ce que tu fais ? » m'a demandé Rosa en s'approchant de moi.

J'ai posé ma tête vibrante contre le canapé.

« Rico doit être mis au courant. Ça change tout. Il voudra être avec moi et notre bébé. Je vais le rejoindre. Nous vivrons en Allemagne avec ses parents et sa sœur. Ce sera peut-être une existence misérable, mais au moins nous serons ensemble.

— Dans un endroit qu'il appelle prison ? Tu penses que c'est ce qu'il veut pour son enfant ? Non, Paolina. Tu as entendu ce qu'il disait dans sa lettre. Il veut que tu partes en Amérique.

— Peut-être que son père n'est pas si malade, ai-je tenté, passant outre ses arguments, et tout mon bon sens. Peut-être décidera-t-il de s'enfuir pour revenir nous voir. »

Elle a posé les poings sur ses hanches.

« Pour se faire tuer en franchissant la frontière ? Comment pourrais-tu vivre en paix avec ta conscience après ça ? »

J'ai été prise d'un frisson et mes paupières sont devenues lourdes.

« Je le connais. Il voudra être auprès de son enfant. »

Rosa s'est juchée à côté de moi. Avec une infinie douceur, elle m'a pris le stylo des mains.

« *Mia sorella ostinata*. Bon, si tu es certaine que c'est ce qu'il voudrait, je vais t'aider. Tu dictes, j'écris. »

J'étais gênée d'exposer des pensées si personnelles à Rosa. J'aurais tellement voulu pouvoir parler à Rico, lui écrire ma joie, lui annoncer la venue de notre enfant dans l'intimité. Mais je n'avais pas la force d'écrire.

À la fin de la dictée, j'étais épuisée. Quand Rosa m'a aidée à tenir le stylo dans mon poing pour signer, je luttais pour garder les yeux ouverts.

Quand je me suis réveillée, Rosa entrait dans l'appartement.

« Tu peux dormir tranquille, a-t-elle dit en s'asseyant à côté de moi pour me caresser le front. La lettre est dans la boîte. »

J'ai fermé les yeux, reconnaissante à ma sœur de son aide, avant de sombrer de nouveau dans le sommeil. La nouvelle était en route vers Rico. Bientôt, nous serions réunis.

#

Rosa était un cadeau du ciel. Je serais sûrement morte sans elle. Elle est restée encore une semaine à me soigner jusqu'à ce que j'aille mieux. Pendant que je dormais, elle négociait une baisse de loyer et suppliait mes employeurs de me garder. Elle m'a aidée à écrire trois autres lettres à Rico. Elle faisait le marché tous les matins et remplissait mes placards de fromages et de fruits frais, de viandes et de petits pains. Quand j'ai été capable de garder quelque chose dans le ventre, elle m'a préparé mes plats préférés.

« Il faut que tu manges. Le bébé a besoin de nourriture. »

Je posais la main sur mon ventre, adorant sentir le minuscule renflement, le bel ovale de notre enfant.

J'ai pleuré quand nous avons dû nous dire au revoir.

« Tu m'as sauvé la vie, ai-je dit à ma sœur à la gare. Tu as sauvé la vie de mon enfant. Je ne l'oublierai jamais. »

Elle m'a serrée fort dans ses bras.

« Je suis contente d'avoir pu t'aider. Maintenant, c'est toi qui vas me faire une faveur. » Elle a doucement tapoté mon ventre. « Promets-moi de prendre bien soin de ma nièce… ou de mon neveu. »

Elle, qui aurait tant voulu un enfant à elle, n'aurait pu se montrer plus bienveillante.

« Je trouverai une excuse pour revenir dans six mois, avant que tu accouches. » Elle a pris mon visage entre ses mains. « Je serais volontiers venue plus souvent, mais tu sais que nous n'avons pas assez d'argent pour ça.

— C'est bon. Rico sera rentré avant l'arrivée du bébé. »

Son expression s'est assombrie. Elle a hoché la tête.

« Sinon, je serai là. »

J'ai senti une vague d'anxiété monter en moi. L'idée d'être seule au moment de l'accouchement me faisait trembler. J'ai saisi les mains de Rosa, soudain prise d'un mal du pays auquel je ne m'attendais pas.

« Tu le diras à Mamma ? »

Elle a fait non de la tête.

« Je pense que ça la tuerait.

— Mais je suis mariée !

— Pas selon les règles de Mamma, ni celles de Dieu. Ton mariage n'est pas légal, Paolina. Vous n'avez aucun papier de l'église disant que vous êtes mari et femme. Je pense qu'il vaut mieux que ça reste secret, *sì* ? »

#

La semaine suivante, je n'avais plus de nausée au réveil. D'un coup, j'étais de nouveau en pleine forme.

Non, mieux qu'en pleine forme… radieuse ! J'avais une énergie nouvelle et plus d'ambition que jamais. Dans une brocante, j'ai trouvé un petit berceau que j'ai passé une journée à repeindre en blanc. Le lendemain, je l'ai décoré de pois rouges, bleus et verts. Un autre jour, j'ai fait une folie en achetant de la laine et des aiguilles à tricoter. Quand je ne travaillais pas, je préparais l'arrivée de notre enfant. Je choisissais les noms – Erich pour un garçon, Johanna pour une fille, comme la mère et la sœur de Rico. L'avenir réservait de belles choses à notre petite famille. J'en étais certaine.

43

Emilia

Une feuille tombe du citronnier pour atterrir sur les genoux de Poppy. Elle lève les yeux, le regard brillant. Je l'enlace.

« Tu n'es pas obligée de nous raconter la suite. Je sais ce qui s'est passé. Et j'en suis vraiment désolée. »

Elle s'écarte et me jette un regard interrogateur.

« Oncle Dolphie m'a dit que tu avais perdu le bébé. Je suis vraiment désolée. Je sais que ça a été très dur pour toi.

— J'ai accouché à terme », dit-elle d'une voix tremblante. Elle baisse les yeux sur ses mains. « J'ai donné naissance à Johanna. Je l'ai prise dans mes bras. Elle a même tété. » Elle porte la main à sa bouche. « Je l'ai tout de suite aimée. C'était un moment magique. Je n'aurais jamais cru que ça puisse se terminer si brusquement. »

Je suis en train de frotter le dos de Poppy et nous sommes toutes les trois en larmes quand la femme aux bagues apparaît au coin de la rue.

« *Buongiorno !* » lance-t-elle d'une voix joviale.

Son regard passe de ma tante éplorée au nez rouge de Lucy. Elle s'interrompt.

Je me lève en essuyant mes joues.

« Désolée. On… on évoquait des souvenirs.

— Vous avez le temps de faire une visite ? »

Je me tourne vers Poppy.

« Tu veux ? »

Elle pose une main sur son menton et acquiesce d'un signe de tête.

Les présentations ont lieu pendant que nous gravissons l'escalier raide.

« Je suis Elene », dit la femme.

Elle tient la porte avec sa hanche en attendant que Lucy et moi parvenions enfin sur le palier, Poppy entre nous deux.

L'espace est clair et gai, avec de larges fenêtres et un parquet cérusé blanc. C'est petit, mais les hauts plafonds donnent une impression d'espace. Poppy lève le menton, observant les lieux. Les murs sont peints en gris clair et couverts de peintures hardies aux couleurs vives.

Poppy pousse un cri de surprise. Je suis son regard vers un grand tableau accroché au-dessus du canapé – un bouquet de coquelicots orange.

« *Papaveri* », dit-elle.

J'en ai la chair de poule. C'est invraisemblable.

On entend des bruits de pas, et un jeune homme à la beauté saisissante entre dans le salon. Ses cheveux sont blonds et épais.

Poppy pousse un cri de surprise.

« *Mein Ehemann* », murmure-t-elle.

Avec une extrême lenteur, elle s'avance vers lui et lui tend les bras

« *Mein Ehemann !* »

L'homme – qui a une vingtaine d'années et n'est évidemment pas Rico – la regarde en fronçant les sourcils. Je peux difficilement supporter le spectacle. Il traverse la pièce et la prend dans ses bras d'un air gêné.

« Bonjour, je suis Jan. »

Il a de toute évidence un accent allemand. Je suis prise de frissons.

« Je vous présente ma tante Poppy, dis-je. Elle a vécu ici autrefois… avec un homme prénommé Rico.

— Je suis désolé. Il n'y a pas de Rico ici », fait-il en souriant gentiment.

Poppy secoue la tête.

« Mais vous ressemblez…

— Cet appartement appartenait à mon grand-père, Erich.

— Erich ? » Elle serre ses mains sur sa poitrine, les yeux implorants. « Erich Krause ? »

#

Pendant qu'Elene se retire dans la cuisine pour préparer du café, nous nous asseyons en face de Jan sur un canapé design couleur crème. Jan explique que son grand-père a acheté ce pied-à-terre l'année de la mort de sa femme.

« Au mois de mars dernier, il a quitté sa maison en Allemagne pour passer la fin de sa vie ici, dans cet endroit minuscule. »

Je déglutis avec peine. Ils se sont ratés de quelques mois.

« Oh, tante Poppy, je chuchote. Il voulait donc être là. »

Elle opine, le menton tremblant. S'il y avait jamais eu un doute, il est maintenant balayé. Elle était aimée.

« Il a gardé l'appartement en l'état, avec sa minuscule kitchenette et le parquet abîmé.

— Vraiment ? dit Lucy. Moi, je le trouve magnifique.

— Vous auriez dû le voir il y a deux mois, dit Elene en entrant avec un plateau qu'elle pose sur une table basse en teck. On l'a rénové pour le mettre en vente.

— Venez, dit Jan. Je vais vous faire faire la visite. »

Par visite, il entend sortir du salon-cuisine en jetant un œil à la salle de bains en marbre épurée, puis entrer dans une petite chambre qui donne sur la piazza. Immédiatement, Poppy se tourne vers la porte et lève la tête.

« Tu la vois ? je demande, debout à côté d'elle, l'aidant à chercher l'inscription de Rico sur le mur fraîchement repeint.

— Non, répond-elle, la voix chargée d'émotions. Mais elle est là. Elle sera toujours là. »

Elle se dirige vers le couloir. Sans demander la permission, elle ouvre une porte qui donne sur un escalier, menant sans doute au toit-terrasse. Elle jette un œil en haut avant de la refermer doucement, soit trop faible, soit trop déçue pour gravir la dizaine de marches.

Nous retournons sur le canapé du salon. Jan se penche en avant, les coudes posés sur les genoux.

« Alors, dites-moi, Poppy, comment avez-vous connu mon grand-père ? »

#

J'essaie de décrypter le visage de Jan pendant que Poppy lui raconte leur amour. Est-il bouleversé ? Fâché ? Embarrassé ? Ce n'est sûrement pas facile d'apprendre que son grand-père a eu une épouse dans une autre vie, une autre femme qu'il a profondément aimée, au point d'acheter l'endroit où ils avaient vécu pour la sentir de nouveau près de lui.

« C'est pour ça que nous sommes ici, dis-je. Votre grand-père et ma tante s'étaient juré de se retrouver sur les marches de la cathédrale de Ravello pour leur cinquante-neuvième anniversaire.

— Incroyable. Je comprends mieux maintenant, répond-il en frottant sa barbe de plusieurs jours. La santé de mon grand-père s'est rapidement détériorée. Nous savions qu'il aurait mieux fait de rentrer en Allemagne. Mais il tenait absolument à être là pour sa nuit de noces, il disait qu'il voulait retrouver sa femme. On pensait qu'il perdait la tête, parce que, vous voyez, grand-mère Karin était déjà partie.

— Il a donc épousé Karin », dit Poppy, pensive.

Elle regarde dans le vide, comme pour digérer l'information.

« Ils ont été mariés quarante-sept ans. Mon père est l'aîné de leurs quatre enfants. Il s'appelle… » Il s'interrompt, lève les yeux d'un air surpris. « … Paul. »

Ma gorge se noue. Rico a donc baptisé son fils du nom de son amour, Paolina ?

Poppy fouille dans son sac et en sort un paquet de lettres, une bonne dizaine, rassemblées par un ruban. Elles sont adressées à *Krause Autoreparatur, Radebeul, Germania.*

« Elles m'ont été retournées. J'ai fini par arrêter d'écrire. »

Elle les tend à Jan, et j'aperçois une note manuscrite sur l'enveloppe du haut. *N'écrivez plus, s'il vous plaît.* »

Jan les retourne dans sa main et examine la note.

« C'est l'écriture de ma grand-mère. » Il secoue la tête. « C'est tante Joh qui ouvrait le courrier du garage. Je suppose qu'elle a préféré les donner à sa future belle-sœur plutôt qu'à son frère. Elles étaient prêtes à tout pour que mon grand-père reste à Radebeul, vous savez. » Il regarde fixement les lettres. « Elle n'était pas méchante, ma grand-mère Karin. Elle a été une bonne mère et une bonne épouse. Elle et mon grand-père semblaient… compatibles. Avant que le mur tombe, les gens n'espéraient pas le bonheur.

— Quand est-ce qu'il est parti ? » murmure Poppy.

Jan la regarde d'un air interrogateur.

« Elle voudrait savoir quand votre grand-père est mort, j'explique.

— Il est encore vivant, pour autant que je sache. Mon père est arrivé la semaine dernière pour le ramener en Allemagne, mais grand-père n'avait plus assez de force pour faire le voyage. Il a été admis à l'Ospedale Leonardo, l'hôpital de Salerne. Les médecins ont diagnostiqué une septicémie.

— Il est vivant ? demande Poppy d'une voix mal assurée.

— Il est vivant ! je répète en me levant. Nous devons le voir !

— J'ai bien peur que vous soyez déçues. Mon grand-père… comment dire… n'a plus aucune réaction. Mon père m'a dit qu'il ne mangeait plus. Il n'a pas prononcé un mot depuis qu'il a quitté Ravello.

— Il faut que je le voie, lance Poppy.

— Mais vous partez aujourd'hui, non ? » Jan hoche la tête. « Salerne est à une heure de route en direction de l'est, l'aéroport de Naples à trois heures au nord-ouest. »

Elle se lève du canapé.

« Je ne quitterai pas *mein Ehemann*. Pas cette fois. »

Sa voix est forte et virulente. Je ne l'ai jamais vue aussi fière et assurée.

Avant l'Italie, de peur d'allumer la colère de Nonna, j'aurais trouvé des milliers d'excuses pour me défiler. *Poppy est trop malade. Rico ne saura même pas qu'elle est là. Nonna a besoin de moi en cuisine.* Mais aujourd'hui, je n'hésite pas. J'enlace mes doigts dans les siens.

« Je reste aussi. »

Elle presse ma main et se tourne vers Lucy.

« Je sais que tu dois rentrer pour ton nouveau travail.

— Hors de question que je rate le meilleur ! » Lucy lui décoche un sourire. « C'était bien essayé, Pops, mais je ne pars pas non plus. »

#

Une heure et demie plus tard, nous fonçons tous les cinq – Jan et Elene, tante Poppy, Lucy et moi – dans le couloir stérile de l'Ospedale Leonardo. Mon cœur bat la chamade. Je pousse Poppy dans un fauteuil roulant emprunté. Elle en profite pour se mettre du rouge à lèvres. Pitié, faites que Rico vive assez longtemps pour qu'ils puissent se dire adieu.

Je suis à bout de souffle quand nous atteignons la chambre 301. Une infirmière nous fait signe de nous arrêter et nous distribue des masques en papier. Jan offre une main à Poppy, mais ma fière tante préfère s'extraire toute seule de son fauteuil. Une fois debout, elle se tapote la tête, comme pour lisser ses cheveux. Mais aujourd'hui, ce jour entre tous, elle a décidé de ne pas porter de perruque. Sa main s'immobilise sur son crâne chauve, partiellement recouvert d'un foulard. Elle inspire un grand coup, et j'entends presque ses pensées. Son amour va voir son crâne chauve.

« Tu es belle », lui dis-je à travers mon masque avant de lui montrer la porte du doigt.

44

Emilia
Salerne

Les volets sont fermés. La chambre sombre sent la décomposition et le désinfectant. Les machines sifflent et clignotent. Elene, Lucy et moi restons en retrait tandis que Poppy s'avance vers le lit d'hôpital. Elle porte la main à sa gorge.

« Rico. »

Un vernis de souffrance silencieuse recouvre le visage gris et sans vie, patchwork de taches de vieillesse et de barbe de la veille. Une intraveineuse est fichée dans son bras, un tube à oxygène bouche ses narines. Poppy se penche au-dessus de la barrière du lit et prend le visage bien-aimé dans ses mains. Les larmes lui montent aux yeux.

« Rico, c'est moi, Poppy. »

Le vieil homme dans le lit – Rico – ne bouge pas. Je frissonne. Est-ce qu'au moins il respire ? Poppy caresse ses cheveux, encore épais mais devenus gris et hirsutes. Des poils rêches sortent de ses narines et de ses oreilles. Pourtant, je distingue encore la mâchoire forte que décrivait Poppy et, en imagination, je peux voir le beau jeune homme qui jouait du violon sur la piazza della Signoria.

« Rico, réveille-toi. C'est moi, *mein Ehemann* », répète Poppy dans un filet de voix, le désespoir s'accrochant à chaque syllabe.

Rico reste immobile. De l'autre côté du lit, Jan s'adresse à lui d'une voix sonore et ferme, en détachant les mots.

« Opa, tu as de la compagnie.

— C'est Poppy », dit-elle d'une voix sourde.

Elle abaisse la barrière en métal. Les mains tremblantes, elle ôte son masque en papier. Lentement, elle se penche pour embrasser sa joue creusée.

« C'est moi, Poppy. »

Elle rajuste la blouse d'hôpital de Rico, lisse le tissu vert. Une affreuse cicatrice apparaît sur son épaule. Elle passe un doigt sur la peau boursouflée.

« Que t'est-il arrivé, mon amour ?

— Blessure par balle, dit Jan. Mon grand-père a essayé de s'enfuir en 1961, puis de nouveau en 1963. »

Poppy laisse tomber sa tête chauve sur la poitrine du vieil homme, et je peux presque voir la fierté, le sentiment de légitimation, le regret qui s'empare de tout son être.

« Je le savais. Je savais que tu essaierais de revenir près de moi. J'aurais dû t'attendre. Je suis désolée. Je suis vraiment désolée. »

Elle finit par se redresser, et Jan presse un linge humide sur la joue du vieil homme.

« Poppy est là. Réveille-toi, Opa.

— S'il te plaît, Rico, j'ai tellement de choses à te dire. »

Le silence s'abat sur la chambre. Dans le couloir, les haut-parleurs crachotent des voix italiennes assourdies. Nous attendons, espérant, priant pour qu'il réponde. Poppy caresse la main et les joues de Rico. Les yeux rivés sur son visage décharné et sans vie, elle lui murmure son amour encore et encore. Mon cœur se fend, mais rien que pour cet instant – pour que Poppy puisse regarder, toucher une dernière fois son cher Erich – ce voyage de six mille kilomètres méritait d'être fait.

Un minuscule mouvement me tire de mes pensées. Je me rapproche.

Très légèrement, les sourcils de Rico se contractent.

« Rico ! s'écrie Poppy. C'est moi, Poppy. Réveille-toi, *mein Ehemann.* »

Le front de Rico se plisse. Je frissonne. Mon cœur tambourine dans ma poitrine. *S'il te plaît, ouvre les yeux !* De toute ma vie, je n'ai jamais autant voulu quelque chose. Mentalement, je transmets toutes mes forces à cet homme.

Doucement, Poppy commence à chanter. *Que sera, sera. Whatever will be, will be.*

Sa voix est éraillée, détonne un peu, mais c'est la plus belle interprétation que j'aie jamais entendue.

Les paupières de Rico palpitent. Je sens presque la tension de chaque muscle tandis qu'il lutte pour ouvrir les yeux. Poppy gémit et se penche sur le lit, lui caressant la joue.

« C'est moi, Rico, dit-elle d'une voix qui se brise. Je suis venue. À Ravello. Pour te voir. Pour notre anniversaire. Toute la journée, je t'ai attendue. »

Son œil droit s'ouvre un instant avant de se refermer.

« Oui ! » Le rire de Poppy se perd dans un sanglot. « C'est moi, mon amour, ta Poppy ! »

Lentement, presque imperceptiblement, comme s'il utilisait toute l'énergie qu'il pouvait rassembler, ses yeux se tendent pour s'ouvrir.

« Opa ! » s'écrie Jan.

Rapidement, maladroitement, il pose une paire de lunettes sur le nez de son grand-père. Rico a le regard absent. Par-dessus l'épaule de Poppy, je scrute le bleu vert de ses yeux chassieux.

Poppy sanglote.

« Monsieur Yeux-Bleus. Je t'aime, mon homme. Je t'aime. »

Elle se penche et presse sa joue humide contre son visage. Elle lui murmure son amour, son amour éternel, tous les mots doux qu'elle a rêvé de lui dire pendant cinquante-neuf ans.

Ses yeux se referment.

« Je n'ai jamais renoncé à toi, Rico. Je n'ai jamais cessé de t'aimer. »

Je me demande s'il l'entend ou s'il a déjà été repris par le sommeil. Mais très lentement, ses yeux se rouvrent. Une main parcheminée se lève, celle qui jadis maniait si agilement l'archet du violon. Il pose un doigt sur le visage de ma tante.

« Poppy », articule-t-il en silence. Ses lèvres bougent sans laisser sortir aucun son. Mais ses mots sont clairs comme l'eau de roche. « *Mio unico amore.* »

#

Pendant le reste de la journée, les yeux de Rico restent fermés, comme s'il avait épuisé ses derniers résidus d'énergie pour exprimer son amour et que l'effort l'avait anéanti. C'est peut-être mon imagination, mais la souffrance imprimée sur son visage endormi semble avoir fait place à l'apaisement, à la sérénité. J'aime à penser que voir son amour, après toutes ces années, lui accorde enfin la paix dont il manquait.

Les heures de visite touchent à leur fin. Jan et Elene sont partis chercher la voiture. Lucy et moi sortons de la chambre, laissant Poppy en tête à tête avec son prince endormi pour qu'elle lui souhaite bonne nuit, peut-être pour la dernière fois.

Alors que Lucy fait les cent pas dans le couloir en discutant avec Sofia sur le portable de Poppy, j'écris mes textos. C'est le milieu de l'après-midi à New York, et Matt est probablement au travail. Comment mettre des mots sur les événements de la semaine ?

J'ai tant de choses à te raconter, MC. Aujourd'hui, ma tante a retrouvé l'amour de sa vie. Nous restons à Ravello jusqu'à ce qu'il... Ma gorge se serre et je prie en silence… **se rétablisse.**

J'appuie sur *Envoyer*, puis tape le numéro de Carmella. Comme prévu, ma cousine est ravie de rester un peu plus longtemps à Emville pour s'occuper de Claws.

« Reste aussi longtemps que tu veux, Emmie, me répond-elle. Et assieds-toi pour que je te raconte ce qui m'arrive. Tu as une minute ? Ou plutôt une demi-heure ?

— On va bientôt y aller, et je dois appeler mon père.

— Pas de souci. En tout cas, j'adore ma vie à Emville. Claws est toujours aussi grognon. On parlera à ton retour. »

Je termine par l'appel que j'ai évité tout l'après-midi. Mon père répond à la première sonnerie.

« Dieu soit loué. Tu es enfin de retour. »

Je l'imagine derrière le comptoir des viandes, son portable calé contre son épaule pendant qu'il ajoute des saucisses pour les clients qui sortent du bureau.

« Ta nonna va enfin pouvoir dormir. Tu passes aujourd'hui ou je te vois à la maison ? »

Mon cœur bat à tout rompre.

« Je suis toujours en Italie, papa. Lucy et moi restons avec Poppy. »

À travers le portable, j'entends un soupir, lourd comme s'il le retenait depuis dix jours.

« Non, Emilia. Sois raisonnable. Tu dois rentrer, maintenant. Laisse Lucy prendre le relais.

— Tante Poppy a besoin de moi.

— Ta nonna aussi. Elle t'attend à la boutique. Tu lui dois le respect. »

J'ai le regard rivé sur la porte ouverte de la chambre 301, où ma tante tient le visage endormi de Rico entre ses mains.

« Une personne qui exige le respect ne l'inspirera jamais. »

La phrase m'est venue comme ça, de nulle part – un parfait « poppy-isme ». Ma poitrine se gonfle d'orgueil.

« Qu'est-ce que tu dis ? demande mon père.

— Je ne sais pas quand je rentrerai. Je reste ici tant que Poppy a besoin de moi. »

#

La lune d'octobre, pleine ce soir, illumine la route sinueuse qui nous ramène à Ravello. Poppy est assise entre Lucy et moi sur la banquette arrière, la tête posée contre mon épaule. Une douce chanson d'amour passe à la radio et je rends grâce en silence. Poppy et Rico ont partagé un moment ensemble, si fugace soit-il. Quel voyage ! Toutes trois, les cadettes Fontana, nous avons rencontré l'amour. Le cynisme qui reste en moi se demande si l'un d'eux va durer, et lequel.

Lucy se tourne vers Poppy sous la lumière de la lune.

« Je peux te demander quelque chose, Pops ? Les lettres que tu as apportées, celles que Karin t'a retournées, elles étaient envoyées d'Italie. Mais les lettres que tu as écrites des États-Unis ? Tu crois qu'il les a reçues ?

— Je n'ai jamais envoyé de lettre d'Amérique. J'avais trop honte. » Elle pousse un soupir. « Tu vois, une mère a une tâche et une seule dans la vie : protéger son enfant. Je n'ai pas pu avouer à Rico que je n'avais pas réussi cette mission unique, pas dans une lettre. » Elle se tourne vers la fenêtre obscurcie. « Je devais attendre de le voir en personne. »

45

Poppy – 1961
Ravello, côte amalfitaine, Italie

Rosa est descendue du bus le deuxième jour d'août, un châle couvrant sa robe grise informe. Elle semblait différente, plus âgée, mais aussi plus douce que la dernière fois où nous nous étions vues, six mois plus tôt. Son visage était plein et son regard comme empli de sagesse. Surtout, son corps était devenu plantureux, avec des hanches généreuses et une poitrine opulente. Voyant ma stupéfaction, elle s'est mise à rougir.

« Je mange trop de pâtes, a-t-elle dit.

— Ne me prends pas pour une idiote. Tu es enceinte ! »

Ses yeux se sont emplis de larmes et elle s'est signée. Je l'ai serrée dans mes bras.

« Nous allons toutes les deux avoir des bébés, comme nous en rêvions !

— Arrête. S'il te plaît. Je préfère ne pas en parler trop tôt. Pour l'instant, c'est ton tour. »

Je la comprenais. Elle avait essayé de tomber enceinte pendant si longtemps qu'elle craignait de s'attirer le malheur.

« Tu es magnifique, lui ai-je dit. Alberto sera fou de toi. »

Cette fois, elle ne s'est pas raidie en entendant son nom.

« Alberto m'écrit toutes les semaines. Il est très impatient que j'arrive en Amérique.

— Je veux bien le croire, ai-je dit avec un sourire avant de tapoter mon ventre rond. Je suis contente que tu sois là pour l'arrivée du bébé. »

C'était vrai. Mais ma gratitude était tiédie par la déception. Secrètement, j'avais espéré que Rico serait là quand j'accoucherais. Ma foi vacillait. Était-il vivant ?

« As-tu reçu une lettre de Rico ? »

Même s'il aurait dû m'écrire ici, à Ravello, j'ai retenu mon souffle, espérant en dépit de tout qu'elle répondrait oui.

« Une lettre est arrivée le mois dernier. »

Mon cœur a bondi dans ma poitrine.

« Il pense que je suis encore à Trespiano ? Où est la lettre ? Fais-moi voir ! »

Elle a secoué la tête.

« Papà l'a trouvée avant que je puisse la cacher. Il était furieux. J'ai risqué ma vie en chipant l'enveloppe pendant qu'il parlait à Mamma. »

J'ai souri en pensant au courage inhabituel dont ma sœur avait fait preuve.

« *Grazie*, Rosa. Donne-la-moi, s'il te plaît. Je dois la lire.

— Je ne l'ai pas. Je l'ai jetée dans le feu avant que Papà puisse la lire. »

J'en suis restée bouche bée.

« Tu l'as détruite ?

— Je n'avais pas le choix. Il nous aurait tuées toutes les deux. Je suis désolée. Mais j'ai quand même pu la lire.

— Tu l'as lue ? Qu'est-ce qu'il disait ? Quand est-ce qu'il arrive ?

— Il ne peut pas partir, a-t-elle fait en secouant la tête. Il veut que tu ailles en Amérique. Il veut que tu épouses Ignacio. »

J'ai soudain manqué d'air. J'ai pris ma tête entre mes mains.

« Non ! Rico est mon mari ! Comment ose-t-il me demander de commettre un adultère ? »

La compassion lui faisait monter les larmes aux yeux.

« Écoute-le, Paolina. Il t'aime. Il veut le meilleur pour toi. Il ne veut pas élever l'enfant dans son pays natal. C'est une prison là-bas. Les gens sont prêts à tout pour s'enfuir. Tu n'as pas lu les journaux ? L'Allemagne de l'Est n'est pas un bon endroit pour un bébé. Il veut que tu vives bien, et plus important encore, il te fait confiance pour donner une bonne vie à son enfant. »

Les larmes m'aveuglaient.

« Pense au bébé, Paolina. Pas à toi. Tu ne peux plus être égoïste. »

Nous sommes rentrées chez moi bras dessus bras dessous, portant chacune une valise. Je l'écoutais me raconter son voyage. Elle avait inventé une histoire, racontant aux parents que j'avais changé d'avis, que je n'aimais plus Rico. Elle venait me chercher. Nous irions ensemble en Amérique. Elle avait déjà dit au revoir à Mamma et Papà.

« Dans ces valises, j'ai nos papiers, ton passeport et tout le nécessaire. Notre bateau part de Naples le mois prochain.

— Mais, Rosa, je ne pars pas en Amérique. Je dois attendre ici que… »

Elle a levé une main pour me faire taire.

« Paolina, Mamma and Papà étaient tellement soulagés de savoir que leur fille avait retrouvé la raison. Ils avaient peur que je prenne le bateau toute seule. »

Mais je sentais qu'elle mentait. C'était surtout elle qui s'inquiétait. Elle savait qu'elle serait obligée de faire la traversée jusqu'à Brooklyn, surtout maintenant qu'elle portait l'enfant d'Alberto, mais elle n'avait pas encore renoncé à l'idée que je l'accompagne. Je me suis forcée à tenir ma langue. Quand Rosa avait décidé quelque chose, il était impossible de discuter. Elle découvrirait bien assez tôt que je pouvais être aussi têtue qu'elle.

« J'ai persuadé Papà d'acheter deux billets. Notre bateau part dans six semaines. Ce qui veut dire que… » Elle s'est tournée pour regarder mon ventre. « Tu dois vite accoucher, pour que nous puissions partir et recommencer nos vies de zéro avec Alberto et Ignacio, en Amérique, au pays de la liberté. »

#

Cinq jours plus tard, le 7 août 1961, avec l'aide de Mme Tuminelli, sage-femme grincheuse que ma sœur avait trouvée au village voisin, Johanna Rosa Krause a vu le jour. Elle avait les cheveux épais et bruns, des yeux bleu sombre et la fossette de Rico sur la joue gauche.

On dit que la maternité change une femme, que dès l'instant où elle tient son enfant pour la première fois dans ses bras, elle se transforme. Ses priorités ne sont plus les mêmes.

J'étais allongée sur des draps propres, bébé Joh endormie contre ma poitrine. Je contemplais avec émerveillement le miracle de vie que Rico et moi avions créé. J'observais sa peau duvetée, ses longs cils qui se déployaient contre ses joues roses comme un lever de soleil, ses dix petits doigts pas plus gros que des allumettes, chacun coiffé d'une perle miniature.

« Bienvenue à la maison, lui ai-je murmuré. Que la gentillesse emplisse ton âme. Que tu sois douée de bonté, que tu hérites du meilleur de chacun de tes parents. » Les larmes me brouillaient la vue. « Ton papa n'est peut-être pas là, mais il t'aime. Il… Nous ne voulons que des bonnes choses pour toi. Tu auras une vie merveilleuse, pleine d'opportunités, d'abondance et de joie. Je te le promets. Et je le promets à ton papa. »

#

Huit jours plus tard, Rosa est entrée en trombe dans l'appartement en agitant un journal.

« Ils ont construit un mur ! s'est-elle écriée. Il y a deux jours, le passage entre Berlin-Est et Berlin-Ouest a été condamné par un fil barbelé. Maintenant, ils construisent un mur en béton de cinq mètres de haut. » Elle lisait l'article une main posée sur le ventre. « Il sera surmonté d'un fil barbelé, protégé par des tours de guet, des mitrailleuses et des mines. » Elle a jeté le journal sur la table et m'a pris les mains. « L'accès à l'Ouest est fermé, Paolina. Définitivement. Rico ne reviendra jamais. »

46

Emilia

Je tamponne les joues humides de Poppy avec un mouchoir, craignant que ces souvenirs douloureux ne soient de trop vu sa fragilité actuelle. Elle se laisse aller en arrière et ferme les yeux.

« Comment aurais-je pu me réjouir de la naissance de mon enfant tout en pleurant la perte de Rico ? L'idée du mur de Berlin était insoutenable. J'ai laissé ma Joh partir. Du fond de ma tristesse, des ténèbres de mon désespoir, je n'ai pas vu à quelle vitesse ma fille dépérissait. »

C'était donc ça. Le mur de Berlin venait d'être construit. Rico était prisonnier. Poppy souffrait d'une dépression sévère, si profonde qu'elle n'a même pas eu conscience que son bébé était en train de mourir. Je frémis, me demandant ce qui est arrivé exactement à la petite Johanna. Rosa a eu raison d'emmener Poppy en Amérique. Mais notre tante a laissé derrière elle tout espoir de revoir Rico. Deux cœurs séparés par la guerre, par les blessures et un mur. J'embrasse la main de Poppy.

« C'est affreux, Poppy.

— Oui, fait Lucy. C'est vraiment atroce.

— Pour Rosa aussi, l'attente était terminée. Nous avons été surprises toutes les deux. Quand ma sœur est arrivée à Ravello, elle ne s'attendait pas à devenir mère si vite. Elle a baptisé sa fille Josephina, du nom de la mère de sa mère. »

Je frissonne. Une sœur donne naissance à une fille, l'autre enterre la sienne. Et les prénoms – Johanna et Josephina – sont si proches. Les dieux auraient-ils pu se montrer plus cruels ? Pas étonnant que Poppy ait transféré son amour sur Josephina.

La radio passe une chanson d'amour déchirante. J'ai le nez qui pique en entendant la complainte mélancolique. Lucy roule son pull en boule pour en faire un oreiller et ne tarde pas à ronfler doucement, la tête appuyée contre la portière. Poppy soupire quand je la prends contre moi, on dirait qu'elle ronronne. Elle est comme un petit enfant dans mes bras, un petit enfant qui a besoin d'être consolé. Sa respiration ralentit. Son corps se relâche contre le mien. Mon bras s'engourdit et je sens des picotements, mais je ne bouge pas. J'inspire le doux parfum de ma tante, je perçois le léger va-et-vient de son souffle, et j'espère que dans des années je pourrai retrouver ce moment en fermant les yeux.

« J'aurais dû faire plus d'efforts pour reprendre contact avec toi, murmure-t-elle. Pardonne-moi, s'il te plaît. »

Je caresse sa tête duvetée.

« Il n'y a rien à pardonner. Tu as essayé. Mais j'ai laissé Nonna… »

Mes mots se perdent. Je suis adulte maintenant. C'est injuste d'accuser Nonna.

« La prochaine fois que tu parleras à Rosa, dis-lui que je suis désolée, s'il te plaît. Et que je l'aime. »

Oncle Dolphie avait raison. Poppy serait plus en paix si elles pouvaient se réconcilier – Nonna aussi, probablement.

« Pourquoi ne pas le lui dire toi-même ? On pourrait l'appeler demain. »

Elle fait non de la tête.

« J'ai appelé Dolphie juste avant de quitter les États-Unis. On a bien discuté tous les deux. C'était merveilleux. Mais Rosa… elle ne veut pas me parler. »

Je serre les mâchoires, bouillante de colère.

« Elle est têtue, comme ma sœur.

— Oui. J'ai souvent essayé d'entrer en contact avec Daria. »

Je baisse les yeux vers elle.

« Vraiment ? Elle ne m'en a jamais parlé.

— Je suis avec toi. Ça me suffit.

— Merci, mon Dieu, je murmure avant de lui donner un baiser sur la tête. Et merci à toi.

— Je t'aime, Emilia.

— Je t'aime aussi, Nonna. »

Je prends conscience de mon erreur mais ne la corrige pas. Ma tante aussi s'abstient de la relever.

#

Jan nous dépose à l'ancien appartement de Rico au-dessus de la boulangerie.

« Il est à vous aussi longtemps que vous en aurez besoin, dit-il en tendant à Poppy la vieille clé en bronze. J'irai m'installer en bas de la colline, chez Elene. »

Lucy aide Poppy à enfiler sa chemise de nuit avant de se retirer dans le salon. Je baisse la lumière de la lampe de chevet et lave les joues douces de ma tante.

« J'ai toujours rêvé de dormir de nouveau dans cette chambre, lance Poppy en regardant le mur au-dessus de la porte. Il a gravé nos initiales. Elles sont encore là, quelque part.

— Je sais. Il était fou amoureux

— Il l'est encore », me rappelle-t-elle, et j'ai honte d'avoir parlé de lui au passé.

Je tire les draps impeccables pour que Poppy se mette au lit. Elle s'y blottit comme un chaton. Je me couche à côté d'elle et éteins la lampe. La lumière ambrée de la piazza dessine des rayures dans la chambre.

« Tu as contacté Brody ? demande Poppy.

— Oui. »

J'adresse un remerciement silencieux à M. Brody, l'homme à tout faire de Poppy chez elle, en Amérique.

« Il est ravi de garder la ferme jusqu'à notre retour. Il m'a dit de te dire qu'il monte Higgins tous les jours pour qu'il continue de faire de l'exercice.

— Brody refuse toute augmentation, fait Poppy en hochant la tête. Pourtant Dieu sait comme il a besoin d'argent. Je t'ai déjà dit qu'il avait perdu sa jambe au Viêtnam ? Il ne se plaint jamais. C'est une crème, comme son père. »

C'est étrange maintenant, de penser que Poppy a vécu une autre vie sans Rico, qu'elle a eu une relation avec le père de Brody, son compagnon, comme elle dit. Alors que l'existence de ma tante touche à sa fin, je ne peux m'empêcher de me demander si elle a des regrets.

« Tu n'as jamais voulu te remarier ? Ni avoir des enfants ?

— Non, répond-elle sans hésitation. Même si j'aimais Thomas.

— Le père de Brody ? Ce n'était pas qu'un… prix de consolation ? »

Elle se tourne vers moi.

« Tu verras que plus tu vieilliras, moins tu seras avare du mot amour. Thomas m'a réappris à rire. Et je crois que j'étais un réconfort pour lui, après la mort de sa femme. Nous étions de merveilleux camarades tous les deux. »

Elle sourit, comme si elle se rappelait de beaux souvenirs.

La brise agite le fin rideau dans un bruissement.

« Ça te fait de la peine que Rico ait épousé Karin ?

— J'aurais été triste s'il ne l'avait pas fait. Tu sais, Emilia, tous les amours ne s'accompagnent pas de passion, et toutes les passions ne s'accompagnent pas d'amour. »

L'air s'immobilise. Le doux sourire de Matt me revient. Je me redresse sur le coude et cherche son visage dans l'obscurité.

« Tu le crois sincèrement, tante Poppy ? Tu penses vraiment qu'il est possible d'être avec quelqu'un, peut-être même d'épouser quelqu'un, sans ressentir de passion ?

— Je crois que cela arrive tout le temps. »

Je suis prise d'un frisson. J'ai l'impression de parler à un sage qui détient la réponse à la question qui me taraude depuis des années. Et que tout repose sur sa réponse.

« Mais est-ce juste ? Est-ce assez ? Ne doit-on pas plutôt continuer de chercher l'amour qui nous enflamme ? »

Elle sourit.

« Ça, ma chérie, c'est une question à laquelle tu dois répondre par toi-même. Tout ce que je peux dire, c'est qu'au bout de quatre-vingts ans je me rends compte que l'amour a mille et une facettes. Amour passion. Amour réconfort. Amour protecteur. Amour amical. Même si Rico est ma seule vraie passion, il y aurait beaucoup à dire sur l'amour qui procure une profonde amitié, ou juste un compagnonnage, surtout dans un monde qui donne parfois l'impression d'être un gant de boxe. »

Ses yeux brillent dans la nuit claire.

« Tu sais, Emilia, au bout du compte, la vie est une équation très simple. À chaque fois que tu aimes, que ce soit un homme ou un enfant, un chat ou un cheval, tu ajoutes de la couleur à ce monde. Quand tu ne réussis pas à aimer, tu le ternis. »

Elle sourit.

« L'amour, sous toutes ses formes, est ce qui transforme la morne esquisse de l'existence en une peinture flamboyante. »

Elle touche ma joue.

« C'est le fruit sucré qui colore les champs pour éveiller les sens. Je ne suis pas en train de te dire que tu dois le chercher sans relâche mais, s'il te plaît, si l'amour vient à toi, s'il est à portée de main, promets-moi de le cueillir et de bien le considérer. D'accord ? »

Ses mots me bercent tandis que j'essaie de concilier l'idée de Matt-mon-copain et de Matt-mon-amour-potentiel. Est-il possible que je ne l'aie pas assez « considéré » ?

Alors que je me laisse gagner par le sommeil, elle saisit ma main, avec plus de poigne que je ne l'en aurais cru capable.

« Ta mère t'aimait beaucoup. »

Je me fige. Je n'avais que deux ans quand elle est morte. Elle a été malade la plupart du temps. Depuis vingt-neuf ans, une part de moi-même s'est toujours demandé si je n'étais pas la cause de sa maladie. M'en voulait-elle ? Avais-je été un poids pour elle ?

« Comment tu… ? » Je pousse les mots à passer le nœud dans ma gorge. « Comment tu peux le savoir ?

— Tu étais son ange. C'est comme ça qu'elle t'appelait. »

Les larmes glissent sur mes tempes. Toute ma vie, j'ai rêvé d'entendre ces mots.

« Mais elle ne m'a jamais vraiment connue. Je n'étais qu'un bébé. »

La main de Poppy se resserre un peu plus sur la mienne.

« L'amour d'une mère ne se mesure pas dans le temps, Emilia. Il est aussi immédiat qu'éternel. Et ça, ma chérie, j'en suis absolument certaine. »

47

Poppy – 1961
À bord du *SS Raffaello*, en route pour l'Amérique

Rosa a finalement eu ce qu'elle voulait, comme à l'accoutumée. Mais pour être honnête, je partais volontiers. Heureusement, les huit jours de traversée de Naples à New York ont été calmes. Chaque jour apportait une brise chaude et nous n'avons subi que quelques orages intermittents. Mais la pauvre petite Josephina, âgée de seulement quelques semaines, confondait le jour et la nuit. Chaque soir, quand nous nous retrouvions dans notre cabine mal aérée, elle ouvrait de grands yeux curieux. Rosa était épuisée. Je faisais tout mon possible pour que le bébé reste tranquille pendant qu'elle dormait. Souvent, je l'emmitouflais dans une couverture et sortais avec elle sur le pont où nous restions face à l'est, regardant le pays où mon Rico habitait. Ensemble, nous contemplions la surface noire de l'eau qui s'agitait dans notre sillage.

Je lui montrais les constellations et nous parlions de son avenir.

Même si Rosa comprenait mon chagrin, elle devenait irritable quand je restais seule avec Josie. Elle m'avait surprise plus d'une fois à rêver que j'étais une jeune mère voguant vers son mari aimant. Le rôle de la mère et de l'épouse, me rappelait-elle avec douceur, lui était réservé.

Mais un lien s'était créé entre Josephina et moi, que Rosa ne pouvait nier. Elle savait écouter, cette petite créature rieuse. Elle étudiait mon visage, plissait son petit front quand je parlais de mon Rico, le meilleur homme au monde. Et quand mes yeux s'embuaient, elle agrippait mon doigt, comme pour m'assurer qu'elle comprenait ma douleur.

Je l'appelais « mon petit miracle » et lui répétais que c'était grâce à elle que je respirais encore. C'était la vérité.

48

Emilia

Un long voyage solitaire qui l'emmenait toujours plus loin de son amour et de l'enfant qu'elle avait perdu… Des nuits entières passées avec un nouveau bébé, au nom si proche de celui de sa fille. Pas étonnant que Poppy ait reporté son amour maternel sur Josie et qu'elle se soit trop attachée à elle.

« Je comprends maintenant. Tu en es venue à aimer Josephina comme ta propre fille. Tu avais du chagrin. Tu ne voulais faire de mal à personne. »

Elle est prise d'une toux pénible. Je lui tapote le dos, saisie par un mauvais pressentiment. Poppy est en train de mourir. Un peu plus tôt, elle a demandé pardon. J'ai traité sa requête avec dédain. Mais je comprends maintenant qu'elle a besoin de l'entendre. Même s'il ne vient pas de sa sœur.

« Je ne te reproche pas ce que tu as fait à ma mère, dis-je d'une voix douce. Je ne t'en veux pas de l'avoir prise avec toi.

— Enlevée. C'est ce qu'ils disaient, murmure-t-elle.

— Tu n'étais plus toi-même. Nonna aurait dû le comprendre.

— Je crois qu'au fond elle comprenait. C'est Alberto qui a insisté pour que je parte. Et Rosa s'est rangée du côté de son mari, bien sûr. Je l'ai mise dans une position horrible, à devoir faire ce choix. Ça reste mon plus grand regret. Il ne s'est pas passé un jour sans que je me questionne sur ma décision ou que je me maudisse d'avoir été si irresponsable.

— Chut, dis-je. Tout ça, c'est du passé. Tu t'es bâti une belle vie, entourée de gens qui t'aiment. Tu as des raisons d'être fière. »

Elle se tourne vers moi, le regard implorant.

« Quand tu reverras Rosa, dis-lui que je suis désolée. Que je l'aime. Qu'elle m'a toujours manqué. »

Mon cœur se brise. Puis une pensée jaillit dans mon esprit. Ébranlée, j'observe Poppy dans la lumière de la lune. Et si je réussissais à ramener Nonna en Italie pour que les sœurs se retrouvent une dernière fois ?

#

On dit que le temps panse toutes les blessures. Mais en voyant les guérisons simultanées de ma tante et de son cher Rico, je peux affirmer que ce n'est pas le temps, mais l'amour qui guérit.

Le mercredi matin, j'insiste pour emmener Poppy chez le médecin. Lucy et moi pensions que l'aggravation de son état était due à la progression de sa tumeur au cerveau. Nous sommes surprises de voir le jeune médecin la traiter pour une infection respiratoire, lui administrant un cocktail intraveineux d'antibiotiques et de stéroïdes. Dès le jeudi après-midi, elle est remise sur pied et meurt d'impatience de retourner auprès de Rico.

Je loue une voiture – une décapotable de sport blanche hors de prix, mais Poppy a insisté pour prendre ce modèle – et, pendant une dizaine de jours, nous nous levons tous les matins à l'aube pour aller à Salerne. Même quand l'air est frais, elle me demande de replier la capote.

« Les sièges chauffants sont là pour ça, dit-elle. Et maintenant, Emilia, appuie sur le champignon. C'est une Maserati, bonne déesse, pas une camionnette ! »

Poppy passe ses journées près de Rico, peigne ses cheveux, rase son visage, lui murmure des mots d'amour, et son homme revient lentement à la vie. Chaque jour, nous voyons un progrès. Il rouvre les yeux. Il sourit. Il prononce quelques mots, puis de courtes phrases. Les médecins disent que c'est un miracle. Poppy dit que c'est le destin. Moi, je dis que c'est beau.

Au bout d'une semaine, Rico mange de nouveau tout seul et, quand nous arrivons, il est généralement assis dans son fauteuil roulant en train de pincer les cordes de son violon ou de tripoter son vieux Leica. Son visage a repris des couleurs et on imagine facilement le beau violoniste allemand qui charmait les foules – et ma tante. Sa mâchoire n'est peut-être plus aussi joliment ciselée, son corps plus aussi ferme, mais je vois les yeux bleus perçants, les cheveux encore épais et ondulés, le sourire radieux que Poppy adorait.

D'un accord tacite, Lucy et moi parlons au futur, toutes deux résolues à rester en Italie jusqu'au dernier souffle de notre tante. Pour préserver l'intimité de Poppy et Rico, nous nous installons dans un coin confortable du salon des visiteurs.

Lucy reste assise pendant des heures devant l'ordinateur que l'hôpital met à disposition des usagers. Elle cherche quelque chose, mais ne veut pas me dire de quoi il s'agit. Par chance, j'écris à l'ancienne – à la main dans mon carnet. Maintenant, les mots jaillissent spontanément sur le papier, comme si tout l'air autour de moi était chargé d'amour et de lumière, d'un renouveau de vie. Quand, des heures plus tard, nous retournons dans la chambre de Rico, nous les surprenons souvent blottis l'un contre l'autre dans le lit d'hôpital, Rico caressant le crâne chauve de Poppy. D'autres fois, ils sont en train de rire en se rappelant de vieux souvenirs. Mais d'autres fois encore, nous les trouvons en larmes, et je soupçonne qu'ils sont en train de parler de l'enfant et de tout ce temps qu'ils ont perdus.

« Je veux t'épouser à la cathédrale. J'ai déjà fait tous les papiers », lui dit Rico par un lundi pluvieux, d'une voix profonde et râpeuse.

Elle écarte l'idée d'un revers de main.

« Nous sommes déjà mariés ! »

Ma tante au fier caractère, la seconde fille qui n'a pas besoin de prouver leur amour après toutes ces années, embrasse son mari sur la joue.

« Cela fait près de soixante ans que tu es *mein Ehemann*. Tu le seras toujours.

— Et tu seras toujours ma femme », répond-il avec un sourire.

Poppy se tape la bouche du plat de la main et se tourne d'un coup vers Lucy et moi.

« Oh, là, là ! Quel manque d'égards ! Ce serait peut-être important pour vous qu'on se marie ? »

C'est sa façon de nous dire qu'au cas où nous serions inquiètes elle est prête à mettre fin au sort qui pèse sur les secondes filles Fontana, par un certificat de mariage en bonne et due forme que personne ne pourra contester. Je n'en ai aucun besoin. Mais peut-être Lucy n'est-elle pas de mon avis. Je la laisse répondre et elle prend la parole, d'une voix posée et réfléchie.

« Si vous vous mariez uniquement pour démentir ce sort schizoïde et complètement absurde qui n'a jamais existé, je ne serai pas de la fête. »

#

C'est le 3 novembre, un samedi au temps lourd et couvert. Attablés dans la cour de l'hôpital, nous jouons à « Shoot the Moon », un jeu de cartes que Poppy vient de nous apprendre.

« Tu avais un trèfle et tu as joué un pique, dis-je à Rico. Pas étonnant que tu gagnes toujours.

— Allons donc ! dit Rico en secouant la tête, le coin des yeux plissé par son sourire. Tu es mauvaise perdante, *mein Mädchen*. »

Ma fille. Exactement comme ma tante m'appelle. Il range les cartes dans une boîte et glisse la main sous la table pour attraper son vieux Leica.

« Ça suffit, les photos », lance Lucy en tirant la langue au moment où il appuie sur le déclencheur.

Elle lui arrache l'appareil des mains.

« Vous trois », dit-elle en nous faisant signe de nous rassembler.

Poppy vient se poster près de moi, Rico de l'autre côté, leurs mains enlacées dans mon dos. Poppy m'embrasse sur la joue. Je me tourne vers Rico, ses yeux bleus brillants de joie et d'amour.

« Dites *cheese* ! » lance Lucy. Je me mets à rire au moment précis où elle prend la photo. Elle pose l'appareil et se glisse sur le bord de sa chaise.

« Devinez quoi ? J'ai enfin décidé ce que je vais faire de ma vie. Vous êtes prêts ? » Elle imite un roulement de tambour. « Tadada ! Je veux couper les cheveux ! Bon, je ne sais pas vraiment quand ni où, mais je vais m'inscrire dans une école de coiffure !

— Formidable ! s'exclame Poppy en frappant dans ses mains.

— C'était donc ça, tes recherches sur l'ordinateur de l'hôpital. »

Je lève une main pour lui faire un check.

« C'est génial, Luce.

— J'ai envoyé un mail à Carol et Vinnie pour leur annoncer la nouvelle. Ma mère pense que je devrais faire une école d'esthéticienne, mais j'aime coiffer les hommes. Je n'ai aucune envie de faire des épilations à la cire, des soins du visage et tout ce genre de truc. »

J'ai du mal à croire que la fille devant moi est la même que celle qui préférait son eye-liner à sa brosse à dents.

« J'en ai parlé à grandpa Dolphie. Il dit que je pourrais être apprentie dans son salon. »

J'imagine le salon désert d'oncle Dolphie, avec sa musique d'opéra et ses sièges vides. Le pauvre ne sait pas ce qui l'attend. Sa petite-fille va mettre sens dessus dessous son petit monde endormi et lui fournir une dose d'adrénaline dont il a grand besoin. Oncle Dolphie n'a pas fini de se plaindre, mais au fond de lui, il sera heureux. Il aura de nouveau un but. Son salon – l'affaire qu'il s'est donné tant de mal à monter – sera transmis à la génération suivante, et on ne l'oubliera pas. N'est-ce pas ce que nous voulons tous ?

« Tu es en train de devenir le personnage auquel ton dramaturge t'avait destinée, dit Poppy. L'année prochaine, quand tu auras ton diplôme de coiffure et qu'Emilia aura terminé son roman, nous fêterons ça tous ensemble.

— Bien sûr », répond Lucy sans hésitation.

Mais je reste silencieuse. Notre tante sera-t-elle encore vivante dans un an ? Et Rico ?

Poppy soutient mon regard jusqu'à ce que j'acquiesce enfin.

« Mais le roman… Tu penses vraiment que je l'aurai fini dans un an ? Je ne suis pas sûre que ce soit poss…

— C'est possible », dit-elle avec un clin d'œil.

Lucy est en train de nous parler de son projet quand le médecin de Rico nous rejoint.

« Vous voilà ! »

Elle porte une blouse blanche de laboratoire et a un iPad calé sous son bras.

« J'ai une bonne nouvelle, monsieur Krause. Les résultats des analyses sont stables. Je vais signer les papiers pour votre sortie. Demain, vous serez libre de rentrer chez vous. »

Rico est étranglé par l'émotion. J'imagine ce que ces mots signifient pour un homme qui a passé l'essentiel de sa vie derrière un mur.

Demain, il rentrera chez lui, dans le minuscule appartement qu'il partageait avec Poppy. Il a retrouvé la santé, et elle aussi. Ma mission en Italie est achevée. Mais n'ai-je pas une autre tâche à accomplir ? Celle qu'oncle Dolphie m'a suggérée le mois dernier ?

Je fais signe à Lucy, qui me suit jusqu'à un petit jardin d'agrément où les noms des patients décédés sont gravés sur des dalles de pierre.

« Je sais ce que tu vas dire. Les tourtereaux ont besoin d'espace. Les murs de l'appartement sont plutôt fins, dit-elle en faisant bouger ses sourcils d'un air entendu.

— Oncle Vinnie aurait vraiment dû investir dans une école de bonnes manières, dis-je en hochant la tête. Je rentre à la maison, Luce.

— Non. Pas maintenant ! On va se louer un appartement à Ravello.

— Je dois rentrer. Juste pour quelques jours. »

Je lui raconte la suite de l'histoire de Poppy, son désespoir à la mort de Johanna, sa traversée de l'Atlantique avec un autre bébé, la façon dont son affection s'est reportée sur Josephina, provoquant l'incident qui reste son plus grand regret.

« Je convaincrai Nonna de revenir avec moi et de se réconcilier avec Poppy avant… »

Je m'interromps pour ne pas finir ma phrase. *Avant qu'il soit trop tard.*

49

Emilia

Deux jours plus tard, alors que l'aube du lundi caresse l'horizon, Lucy et moi entassons nos bagages devant la porte de l'appartement. Derrière son Leica, Rico fait le point sur Lucy, Poppy et moi.

« Vous êtes sûres de vouloir partir ? demande-t-il pour la cinquième fois au moins.

— On revient, tu sais, dit Lucy en faisant une grimace devant l'objectif. Dès que j'aurai brisé le cœur de mes parents et qu'Em aura trouvé quelqu'un pour louer Emville. »

Nous n'avons pas révélé notre projet de ramener Nonna pour que les sœurs se retrouvent une dernière fois. Les chances sont trop minces pour se permettre de lui donner de l'espoir.

« Bon voyage, fait Poppy en glissant une pièce dans chacun de nos sacs à main. N'oubliez pas de mettre du soleil autour de vous. Et ne sous-estimez jamais l'importance de votre lumière pour ceux qui vivent dans le brouillard.

— Oh, arrête ! fait Lucy. On sera vite de retour. Vous feriez mieux de profiter de notre absence. Je dis ça, je dis rien », ajoute-t-elle en faisant un clin d'œil à notre tante.

Poppy rit et la serre dans ses bras.

« Luciana, tu me tues ! »

Elle me regarde et son visage redevient grave.

« Tu parleras à Rosa ? Tu lui diras que je suis désolée ? »

Je l'embrasse sur la joue.

« Promis. »

Rico ouvre ses bras. Certes, il est plus robuste que quand nous l'avons retrouvé, mais il est encore tellement maigre…

« *Auf Wiedersehen, mein schöne Enkelin* », me dit-il dans sa langue natale. Il s'écarte, les yeux embués, et caresse ma joue de sa main. De sa voix grave, il murmure : « *Ich liebe dich.* »

Je n'ai pas besoin de traduire les mots allemands. Ses yeux me disent tout ce que je dois savoir.

« Je t'aime aussi. »

Lucy et moi marchons jusqu'au bout de la rue où un taxi désœuvré attend ses passagers. Le chauffeur est assis sur le capot en train de fumer une cigarette. Quand il nous voit, il la jette sur le trottoir et s'empresse d'ouvrir le coffre. Alors que Lucy l'aide à charger les bagages, je me retourne vers la petite boulangerie rose. Poppy et Rico se tiennent debout devant l'entrée de la cour que les premières lueurs de l'aube colorent en lilas. Je leur fais au revoir de la main.

« Je vous aime ! » je crie en espérant qu'ils m'entendent.

Rico a passé son bras sur l'épaule de Poppy, qui se tamponne les yeux. Il se penche et, tout doucement, l'embrasse sur la joue. Il dit quelque chose et, malgré la distance, je l'entends rire.

L'amour, sous toutes ses formes, change une morne esquisse en peinture flamboyante.

#

L'avion pour New York est bondé. Je range mon sac à main sous le siège devant moi, encore ébranlée par l'histoire de ma tante et Rico. Quel privilège d'avoir été témoin de leur amour ! Vivrai-je un jour une pareille relation ?

Je frotte mon cou et un homme surgit dans mon esprit. Un homme qui m'aime, qui serait prêt à attendre la fin de ma mission en Italie, aussi longtemps doit-elle durer. Un homme qui me fait rire, qui me remonte le moral, qui me rend meilleure. Un homme qui, je le sais sans l'ombre d'un doute, serait heureux d'être un personnage de mon dernier chapitre, quand je serai vieille, malade et grise.

Je sors mon portable. Je rentre, MC. Je respire un grand coup. Il faut qu'on parle.

Mon avenir avec Matt prend forme dans mon esprit. Une fois Poppy partie, je rentrerai aux États-Unis. Bensonhurst sera mon monde. Pour toujours. Malgré moi, une vague de solitude m'envahit. Ma petite vie, mon travail à la boulangerie, mes soirées Netflix avec Matt me semblent soudain étouffantes. Mais c'est normal après l'aventure que je viens de vivre, me dis-je pour me rassurer. Je reprendrai le pli. Ce sera bientôt comme si je n'étais jamais partie.

Je jette mon portable dans mon sac. Dans l'allée à côté de Lucy, un beau steward sert à boire. Ma cousine abaisse sa tablette.

« Je t'ai commandé une eau pétillante pendant que tu écrivais ton texto.

— *Dankeschön* », je réponds sans trop savoir pourquoi j'ai choisi l'allemand.

Elle ouvre un sachet de bretzels.

« Tu parles vraiment allemand ? Je veux dire, tu as compris quelque chose à ce que Rico t'a dit ce matin ? »

Je tire un bretzel de son sachet.

« J'ai compris l'essentiel. J'ai fait deux ans d'allemand à la fac.

— Ma cousine intello, réplique-t-elle en levant les yeux au ciel.

— Il a dit "Au revoir, ma belle quelque chose". Ça ressemblait à "ma belle anguille". »

Lucy rit.

« Qui aurait cru que ce bon vieux Rico était un amateur de poiscaille ! »

Le steward pose le Diet Coke sur la tablette de Lucy et me regarde.

« Petite-fille.

— Pardon ?

— *Enkelin*. C'est le mot allemand pour petite-fille. »

Le temps s'arrête. Les poils sur ma nuque se hérissent.

Lucy éclate de rire.

« Raté ! Ton allemand n'est pas aussi bon que tu le croyais. »

50

Emilia
Brooklyn, New York

Il est presque seize heures quand Lucy et moi arrivons à la station de métro Kings Highway, à Bensonhurst. Je suis assaillie par des sons et des odeurs que je n'avais jamais remarqués avant. Le bruit strident des klaxons. Le grondement d'un camion-poubelle. Le martèlement d'un marteau-piqueur au loin. Le parfum iodé de la mer me manque, ainsi que le carillon des cloches de l'église, et le contact de la main chaude de ma tante dans la mienne.

Le ciel de novembre est devenu ardoise quand nous atteignons le coin de la 72e Rue. J'aperçois la maison de briques rouges et mon estomac se noue. Comme si le mois passé n'avait pas existé et que je me retrouvais brusquement en arrière dans mon ancienne vie. La différence, c'est que je sais maintenant qu'il existe un tout autre monde ailleurs.

Lucy remonte son sac sur son épaule.

« Bonne chance avec Rosa.

— Merci. Bonne chance avec tes parents. Tu es sûre de vouloir leur dire ? »

Elle acquiesce d'un signe de tête et prend une grande inspiration.

« Ma vieille va péter un plomb quand elle saura. »

Ma pauvre cousine. Ce qu'elle veut toujours par-dessus tout, c'est l'approbation de ses parents. N'est-ce pas ce que nous voulons tous ?

« Je peux rester avec toi, Luce, pour te soutenir moralement. Enfin, si tu veux. »

Un sourire fend lentement ses lèvres.

« Comment ai-je pu penser que tu n'étais pas cool ? » Elle incline la tête et m'étudie.

« Ah oui… c'était sûrement tes treillis informes. Ou peut-être tes lunettes incassables. »

Je lui donne un coup sur le bras.

« Très drôle.

— En tout cas, merci. Je m'en sortirai toute seule.

— Je sais. »

Je lève les yeux vers un avion qui passe dans le ciel.

« Et puis, ta mère pourra difficilement t'en vouloir. Je veux dire, tu n'as fait que suivre son conseil.

— Comment ça ?

— Quand tu avais huit ans et qu'elle t'a expliqué comme conjurer le sort. »

J'essaie de rester sérieuse, mais l'envie de rire monte.

« Tu as scrupuleusement respecté la première règle. »

Elle me jette un regard perplexe. Il lui faut une seconde, puis elle éclate de rire. Moi aussi. En même temps, nous nous écrions : « Ne plus jamais jouer avec les garçons ! »

#

Je gravis lentement l'escalier familier et pénètre dans Emville. L'arôme habituel du café en grains et de l'huile essentielle de citron emplit mes narines. Une casquette brodée *Cusumano Electric* est suspendue au porte manteau. Je hoche la tête. Comme un chien qui marque son territoire, Matt est venu chercher son sweat, mais il a laissé une casquette à sa place.

« Claws ? » j'appelle.

Je pose un sac en toile sur la table et trouve un petit mot de Carmella.

Bienvenue chez toi, Em. Merci de m'avoir prêté Emville pendant ton absence. J'ai ADORÉ *avoir un espace à moi. Tu as manqué à Claws, et à moi aussi. J'ai plein de choses à te raconter, mais j'attendrai que tu aies repris tes marques. Hâte de te retrouver au travail demain. Bisous.*

Je souris et entre dans le salon. Claws est à sa place, sur la banquette devant la fenêtre. Il s'étire, saute par terre et s'approche de moi avec nonchalance, comme pour me signifier que je ne lui ai pas manqué.

« Salut, mon beau, dis-je en le prenant dans mes bras. Ça y est. Je suis de retour à la maison. »

Pourtant, ce n'est pas ce que je ressens. La question que Poppy m'a posée juste avant notre départ pour l'Italie me revient comme une gifle. *Et si, au bout de près de trente ans, tu découvrais que tu n'a pas été plantée au bon endroit ?*

C'est idiot. Malgré l'amour que j'ai éprouvé pour l'Italie, ce n'était que pour un moment. C'est à Bensonhurst que je suis chez moi. C'est là que vit Matt, et son entreprise commence à marcher. Ce sera un endroit idéal pour élever des enfants.

Mes doigts tremblent quand je pianote sur mon portable. Je suis rentrée, MC. On se boit un verre ?

Cinq bonnes minutes passent avant qu'il réponde. Au Homestretch, mais je rentre bientôt. Demain soir, c'est bon pour toi ?

Je pousse un soupir de soulagement qui me fait honte. Encore mieux.

J'ai besoin de sortir. Pour la première fois depuis la fameuse journée à l'aéroport de Florence, j'appelle Daria.

« Tu es rentrée. »

Est-ce du soulagement que je perçois dans sa voix ?

« Oui. » Je n'ose pas lui dire que je repars bientôt. « Comment ça va ? Comment vont les filles ?

— Oh, normal, tout va bien. »

Elle a repris la voix morose qu'elle ne réserve qu'à moi.

« Écoute, dis-je en me frottant les tempes, à propos de ce qui s'est passé…

— Oui, quoi ? »

Elle attend des excuses. Au lieu de quoi je dis :

« On peut passer à autre chose ?

— Je n'arrive pas à croire que tu aies fait ça, Emmie. »

Je réprime un sourire.

« Moi non plus.

— Où es-tu ?

— Ici, à mon appart. Je passe te voir, si tu es chez toi. »

Je sors de ma valise deux poupées en porcelaine et les beaux gants pour Daria qui m'ont coûté une fortune.

« J'ai rapporté des souvenirs pour les filles. »

Je passe une main sur le cuir noir hors de prix.

« Et j'ai une surprise pour toi.

— Ah, OK. En fait, la sœur de Donnie et les filles arrivent d'une minute à l'autre. On se fait une soirée pizza. Tu pourras apporter tes trucs à la boutique demain matin ? Tu viens bosser, hein ? »

#

Des odeurs de pop-corn et de bière éventée m'accueillent quand j'entre au Homestretch. Il y a beaucoup de monde pour un lundi soir. Devant le juke-box, deux blondes rient en glissant des pièces dans la fente. Quatre hommes sont rassemblés autour du billard, ils observent l'un d'eux qui se prépare à jouer. Mon estomac gargouille tandis que je parcours les lieux du regard. Je repère une chemise de travail bleu marine. Mon cœur bat la chamade. Il est encore là.

Je me rapproche. Il me tourne le dos, une main sur son portable, l'autre sur son verre de bière. Curieusement, je suis étranglée par l'émotion. Voilà. Voilà l'homme avec qui je passerai le reste de ma vie ici, à Bensonhurst. Il est super. Fidèle. Drôle. Adorable. Et il m'aime. Alors, pourquoi suis-je au bord des larmes ?

J'avance discrètement vers le bar et m'arrête juste derrière son tabouret. Il ne sait pas que je suis là. Alors que je me penche pour embrasser son cou, je sens l'odeur de l'eau de Cologne Avon que mon oncle Vinnie met aussi. Je me détourne avec un haut-le-cœur. J'inspire encore une fois. Puis une autre fois. Ça va. Ce n'est que de l'eau de Cologne. Je m'habituerai. Ou mieux, je lui en trouverai une autre.

Deuxième essai. J'humecte mes lèvres. Je me penche, cette fois en essayant de ne pas inspirer. Mes lèvres rencontrent son cou.

Il tourne la tête d'un coup et se met à rire.

« Hé ! » fait-il en faisant tourner son tabouret. Il a un mouvement de recul en me voyant. « Ems ?

— C'est moi ! Avec d'autres lunettes, dis-je avec un sourire.

— Waouh ! s'écrie-t-il en regardant partout sauf dans ma direction. Je ne m'attendais pas à te voir ce soir. »

Je me juche sur le tabouret à côté de lui et pose un paquet-cadeau sur le bar.

« C'est pour toi. »

Son portable sonne. Il y jette un œil et le repose à l'envers sur le bar.

« Vas-y. Ouvre », dis-je en poussant le paquet près de lui.

Il hésite avant de le prendre. Ses mains tremblent quand il en sort l'écharpe. Je n'avais jamais vu mon solide électricien dans un tel état.

« Joli ! Merci, Em.

— Ça va ? »

Je me force à prendre ses mains tremblantes dans les miennes. L'intimité du geste me gêne autant que dans mes souvenirs. Je suis soulagée quand il les retire pour prendre son verre.

« Oui, ça va. » Il ingurgite une grande lampée de bière, puis secoue la tête, comme pour s'éclaircir les idées. « C'était comment, l'Italie ?

— Génial.

— Et Poppy ?

— Elle est incroyable. » Ma bouche est tellement sèche que j'arrive à peine à parler. « Elle m'a fait comprendre beaucoup de choses. » Je prends une grande inspiration. « Je suis prête à faire des choix d'adulte. »

Son portable sonne de nouveau. Il le soulève, à quelques centimètres seulement du bar. Comme au ralenti, il fait pivoter son poignet pour y jeter un œil. Pendant cette fraction de seconde, j'aperçois le nom du correspondant.

Carmella.

#

Je commande une bière.

« *Salute !* »

Matt sourit et trinque avec moi.

« C'est bon de te retrouver, Ems. » Il rougit en hochant la tête. « Tu es sûre que ça va, pour… ? »

Je le coupe d'une tape sur le bras.

« Que ça me va ? Je suis super contente. Sérieusement, MC. Je me demande plutôt comment j'ai pu ne pas y penser. Vous aimez tous les deux le bowling et les bières artisanales. Elle est adorable et, toi, tu n'es pas mal non plus dans le genre. Ça fait des années que j'aurais dû faire l'entremetteuse.

— Je l'ai toujours vue comme une gamine. Mais cinq ans d'écart, maintenant qu'on a passé la vingtaine tous les deux, c'est rien.

— Rien. Et tu as l'air vraiment très heureux. »

Il me dévisage pendant quelques instants.

« C'est vrai. Je ne pouvais pas t'attendre indéfiniment. »

Je détourne le regard.

« Honnêtement, Ems, ajoute-t-il en me touchant le bras, je ne suis pas fait pour toi. J'en rêvais, mais je n'étais pas le bon.

— J'aurais aussi aimé que tu le sois, je réponds, la voix étranglée par l'émotion. Carmella a beaucoup de chance.

— C'est moi qui ai de la chance. » Il sourit dans son verre. « Elle me comprend, Em. Je me sens… je ne sais pas… bien, comme si j'étais chez moi. Tu vois ce que je veux dire ? »

Je suis secouée par des émotions auxquelles je ne m'attendais pas. De l'amour. De la joie. Du soulagement. Un peu de tristesse aussi, pour être tout à fait franche.

« Oui, je vois ce que tu veux dire. » Et j'espère qu'un jour, ce sera vrai.

51

Emilia

Mardi matin. Il fait encore sombre quand je sors en trombe de l'immeuble, ma nouvelle écharpe nouée autour du cou et un sac plein de cadeaux à la main. Une lumière dans le salon d'oncle Dolphie attire mon attention. Depuis quand ouvre-t-il à six heures du matin ?

Je trotte jusqu'à la porte vitrée et frappe au carreau.

« Bonjour ! » J'entre en faisant tinter le carillon. « Oncle Dolphie ? »

Le désordre le plus total règne dans le salon. Quatre cartons sont alignés sur le sol, en partie remplis de vieux sèche-cheveux et de bouteilles de shampooing à moitié vides. L'espace d'un instant, je me dis qu'il a été cambriolé. Mais d'un coup je comprends : il fait le ménage dans le salon pour préparer l'arrivée de sa petite-fille, Lucy.

Dans l'arrière-boutique, une note retentit, claire et puissante. Puis une autre. Je reste immobile. Bientôt, un aria résonne dans le magasin, à la fois féroce, tendre et déchirant. Je ne le reconnais pas. Je pose une main contre ma poitrine et ferme les yeux, me balançant au rythme de la mélodie qui s'enroule autour de moi.

Je suis déçue quand le beau morceau se termine. Quand j'ouvre les yeux, je découvre oncle Dolphie qui me regarde, debout à l'autre bout de la pièce. Ses mains sont jointes et son visage trahit un mélange de curiosité et d'appréhension.

« Tu aimes ? » demande-t-il doucement.

Ma voix tremble un peu.

« C'est ton aria, dis-je, plus sur le ton de l'affirmation que de l'interrogation.

— J'avais loué un studio, fait-il d'un air penaud. Nous l'avons enregistré en 1979.

— Et la voix ? »

Mais je connais déjà la réponse.

« *La mia* », répond-il en hochant la tête.

Je me précipite pour le prendre dans mes bras.

« C'est magnifique, dis-je d'une voix brisée par l'émotion. Trouve un producteur, oncle Dolphie. Vends-le. Il n'est pas trop tard. »

Il me tient par les épaules, à bout de bras.

« Ça me suffit, dit-il en essuyant ma joue humide de son pouce. Mon air a ému quelqu'un. Je n'en demandais pas plus. »

J'ouvre la bouche pour protester, énumérer toutes les raisons pour lesquelles il devrait diffuser ce morceau sublime. Mais il s'est déjà détourné pour jeter de vieilles brosses dans un carton.

« Lucy va bientôt arriver. Je dois laisser mon affaire à la nouvelle génération. » Il agite un peigne dans ma direction. « Ne sous-estime jamais l'ébauche d'un rêve, Emilia. »

#

Nonna et moi nous affairons en cuisine. Je travaille la pâte et prépare la garniture aux cerises pendant qu'elle cuit les *pasta* et fait griller les poivrons. Elle ne parle pas de mon voyage. Ne se réjouit pas de mon retour. Ne demande pas de nouvelles de Poppy. Je la regarde encore une fois, me demandant comment je pourrais aborder le sujet des retrouvailles. Elle a les traits tirés et la ride entre ses sourcils est plus creusée que jamais. J'essaie d'imaginer la sœur aimante qu'elle a été autrefois, la jeune femme qui a soigné Poppy et traversé l'Italie pour l'aider à donner naissance à la petite Johanna. Mais je n'y parviens pas.

À dix heures, ma douce cousine, Carmella – la nouvelle petite amie de Matt – entre en coup de vent dans la cuisine avec un jean déchiré et des Converse aux pieds.

« Emmie ! s'écrie-t-elle en plantant un baiser sur ma joue. Waouh ! Tu es superbe. J'adore tes nouvelles lunettes ! »

Je prends Carmella dans mes bras et la fais tournoyer, m'efforçant d'ignorer le regard noir de Nonna.

« Je suis tellement contente pour toi ! »

Elle lève la tête vers le plafond et prend une grande inspiration.

« Je n'arrive pas à y croire, Emmie ! Matt est adorable. Comment ai-je fait pour ne pas le remarquer plus tôt ? Merci, mille fois. Si tu ne m'avais pas proposé de dormir chez toi, si Matt n'était pas passé chercher sa veste, on ne se serait… »

Je l'interromps en faisant non de la tête : « Mais si, vous auriez fini par vous trouver. Ce n'était qu'une question de temps. »

Elle met un filet à cheveux et tire un tablier du casier.

« On a assez parlé de moi. Je veux que tu me racontes ton voyage dans tous les détails. C'était comment, l'Italie ? Tu as dû super bien manger là-bas, non ? Et Poppy, elle est vraiment bizarre ?

— Ce voyage était… bouleversant. Poppy est la femme la plus étonnante…

— *Silenzio !* ordonne Nonna d'une voix rauque depuis l'autre bout du plan de travail. Je ne veux pas entendre parler de cette femme !

— Arrête, Nonna. Elle est toujours la sœur que tu as adorée, aimante, gentille, drôle et pleine de sagesse. Tu devrais reprendre contact avec elle, avant qu'il soit trop tard. S'il te plaît. Elle t'aime, malgré tout ce que vous avez enduré.

— Qu'est-ce qu'on a enduré ? Qu'est-ce qu'elle t'a raconté ? fait Nonna en plissant les yeux.

— Tout. Elle nous a tout raconté sur Trespiano et sa fugue avec Rico. Comment tu l'as sauvée après l'avoir trouvée dans l'escalier de son appartement. Comment tu l'as emmenée en Amérique. Et même son plus grand regret, quand elle t'a pris Josephina. »

Elle lève la tête et m'étudie, comme pour essayer de savoir si je suis sincère.

« Retourne avec moi à Ravello », dis-je d'une voix devenue douce, suppliante. Chaque mot compte. D'une manière ou d'une autre, je dois la convaincre que c'est urgent. « Ta sœur a une tumeur au cerveau. Elle est désolée pour ce qu'elle a fait. Elle veut se réconcilier avec toi. Va la voir, Nonna. S'il te plaît. Avant qu'il soit trop tard.

— Cette femme n'existe plus pour moi. Remets-toi au travail, siffle-t-elle, les narines dilatées, avant de se détourner et de glisser les poivrons sur une plaque en inox. Tu n'es pas en vacances.

— Espèce d'entêtée… » je murmure, les poings serrés.

Elle fait volte-face.

« Tu as quelque chose à me dire ? »

Mon cœur bat violemment dans ma poitrine. Je me force à la regarder droit dans les yeux, et lâche mot pour mot ce qu'elle a un jour dit à mon père, quand il voulait faire examiner ma lèvre.

« *Perchè preoccuparsi ?* » Pourquoi s'embêter ?

Elle me jette un regard noir qui dure dix bonnes secondes. Enfin, elle sort de la cuisine d'un pas furieux en faisant claquer la porte derrière elle.

Carmella baisse les yeux, une main sur sa bouche. Sans un mot, je me tourne vers le plan de travail et casse un œuf contre le bord du saladier, jurant comme un charretier tandis que je ramasse les bouts de coquille dans la pâte gluante. Mes mains tremblent encore quand j'entends le tintement du carillon de la porte d'entrée. Mme Fortino entre d'un pas joyeux pour sa visite du mardi matin. Mon père rentre le ventre. Nonna peste. Une brume emplit ma poitrine.

« Ma vie est d'un ennui… » je marmonne.

Carmella rit, plus de soulagement que d'autre chose, je suppose.

Le carillon tinte de nouveau. Je me lève et vois l'homme aux *cannoli*.

« Carmella. Regarde ce type. Il est déjà venu en août. Il s'était extasié sur les *cannoli*. »

Elle jette un œil à travers la vitre.

« Ouais. Il était là la semaine dernière. Tante Rosa m'a tirée de la cuisine pour me le présenter.

— Vraiment ? Nonna ne voulait pas lui faire perdre son temps avec moi.

— Elle lui a dit que j'étais la *bella pasticceria* de Bensonhurst. » Elle rit. « Comme si le type en avait quelque chose à foutre que la pâtissière soit jolie. »

Je le regarde passer devant le comptoir de la boulangerie.

« Tu crois qu'il est là pour toi ?

— Sûrement pas. Je ne l'ai vu qu'une fois. »

Avant que j'aie le temps de m'en dissuader, je retire mon filet à cheveux et défais mon tablier. Puis je passe la porte à deux battants, la tête haute.

« Emmie ? » m'appelle Carmella.

Derrière le comptoir de la boulangerie, Rosa fronce les sourcils.

« Retourne au travail », siffle-t-elle.

La vérité tombe comme un couperet : elle ne veut pas que je trouve l'amour. Mais pourquoi ? Pour garder le contrôle sur moi ? Pour avoir toujours quelqu'un pour l'aider chaque fois qu'elle a besoin ?

Ignorant ses yeux plissés de colère, je descends l'allée centrale. L'homme aux *cannoli* est à la caisse, il tend sa carte de crédit à Daria. Il porte un costume très chic et ses cheveux sont parfaitement coupés. Il me jette un coup d'œil quand je m'approche. Mon cœur bat à tout rompre. Je m'avance encore et lui tends la main.

« Je suis Emilia Antonelli. J'ai entendu dire que vous étiez un grand amateur de mes *cannoli*. »

Sa main est chaude, ses ongles nets et polis.

« Vous êtes la pâtissière ? »

Il se retourne, comme s'il s'attendait à voir Carmella.

« Je croyais…

— Non. C'est moi. Je suis un peu le secret de la famille.

— Le secret de famille le mieux gardé au monde, on dirait, lance-t-il, le regard pétillant. Ravie de faire votre connaissance, Emilia Antonelli. »

Il baisse les yeux et me parcourt du regard avec une lenteur atroce.

« Je suis Drake, dit-il enfin avant de tirer une carte de son portefeuille Hermès. Appelez-moi. Je vous échange un déjeuner chez Luke's Lobster contre une douzaine de *cannoli*. »

Il presse ma main et s'en va à grandes enjambées. La porte se ferme et je me glace en lisant la carte. *Drake Van Buren III.* Je souris et la glisse dans ma poche.

« Qu'est-ce qui t'a pris ? » demande Daria.

J'entends le bruissement de bas de nylon. Je me retourne et vois Nonna qui avance vers moi d'un air furieux. Elle a le visage tendu, rougi, et sa respiration est plus sifflante que jamais. Elle agite un doigt devant moi.

« Tu m'as fait passer pour une menteuse ! Comment as-tu osé ? On a perdu la confiance d'un client !

— Tu as raison. Je n'aurais pas dû faire ça. » Je m'approche un peu plus. « J'aurais dû sortir de la cuisine en août, quand il a demandé à parler au pâtissier. Mais j'étais encore complètement endoctrinée. »

Rosa balaie l'idée d'un revers de main dédaigneux. Je bouillonne. Derrière son épaule, Mme Fortino et mon père nous regardent. Mais pour l'instant, je suis trop en colère pour m'en soucier.

« Toute ma vie, je me suis laissé persuader que je ne méritais pas l'amour. Toi, et des générations de Fontana avant toi, vous avez créé un mythe et j'y ai cru. La vérité, c'est qu'il n'y a pas de mauvais sort. Il n'y en a jamais eu. »

Ma main s'apprête à cacher ma lèvre, mais je me reprends. En regardant Nonna droit dans les yeux, je laisse retomber ma main. J'exhibe ma cicatrice, et mon courage, tous deux sont beaux. « Pendant des années, cette petite ligne m'a fait honte, elle m'a fait croire que j'étais laide. Maintenant elle me rappelle au contraire quelque chose d'essentiel. Malgré tous tes efforts, Nonna, tu n'as jamais réussi à me casser. »

Elle en a le souffle coupé.

« Emilia ! » s'écrie mon père.

Je lève une main pour le faire taire.

« Je ne veux plus me faire manipuler. Je démissionne. Je repars en Italie. J'espérais que tu viendrais avec moi, Nonna. Ta sœur t'aime. Elle a besoin de ton pardon. Elle rêve de te revoir une dernière fois.

— Cette femme est mauvaise », fait Nonna avec un sourire méprisant.

Le sang afflue dans mes tempes.

« Non. Ta sœur est une femme bonne, tolérante et indulgente. » Je pointe l'index vers elle. « Tout ce que tu n'es pas. »

Alors que je marche d'un pas décidé vers la cuisine, j'aperçois mon père. Il reste bouche bée comme un personnage de dessin animé qui vient d'être tabassé à coups de quille de bowling.

« Et toi, je lui dis, tu comptes passer le reste de ta vie à te laisser intimider par ta belle-mère ? Bon sang, papa, un peu de cran ! »

À côté de lui, Mme Fortino réprime un sourire. Je passe un bras sur son épaule. Nous sommes toutes les deux face à mon père.

« Tu as une chance de trouver l'amour. Voici une femme bonne et généreuse. Elle t'aime. Saisis ta chance, nom d'un chien ! Redeviens l'homme dont ma mère est tombée amoureuse. »

Ses yeux s'embrument. Je le prends dans mes bras, tentant d'ignorer le regard froid et furieux de Nonna de l'autre côté de l'allée.

« Je t'aime, papa », dis-je, gênée par ces mots longtemps tus.

Et je prends soudain conscience de la réalité de cet amour.

« Moi… aussi », murmure-t-il, à peine audible.

Mais je l'entends. Et je souris.

« Tu n'es pas différent de ce que j'étais, papa. Tu es timide. Tu aimes faire plaisir aux autres. Tu veux tellement éviter de contrarier Nonna que tu en deviens lâche, comme moi avant. Mais tu sais, papa, tu n'es pas obligé de finir tes jours dans la peau de cet homme. »

Ma poitrine se soulève et je pousse brutalement les battants de la porte de la cuisine. Carmella me prend dans ses bras et me fait tournoyer.

« Oh, mon Dieu ! C'était une performance digne de cinq étoiles sur Netflix. Tu as été géniale ! J'aurais jamais cru que tu puisses balancer des choses pareilles ! »

Je pousse un soupir.

« Tu peux prendre le relais ?

— Oui. Bien sûr. Fais une pause. Tu l'as bien méritée.

— Non. Je pars, Carmella, dis-je en prenant mon portable sous le plan de travail. Et je ne reviens pas. »

Un sourire s'épanouit lentement sur son visage.

« Il est grand temps.

— Tu connais quelqu'un qui voudrait sous-louer Emville ? Quelqu'un qui serait prêt à payer les factures ? »

Elle ouvre de grands yeux en faisant oui de la tête.

« Est-ce que Claws est inclus dans le deal ?

— Le temps que je trouve un moyen de l'emmener en Italie, oui. »

Je sors la carte de Drake Van Buren III de ma poche et la jette à la poubelle.

« Attends ! s'écrie Carmella. Qu'est-ce que tu fais ? » Elle se précipite pour ramasser la carte dans la poubelle. « Appelle-le, Em. Il veut déjeuner avec toi. On ne sait jamais ce qui pourrait…

— Pas mon genre. » Je prends la carte et la déchire en deux morceaux. « Mais ça m'a quand même fait du bien. »

Je traverse à toute allure le couloir de derrière. En passant devant la salle de pause, j'aperçois les souvenirs que j'ai rapportés à Daria et aux enfants sur la table où je les ai déposés ce matin. Le paquet de Daria est ouvert, les gants sortis.

J'entre dans la pièce et prends les gants, respirant leur puissant parfum de cuir. Ma sœur ne m'a pas dit qu'elle avait ouvert son cadeau. Ni qu'elle l'aimait. Elle ne m'a même pas remerciée. Je glisse mes mains dans les gants. La sensation est divine. Je sors de la pièce et manque de rentrer dans Nonna.

« Quelle insolente tu fais ! Tu t'en vas, et après tu reviens en pensant que tu es meilleure que nous ? » lance-t-elle, les poings sur les hanches.

J'observe, la tête tourbillonnante, cette femme en colère qui me rabaisse depuis que je suis enfant, cette caricature amère et brisée de grand-mère… et de sœur.

« Tu m'as fendu le cœur, Emilia, poursuit-elle avant de soulever son tablier pour tamponner ses yeux secs – le geste théâtral qu'elle me sert depuis toujours. Une déception, voilà ce que tu es pour moi. »

Quelle grand-mère dirait une chose pareille ? Quelle grand-mère traiterait sa petite-fille de… ? Les mots de Rico me reviennent. *Mein schöne Enkelin.* Ma jolie petite-fille. La chair de poule hérisse mes bras. Est-ce que je déraille ? Mon intuition pourrait-elle être fausse ?

Je m'avance. Mon cœur tonne. Sans sommation, j'arrache le tablier de son visage.

« Ça suffit, Rosa. »

Elle redresse brusquement la tête. La ride entre ses sourcils se creuse.

« C'est ça, Rosa. » Je la regarde droit dans les yeux. Ma poitrine se soulève. « Tu n'es pas ma nonna. Tu ne l'as jamais été. »

Elle en reste bouche bée. Son visage devient livide. Mon intuition est confirmée, aussi clairement que si elle avait avoué tout haut. Ses yeux se plissent et se remplissent de venin. Je me force à soutenir son regard. Je le sais, c'est une certitude, j'ai découvert la vérité.

C'est Rosa qui a volé ma mère à Poppy, pas l'inverse.

52

Emilia

Quand j'ai dit à ma famille qu'il n'y avait jamais eu de mauvais sort, ce n'était pas tout à fait vrai. Le mythe des deuxièmes filles Fontana était encore bien vivant, mais le problème n'était pas de rester célibataire. Comme toutes les idées reçues, la vraie malédiction résidait dans le désespoir créé par le mythe, l'érosion de la confiance en soi, l'impossibilité de croire en ses rêves… et en soi-même.

Je cours vers le porche et tambourine sur la porte vitrée.

« Lucy ! Ouvre ! C'est moi. Je repars en Italie. »

La porte s'ouvre et je fais un pas en arrière. Ma tante Carol, habituellement guillerette, est effondrée contre le chambranle. Elle n'est pas maquillée, ses yeux sont rouges. Lucy a parlé à sa famille. Et je n'étais pas là pour la soutenir.

« Ça va, tante Carol ? je demande en m'approchant lentement.

— Non. Ça ne va pas », répond-elle en se pinçant le nez.

Je pose la main sur son bras.

« S'il te plaît, tante Carol, essaye de…

— J'ai prié pendant vingt et un ans, m'interrompt-elle. Mais le sort est trop puissant. Luciana ne trouvera jamais l'amour. » Elle m'adresse un petit sourire triste. « Toi non plus.

— Merde. Pourquoi m'arrêter sur ma lancée ? je marmonne en plantant mes poings sur les hanches. Lucy n'est pas maudite. Je te le jure. Elle s'est enfin trouvée. Je le sais parce que je l'ai vu de mes yeux. Ce n'est peut-être pas la relation que tu imaginais. Et il te faudra peut-être du temps pour t'y faire. Mais ta fille est heureuse. Elle a rencontré quelqu'un d'exceptionnel, quelqu'un qui tient à elle. C'est beau. C'est authentique. C'est pur. Et personne, ni toi ni oncle Vinnie ni ce fichu sort ne pourront la priver de tout ça. »

Elle se met à pleurer. J'adoucis ma voix.

« À mon avis, tu as deux possibilités. Soit être une maman formidable et accepter ta merveilleuse fille telle qu'elle est. Soit… »

Elle finit la phrase à ma place : « Soit être une pauvre homophobe bornée, comme dit Lucy, et la perdre définitivement. »

J'esquisse un pauvre sourire.

« Oui. C'est à peu près ça. »

Elle laisse tomber son visage dans ses mains.

« Elle m'en demande trop. J'ai peur que ce soit imp…

— C'est possible, je l'interromps en passant un bras autour de son épaule. Tu verras que la vie est bien plus intéressante quand on apprend à dire "C'est possible". »

Derrière ma tante, Lucy apparaît, un nouveau portable à la main. Tante Carol détale, comme si la présence de sa fille lui était devenue insupportable. Lucy lève les yeux au ciel et me fait signe d'entrer.

« Hé, Pops, dit-elle au téléphone. Devine qui est là ? »

Elle dirige le portable vers moi.

Je souris à l'écran jaune vif et j'imagine ma nonna et mon nonno sur leur toit-terrasse, qui ne se rendent pas compte que leur portable est orienté vers le soleil de l'après-midi.

« Bonjour, tante Poppy. »

Mon cœur palpite de joie. Je meurs d'envie de l'appeler Nonna, de balancer la vérité en déclarant qu'elle est ma grand-mère. Mais j'attendrai que ce soit elle qui me le dise, quand nous nous retrouverons à Ravello.

« Bonjour, mon rayon de soleil ! »

Le visage de Poppy apparaît enfin sur l'écran. Elle n'est pas sur le toit mais assise à l'intérieur, sur le canapé, près d'une lampe. Elle a remplacé sa perruque par un bonnet en laine rose avec des oreilles de chat. A-t-elle vraiment apporté ce machin en Italie ? Mon sourire s'étiole. Il y a un problème. Elle est en peignoir et ses lèvres ne sont pas peintes.

« Ça va ?

— Super », répond-elle.

Elle dit ça pour me faire plaisir, j'en suis sûre. Elle lève le menton.

« Tu n'es pas censée être au travail ? »

Je me blottis contre Lucy pour qu'elle puisse nous voir toutes les deux.

« Lucy et moi, nous retournons à Ravello. » Je jette un œil à Lucy. « Pas vrai ? »

Elle tend le cou vers la cuisine, comme si elle espérait que sa mère l'entende.

« Carrément ! »

Poppy applaudit.

« Tu as déjà trouvé quelqu'un pour sous-louer ton appartement, Emilia ?

— On dirait bien », je réponds en m'asseyant sur le bras du canapé.

Elle m'adresse un sourire compatissant.

« Oh, ma chérie. J'avais le pressentiment que les choses pourraient mal tourner pour toi une fois que tu aurais trouvé ta propre voie. »

Derrière elle, je vois Rico – mon Opa – entrer dans la pièce, tenant une tasse de thé en équilibre sur sa soucoupe. Où est son vin ? Ou même son café ? Les Italiens boivent du thé quand ils sont malades.

« *Guten Tag*, Emilia », dit-il en se rapprochant trop de l'écran.

Je ris.

« *Guten Morgen.* C'est encore le matin ici, Rico. Comment ça va ?

— Très bien, dit-il avec son accent allemand sérieux. C'est pour elle que je m'inquiète. Elle s'est réveillée avec la migraine.

— Lucy et moi prendrons le prochain vol ! » je m'exclame en me levant d'un bond du canapé.

Poppy lui prend le portable des mains.

« Ma sœur, fait-elle en me regardant dans les yeux, sa voix devenue pressante. Tu lui as parlé ? »

Mon cœur tombe en miettes. Poppy espère encore obtenir le pardon de la seule personne qui refuse de le lui accorder. Elle m'implore de ses yeux embués, attendant, espérant que je lui parle de l'amour de sa sœur.

Je voudrais simplement lui dire la vérité. Lui dire qu'elle n'a pas besoin de l'amour de Rosa, que sa sœur est mauvaise et manipulatrice, qu'elle ne fera jamais la paix avec elle. Au lieu de quoi, je me force à sourire.

« Oui. Elle veut que je te dise… » J'essaie de calmer ma voix tremblante. « … qu'elle regrette ce qui vous est arrivé à toutes les deux.

— Elle me pardonne ? »

Je fais oui de la tête, à peine capable de prononcer les mots qu'elle rêve d'entendre.

« Tout est pardonné », je murmure.

Elle ferme les yeux et laisse échapper un doux grognement.

« Ta sœur t'aime. »

Elle baisse la tête et une larme perle au bout de son nez. Rico se rapproche d'elle.

« Qu'est-ce que je t'avais dit ? dit-il en essuyant sa joue. Elle t'aime. Elle te pardonne. »

Il me regarde à travers l'écran.

« Merci, Emilia. Elle va enfin pouvoir se reposer. »

Peut-être n'aurais-je pas dû mentir, mais j'aime à penser que, quelque part au fond de son cœur rouillé, Rosa veut que sa sœur mourante entende les mots qu'elle a trop peur d'exprimer.

#

Ma valise est grande ouverte sur le sol de ma chambre. J'ajoute encore un pull avant de la refermer d'un coup sec. Je suis en train de sortir des friandises pour chats du placard quand j'entends frapper à la porte.

« Pas besoin, papa ! je crie en laissant tomber des croquettes en forme de poisson sur le banc devant la fenêtre. Je me fiche de ce que tu peux dire. J'arrête de travailler à la boutique. Je repars en Italie, là où je suis à ma place.

— Emmie, c'est moi. Ouvre. »

Daria ? Je me lève. Que fait-elle ici ? J'ouvre la porte et recule d'un pas, les bras croisés sur la poitrine.

« Tu es ici pour récupérer tes gants, je suppose ? »

Ma sœur, qui ne pleure jamais, porte la main à sa bouche. Je m'avance.

« Ça va, Dar ? »

Elle ferme les yeux et fait non de la tête.

Toute ma colère s'évanouit. Je la prends par le bras.

« Entre, dis-je en la conduisant vers la table de la cuisine. Assieds-toi. Tu veux quelque chose ? De l'eau ? Du café ?

— Non. Arrête. Juste… Écoute, dit-elle d'une voix étranglée par l'émotion. Je suis horrible, Emmie. C'est… c'est ce que je suis venue te dire. »

Mon ancien moi aurait protesté. J'aurais passé une demi-heure à rassurer ma sœur en lui disant qu'elle est une crème, un ange, un vrai rayon de soleil.

« Oui, dit le nouveau moi. Tu as été horrible. Pendant à peu près dix ans, pour être exacte.

— Plutôt onze. »

Elle a raison.

« Tu as changé quand je suis partie à la fac. Tu ne l'as pas accepté. Et pendant toutes ces années tu m'as menti. En fait, tu croyais au sort.

— Non, Emmie.

— Pendant toute mon enfance, tu as prétendu ne pas y croire alors que tu y croyais.

— Ce n'est pas vrai.

— Tu me racontais des conneries. Tu me mens depuis…

— Je ne mentais pas ! Je ne croyais pas au sort ! » hurle-t-elle.

La petite veine de son front enfle. Elle respire un grand coup.

« Pas quand on était petites.

— Alors, qu'est-ce qui t'a fait changer d'avis ?

— Rien. »

Elle jette un regard furtif vers le mur. Je tape du poing sur la table, nous faisant toutes les deux sursauter.

« Dis-moi !

— C'est quand tu as rencontré Liam ! »

Elle pose les coudes sur la table et se masse les tempes. J'attends, espérant qu'elle va me donner la pièce manquante de ce puzzle resté inachevé depuis des années.

« Nonna était furieuse quand elle a appris que tu avais un copain à Barnard. Elle m'a dit que la malédiction ne vous permettrait pas de vous aimer. »

Je suis tentée de lui cracher la vérité, de révéler l'imposture de Nonna. Mais Rosa est la seule image maternelle que ma sœur ait connue. Si je décide un jour de tout dire à Daria, je devrais faire preuve de délicatesse, ce dont je suis tout à fait incapable en ce moment.

« Elle est folle, dis-je.

— C'est ce que je lui ai dit. Mais elle soutenait que la relation se finirait mal. Et puis les vacances de Noël sont arrivées et je t'ai laissée prendre ma Jeep. Nonna était furieuse que tu sois partie chez Liam pour le réveillon. Elle m'a copieusement engueulée en m'accusant d'être ta complice. Elle faisait les cent pas dans la cuisine en se cramponnant à son chapelet. Elle jurait que ça allait mal se passer. »

Je revois le corps sans vie de Liam et je frémis.

« On a eu une dispute terrible. Je lui ai dit que ce sort, c'étaient des conneries. » Elle lève les yeux au plafond et inspire un grand coup. « Et puis tu m'as appelée du Delaware, complètement déboussolée, et tu m'as dit que vous aviez eu un accident. »

Elle secoue la tête et détourne le regard. Je m'approche d'elle et lui prends les mains.

« Et tu as pensé qu'elle avait raison. »

Elle lève les yeux vers moi, les larmes perlant sur ses cils.

« Ça m'a fait flipper, Emmie. J'avais peur pour toi. Toute ma vie, j'avais entendu les histoires des deuxièmes filles Fontana, comme l'arrière-grand-tante Blanca, qui est morte à trente ans, juste après avoir rencontré son fermier veuf. Alors j'ai fait tout ce que je pouvais pour te tenir à l'écart de ça. Je savais, je *croyais*, que si tu tombais amoureuse, tu risquais de mourir. »

Ma sœur essayait de me protéger. Je me tourne vers la fenêtre. La neige tombe doucement du ciel blanc.

« C'est pour ça que tu es venue en Italie pour me ramener.

— J'étais furieuse quand tu n'as pas voulu repartir avec moi. Trois cadettes Fontana qui voyagent ensemble… J'étais sûre qu'il allait vous arriver quelque chose de terrible.

— Mais il ne s'est rien passé.

— Je sais. Il n'y a pas de malédiction. Je le comprends maintenant, comme je le savais quand on était petites. » Elle laisse échapper un son entre le rire et le sanglot. « Moi, une adulte, je me demande comment j'ai pu croire une telle ânerie.

— Moi aussi, j'y ai cru. »

Je me laisse aller en arrière contre le dossier de ma chaise, tentant de digérer les mots de ma sœur, de m'expliquer son comportement.

« Je comprends maintenant. Enfin, à peu près. Mais pourquoi m'as-tu si mal traitée ? Pour faire plaisir à Nonna ?

— Je n'essaie pas de trouver des excuses, Emmie, je t'assure. Mais en tant que “fille aînée”, dit-elle en mimant des guillemets, ce n'était pas facile non plus.

— Oh, pas de ça, s'il te plaît.

— Mais c'est vrai ! » Elle regarde au loin. « Tu avais quelque chose dont je rêvais : la liberté. »

Je lève les yeux vers elle, surprise.

« Ne fais pas l'étonnée. Tu savais que j'avais des doutes sur Donnie avant qu'on se marie. Tu te rappelles quand j'ai voulu emménager dans le Colorado avec Carleana Garagiola ? C'est toi qui as mis ton veto.

— Bien sûr que non ! C'est Nonna qui n'a pas voulu.

— Oui. Et tu t'es rangée de son côté. »

Le souvenir me revient par bribes. Daria qui serre ma main en m'entraînant dans la cuisine du traiteur. Mon cœur lourd, comme si on l'avait rempli de béton. Rosa devant l'évier en inox, déposant la vaisselle dans l'eau savonneuse. Dar qui parle en butant sur les mots, qui essaie d'avouer que ses fiançailles sont rompues, qu'elle n'est pas faite pour se marier. Le soulagement que je ressens quand Rosa rejette l'idée en criant comme une damnée. *Si tu n'épouses pas cet homme, ton pauvre père n'aura pas de petits-enfants.* Le visage de ma sœur quand elle se tourne vers moi, pleine d'espoir, m'implorant de la soutenir. Et moi, incapable de parler.

Je baisse la tête.

« Je suis désolée, Dar.

— J'aurais dû me douter que je t'en demandais trop, fait-elle en haussant les épaules. Tu avais tellement peur de contrarier Nonna. »

Mon cœur s'effondre. Je respire un grand coup.

« Non. J'avais peur de te perdre, dis-je en me frottant les tempes. Je n'avais personne d'autre que toi. Et mon bonheur passait avant le tien. Je suis désolée. » Je pose une main hésitante sur son bras. « Tu veux bien me pardonner ? »

Elle me regarde dans les yeux et esquisse un sourire tremblant.

« Ça va. Donnie est un super papa. J'adore mes filles. Tu le sais, non ?

— Bien sûr. Tu as une famille géniale. »

Elle prend une grande inspiration, hoche la tête.

« C'est pour ça que j'ai l'impression d'être une connasse égoïste quand je regarde ma vie. Je me dis : Alors, c'est tout ? J'aurais aimé être la deuxième, tu vois. Tu as tellement de possibilités, Em. Mais avant que Poppy arrive dans ta vie, tu ne voulais pas les voir. Tu t'es installée dans ton ennuyeuse Emville comme une petite retraitée. Il ne manquait plus qu'un rocking-chair et un nécessaire à crochet. »

Mon sourire s'évanouit.

« Mais tu ne m'as jamais encouragée. Tu as même fait l'inverse.

— Je sais. Je voulais une chose et son contraire. J'avais peur de te laisser partir, mais j'étais en colère que tu ne le fasses pas. Et puis je suis tombée enceinte et je me suis mariée. J'ai vite compris que c'était confortable de t'avoir avec moi. »

Elle a un petit rire et baisse les yeux sur ses mains.

« Je ne sais pas ce que j'aurais fait sans toi pendant toutes ces années. Je me disais que si tu te sentais utile, tu ne partirais pas. Et que si tu ne partais pas, tu serais en sécurité. Mais tu mérites beaucoup mieux que ça, Emmie.

— Je sais, je réponds, la gorge serrée. Poppy me l'a appris. »

Elle renifle.

« J'étais fière de toi aujourd'hui, en voyant comment tu as tenu tête à Nonna. Laisse tomber la boutique. Tu iras loin, Em, crois-moi.

— Mais toi aussi, Dar, tu pourrais avoir mieux », dis-je, le menton tremblant.

Elle esquisse un pâle sourire.

« Non. Mon travail me convient. Je peux choisir mes horaires, aller et venir à ma guise. Quel autre patron m'accorderait une telle liberté ? »

Je souris. Elle a raison. Nonna gâte Daria, sa pareille, la fille aînée.

Elle recule brusquement sa chaise et se lève.

« Je ferais mieux de retourner au boulot. » Elle hoche la tête en voyant la valise à côté de la porte. « Et, toi, tu dois aller à la gare. »

Le nez me picote et je prends conscience que je serais prête à rester ici pour toujours si ma sœur me le demandait. Heureusement, elle n'en fait rien et me prend dans ses bras. Ce n'est plus l'accolade tiède à laquelle elle m'avait habituée. Elle serre tout son corps contre le mien. Les larmes brouillent ma vue. J'avais presque oublié comme il était bon d'avoir une sœur.

« Je t'aime, Dar. »

Je la sens pleurer doucement.

« Je t'aime encore plus. » Elle s'écarte et se détourne. « Appelle-moi quand tu seras à Ravello.

— Attends, Dar. J'ai quelque chose pour toi. »

Elle sourit. « Merci. J'ai vu les gants. Ils sont magnifiques. »

Je sors l'objet ma poche. « Je parlais de ça. »

Elle regarde fixement le médaillon dans ma paume. Saint Christophe, le patron des voyageurs, son bien le plus précieux. Elle referme mes doigts dessus.

« Maman voudrait que tu le gardes, dit-elle. Et moi aussi. »

Elle prend les gants et ferme la porte derrière elle.

Dix minutes plus tard, je fais un câlin à Claws pour lui dire au revoir. Je m'arrête dans l'encadrement de la porte et jette un dernier regard à mon petit appartement qui bientôt deviendra « Carmellaville ». Je touche la poche de mon manteau pour sentir le médaillon… et la pièce porte-bonheur de tante Poppy. Je prends ma valise et, pour la dernière fois, je ferme la porte sur Emville – et sur mon ancienne vie.

53

Emilia
Ravello

Le soleil couchant se répand sur le golfe de Salerne en badigeonnant les toits de rose et d'or. J'ai du mal à croire que j'étais dans la cuisine de Bensonhurst il y a seulement deux jours et que je suis maintenant ici, avec Lucy et mes grands-parents, en train de me régaler d'un généreux ragoût de fruits de mer avec palourdes, bar et pesto d'herbes fraîches. Une demi-douzaine de bougies dansent sous la brise. Ma nonna Poppy porte un caftan fluide jaune citron, avec autour du cou quelque chose qui ressemble à un double rang d'œufs de Pâques peints dans des couleurs vives. Elle a refait coiffer sa perruque et assure se sentir merveilleusement bien.

Alors que je regarde Lucy voler une palourde dans l'assiette de Rico, je me demande si elle et moi aurions pu continuer à faire semblant, à nous faire passer pour ce que nous n'étions pas, dans l'espoir d'être enfin acceptées. Avant que Poppy nous emmène en

Italie, je n'avais même pas conscience que je n'étais pas heureuse. J'aurais pu passer le reste de ma vie à Bensonhurst, dans ce simulacre de bonheur. Je me rends compte à présent que vivre à Emville revenait à porter un chemisier transparent avec des talons de huit centimètres. J'aurais certainement pu le faire, si j'y avais été obligée. Mais je me serais sentie mal à l'aise d'attirer les regards et, surtout, j'aurais eu l'impression d'être à mille lieues de ce que j'étais vraiment. Je soupçonne que ma cousine serait du même avis.

Rico ouvre une seconde bouteille de taurasi riserva et nous écoutons Lucy nous raconter comment elle a annoncé la nouvelle à ses parents.

« Carol était dans tous ses états, comme prévu. Mais mon père a réagi comme un chef. J'en reviens pas de sa réaction !

— Ça fait partie des plus beaux moments de la vie, de voir quelqu'un révéler ses qualités humaines », dit Rico avec un sourire.

Lucy fronce les sourcils devant sa déclaration émaillée de mots allemands. Poppy lui tapote la main.

« Il dit que c'est une belle surprise de découvrir que ton père n'est pas le con moralisateur que tu croyais. »

Nous éclatons de rire.

« C'est ça ! lance Lucy en faisant un check à Rico. Et il est convaincu que Carol changera d'avis une fois qu'elle aura encaissé le choc.

— Peut-être que depuis le début, dis-je en fixant Poppy, ils attendaient que tu leur révèles une vérité qu'ils connaissaient déjà. »

Mon cœur ricoche dans ma poitrine. Depuis notre arrivée la veille, j'enchaîne les allusions en espérant que

Poppy me dise la vérité, qu'elle m'annonce qu'elle est ma grand-mère, et Rico mon grand-père. Notre temps ensemble est désormais compté, et nous en avons déjà bien trop perdu.

Poppy sourit et regarde au loin le coucher de soleil couleur mangue, ignorant encore une fois mon commentaire assez peu subtil.

« Pendant cinquante-neuf ans, j'ai prié pour revoir ça, un autre coucher de soleil à Ravello. » Son visage rayonne sous la lumière du soleil déclinant. « J'aimerais aussi voir un autre lever de soleil toscan. Tu voudras bien ramener une partie de mes cendres à Trespiano quand le moment sera venu ? » ajoute-t-elle en regardant Rico droit dans les yeux.

Il lui frotte le bras.

« Nous exaucerons tous tes souhaits, *mio unico amore.* »

Malgré son ardeur amoureuse et son regain d'énergie, ma tante est toujours une femme mourante. Je m'étais presque convaincue du contraire. Ils méritent plus de temps. *Nous* méritons plus de temps, tous. Ne veut-elle pas que je sache la vérité ? Ne souhaite-t-elle pas m'appeler « ma petite-fille » ?

Rico lève son verre, allégeant l'atmosphère.

« Aux couchers de soleil… et plus important encore, aux aurores !

— *Salute* », fait Lucy.

Mes mains tremblent quand nous trinquons. J'essaie de réprimer ma frustration.

« Je vais vous dire bonne nuit », dit Poppy en se levant.

Attends ! ai-je envie de crier. *Pourquoi m'as-tu caché la vérité, pourquoi l'as-tu cachée à ma mère pendant toutes ces années ?* Elle est déjà presque arrivée à l'escalier quand, n'y tenant plus, je lui lance : « On peut parler ? »

Elle se retourne et, pendant un instant, je vois la peur dans ses yeux.

« Bien sûr, répond-elle d'un ton jovial, un autre jour. » Elle agite les doigts. « Bonsoir. »

Je me lève d'un bond, le cœur battant.

« Je sais ce qui s'est passé. »

Le temps s'arrête. Très lentement, elle se tourne vers moi. Elle cille une fois. Deux fois. J'inspire profondément et, quand je reprends la parole, ma voix est douce.

« Mais je voudrais tellement savoir pourquoi. Et comment. Raconte-moi. S'il te plaît. »

Elle porte une main à sa poitrine. Toujours assis à table, Rico murmure : « C'est le moment, *mio amore.* »

Son regard inquiet glisse de lui à moi. Enfin, elle se tourne et disparaît dans la cage d'escalier.

Des larmes me picotent les yeux et je laisse ma tête tomber. J'espérais tellement. La main chaude de Rico me frotte le dos en cercles.

« Ma Poppy a des principes. Des principes trop stricts, j'en ai bien peur. »

Je relève la tête quand des pas se font entendre dans l'escalier. Poppy surgit sur le toit, une grande enveloppe en papier kraft dans la main.

« J'avais prévu de garder le secret tant que Rosa serait en vie. Il me semblait que c'était ce que je devais faire. Depuis des semaines, *mein Ehemann* essaie de me convaincre du contraire. Il a peut-être raison », ajoute-t-elle en le regardant dans les yeux.

Elle sort un document de l'enveloppe et le pose sur la table en face de moi.

« Je l'ai écrit dans ma suite, à Venise, pendant que vous vous promeniez.

— C'est pour ça que tu voulais une chambre à part, je dis, la gorge serrée.

— Oh, et moi qui croyais que tu espérais mettre un homme dans ton lit ! » fait Lucy.

Poppy donne une tape sur le bras de Lucy, l'air taquin, et s'installe sur la chaise à côté de la mienne.

« Avant notre voyage, je t'ai fait une promesse, Emilia. Maintenant, tu vas enfin apprendre des choses sur ta mère. »

Je regarde fixement le tas de papiers rassemblés par une agrafe et intitulé *Le dernier chapitre de Poppy – 1961*.

54

Poppy – 1961
De l'Italie à l'Amérique

Rico désormais prisonnier derrière le mur de Berlin, Rosa était le seul soutien qu'il me restait. Sans son courage, je me serais sans doute laissée mourir. C'est elle qui m'obligeait à me lever chaque matin. C'est elle qui m'emmenait faire le marché et qui m'aidait à prendre soin de Johanna.

Malgré mon chagrin, Johanna était en pleine forme et tétait comme une petite cheffe. Par bonheur, Rosa avait enfin arrêté de me harceler pour que j'aille en Amérique. Elle avait compris que je ne pouvais pas quitter l'Italie, mur ou pas. Rico reviendrait pour moi, j'en étais certaine. Et ce jour-là, il faudrait que je sois à Ravello.

Un lundi matin, quatre semaines après la naissance de Johanna, ma sœur s'est finalement avouée vaincue.

« Tu me déçois, *mia sorella ostinata*, a-t-elle dit en pliant le linge. Mais je ne peux pas t'obliger à partir en

Amérique. Demain, nous ferons les bagages. À la fin de la semaine, il faudra que tu sois rentrée à Trespiano.

— À Trespiano ? Hors de question. Ma place est à Ravello. »

Elle a fait volte-face, un lange propre dans la main.

« Non, Paolina. Je ne serai plus là pour t'aider à t'occuper de Johanna. Je prends le bateau dans dix jours. Tu iras vivre chez Mamma et Papà. »

La peur s'est emparée de moi. J'étais une mère célibataire et sans ressources. Je n'avais pas le choix. Comment pourrais-je subvenir aux besoins de Johanna sans personne pour m'aider ? Mais l'idée de rentrer à la ferme me désespérait.

« Tu penses que Mamma sera fâchée ? ai-je demandé, espérant en dépit de tout que mes craintes étaient injustifiées.

— *Sì*. Elle est fâchée. Mais pas autant que Papà. »

J'ai poussé un cri de surprise.

« Tu leur as dit ?

— Je suis désolée, Paolina. C'est sorti tout seul. »

Je baisse les yeux sur le bout de chou en train de téter mon sein.

« Ils apprendront à l'aimer. C'est quand même leur petite-fille. »

Rosa a fait non de la tête.

« L'aimer ? Paolina, comment peux-tu espérer de l'amour ? a-t-elle lâché en me regardant comme un enfant qui a besoin d'une bonne leçon. Mamma a sa fierté, tu le sais. Et tu l'as humiliée. D'abord, sa fille s'enfuit avec un Allemand. Un an plus tard, elle rentre avec une petite bâtarde, histoire que tout le village soit au courant. Tu auras toujours mon amour, Paolina. Mais celui de Mamma ? J'ai bien peur que ce ne soit pas possible. »

J'avais l'impression que ma tête allait exploser. J'avais beau promettre un bel avenir à mon bébé, je ne pouvais imaginer autre chose à cet instant qu'une vie de mépris pour la pauvre fille illégitime de la putain Fontana. Elle vivrait tristement à la ferme, ridiculisée par le village et mal acceptée de ses grands-parents. Pour la première fois, j'en ai voulu à Rico. J'étais furieuse. Comment avait-il pu nous abandonner ? Comment avait-il pu choisir son père et sa mère plutôt que sa femme et son enfant ?

« Quand reviendra-t-il ? j'ai dit tout haut.

— Rico ne rentrera pas. »

Rosa a voulu me prendre dans ses bras, mais je me suis écartée.

« Tu n'en sais rien.

— Il y a un mur, Paolina ! De quelle autre preuve as-tu besoin ? Tu ne reverras jamais Rico. Arrête tes bêtises ! »

Les larmes ont jailli de mes yeux.

« Il m'aime. Il reviendra, tu verras.

— Oui, a-t-elle dit d'une voix suintant le sarcasme. Ton Rico quittera le chevet de son père souffrant. Il abandonnera sa mère fragile et la sœur qui a besoin de lui pour survivre. Ou peut-être risquera-t-il sa vie en tentant d'échapper aux gardes-frontière prêts à le mitrailler, tout ça pour tes beaux yeux. »

J'ai détourné le regard, soudain consciente de ma naïveté.

Rosa m'a attirée dans ses bras.

« Chut, a-t-elle murmuré en me caressant le dos. Cette conclusion malheureuse ne devrait pas te surprendre. Tu es la seconde fille. Tu as toujours su que tu n'aurais jamais de mari.

— Mais je suis mariée ! »

Ignorant mon objection, elle s'est reculée pour rajuster mon col.

« Il est temps que tu rentres à la maison. Mamma élèvera Johanna, malgré sa répugnance, et tu aideras Papà dans les champs. Quand Joh sera assez grande, elle travaillera aussi à la ferme. Du moins s'ils sont d'accord. »

Soudain, j'ai pris peur. Je ne pouvais pas accepter que mon enfant subisse un tel sort. Mais que pouvais-je faire ? Je n'avais rien à lui offrir. Je me suis essuyé les joues. J'étais prête à tout pour sauver ma fille. Il devait bien y avoir une solution ! Tout l'avenir de mon enfant reposait sur mes épaules. Johanna comptait sur moi.

Lentement, une petite étincelle après l'autre, le feu a pris.

« Non, ai-je dit d'un ton ferme. Johanna ne sera pas la honte de la famille. »

Rosa pliait une serviette, silencieuse.

« Ma fille sera fière… et libre ! »

Rosa a levé les yeux vers moi.

« Si… ai-je commencé avec précaution, si je partais avec toi en Amérique, qui m'obligerait à épouser Ignacio ? »

Un petit sourire triste est apparu sur son visage.

« Arrête. Tu ne veux pas aller en Amérique. Je le sais bien.

— Je dois faire ce qui est le mieux pour Johanna. C'est que ce Rico aurait voulu. »

Rosa a glissé le panier à linge sous le lit et secoué la tête.

« J'ai peur qu'il soit trop tard. Ils ne laisseront jamais un enfant illégitime entrer sur le sol des États-Unis.

— C'est maintenant que tu me le dis ? Tu me supplies de partir avec toi, d'élever mon enfant en Amérique, alors que tu sais depuis le début que c'est impossible ?

— Je ne l'ai appris que la semaine dernière, après quelques recherches. »

J'ai fermé les yeux, tous mes plans s'écroulaient. Ce qui me semblait être comme une trahison quelques minutes plus tôt m'apparaissait désormais comme la solution évidente. Je devais partir en Amérique avec Joh, pour lui offrir le bel avenir que ni l'Italie ni l'Allemagne ne pouvaient lui donner.

Rosa arpentait la pièce en hochant la tête.

« Si seulement tu étais mariée, avec un époux qui t'attendait en Amérique, toi et le bébé seriez accueillis sans problème. »

J'ai fait un tour sur moi-même, la tête entre les mains.

« Aide-moi, Rosa. Il faut qu'on trouve une solution. Je suis responsable de la vie de mon enfant, de son bonheur. L'Amérique est sa seule chance.

— J'aimerais pouvoir t'aider, tu le sais bien. Alberto et moi serions ravis de t'héberger et de t'aider à élever Johanna. Il a de l'argent et un bel appartement. Mais encore faut-il que vous puissiez entrer sur le sol américain. »

Elle faisait les cent pas en se mordant l'ongle du pouce.

« Peut-être que tu pourrais cacher Joh, la faire monter à bord en cachette.

— Non. C'est trop dangereux. Dicu seul sait ce qu'on risque si on se fait prendre. »

Je me suis mordu l'intérieur de la joue. « Il doit y avoir une meilleure solution. »

Puis, une idée m'est venue à l'esprit. Un truc qui pourrait marcher. J'ai levé les yeux.

« Et si… »

Ma voix s'est évanouie.

« Quoi ?

— Non, rien.

— Dis-moi. »

J'avais la tête qui tournait. J'ai pris une grande inspiration, mes pensées prenant forme tandis que je parlais.

« Et si tu te faisais passer pour la mère de Joh ? Jusqu'à notre arrivée en Amérique.

— Oh, non. Ça se voit que je ne suis pas sa mère et que je suis enceinte.

— Mais si. On peut dissimuler ta grossesse. Regarde, on croirait facilement que tu viens d'accoucher. »

J'ai serré sa robe informe au niveau de la taille, surprise de voir que son ventre n'était pas plus rond. Alberto était parti il y a sept mois. Elle aurait dû être plus grosse à présent.

« Rosa, ton bébé est prévu pour quand ? »

Elle a écarté mes mains et fait bouffer sa robe. Ignorant ma question, elle a poursuivi :

« Les gens verront que je ne suis pas la mère de Johanna. Elle est trop attachée à toi.

— Mais je serai là. » Je l'ai prise par les bras, me faisant plus pressante. « Personne ne se doutera de rien.

Je continuerai de lui donner le sein et de m'occuper d'elle. Tu feras semblant d'être sa mère seulement quand on sera en public.

— Le certificat de naissance. Ils voudront le voir, a-t-elle rétorqué, les sourcils froncés.

— On en fera un autre. Sans doute que cette vieille virago de sage-femme voudra bien en faire un nouveau si on lui graisse la patte. Sur celui-là, ce sera toi la mère et Alberto le père.

— Oh, Paolina, mais si je me fais prendre ?

— Personne ne remarquera rien. Je te le promets. S'il te plaît, dis-moi que tu es d'accord. »

Elle a laissé échapper un lourd soupir.

« Laisse-moi y réfléchir, Paolina. C'est beaucoup me demander. »

#

Un jour est passé. Puis un autre. Je faisais tout mon possible pour ne pas hurler. J'avais besoin d'une réponse. Mais le visage de Rosa semblait soudain vieilli, et je l'ai surprise plus d'une fois à genoux avec son chapelet. En l'obligeant à choisir entre la vérité et l'avenir de Johanna, je la mettais dans une position terriblement inconfortable. Le troisième jour, une semaine exactement avant le départ de notre bateau, je n'y tenais plus.

« Rosa, s'il te plaît ! Je t'en supplie, dis-moi que tu te feras passer pour la mère de Johanna. Si tu ne le fais pas pour moi, fais-le pour ta nièce. »

Elle a fermé les yeux avant de se signer. Un sourire s'est lentement épanoui sur son visage.

« Pour ma fille, tu veux dire. »

J'ai ri et l'ai prise dans mes bras. Je n'avais jamais éprouvé tant d'amour et de gratitude pour ma sœur.

« Oui ! Ta fille ! »

#

J'ai pleuré le premier jour où j'ai essayé de sevrer Johanna. Ni elle ni moi n'aimions le biberon pesant qui s'immisçait dans notre intimité. Le contact de sa peau contre ma poitrine me manquait, et ses soupirs de contentement quand elle tétait mon sein, comme si moi seule pouvais la nourrir. Mais Rosa avait raison. Le sevrage était nécessaire si je voulais me faire passer pour sa tante pendant la traversée.

Comme prévu, il a suffi de quelques pièces pour que Mme Tuminelli se fasse une joie d'établir un faux certificat de naissance. Et contre une pièce de plus, elle a imité la signature du fonctionnaire de la province.

L'encre était encore humide quand la sage-femme, le visage fermé, a remis le papier à Rosa.

« Je ne sais rien de cette histoire, absolument rien », a-t-elle dit en fendant l'air de son doigt.

Mon cœur cognait dans ma poitrine. J'étais une criminelle. Ensemble, Rosa et moi avons examiné le nouveau certificat. *Nom de la mère : Rosa Fontana Lucchesi. Nom du père : Alberto Lucchesi.* Ma gorge s'est serrée.

« Il semble parfaitement authentique, ai-je dit. Personne ne se doutera que c'est un faux. »

C'est alors que j'ai lu le nom de l'enfant : *Josephina Fontana Lucchesi.*

« Mais attends. Elle s'appelle Johanna. »

Rosa a placé le certificat entre deux morceaux de carton dont elle a scotché les bords.

« Ne sois pas bête. Alberto et moi n'aurions jamais choisi un nom allemand. »

Elle avait pensé à tout. Pourquoi donner aux employés de la frontière matière à questionnement ? Malgré tout, j'ai senti les poils de ma nuque se hérisser.

#

L'après-midi de mi-septembre où elle est montée à bord du *SS Raffaello* en portant Johanna dans ses bras, Rosa ressemblait en tout point à une jeune mère. Les autorités ont tamponné ses papiers en jetant à peine un œil au bébé blotti dans la couverture rose que j'avais faite au crochet. Le cœur battant la chamade, je me suis avancée vers le bureau d'à côté en jouant la sœur dévouée qui portait toutes les valises et le petit sac de Joh. Quelques minutes plus tard, j'étais moi aussi accueillie à bord du bateau. J'ai poussé un soupir de soulagement. Jusqu'ici, notre plan fonctionnait à merveille.

« Regarde ! » s'est exclamé Rosa en montrant sur le quai la foule des proches et des amis venus faire leurs adieux à ceux qu'ils aimaient.

J'ai protégé mes yeux du soleil pour suivre le doigt de Rosa. Et là, debout côte à côte, dans leurs vêtements du dimanche, se tenaient Mamma et Papà. Ils avaient fait tout ce chemin jusqu'à Naples pour nous dire au revoir. J'ai levé une main, aveuglée par les larmes.

« Mamma ! Papà ! Je vous aime ! » ai-je crié au-dessus du grognement du moteur.

Papà a levé une main. Mamma a fait au revoir et envoyé un baiser.

« Ta petite-fille ! » j'ai crié.

À côté de moi, ma sœur rayonnante a fièrement brandi Joh. Mamma a posé la main contre son cœur et Papà s'est tamponné les yeux.

« *Bellissima !* » a crié Papà.

Il a pris l'appareil qui pendait à son cou pour faire une photo.

« Ils adorent Joh. Je savais qu'ils l'aimeraient, ai-je dit à Rosa.

— Oui. Ils sont très fiers de leur petite-fille. »

Ma poitrine s'est gonflée d'orgueil.

« *Grazie !* ai-je hurlé à Papà, la voix chargée d'émotion. *Grazie mille !* »

J'ai caressé les cheveux duveteux de Johanna, ses joues roses, et j'ai ri à travers mes larmes.

Ce serait la dernière fois que j'éprouverais une telle joie. Je ne savais pas encore que pendant cette traversée vers un avenir meilleur, quelque part sur les eaux bleu noir de l'océan, je perdrais mon bébé.

#

Je passais toutes les soirées avec Johanna. Et tous les matins, quand le soleil se levait, les yeux de mon bébé devenaient lourds, juste à temps pour que Rosa prenne le relais. Quand nous nous promenions toutes les trois sur le pont, les passagères arrêtaient Rosa pour s'extasier devant le petit ange endormi dans ses bras.

« C'est votre premier ? demandaient-elles.

— Oui, répondait Rosa. Ma chère petite a sept semaines. Son père nous attend à Brooklyn. »

Un étrange mélange de fierté et de ressentiment bouillonnait en moi. Je ne disais rien, bien sûr. Il ne fallait surtout pas que quelqu'un découvre l'imposture. Mais au fond de moi, je me sentais spoliée.

Rosa a bientôt rencontré d'autres mères qui voyageaient avec leurs enfants. La plupart restaient assises sous des parasols à discuter de leur maternité et de leur mari ou à s'extasier devant des photos. Je mourais d'envie de les rejoindre. Mais Rosa me rappelait de rester discrète. Elle insistait pour que j'aille me reposer dans la cabine. Plus tard, quand les femmes voulaient jouer aux cartes ou que le bébé avait besoin d'être changé, ou simplement quand elle se lassait de Joh, Rosa venait me chercher.

Les mères semblaient unies par un lien spécial. Je me sentais seule, exclue, isolée. J'avais le cœur brisé en pensant à Rico. Je n'aurais jamais dû quitter l'Italie. Quand j'exprimais ma frustration, Rosa me rappelait très justement, « C'était ton idée, Paolina. Ne l'oublie pas. »

Puis elle me parlait de la vie merveilleuse de Johanna en Amérique, qui n'aurait jamais été possible si elle n'avait pas accepté de mentir pour moi. Elle avait raison. Mon sentiment de mise à l'écart était un bien petit prix à payer. Rosa avait tant risqué pour moi et Johanna.

#

Nous avions déjà passé sept nuits à bord du bateau géant, chaque jour nous rapprochant un peu plus de l'Amérique et de l'avenir de Joh. Mais j'entendais presque le passé m'appeler, m'accuser de l'avoir abandonné, me crier de rentrer. Je faisais des cauchemars où Rico était revenu me voir. Il tambourinait sur la porte de l'appartement alors que j'étais enfermée à clé dans l'armoire, incapable de répondre. Je me réveillais, épuisée et vidée, la réalité rampant vers moi avec l'aube. J'avais renoncé à Rico. Et il était trop tard pour faire machine arrière.

La huitième nuit, ni Johanna ni moi n'avons pu dormir. J'étais debout sur le pont du bateau à essayer de la calmer.

« Chut, je chuchotais. Tout va bien. Tout va bien. »

Alors que le froid de la nuit m'engourdissait lentement, je me suis demandé si ce n'était pas moi que j'essayais surtout de rassurer.

À l'est, le ciel s'est peu à peu animé pour former une aquarelle aux nuances pêche et lavande. J'ai cligné des yeux une fois. Deux fois. Pour la première fois en huit jours, quelque chose brillait au loin.

Les hourras ont éclaté sur la passerelle. Un frisson m'a parcouru l'échine. J'ai placé Joh contre ma poitrine de façon qu'elle puisse voir ce qui s'étendait devant elle.

« Regarde, ai-je dit, ma joue humide pressée contre sa tête duvetée. Tu vois ce pays au loin, ma fille ? C'est notre nouveau chez-nous, l'endroit où tu grandiras, où tu deviendras sage et libre de devenir ce que tu veux être. »

Les larmes continuaient de jaillir. Je ne pouvais pas les contenir. Si quelqu'un m'avait posé la question, j'aurais prétendu que c'étaient des larmes de joie. Mais elles étaient tout le contraire. J'avais soudain conscience de la gravité de ma décision. J'avais renoncé à mon mari, à mon amour. J'étais à des milliers de kilomètres de chez moi. Et je ne pouvais pas retourner en arrière.

Une main s'est violemment refermée sur mon bras, me faisant sursauter. Je me suis retournée pour voir Rosa qui ouvrait de grands yeux horrifiés.

« Qu'est-ce que tu fais ? »

J'avais bien conscience du malheureux spectacle que je donnais à voir. Moi en train de sangloter, me penchant bien trop loin au-dessus du bastingage du navire. Joh enveloppée dans une couverture, pleurant dans mes bras.

« Je ne peux pas vivre sans Rico. Je dois rentrer chez nous. »

J'ai entendu le claquement de sa paume contre mon visage. J'ai porté la main à ma joue, haletante. Comme si elle aussi avait senti la brûlure, Johanna s'est mise à crier.

« Arrête tes bêtises ! a dit Rosa en m'arrachant Johanna des bras. Tu penses que tu es la seule à souffrir ? Tu te trompes ! Mais je ne vais pas me jeter par-dessus bord pour autant ! »

Ma sœur avait-elle perdu son bébé ? J'aurais voulu la détromper, jamais je ne me serais suicidée, mais ce n'était pas le moment de parler de ça.

« Oh, Rosa, je suis désolée. Que s'est-il passé ? »

Elle a mis la main devant ses lèvres, mais j'ai eu le temps de voir sa bouche qui s'arquait vers le bas.

« C'est arrivé très vite, à la maison, le 5 juin. Elle avait arrêté de grossir depuis des semaines. » Elle déglutit avec peine. « Je t'interdis d'en parler. Personne ne doit le savoir.

— Mais Mamma le sait, *sì* ? Et Papà ? »

Elle a fait non de la tête.

« La déception aurait été trop grande. Papà était si fier de moi. Je suis sa fille aînée. Il compte sur moi pour lui donner plein de petits-enfants. »

Pour la première fois, j'ai pris conscience du poids que cette légende faisait également peser sur les épaules de Rosa.

« Mais tu l'as dit à Alberto, quand même ?

— Non, surtout pas lui. » Elle m'a fixée. « Pas avant d'arriver en Amérique. Il m'aurait dit de ne pas venir s'il avait pensé que j'étais stérile. »

J'ai été parcourue de frissons. Avait-elle déjà fait des fausses couches ? Je l'ai prise par les bras, cessant soudain de m'apitoyer sur moi-même.

« Les docteurs en Amérique vont t'aider. Tu auras beaucoup d'enfants. Les femmes Fontana sont fortes. Pleines de ressources. Quand une porte se ferme, on se fraye un passage à coups de hache. »

Elle a alors souri, d'un sourire inquiet qui n'a jamais gagné ses yeux. Comment pouvais-je me douter qu'elle suivrait si scrupuleusement mon conseil ?

#

Quand Alberto a pour la première fois posé les yeux sur Johanna, il s'est mis à pleurer. Il s'est penché pour presser ses lèvres contre le front de Joh. Ma gorge s'est serrée. C'était Rico qui aurait dû donner un premier baiser à sa fille, pas son oncle Alberto. Rosa lui a mis le bébé dans les bras – portrait emprunté et convenu d'une mère aimante et d'un père fier. Johanna a saisi le petit doigt d'Alberto. Il est resté là, à la regarder comme si elle était une belle apparition à laquelle il avait du mal à croire. Il s'est finalement tourné vers Rosa. Pour la première fois, j'ai vu de l'affection dans ses yeux.

« Mon amour, a-t-il dit avant de l'embrasser sur la bouche. Tu as fait de moi un homme heureux. »

Ma sœur ne lui avait-elle donc pas raconté notre plan ? Mon cœur tambourinait dans ma poitrine. J'ai attendu que Rosa lui explique. Mais elle s'est contentée de contempler son beau mari avec une telle dévotion que j'ai presque eu l'impression de disparaître.

J'ai essayé de me calmer. Bien sûr qu'elle ne pouvait pas lui expliquer maintenant. L'annonce de sa fausse couche allait briser le cœur de son mari. En plus, les agents de la douane pouvaient encore nous voir. Une fois arrivée à Brooklyn, elle révélerait tout.

Rosa portait sa plus belle robe – bleu marine, ceinturée à la taille, parfaite pour exhiber ses formes. Mais le tissu se tendait au niveau des fesses, et les boutons à la poitrine menaçaient de lâcher. J'ai réprimé une vague de tristesse. Ma sœur avait le corps d'une jeune mère, mais pas d'enfant à montrer.

J'ai lissé les plis de la vieille robe rouge à pois blancs que j'avais cousue à Trespiano. Je refusais de porter ma plus belle robe. Le vêtement blanc, souvenir de mon jour de noces, était rangé bien à l'abri dans un sac.

Nous nous nous tenions debout, tremblant sur le bord du quai. L'air automnal de la Nouvelle-Angleterre rappelait la chambre froide de la boulangerie. J'avais la chair de poule. En levant les yeux, j'ai remarqué pour la première fois l'homme mûr derrière Alberto qui m'examinait comme du bétail à la foire.

J'ai croisé les bras contre ma poitrine et écouté ce qu'il chuchotait à Alberto dans un mauvais anglais, supposant bêtement que je ne le comprendrais pas.

« Tu ne m'avais pas dit qu'elle avait la peau laiteuse ? Et puis elle est bien trop maigre. Pas de hanches. »

Je bouillais. J'avais perdu du poids pendant le voyage, c'était vrai. Et le soleil avait foncé ma peau. Mais pour qui se prenait-il, cet homme à la tête rose et au ventre en pastèque ?

« Je suppose qu'elle fera l'affaire », a-t-il dit avant de tirer un jeu de clés de sa poche.

Mon sang n'a fait qu'un tour. Ignacio pensait-il que j'étais ici pour l'épouser ? Rosa n'avait-elle pas mis les choses au clair ?

Il m'a adressé un sourire, qui se voulait sûrement charmeur mais auquel je n'ai pas répondu.

Nous sommes montés dans l'automobile d'Ignacio, une voiture turquoise et tape-à-l'œil, avec *Oldsmobile* écrit sur l'arrière. Alberto s'est recroquevillé sur la banquette arrière à côté de Rosa qui tenait Johanna dans ses bras. Je n'avais pas d'autre choix que de m'asseoir devant avec Ignacio.

Ignacio a allumé la radio. Il a fallu qu'on tombe sur « Que Sera, Sera ». Je me suis mordu la joue pour m'empêcher de pleurer. Rosa a poussé un cri de joie et s'est laissée aller dans le siège.

« Tu te rends compte, Paolina ? Il a une automobile ! »

Je me suis retournée pour prendre Joh.

« Je peux la prendre, Alberto.

— Elle est heureuse avec moi, pas vrai, Josephina ? » a-t-il dit en souriant au bébé.

La voiture a accéléré dans un hurlement de moteur. La peur qui ceinturait mon ventre, celle que j'avais à tout prix tenté d'ignorer, s'est resserrée d'un cran.

#

Alberto vivait dans un deux pièces sommairement meublé au-dessus de la boucherie. Il serrait Joh contre sa poitrine pendant que sa femme inspectait l'endroit plein de courants d'air qui sentait le sang et la viande crue. La cuisine se réduisait à un minuscule mur de placards, une vieille cuisinière crasseuse et un réfrigérateur cabossé. Je pouvais presque entendre les pensées de ma sœur. Où était la belle maison qu'il avait promise ? Où était la machine qui lavait le linge ?

« Tu dormiras ici », m'a dit Alberto en indiquant d'un signe de tête le canapé miteux de la pièce principale.

Je l'ai regardé d'un air penaud. Il aurait sûrement préféré avoir sa femme pour lui tout seul. Mais il m'a adressé un sourire accueillant, ce qui était tout à son honneur.

« C'est aussi chez toi, Paolina, jusqu'à ce que tu épouses Ignacio.

— Mais, Alberto, je…

— Chut, m'a interrompu Rosa. Nous parlerons du mariage plus tard. »

Joh a commencé à s'agiter. Quand je suis venue la prendre, Alberto s'est écarté.

« Ça va. Mamma va te changer », a-t-il dit avant de mettre le bébé dans les bras de Rosa.

J'en suis restée bouche bée. Rosa riait nerveusement, évitant mon regard. À côté de nous, Alberto souriait, l'air rêveur.

« *La mia famiglia è qui, finalmente.* »

Ma famille est là, enfin.

Pendant des années, j'ai repensé à ce moment en me maudissant de ne pas lui avoir alors expliqué que Johanna était ma fille. C'était en partie à cause de la peine que j'éprouvais pour ma sœur. En partie ma loyauté envers elle. Elle pensait ne donner à son mari qu'un bref avant-goût de la paternité. Elle n'avait pas imaginé une seconde qu'il s'éprenne immédiatement du bébé. Maintenant qu'elle lui avait donné cette joie, elle n'avait plus le cœur de la lui reprendre. Comment pouvait-elle lui expliquer, alors qu'il tenait mon beau bébé dans ses bras, que son propre enfant était mort des mois plus tôt ?

C'est ainsi que le cauchemar a commencé. La semaine, pendant qu'Alberto travaillait, Rosa et moi passions dix heures par jour seules avec Johanna. Je lui ordonnais de dire la vérité. Et tous les jours elle promettait de le faire. Mais chaque soir, quand Alberto rentrait, il s'empressait de retirer ses chaussures et de se laver les mains à l'évier de la cuisine pour aller s'occuper de Johanna. Il lui chantait des chansons, la berçait, lui murmurait des mots doux en lissant ses cheveux duveteux. Et voilà qu'une nouvelle journée était passée avec un trou béant dans la vérité.

Quelque chose s'était-il brisé dans le cœur de ma sœur, quand son corps avait failli à concevoir un enfant bien portant ? La peur de perdre Alberto était-elle si atroce qu'elle était prête à tout pour le garder – même à prétendre que l'enfant de sa sœur était le sien ? Ou croyait-elle vraiment faire au mieux ?

Le jeudi, ma sœur a arrêté de promettre quoi que ce soit. Elle se contentait de me regarder d'un air triste.

« *Mia sorella ostinata*. Comment peux-tu être aussi égoïste ? Tu ne vois donc pas que c'est le mieux pour Josephina. Elle aura une belle vie, avec une maman, un papa et une tante aimante.

— Elle a déjà une mère !

— Qu'as-tu à lui offrir, Paolina ? Tu es tellement perdue que tu étais prête à te jeter par-dessus bord !

— Ce n'est pas vrai ! Jamais je ne ferais une chose pareille.

— Tu es la deuxième fille. Tu n'étais pas censée avoir d'enfant. Moi, oui. »

Ce soir-là, j'ai enfin pris la situation en main. Je portais Johanna quand Alberto est rentré. Quand il a voulu la prendre, je l'ai gardée serrée dans mes bras.

« Tu dois savoir la vérité. C'est mon bébé, Alberto. Je suis désolée. »

Il s'est raidi, le visage transformé en une mosaïque déchirante d'horreur et de confusion.

« Rosa ? Qu'est-ce qu'elle raconte ? » a-t-il lancé en direction de la cuisine.

J'ai eu l'impression que ma sœur a mis une éternité à se retourner. Quand elle a enfin répondu, c'était Alberto qu'elle regardait, pas moi.

« La pauvre Paolina souffre terriblement. Je te l'ai déjà dit, Alberto. Ne la perturbe pas.

— Ça n'a rien à voir avec la souffrance. »

Mon cœur tambourinait à tout rompre, mais je m'efforçais de rester calme. Je lui ai expliqué, claire et concise, mon idée de faire passer Rosa pour la mère de Johanna. Quand j'ai eu fini, il s'est contenté de me regarder d'un air triste.

« Non, Paolina. Rosa m'a annoncé la bonne nouvelle il y a des mois. C'est une lettre que je n'oublierai jamais : “Notre amour s'est multiplié. Tu vas devenir père.” »

Je me suis laissée tomber sur le canapé, assommée par la gravité de la situation. La lettre que j'avais dictée pour Rico avait été envoyée à Alberto – ou du moins, copiée. Rico avait-il seulement appris que j'étais enceinte ?

« C'était ma lettre ! Elle était destinée à Rico, pas à toi ! ai-je hurlé à travers les larmes.

— Ça suffit, Paolina, a-t-il rugi. J'ai vu le badge au nom de Rosa que tu portais aux Uffizi. Mais tu n'es pas Rosa, tu comprends ? Et Johanna n'est pas ton bébé. C'est fini la comédie, *capisce* ?

— Rosa a fait une fausse couche. Vous avez perdu votre bébé. Je suis désolée, Alberto, j'ai dit doucement.

— Je veux des preuves, a-t-il rétorqué, le visage bouffi de rage. Si cet enfant est le tien, prouve-le-moi. »

Une vague d'angoisse a déferlé en moi. J'ai pensé au faux certificat de naissance, au bout de papier indiquant Josephina Lucchesi. Même mes seins s'étaient taris. Hormis mes hanches légèrement plus larges et quelques vergetures discrètes, mon corps avait repris sa forme initiale aussi facilement qu'un élastique. Tandis que Rosa, avec son ventre flasque et ses seins pendants, semblait avoir accouché peu de temps avant.

Je n'avais aucune preuve, seulement la vérité. Et Rosa était la seule personne à pouvoir confirmer mes dires.

« Dis-lui, Rosa, s'il te plaît. C'est le moment.

— Oui, dis-moi », a ajouté Alberto.

Le visage de ma sœur est devenu livide. Elle a glissé ses mains tremblantes dans les poches de son tablier. Malgré mon dégoût, malgré ma vengeance, j'étais de tout cœur avec elle. La peur la paralysait. Quand elle a enfin parlé, sa voix était à peine plus qu'un murmure.

« C'est toi qui as fait une fausse couche, ma pauvre petite sœur, le jour où je t'ai retrouvée sur les marches de l'escalier. »

#

Alberto avait-il percé la vérité ? Parfois, je soupçonne que oui. Mais les tests ADN n'existaient pas encore. J'ai demandé qu'on fasse tous des analyses pour connaître nos groupes sanguins, mais Alberto ne voulait pas en entendre parler. Et comme lui et Rosa étaient les parents officiels, je ne pouvais pas les y forcer. Joh ne leur ressemblait en rien, avec sa peau laiteuse ; eux avaient le teint très mat. Ses cheveux avaient une texture plus soyeuse et prenaient des reflets dorés au soleil. Ses yeux étaient finalement devenus bruns, comme Rosa l'avait prédit. Mais en pleine lumière, une nuance bleue persistait, comme si mon bébé clamait son véritable héritage.

Mais pour tout le monde, Johanna était Josephina, le bébé de Rosa et Alberto, le seul enfant qu'ils auraient jamais.

J'ai prié mon grand frère, Bruno, de m'écouter, certaine de trouver en lui un allié. Mais il s'est contenté de me regarder avec pitié. Il est allé chercher dans un tiroir les lettres que Mamma avait écrites au cours des derniers mois. Chaque page racontait la grossesse de Rosa, son ventre de plus en plus gros et l'excitation de la famille.

« Je suis au courant pour ton enfant mort-né. Je suis vraiment désolé. Ce n'est pas ta faute », a-t-il dit en me prenant dans ses bras.

Je l'ai repoussé avec une telle force qu'il a reculé en vacillant sur ses jambes.

« Ils mentent ! »

Il m'a regardée d'un air grave, comme mon père aurait pu le faire. Puis il a marché d'un pas décidé jusqu'à son bureau pour y chercher une photographie.

« Arrête, Paolina ! Tu fais peur à tout le monde. »

Il m'a jeté l'image à la figure.

C'était le cliché que Papà avait pris au port. Une jeune mère rayonnante sur le pont du bateau, montrant fièrement son nouveau-né. Derrière, Mamma avait écrit *Rosa et Josephina, 17 septembre 1961.* J'ai éclaté en sanglots.

Bruno a pris ma tête entre ses mains et essuyé les larmes de mon visage.

« Tu aimes ce bébé. Je le vois bien. Mais ce n'est que ta nièce.

— Non ! C'est ma fille ! »

Bruno m'a pris dans ses bras.

« Chut. Ça va aller. Tu auras un autre enfant, un enfant en bonne santé, et rien qu'à toi. Ignacio veut encore t'épouser. Imagine un peu ! Toi, une deuxième fille, tu auras un mari ! »

J'avais envie de hurler. Personne ne me croyait. Je détestais l'Amérique. Je détestais Alberto. Ma sœur était devenue une étrangère. Nous ne parlions qu'en cas de nécessité, mais même ces échanges se terminaient invariablement en disputes violentes. Pour ne pas devenir folle, je m'oubliais dans le ménage et la cuisine tout en réfléchissant aux options qui s'offraient à moi. Il était hors de question que j'épouse Ignacio. Mon rêve d'aller à l'université était désormais anéanti : je n'avais pas d'argent et jamais je n'aurais pu quitter mon bébé.

Si je restais avec Rosa et Alberto, je serais aux côtés de Johanna, mais sans jamais être sa mère. Si difficile qu'il soit de vivre dans ce mensonge, nous serions au moins ensemble. Je pourrais l'éduquer, la guider. C'est ce que Rico aurait voulu.

Joh et moi étions déjà unies par un lien spécial qui semblait exaspérer Alberto. Il bouillait de colère quand je l'appelais Johanna, ou quand il surprenait son regard plongé dans le mien alors que je lui chantais des berceuses. Il faisait mine de ne pas voir ses sourires quand j'embrassais son cou potelé. Il s'empourprait de rage quand elle pleurait et que j'étais la seule à pouvoir la calmer. Mon cœur débordait d'amour. Elle et moi connaissions la vérité.

Ma présence irritait de plus en plus mon beau-frère. Au bout d'un mois, il a obtenu un emploi pour Rosa au magasin, dix heures par jour. Il a insisté pour qu'elle amène le bébé au travail, dans le but, je le voyais, de me séparer de Joh. Quand il est devenu évident que je n'épouserais pas Ignacio, Alberto s'est mis à me harceler pour que je me trouve un appartement, suggérant des endroits dans d'autres quartiers. Alberto tenait à sa petite famille de trois. Je n'étais plus la bienvenue.

Chaque jour, j'étais un peu plus inquiète et désespérée. Il fallait que je reprenne mon enfant avant de la perdre définitivement.

J'ai alors commis une faute grave, une faute que j'allais regretter toute ma vie. Je suis partie avec Johanna, démunie, sans aucune des ressources dont une mère célibataire a besoin. Si je n'étais pas partie, peut-être aurais-je pu rester dans sa vie, louer un petit appartement à côté et convaincre Alberto que je n'étais pas une menace.

Je me suis enfuie avec Johanna un matin d'hiver où Rosa ne travaillait pas. J'ai attendu qu'Alberto parte et que Rosa soit dans la salle de bains. Avec nos affaires dans un sac et Joh enveloppée dans une couverture, je suis sortie furtivement de l'appartement. Nous sommes allées aussi loin de Bensonhurst que le bus voulait bien nous emmener.

Inutile de préciser que Harlem était un endroit affreux à l'époque. En plus, j'avais sous-estimé le coût de la vie. Au bout d'une semaine, j'étais de retour à Bensonhurst, vaincue et sans un sou en poche. Je suis arrivée chez Bruno avec ma petite fille malade, le suppliant de nous recueillir.

Alors que Bruno réchauffait du lait, il m'a appris qu'Alberto avait porté plainte pour enlèvement.

C'était le coup final, qui m'a mise K-O. Il avait gagné. Je ne serais d'aucune aide à ma fille une fois jetée en prison.

Peut-être aurais-je dû être reconnaissante à mon frère d'avoir négocié. Bruno est allé parler à Rosa et

Alberto, revenant trois heures plus tard avec une proposition. La plainte pour enlèvement serait retirée. Je n'irais pas en prison. Mais je devais quitter Brooklyn. Définitivement. Je serais autorisée à leur rendre visite à Noël et à Pâques. Je pourrais envoyer des cartes d'anniversaire à Josephina. Mais je devais promettre de ne plus jamais prétendre que c'était ma fille.

J'ai essayé de me persuader qu'elle serait mieux avec eux. Elle aurait la chance de grandir avec deux parents attentionnés, affranchie de la honte et de la pauvreté. Je n'avais rien à offrir à ma fille, sinon l'amour. Or, même si j'avais cru le contraire, l'amour ne suffisait pas.

Le chagrin m'a presque anéantie. J'ai scotché une pièce brillante à l'arrière de son berceau, là où personne ne la verrait. Puis j'ai marché jusqu'à l'arrêt de bus, complètement vidée. Là, j'ai remarqué une affiche publicitaire qui vantait « La ville la plus douce au monde ». J'ai acheté un billet aller pour Hershey, en Pennsylvanie. S'il y avait une chose dont j'avais besoin à ce moment-là, c'était bien de douceur.

Pendant près de deux ans, la vie n'a pas été douce du tout. Presque immédiatement, j'ai regretté ma décision, mais je ne pouvais plus revenir en arrière. Je n'avais aucune chance de convaincre qui que ce soit de la véracité de mes dires. Quelle mère aurait pu abandonner son enfant ? J'étais minée par la culpabilité. Je me détestais. Que penserait Rico s'il savait que j'avais abandonné notre enfant ? J'ai appris ce que voulait dire « autodestruction ». Je commettais des imprudences. Je voulais mourir, tout simplement. Mais grâce à des amis comme Thomas et à une capacité de résilience que je ne soupçonnais pas, j'ai finalement réussi à retrouver une assise. Un être avait besoin de moi, et je ne voulais pas la laisser tomber.

J'ai passé les vingt-sept années qui ont suivi à ne vivre que pour Noël et Pâques, les seuls moments où j'étais autorisée à voir ma fille, Johanna Rosa Krause.

55

Emilia

Je couvre ma bouche de ma main tremblante.

« Je suis désolée. Je suis vraiment désolée.

— Ma fille », dit-elle, les yeux brillants de larmes, en me tendant les bras.

Je m'y blottis, éprouvant le divin réconfort de l'amour d'une mère, le sentiment qui, d'aussi loin que je m'en souvienne, m'a toujours manqué.

« Ma nonna, dis-je, et ce mot retrouve enfin sa douceur. Toute ma vie, je t'ai espérée.

— Moi aussi », murmure-t-elle.

Je regarde Rico. Les larmes ruissellent sur ses joues.

« Opa, je murmure en allant vers lui.

« *Mein schöne Enkelin* », dit-il, sa joue humide pressée contre la mienne.

Il sent l'eau de Cologne et le bonbon à la menthe, exactement comme j'imaginais mon grand-père.

« Je n'ai jamais eu de grand-père, dis-je d'une voix rauque.

— Je n'ai jamais eu de petite-fille, répond-il. Tu n'imagines pas comme je suis heureux que tu sois la mienne.

— Jan est donc… mon cousin. J'ai toute une famille en Allemagne. »

Les larmes jaillissent sous mes paupières.

« Tu comprends, maintenant, fait Poppy en me prenant la main. D'une certaine manière, ma Johanna est morte quand "Josephina" est née. Et Rosa est devenue mère le jour où je lui ai proposé de jouer ce rôle.

— Tante Josie a-t-elle appris la vérité ? » demande Lucy.

Poppy hoche la tête.

« Je pense que oui. Un cœur sensible sait flairer la vérité. »

Mon cœur se serre pour Poppy… ma nonna. Elle a gardé ce lourd secret toute sa vie. Elle a fait preuve d'une incroyable humanité en laissant sa famille l'exclure et la mépriser, la traiter de voleuse.

« Tu mérites d'être innocentée. Toute la famille doit connaître la vérité, pas seulement Lucy et moi. Peu importe que Rosa soit encore en vie. »

Poppy hoche la tête.

« Rosa a déjà payé.

— Non. Elle…

— Ma sœur était vulnérable et je l'ai mise dans une position atroce. Je le regrette vraiment.

— Comment peux-tu regretter ? Elle t'a volé ton enfant !

— Je n'avais pas conscience de la souffrance de Rosa quand je lui ai demandé de se faire passer pour la mère de Joh, répond Poppy en hochant la tête. Je lui ai offert une solution facile. La tentation était trop grande. Après avoir décidé de mentir, elle a été incapable de faire machine arrière. Elle craignait de perdre son mari, et peut-être l'amour de notre Papà, s'ils découvraient qu'elle ne pouvait pas avoir d'enfant. Comme ce secret a dû être lourd à porter ! Pour le garder, elle devait se montrer féroce, dominer son monde par la colère. Ceux qui ne peuvent pas gagner les cœurs par l'amour contrôlent souvent par la peur.

— Comment peux-tu avoir autant de compassion ? Elle a gâché ta vie. »

Elle tend la main et nos doigts s'enlacent.

« Rares sont les créatures qui naissent avec la peur au ventre. C'est le désespoir qui engendre la peur. Et la peur qui engendre la cruauté. Rosa était une femme désespérée. »

Je regarde les lumières scintillantes de la place, comprenant enfin pourquoi Rosa croyait si farouchement à la malédiction. Elle avait besoin de se décharger de sa faute. Tant que le mythe Fontana restait vivant, elle pouvait faire croire qu'il était responsable de la triste destinée de Poppy, pas elle.

« Je ne me suis même pas réjouie quand, des années plus tard, ma sœur a dû supporter les dernières conséquences de son mensonge. Josephina était malade et les médecins ont demandé à Alberto de lui donner son sang. » Poppy hoche la tête. « S'ils avaient fait l'analyse sanguine que j'avais demandée des années plus tôt, il aurait su que deux A+ ne peuvent pas avoir un enfant de groupe B. Il est mort peu après Josephina, mais avant, il m'a fait ses excuses. Je crois que c'est le chagrin qui l'a tué.

— Mon Dieu. Il a dû se sentir terriblement trahi.

— Ouais, intervient Lucy. Comme Poppy quand il a refusé de la croire. Mauvais karma.

— Tu as eu finalement la preuve qu'il te fallait.

— Oui, mais plus l'envie. Rosa était une femme brisée. Elle avait perdu sa fille et son mari. Je ne pouvais pas monter la famille contre elle. » Elle me fixe du regard. « Je te demande de faire de même, Emilia. »

Je baisse les yeux.

« J'ai déjà parlé à Rosa. »

Poppy me prend la main.

« J'aurais dû m'en douter, ma petite baie de *Pollia*. Mais, s'il te plaît, promets-moi de ne pas en parler au reste de la famille tant que Rosa est en vie. »

Ma belle, ma généreuse Nonna, qui protège encore et toujours sa sœur…

Elle tend la main vers l'enveloppe en papier kraft. Comme si elle manipulait une relique ancienne, elle pose avec précaution un cliché devant moi.

« Ma photo préférée. »

Je regarde le Polaroid jauni. Je reconnais tout de suite le vieux canapé marron de mon père. Vêtue d'un pull hideux rembourré aux épaules, une jeune femme brune est assise, couvant du regard un bébé dans ses bras. Elle semble douce et fragile. Je ris à travers les larmes et passe le doigt sur le contour de son visage.

« Maman, je murmure.

— C'est hallucinant ! s'écrie Lucy. Vous avez exactement la même tête, toi et Em ! »

Je porte mon attention sur la femme qui se trouve à côté de ma mère. Une femme mince d'une quarantaine d'années, aux yeux sombres, qui sourit à l'objectif, un bras passé autour de ma mère et une petite Daria de deux ans sur les genoux.

« Je comprends maintenant, dis-je, incapable de détacher mon regard de ma belle et jeune nonna. Je comprends enfin pourquoi Rosa ne m'a jamais aimée. » Je lève les yeux pour les plonger dans ceux de la femme merveilleuse, sage, courageuse et altruiste qui a donné naissance à ma mère. « Je lui rappelais sa sœur, et la vérité. »

56

Emilia – Onze mois plus tard
Trespiano

Je protège mes yeux de la brume matinale. Une brise chaude au léger parfum de rose et de sauge caresse ma peau. Sous le bougainvillier fuchsia et les vignes entrelacées de la pergola, j'aperçois Lucy et Sofia. Une bouffée d'amour me submerge. Je m'imprègne de la scène, Sofia sur une méridienne, le nez dans son iPad, et Lucy assise à une petite table en fer forgé, les pieds posés sur la chaise devant elle, en train de contempler les vignes.

J'avance sur le chemin dallé. Lucy sourit quand elle me voit. Elle a la peau dorée par le soleil toscan, les cheveux coupés court et en désordre.

« Enfin quelqu'un qui voudra bien parler. » Elle montre du doigt Sofia. « Impossible de sortir celle-là de son roman.

— Ne m'interromps pas », fait Sofia en levant la main, mais pas les yeux.

Mon futur roman ! Je n'arrive pas à y croire. Ce n'est qu'un document Word pour l'instant, et j'ai encore des mois de révision devant moi, mais mon éditeur prévoit une parution à l'automne. C'est l'histoire d'une belle Italienne qui tombe amoureuse d'un violoniste est-allemand en 1960. Je ferme les yeux et remercie en silence nonna Poppy. Sans elle, il n'y aurait pas de livre. Avant Poppy, je n'avais pas le courage, ou le cœur, de faire lire mes écrits. J'imagine Poppy agitant son doigt et disant d'un air grondeur : « Bien sûr que si, tu l'avais. Il fallait simplement que tu trouves ta voie. Mais ton prochain roman, Emilia, il faudra que ce soit ton histoire à toi. »

Espère-t-elle encore que je trouve l'amour ? Certains considèrent que le but ultime de la vie est d'avoir un anneau au doigt. Mais pas nonna Poppy. Ni moi. En Italie, Poppy a brisé le sort. Elle m'a aidée à trouver la liberté. Pas nécessairement la liberté de me marier, mais celle de pouvoir y croire. Je peux choisir l'amour – ou pas. En tout cas, je suis sûre d'une chose : c'est possible.

« Vous avez l'air vraiment heureuses, Sofie et toi. »

Ma cousine sourit, le genre de sourire qui vient du fond du cœur et illumine les yeux.

« C'est génial, sauf ce putain d'océan entre nous. » Elle hausse les épaules. « *Que será, será.* Qui sait ce que l'avenir nous réserve ? On se contente de ce qu'on a, une semaine de temps en temps. Les garçons adorent Bensonhurst. Je t'ai dit que Franco voulait devenir coiffeur ? » Elle rit. « Grandpa Dolphie lui a réservé un siège. Et ils viennent tous pour le mariage de ton père en avril.

— Parfait. »

Quand mon père a demandé la main de Mme Fortino, le mois dernier, ils tenaient à ce que ce soit un petit mariage. Mais quand deux familles italiennes s'unissent, « petit mariage » est un oxymore. Je pense qu'au fond cela fait plaisir à mon père.

Lucy observe un plaqueminier et la mosaïque ocre et orange de ses fruits. « Tu sais, je m'obstinais à chercher quelqu'un qui m'aimait alors qu'en fait je voulais surtout aimer.

— Tu as réussi, Luce. »

Elle acquiesce d'un signe de tête.

« Et regarde-toi, Em. Je n'en reviens pas que ma cousine soit un auteur célèbre. »

J'écarte l'idée d'un revers de main.

« *Célèbre* et *auteur* sont des termes qui s'excluent mutuellement. »

Elle lève les yeux au ciel.

« J'ai rien compris à ce que tu viens de dire. Mais ce que je sais, c'est que je suis fière de toi, et que tu devrais l'être aussi. »

Mon portable sonne. Je regarde l'écran.

« Daria. Je la rappellerai plus tard.

— Tu ne lui as toujours pas dit, hein ? demande Lucy, la tête penchée sur le côté.

— Non. Pas encore.

— Mais tu peux maintenant. Poppy avait dit que tu pourrais vendre la mèche quand Rosa serait morte.

— Ça ne fait que six mois. Dar est encore en deuil. Elle était très proche de Rosa. Je le ferai quand le moment sera venu. Les filles doivent savoir à quel point leur arrière-grand-mère était merveilleuse.

— Et à quel point Rosa était mauvaise.

— Non. Poppy a raison. Rosa était prisonnière d'un mensonge qui l'empoisonnait. Quand Poppy et moi l'avons appelée en FaceTime, quelques heures avant sa mort, elle s'est mise à pleurer.

— Sans déconner ? Tu veux dire des vraies larmes d'humain ? »

Je ne peux pas m'empêcher de sourire.

« Oui. Je crois que même son infirmière n'en revenait pas. »

Je sursaute en sentant soudain une main qui me malaxe le cou. Je lui donne une tape en levant la tête.

« Bonjour, Gabe.

— *Buongiorno, bellezza.* »

Quel séducteur ! Il y a un an, j'aurais fondu au contact de sa main. Je secoue la tête en repensant à la fille naïve qui s'était réfugiée dans sa chambre, humiliée, morte de honte, le cœur brisé. À ce jour, ça reste l'histoire la plus romantique de ma vie.

À l'époque, je pensais que les baisers étaient pleins de promesses et qu'un rapport sexuel impliquait un avenir à deux. Je suis plus avisée maintenant, et plus réaliste. Mais aussi bizarrement fière de pouvoir affirmer que mon premier chagrin d'amour m'a été infligé par Gabriele Vernasco.

Je me redresse en entendant le son d'un moteur. La poussière vole sur l'allée.

« Le voilà ! »

Ma chaise racle les dalles de pierre et je me précipite vers le jardin de devant.

En treillis et chapeau de paille, Rico avance d'un pas traînant vers moi. Il tient son vieil étui à violon dans une main, une boîte en métal dans l'autre. Il les pose à côté de lui pour m'ouvrir ses bras.

« *Mein Mädchen.*

— Opa ! »

Je presse mon visage contre sa poitrine, le cœur débordant d'amour.

Il finit par s'écarter.

« Ça va, Emilia ? Tu tiens le coup ?

— Elle me manque tellement.

— Elle serait très heureuse de savoir que nous sommes tous réunis pour son anniversaire, comme promis. »

Tous sauf elle, j'imagine que c'est aussi ce qu'il pense.

« Tu lui as offert les dix plus beaux mois de sa vie.

— Elle aussi », fait-il d'une voix qui se brise.

Bras dessus, bras dessous, nous marchons vers la Casa Fontana, la maison où sa bien-aimée a vécu autrefois. Il s'arrête sur le perron pour fouiller dans sa poche.

« Notre pied-à-terre, dit-il en me tendant une vieille clé en cuivre. Poppy et moi tenons à ce qu'il te revienne. »

J'ai un mouvement de recul.

« Non. Je ne peux pas accepter. »

Il pose délicatement la clé sur ma paume.

« Jan est d'accord. L'appartement est à toi, ma petite-fille. Il faudra que tu ailles voir l'ami de Poppy à Amalfi pour signer les papiers, et tu seras propriétaire. Nous avons bon espoir que tu vives plein de belles choses là-bas. »

Je regarde fixement la clé, et tous les possibles qu'elle m'ouvre.

« Merci, Opa. On vivra tous les deux là-bas. Je m'achèterai un canapé-lit. »

Il me tapote la joue.

« Je dois retourner en Allemagne. Mais achète quand même un canapé-lit, je reviendrai souvent te voir. » Il sourit. « Luciana pourra aussi en profiter. Sofia et les garçons aussi, bien sûr. Et puis, Daria et les filles viendront peut-être un jour.

— Daria », je répète en l'imaginant déjà.

#

Nous attendons la tombée de la nuit pour partir dans les champs où mes arrière-grands-parents et leurs enfants travaillaient si dur. C'est une soirée chaude et silencieuse, si ce n'est les insectes qui chantent et les herbes qui bruissent tandis que nous montons la colline. J'étends une couverture et Rico y pose son étui à violon. Il contemple la boîte en métal, puis l'embrasse doucement.

Lucy, Rico et moi plongeons nos mains dans la boîte, prenant chacun une poignée des cendres de Poppy. Rico se tourne vers l'ouest, où l'horizon est saupoudré de pêche et de lavande.

« Comme promis, *mio unico amore*, voici ton dernier coucher de soleil toscan. »

Il sort son violon. Des notes douces-amères gémissent « *Que Será, Será* ». Je lève le bras vers le ciel pastel en ouvrant la main. La brise qui souffle sur la colline emporte les cendres. Pendant un bref instant, les restes de Poppy chatoient sous le halo doré du soleil. Puis elles sont balayées, disparaissant dans l'infini éthéré de l'horizon.

Une image de ma nonna Poppy et de sa Johanna prend forme dans mon esprit. Ensemble, elles rient, se serrent dans les bras et dansent dans les cieux.

« C'est possible », je murmure.

57

Emilia – Quelques jours après Côte amalfitaine

La lumière du jour s'adoucit. Sur la plage, deux hommes en noir replient les parasols et rangent les chaises longues. Je regarde le plan sur mon portable, puis monte d'un bon pas la colline par les rues sinueuses d'Amalfi.

J'arrive sur la jolie via Pomicara bordée d'arbres et regarde de nouveau mon portable pour chercher l'adresse de l'ami avocat de Poppy. Je passe un bâtiment de stuc blanc tellement envahi par les vignes et les bougainvilliers que je manque de rater la petite plaque près de la porte. *Studio Legale di De Luca e De Luca.*

La porte laquée couleur cerise grince quand je l'ouvre. Je respire un grand coup. Dans quelques minutes, j'aurai mon chez-moi. Une bouffée de gratitude m'envahit.

Je regarde autour de moi la salle d'accueil chic, mais déserte. Ont-ils fini leur journée ? Quelque part au bout du couloir, j'entends la radio. J'avance.

« Bonjour ? » j'appelle doucement.

La musique résonne plus fort. J'arrive devant une porte ouverte et me fige. Un trentenaire avec une barbe taillée court est assis, les pieds posés sur son bureau, un roman ouvert contre sa poitrine. Sa tête est inclinée en arrière et il ronfle. Je ne peux m'empêcher de sourire.

Je m'éclaircis la gorge et il se redresse d'un coup en faisant tomber le livre par terre.

« *Merda !* » Il me jette un œil en s'empressant de récupérer son livre – un roman policier, on dirait. « *Scusi.*

— Ce n'est pas grave. Je suis désolée de vous avoir… » J'allais dire « réveillé » mais je choisis le moins gênant : « … fait sursauter. »

Il passe une main dans ses cheveux ondulés et rajuste sa cravate.

« Je vous prie de m'excuser, dit-il en attrapant sur le bureau une paire de lunettes qu'il pose sur son nez. Je ne m'attendais pas… » Il se penche pour scruter mon visage. « Je vous connais ?

— Non. Mais j'ai eu quelqu'un au téléphone en début de semaine. C'était peut-être vous ? J'ai prévenu que je venais aujourd'hui signer les papiers que ma tante, ou plutôt ma grand-mère et mon grand-père ont préparés pour moi. »

Il fouille dans plusieurs dossiers sur son bureau.

« Vous avez sans doute parlé à mon père. Il n'est pas là aujourd'hui. » Il tombe sur une pile de papiers et jette un œil à la feuille du haut. « Vous êtes Emilia Antonelli ?

— Tout à fait.

— Ah, la petite-fille de Poppy et Rico, enfin ! » Il me tend la main. « Bonjour, Emilia. Je suis Domenico De Luca. » Il lève le menton et me regarde dans les yeux. « Mais nous nous sommes déjà rencontrés. J'en suis sûr.

— Non. Ce n'était pas moi.

— Il y a six mois… huit mois peut-être ? Je n'aurais pas pu oublier un si beau visage. »

Je me retiens de lever les yeux au ciel.

« Vous devez confondre.

— Non. Je ne crois pas. »

Il reste là à se caresser la barbe en me regardant jusqu'à ce que je finisse par désigner les papiers du doigt.

« C'est pour moi ?

— Ah, oui. »

Il me conduit vers une table rectangulaire et me tire une chaise avant de s'asseoir à côté de moi. Il est grand, avec des épaules larges et de longues jambes. Quand il place la première page devant moi, j'avise ses longs doigts fuselés, sans bague – non que ce détail m'intéresse. D'une voix profonde qui, je dois l'admettre, me rappelle vaguement quelque chose, il m'explique le jargon légal pendant que je lis les papiers avec lui. Il sent le savon et le soleil, une bonne odeur masculine qui ne m'aide pas à me concentrer.

Je lève les yeux quand je me rends compte qu'il a arrêté de lire. Il m'observe en fronçant les sourcils.

« Je me rappelle votre visage, vos yeux, fait-il en levant distraitement la main vers mon visage. J'y ai souvent repensé. Je crois qu'on s'est vus au Giardini Caffè ? Je me trompe ? »

Je fais non de la tête.

« Jamais entendu parler.

— Pourrais-je vous inviter à dîner un soir, histoire de démêler le mystère ? » demande-t-il, les yeux pétillants.

Je comprends. Tu as un charme incroyable et tes belles paroles doivent probablement faire tomber plus d'une signorina *naïve. Mais arrête ton baratin avec moi.*

« Pouvons-nous signer les papiers ? » dis-je en tirant un stylo de mon sac.

#

Je fais rouler ma valise sur le trottoir pavé et salue un couple qui passe devant moi. Ravello est fondu dans le bronze à présent, et la mer démontée chante au loin. Je me rappelle soudain le vieux mot gallois de Poppy, *hiraeth.* Elle avait prédit qu'un jour je comprendrais son sens. Elle disait vrai. Je me sens à ma place dans cette ville en bord de mer à l'autre bout du monde. C'est mon chez-moi, celui dont je rêve depuis toujours.

Je m'arrête quand j'atteins le bâtiment enduit de stuc rose. Une faible lumière brille dans la vieille boulangerie, et j'imagine ma jeune nonna à l'intérieur, cinquante-neuf ans plus tôt, en train de cuire le pain avant le lever du jour. J'aperçois une pancarte décolorée sur la vitre trouble indiquant que l'affaire est *affittasi* – à céder.

Je regarde à travers la grande fenêtre, observant le plafond en étain, les fours, les murs de plâtre irréguliers. À la place d'une boulangerie, j'imagine la librairie idéale, une boutique cosy avec des rayonnages de part et d'autre de l'allée centrale et un petit espace de lecture à l'arrière.

Mon esprit s'évade tandis que je contourne le bâtiment. La petite ville de Ravello a-t-elle besoin d'une librairie ?

Le bourdonnement de la piazza disparaît quand j'entre dans la cour merveilleusement rebelle envahie de vignes et de roses enchevêtrées. Un citronnier tentaculaire abrite une table de café et deux chaises – l'endroit parfait pour écrire.

J'aperçois la cage d'escalier et mon sourire s'évanouit. Réussirai-je un jour à monter ces marches sans penser à ma nonna Poppy enceinte, évanouie, à deux doigts de mourir ? Quelle force elle avait, quelle résilience, quelle grâce ! Comme ma cicatrice, ces marches me rappelleront que je peux tout surmonter, que rien n'est impossible. Je suis quand même la petite-fille de Poppy Fontana !

Je glisse la clé dans la serrure. La vieille porte en bois craque quand je l'ouvre. J'entre dans l'appartement qui fut celui de Rico et Poppy – mon nouveau chez-moi, à Ravello, l'endroit où je fabriquerai de beaux souvenirs et écrirai mon prochain roman. Oui, c'est possible.

J'appuie sur l'interrupteur. Les coquelicots du tableau prennent vie, et aussi une nouvelle image, ma préférée. J'avance dans le salon, les yeux déjà humides. La photographie que Lucy a prise il y a près d'un an dans la cour de l'hôpital, dans un encadrement design, couvre presque entièrement le mur. Le noir et blanc la magnifient. Prise en sandwich entre mes grands-parents, je ris tandis que Poppy m'embrasse sur la joue et que Rico me regarde avec une tendresse que je ne comprends pleinement qu'aujourd'hui.

Je navigue d'une pièce à l'autre, riant bêtement, remerciant ma nonna et mon Opa. Cet endroit est magnifique. Comment ont-ils su que c'était là que je devais être plantée ?

J'aperçois un mot sur le plan de travail de la cuisine, écrit en italien.

Bienvenue chez toi, Emilia. Je te souhaite une bonne installation. Je ne doute pas que tu aimeras cet endroit autant que ta nonna et moi avant toi. Pense à nous à la tombée du jour, quand tu boiras un verre de vin en disant au revoir au soleil avant sa plongée sous la mer.

Elene et Jan t'envoient leurs meilleurs vœux. Ils seraient très heureux de venir te voir une fois que tu seras installée. Nous dînerons tous ensemble quand je te rendrai visite le mois prochain. D'ici là...

Je t'embrasse affectueusement,

Opa.

P.S. J'espère que la signature avec l'avocat s'est bien passée. M. De Luca a été une bénédiction pour nous tout au long de la transaction.

Mes yeux restent fixés sur le mot *avvocato.*

D'un coup, je me souviens.

Je jette un œil à ma montre. Il est presque sept heures. Est-il encore là, en train de lire son roman peut-être ?

Un souvenir me revient. *Il est temps qu'on te trouve quelqu'un de plus intéressant. Je verrais bien un intellectuel. Un rêveur... un amoureux des livres.* J'en ai la chair de poule. Je suis sûre que c'est ma nonna qui m'a conduite ici, à cet instant.

Je fouille dans mes papiers. Je trouve enfin son numéro. Je saisis mon portable. Mon cœur bat la chamade. Il répond à la seconde sonnerie.

« Nico De Luca.

— Ça y est, je me souviens. » Un sourire s'épanouit sur mon visage. « Je vous avais traité d'*avocado.* »

Il reste silencieux un moment, puis un rire profond et sonore déferle à travers le combiné.

« Oui ! Exact ! Ce n'était pas au Giardini Caffè. Nous étions devant la boulangerie Piacenti. »

Je souris en déambulant dans le couloir.

« Je crois que vous portiez des lunettes de soleil ce jour-là. Et aussi un chapeau, si mes souvenirs sont bons.

— Si vous me dites que je n'avais pas la barbe, vous serez complètement pardonnée. »

Je ris.

« La barbe ! C'est elle qui m'a induite en erreur ! »

J'entre dans la chambre de Poppy et Rico – la mienne. Au loin sonnent les cloches de la cathédrale de Ravello. Je tire le rideau blanc et vaporeux pour contempler la belle église au bout de la place qui s'embrase sous les derniers rayons du soleil.

« Je n'en reviens pas que vous vous souveniez de moi après tout ce temps.

— C'était une rencontre inhabituelle. Vous étiez comme un ange surgi de nulle part pour me rappeler mon rêve.

— Vous aviez un projet pour la boulangerie, dis-je en me remémorant notre conversation.

— *Sì*. Et maintenant vous êtes propriétaire des lieux.

— Vraiment ? Je suis propriétaire de tout le bâtiment ? Y compris la boulangerie ?

— *Sì*. Je vous l'ai dit le jour de la signature. »

Ma poitrine déborde de gratitude, d'excitation… et d'anxiété.

« Il faut donc que je trouve un locataire ? Je n'y connais rien en baux commerciaux.

— Ne vous inquiétez pas. Mon père peut vous aider. Ou mon oncle. »

Il marque un temps d'arrêt et, quand il reprend la parole, je perçois dans sa voix l'espoir, l'inquiétude et le désir de séduire.

« Ou peut-être est-ce moi que vous choisirez ? »

J'en reste interdite. Je sais, quelque part au fond de moi, que sa question si simple est chargée de possibles. Mais je suis heureuse. Je suis propriétaire d'un beau pied-à-terre dans un endroit où je me sens chez moi. J'ai un Opa merveilleux et j'ai retrouvé l'amour de ma sœur, ainsi que celui de mes cousines, Lucy et Carmella. Matt Cusumano va devenir mon cousin par alliance – ou serait-ce mon petit-cousin par alliance ? Quel que soit son titre, il est redevenu mon meilleur ami. Et j'ai aussi une nouvelle famille en Allemagne, que je suis impatiente de rencontrer. Enfin, cerise sur le gâteau, mon roman sera bientôt publié. Est-ce que j'ose risquer mon bonheur, la joie sincère qui m'emplit en ce moment, pour la possibilité d'un amour… et du chagrin qui pourrait s'ensuivre ?

Sa proposition s'étend entre nous comme un pont qui attend d'être traversé… ou contourné. Je peux presque voir ma nonna Poppy, sentir sa main douce dans la mienne. *Si l'amour vient à toi, s'il est à portée de main, promets-moi de le cueillir et de bien le considérer. D'accord ?*

« Je suis désolée, Emilia, dit Nico. Je ne voulais pas être aussi direct. »

Je relâche le rideau et me tourne vers la chambre. Les derniers rayons de soleil se posent sur des éraflures au-dessus de la porte. Je m'approche, les yeux rivés sur les marques. Elles ont été recouvertes, mais je distingue une lettre… et une autre. J'ai un peu froid. Je déchiffre un mot, puis la phrase entière.

Nous avons choisi l'amour.
PF & EK

« Je n'ai pas besoin de votre père ni de votre oncle. » Je ferme les yeux en rassemblant tout mon courage. « C'est vous que je choisis. »

Composition et mise en pages
Nord Compo à Villeneuve-d'Ascq

Imprimé en Espagne par:
CPI Black Print
en avril 2021

Pocket - 92 avenue de France, 75013 Paris

S31556/01